COLLECTION MICHEL LÉVY
— 1 franc le volume —
Par la poste, 1 fr. 25 cent. — Relié à l'anglaise, 1 fr. 50 cent.

A. DE PONTMARTIN

OR

ET

CLINQUANT

NOUVELLE ÉDITION

PARIS

MICHEL LÉVY FRÈRES, LIBRAIRES ÉDITEURS
RUE VIVIENNE, 2 BIS, ET BOULEVARD DES ITALIENS, 15
A LA LIBRAIRIE NOUVELLE

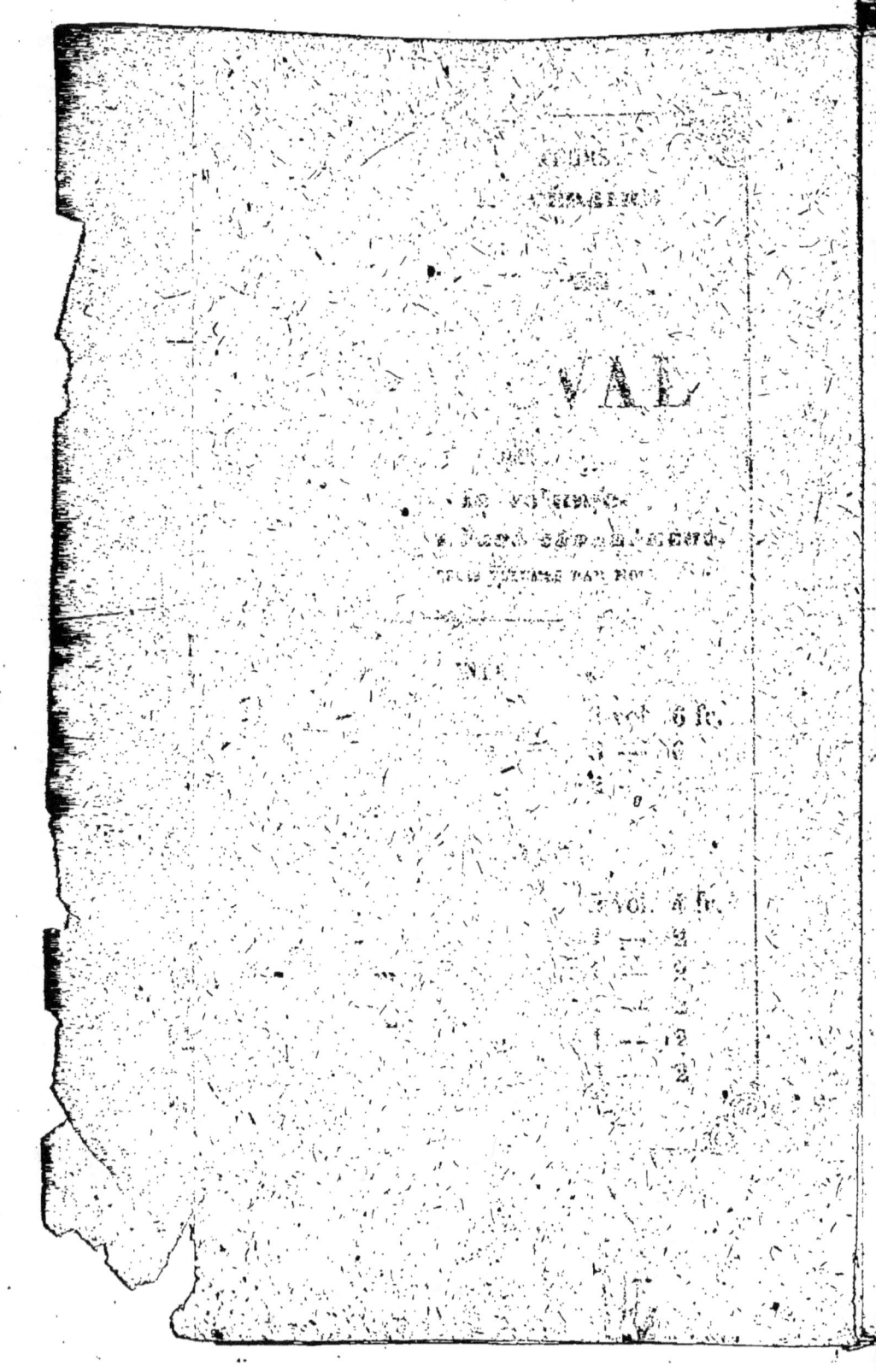

COLLECTION MICHEL LÉVY

OR ET CLINQUANT

ŒUVRES COMPLÈTES

D'ARMAND DE PONTMARTIN

FORMAT GRAND IN-18

C.

Clichy. — Imp. MAURICE LOIGNON et Cie, 12, rue du Bac-d'Asnières.

OR

ET

CLINQUANT

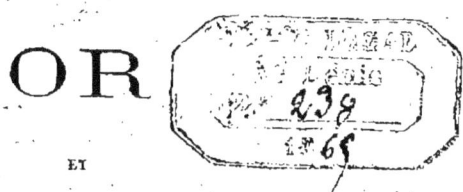

PAR

 ARMAND DE PONTMARTIN

NOUVELLE ÉDITION

PARIS

MICHEL LÉVY FRÈRES, LIBRAIRES ÉDITEURS

RUE VIVIENNE, 2 BIS, ET BOULEVARD DES ITALIENS, 15

A LA LIBRAIRIE NOUVELLE

1865

OR ET CLINQUANT

L'ÉCU DE SIX FRANCS

I

En 1824, — tout le monde était jeune alors, et j'étais jeune comme tout le monde, — un régiment de carabiniers à cheval vint tenir garnison dans ma ville natale. Les officiers, presque tous hommes de fort bonne compagnie, ne tardèrent pas à se faire présenter dans les principales maisons [de la ville. Le colonel, Frédéric de Bellières, trouva partout l'accueil que méritaient sa naissance, sa fortune, sa réputation d'élégance et ses beaux états de service. Au bout de trois mois, il devint le favori de ma bonne vieille tante, la marquise de Selves, et; quelque temps après, j'appris qu'il allait épouser ma cousine, Stéphanie de Selves, la plus belle et la plus aimable personne du département.

J'avais dix-huit ans, Frédéric trente-quatre ; il existait, semblait-il, entre nos âges trop de distance pour qu'il pût me traiter en confident et en ami. Cependant, les deux frères de Stéphanie étant alors à l'école de Saint-Cyr, je me trouvais par le
fait son plus proche parent, et il n'en fallut pas davantage pour
établir entre Frédéric et moi une sorte d'intimité. Je profitai de
mes priviléges de *petit cousin* pour me constituer l'inséparable
du brillant colonel, et il s'y prêtait avec une complaisance qu'expliquait son amour pour sa belle fiancée. Mon cœur battait de
plaisir, lorsque je parcourais les rues au bras de M. de Bellières,
et qu'une jolie grisette se retournait pour nous regarder, ou
qu'un factionnaire nous présentait les armes.

Les seize ans qui me séparaient de Frédéric étaient un abîme
auquel je ne songeais pas alors, et que j'ai mesuré depuis. J'ap-
partenais déjà à cette génération maladive qui a tant rêvé, tant
écrit, tant parlé et si peu fait. M. de Bellières était d'une autre
date, qu'il ne faut pourtant pas confondre avec celle des rudes
soldats de l'Empire, trempés dans la Révolution. Il me représentait, à vrai dire, l'officier de la Restauration, associé aux
dernières ivresses et aux suprêmes épreuves de la phase im-
périale. Il y eut, à cette époque, dans l'armée française des
gentilshommes échappés aux champs de bataille de Lutzen et de
Champ-Aubert, et essayant de renouer le souvenir de ces gloires
récentes aux traditions chevaleresques du temps passé. Ajoutez-y
peut-être un léger reflet de poésie moderne colorant la vie monotone de garnison, et vous compléterez cette physionomie, dont
le colonel de Bellières m'offrait les traits les plus séduisants.

Pour le moment, je m'inquiétais peu de ces nuances, et, l'a-
vouerai-je? j'étais moins préoccupé de la renommée guerrière

de mon futur cousin que d'une autre auréole, plus mystérieuse et plus vague, que lui attribuaient les commérages de salon. Il passait pour avoir été un homme à bonnes fortunes, et rien ne lui manquait de ce qui caractérisait ce type, aujourd'hui perdu. Encore jeune, beau, spirituel, et même suffisamment lettré pour un militaire, doué d'une taille à la fois svelte et vigoureuse, portant vaillamment un titre de comte vieux de dix siècles et rajeuni dans dix batailles, sentimental avec une pointe de martiale gaieté, Frédéric avait dû évidemment voler de conquête en conquête, comme on disait dans le langage du temps. Chaque fois donc que nous nous retrouvions ensemble, j'éprouvais une sensation bizarre : en lui se personnifiaient les songes de mes dix-huit ans ; il devenait le héros des mille romans qui s'agitaient dans ma tête : que n'aurais-je pas donné pour oser l'interroger ? J'oubliais les périls qu'il avait affrontés, toute cette épopée sanglante dont il avait traversé le dernier chant et le lugubre épilogue ; je ne voyais, je ne voulais voir que ces blanches figures, doux regards, fronts charmants, frais sourires, yeux levés au ciel ou mouillés de larmes, pâles et mélancoliques victimes, que je m'imaginais toujours près de m'apparaître à ses côtés.

Nous étions arrivés à l'avant-veille du mariage. J'entrai le matin à l'improviste chez Frédéric, et je le trouvai livré à une occupation singulière. Bien que nous fussions au mois de mai, un feu vif flambait dans la cheminée. M. de Bellières était assis devant sa table ; il avait posé dessus un tiroir de son bureau, qu'il fermait habituellement à clef, et où j'aperçus confusément des bouts de ruban, des fleurs fanées, cinq ou six médaillons, bon nombre de boucles de cheveux et plusieurs paquets de lettres : il s'exhalait de ce bienheureux tiroir ce parfum particu-

lier, à la fois doux et funèbre, bien connu de tous ceux qui ont
eu à remuer ces chères reliques. Déjà quelques débris de papiers
brûlés et noircis se mêlaient aux cendres ou voltigeaient dans
l'âtre.

En me voyant entrer, Frédéric fronça d'abord le sourcil et se
mordit les lèvres : « Conscrit ! » me dit-il brusquement, « ce
que l'on fait ici ne vous regarde point ! » Puis, après un instant
de réflexion, il reprit d'un air plus grave : « Au fait, pourquoi
pas ? Tu as dix-huit ans ; tu as fini tes classes ; tu vas aller à
Paris faire ton droit, et tu y trouveras des leçons plus dangereuses que les miennes... Je t'ai deviné, mon garçon, et tu n'as
pas besoin de rougir jusqu'aux oreilles. Depuis que nous nous
connaissons, tu grilles de m'interroger sur les romans de ma vie.
Eh bien ! il n'y a pas de mal à te faire voir ce qui reste, au bout
de quelques années, de ce qui nous semblait devoir être immortel... Regarde ce tiroir ; il n'est pas grand, et pourtant il n'en a
pas fallu davantage pour servir de cercueil à ces amours auxquels
les cœurs jeunes comme le tien promettent l'infini et l'éternité.
Encore un moment, et tu n'aurais trouvé qu'une pincée de cendres que mon œil même ne reconnaîtra plus. »

Il y eut un silence ; Frédéric poursuivit d'un ton de franchise
et de bonne humeur :

« Stéphanie est trop belle et je l'aime trop pour qu'il me suffise de lui vouer mon avenir. Puisque mon passé ne lui appartient pas, je veux du moins qu'il cesse d'exister, même dans ces
choses fragiles qui en gardent aujourd'hui le seul souvenir. Je
veux anéantir ces débris qui sont morts dans mon cœur, mais
qu'elle pourrait redouter comme encore vivants... Allons, à nous
deux !... l'œuvre de destruction ira plus vite. »

Le feu flambait toujours ; je m'approchai de la table : Frédéric se mit près de la cheminée, à portée de ma main ; il fit un geste de commandement, et nous commençâmes. Je fouillais au hasard dans le tiroir d'une main brûlante et tremblante ; j'en retirais un objet quelconque, lettre ou ruban, fleur séchée ou cheveux empaquetés. Je le passais à Frédéric, qui le jetait au feu sans même le regarder ; j'entendais un léger pétillement ; un jet de flamme s'élançait, dévorant cette frêle proie ; puis tout était dit. Chose étrange ! je ne pouvais me défendre d'une émotion violente, moi à qui ces reliques profanes ne rappelaient rien, et lui qui avait un enjeu dans chacun de ces souvenirs, il restait calme. A nous voir tous deux, moi si agité, lui si impassible, on eût dit que c'était moi qui consommais le sacrifice, et que M. de Bellières ne figurait là que comme le témoin des fragilités humaines. Parfois, sur ces morceaux de papier froissé et jauni qui allaient disparaître, j'avais le temps de surprendre une date, un nom... Alors il me semblait que ces lointaines images devenaient plus distinctes ; je croyais entendre les gémissements de ces pauvres âmes éplorées, s'enfuyant à tire-d'aile vers les limbes de l'oubli. Je frissonnais, des larmes montaient à mes paupières, et je me demandais à quelles lois cruelles est soumis le cœur de l'homme, puisque le plus doux de ses sentiments et le plus charmant de ses rêves sont condamnés à périr ainsi !

L'opération touchait à sa fin, et l'impassibilité de Frédéric ne s'était pas un moment démentie, lorsqu'en achevant de fouiller dans le tiroir, ma main rencontra, au-dessous du dernier paquet de lettres, quelque chose de dur et de lourd, que son poids avait entraîné au fond : c'était un écu de six francs, ou, pour parler plus exactement, un écu de six livres. En 1824, ces écus n'a-

vaient pas même le mérite de la rareté, et je crois voir encore
les fermiers de mon père apportant dans leurs sacoches ces grandes pièces lisses qui embrouillaient toujours les comptes ; car il
y avait une perte de vingt centimes par chaque pièce.

« Oh! pour le coup, mon cousin, » dis-je en m'efforçant de
rire, « voici un intrus qui n'avait aucun droit de séjourner dans
votre romanesque bagage... Reprenez bien vite cet écu de six
francs qui se trouve là par hasard, et achetez-en un bouquet pour
Stéphanie. »

Mais à son tour Frédéric avait pâli : son stoïcisme, dont j'étais
étonné, scandalisé presque, semblait enfin vaincu par cet objet
d'apparence si vulgaire. Il le contempla un instant avec tristesse ;
puis, d'une voix qui déguisait mal le frémissement intérieur, il
me dit :

« Ah! Maurice, cet écu de six francs me rappelle le plus bizarre, le plus charmant, le plus mystérieux épisode de ma jeunesse ! »

Évidemment au fond de cet aveu il y avait une histoire :
M. de Bellières me l'eût racontée s'il avait eu pitié de la curiosité ardente qui se peignait sur mon visage. Il n'en fit rien pourtant : grâce à cette délicatesse inséparable des amours honnêtes,
il comprit qu'il ne devait pas, à la veille de son mariage, fouiller
dans cette cendre mal éteinte; peut-être eut-il peur d'en voir
sortir en y touchant un jet de l'ancienne flamme. J'en fus donc
pour mes frais de pantomime interrogative; Frédéric détourna
la conversation, et je le quittai sans en savoir davantage.

Un an s'écoula; la lune de miel eut son cours; l'année suivante, M. de Bellières passa avec le même grade dans la garde
royale. Nous nous retrouvâmes à Paris, lui, colonel d'un splen-

dide régiment de hussards, moi, modeste étudiant en droit. Il ne me retira pas son élégant patronage, et sa position dans le monde lui permit de m'ouvrir quelques-uns de ces salons d'élite qui n'admettaient que de rares privilégiés. Ce dont je lui sus le plus de gré, ce fut de me présenter à l'ambassade d'Autriche. Tous ceux qui habitèrent Paris à cette époque ont gardé le souvenir de l'hospitalité charmante de madame la comtesse d'App..., de cette société où la bonhomie s'alliait si bien à l'élégance, et qui associait dans une si gracieuse mesure les exigences d'un poste aristocratique à la simplicité patriarcale des mœurs allemandes. Les soirées que j'y passais formaient les heures rayonnantes de ma vie mondaine : on y faisait de la musique, on y essayait des danses nouvelles ; parfois un artiste célèbre y apparaissait entre un prince et un ministre, et le lendemain, j'avais beaucoup de peine à relire sans distraction mon Rogron et mon Ducaurroy.

Un soir, à la fin d'avril, Frédéric m'avait conduit à l'hôtel de l'ambassade ; sa femme, un peu souffrante, était restée chez elle, et il est à remarquer que les meilleurs maris ont, ces jours-là, plus de brillant et plus d'entrain. Nous étions à peine depuis un quart d'heure chez madame d'App... lorsqu'on annonça le marquis et la marquise de Renwald. Ce couple était de ceux que l'on n'oublie plus quand on les a vus une fois. Le marquis paraissait au moins septuagénaire ; sa taille roide, emprisonnée dans un habit de forme antique et couvert de décorations, ses ailes de pigeon, la raie de poudre traversant horizontalement son grand front parcheminé, tout en lui semblait appartenir à un autre siècle. Son nez crochu, ses traits anguleux, son maigre profil, lui eussent aisément donné un air de dureté et de hauteur, s'il n'y avait eu dans son regard une expression de rêverie triste et douce, qui tenait de l'artiste autant que du grand seigneur. La marquise, plus jeune que lui de trente ans, touchait à cet âge que le roman moderne devait glorifier depuis, et où l'automne a des magnificences qu'envieraient bien des printemps. Sa robe de velours noir laissait à découvert d'éblouissantes épaules. Sa chevelure opulente, qui avait dû être blonde dans les premiers jours de la jeunesse, possédait alors des tons vénitiens, des reflets d'or bruni qui chatoyaient sous le feu des candélabres. Un léger cercle de bistre entourant ses yeux noirs révélait ou les orages d'une vie troublée, ou les luttes austères du sacrifice. Sa figure semblait plus belle à mesure qu'on la regardait davantage, et offrait cet attrait indéfinissable qui s'attache à tous les mystères : on eût dit une personnification de la poésie germanique, penchée sur les bords du Rhin, à la pâle clarté d'un soleil couchant, et écoutant dans le lointain l'écho d'une chanson de Wieland ou d'un chœur de Weber.

Il y avait peu de monde dans le salon de l'ambassade : c'était une soirée d'intimes. La sensation causée par l'entrée du marquis et de la marquise de Renwald n'en fut que plus profonde. L'accueil que leur fit l'ambassadrice prouvait surabondamment le rang occupé par le vieux gentilhomme dans l'aristocratie viennoise. Elle tendit la main à la marquise, qui promena ses regards autour d'elle avec une sorte d'anxiété mélancolique. En ce moment, je la vis tressaillir, et, en suivant la direction de ses yeux, je rencontrai ceux de Frédéric de Bellières, qui me parut encore plus ému que la belle étrangère. Son trouble, sa pâleur, n'eussent certainement échappé à personne, si l'attention générale n'avait été absorbée par cette femme dont l'éclatante beauté parlait à toutes les imaginations et agitait tous les cœurs. On était alors au début de la littérature romantique, et chacun de nous disait son mot sur cette poétique figure, qui répondait si bien au goût du moment. La marquise n'avait pas tardé à se remettre, et je fus forcé de convenir, en regardant Frédéric, que malgré son habitude du monde il n'était pas aussi maître de lui-même. Bientôt elle fut la reine de ce salon, où, quelques minutes auparavant, elle entrait en inconnue. Madame d'App... la pria de chanter ; cette demande ramena sur son beau front ce vague nuage que j'avais d'abord remarqué. Son mari fronça légèrement le sourcil ; mais l'ambassadrice y mettait tant de cordialité et de grâce, qu'il était difficile de lui résister. La marquise s'approcha du piano et feuilleta les cahiers épars sur le pupitre. Sa main, qui tremblait un peu, rencontra un morceau de *Don Juan*. Cette fois encore, par une attraction magnétique, ses yeux rencontrèrent ceux de M. de Bellières, qui ne pouvaient se détacher de ce pâle visage. Elle frissonna, et d'un geste convulsif repoussa le fragment de Mozart, comme s'il lui rappelait de douloureux souvenirs. A la fin, elle réussit à surmonter son émotion, et choisit l'air d'Agathe, du *Freitzchütz*, alors dans toute la nouveauté de son succès. Sa voix, merveilleusement expressive et conduite avec un art incomparable, compléta cet effet singulier, où je ne sais quel prestige surnaturel se mêlait au charme de la réalité. Pour moi, disposé comme je l'étais alors à trouver dans la musique tout ce qu'y mettait mon imagination juvénile, il me sembla qu'ainsi chanté, cet air célèbre exprimait les aspirations d'une âme partagée entre la terre et le ciel, et s'élevant peu à peu vers les sphères de l'idéal à travers les combats, les fautes et les douleurs de la vie. Quant à Frédéric, son agitation allait

1°

croissant; des larmes roulaient dans ses yeux : voir pleurer
un colonel de hussards n'était pas la moindre surprise de ma
soirée.

Après que la marquise eut recueilli les félicitations de son auditoire, un des habitués se mit au piano et joua une valse nouvelle, qui venait d'arriver d'Allemagne. Aussitôt M. de Bellières
se leva comme poussé par un ressort, et s'inclinant devant madame de Renwald, il lui demanda cette valse. Elle rougit, regarda
à la dérobée son mari, qui s'était assis à une table de whist, et,
après un instant d'hésitation, abandonna sa taille flexible au bras
du beau colonel. Ils n'eurent pas fait trois tours dans le salon,
que tous les autres danseurs s'arrêtèrent pour les admirer. M. de
Bellières valsait comme un Allemand, et rien ne saurait donner
une idée de la grâce, de la souplesse, de la langueur mélancolique avec laquelle la marquise répondait à ses mouvements et
rendait visible cette délicieuse harmonie de deux cœurs battant à
l'unisson. Une pareille valse, bien plus que le sonnet de Boileau,
valait, hélas! un long poëme. J'étais, pour ma part, fort troublé,
et je commençais à trembler pour le repos de la pauvre Stéphanie.
Mes alarmes redoublèrent lorsque, la valse finie, M. de Bellières
et madame de Renwald, au lieu de se séparer, se réfugièrent
ensemble sur une causeuse, dans un boudoir attenant au salon.
Le marquis de Renwald entamait son second *rubber*.

Guidé par un sentiment dont il m'eût été impossible de bien
démêler les complications inquiétantes, je me tapis derrière un
rideau, dans l'embrasure d'une fenêtre, et je suivis du regard
cette conversation en tête-à-tête que personne n'essaya d'interrompre. Je crus d'abord lire dans les regards de M. de Bellières
une curiosité passionnée, et sur les traits de la marquise un mé-

lange de regret, de supplication, de tendresse mal effacée. Il questionnait, elle répondait, et, pendant ses réponses, une vive rougeur couvrait son noble visage ; des pleurs mouillaient ses paupières ; ses lèvres frémissaient, comme si elle avait évoqué avec douleur ou avec effroi les images du passé. La figure du colonel exprima tour à tour l'étonnement, la pitié, la reconnaissance, un reproche amoureux, une loyale promesse. Ses paroles confirmèrent probablement cette dernière expression de sa physionomie mobile ; car je vis le front de madame de Renwald s'éclaircir, une sérénité céleste succéder à ses angoisses, et si j'avais osé *noter* ce que je devinais de cette mystérieuse causerie, j'aurais dit qu'elle finissait par un hymne d'actions de grâces entre deux âmes apaisées. La marquise se leva, et, d'un geste dont je n'oublierai jamais la chaste et cordiale franchise, tendit la main au colonel. Sans doute — ce fut du moins ce que je crus comprendre, — un souvenir lointain, un lien autrefois cher à tous deux s'était un moment renoué dans cette rencontre fortuite, et venait de se briser pour toujours.

Madame de Renwald rentra dans le salon ; elle se rapprocha de la table à thé, autour de laquelle la maîtresse de maison, ayant rassemblé tout son monde, racontait la douloureuse histoire d'une jeune pianiste allemande, arrivée à Paris depuis quelques semaines, et, au moment de donner son premier concert, ayant perdu sa mère, morte en huit jours d'une fièvre maligne. Madame d'App... s'intéressait vivement à cette malheureuse enfant, qui lui avait été recommandée, et qui allait se trouver seule sur le dangereux pavé de Paris, au milieu des hasards de la vie d'artiste. La marquise avait écouté ce récit avec un attendrissement profond, et cette fois sans chercher à retenir ses larmes. A l'instant on improvisa une quête dont le produit devait aider la jeune pianiste à attendre une place d'institutrice ou à retourner à Vienne, où elle avait encore quelques vieux parents. On pria madame de Renwald de se charger de cette œuvre charitable, chacun devinant que la quête serait plus abondante entre les mains de cette femme, dont nous avions tous subi le singulier prestige. Elle ne se fit pas prier, et, prenant des mains de l'ambassadrice une bourse de velours, elle la promena de groupe en groupe, recueillant une moisson de louis et de florins dont le chiffre faisait honneur à la charité ou à l'amour-propre des assistants. Lorsqu'elle arriva au colonel de Bellières, elle lui dit de sa voix enchanteresse, et en accentuant tous les mots avec une intention particulière : « Et vous, monsieur le comte, ne me donnerez-vous rien pour une pauvre artiste, orpheline et seule au monde ? » Frédéric tressaillit de nouveau, comme si chacune de ces paroles vibrait au plus profond de son cœur. Il échangea encore avec elle un de ces longs regards qui m'avaient tant donné à penser ; il tira d'une des poches de son gilet un écu de six francs et le tint un moment entre ses doigts, de façon à le laisser voir à la marquise : puis, ouvrant un petit portefeuille et y prenant un billet de banque, il enveloppa l'écu dans le billet, et jeta le tout dans la bourse. Madame d'App... le remercia avec effusion ; mais ce remerciement n'était rien auprès de celui que je lus dans les yeux humides de madame de Renwald. On fit le relevé de la somme totale qu'elle venait de recueillir ; on risqua à demi-voix quelques commentaires sur la forme originale que M. de Bellières avait donnée à son offrande. Lui, profitant du mouvement général, me prit par le bras, m'entraîna hors du salon, et, un instant après, nous tournions l'angle de la rue Saint-Dominique, et nous

nous trouvions sur le boulevard extérieur, par une belle nuit de printemps.

Frédéric aspira à pleins poumons une gorgée de cet air vif et frais. On eût dit qu'il s'éveillait d'un songe mêlé de douleurs et d'ivresses. Nous fîmes une centaine de pas côte à côte, sans prononcer une parole. À la fin, je lui dis en serrant son bras contre le mien :

« Cousin, cet écu de six francs que vous venez de jeter dans cette bourse, c'est celui de l'an passé ?

— C'est possible, me répondit-il.

— Et il y a une histoire ?

— Tu as bien envie que je te la raconte ? »

Je ne répondis point, mais mon silence plaida pour moi.

« Eh bien ! oui, » reprit-il brusquement et comme se parlant à lui-même, « il y a des heures où le cœur s'épanche comme un vase trop plein, où un choc subit en fait jaillir ce que l'on croyait à jamais enseveli. Avant de déchirer cette page de ma jeunesse, je veux la parcourir encore une fois ; je veux associer une âme jeune et naïve à ce poétique souvenir qui m'a tourmenté si long-temps. L'histoire est instructive, d'ailleurs ; elle te montrera, à toi qui n'as encore vécu que sous l'aile maternelle, comment un homme d'honneur peut, dès son premier pas dans la vie, se trouver en face de périls que n'ont prévus ni les codes de morale ni les traités de stratégie... »

Nous n'avions nulle envie de dormir : Frédéric n'était peut-être pas, ce soir-là, bien pressé de rentrer chez lui ; il alluma un cigare, et voici ce qu'il me raconta.

II

« Permets-moi d'abord, » me dit Frédéric de Bellières, « un retour vers l'humble village où je suis né. Aspres-les-Weynes est un pauvre et pittoresque hameau, perché, comme un nid d'aigle, sur le versant de la chaîne de montagnes qui sépare le département de l'Isère de celui des Hautes-Alpes. Le château de Bellières est situé à mi-côte, entre le hameau et la vallée d'Aspres, où nous possédons de belles prairies, de grands pâturages, quelques champs de seigle et quelques bouquets de bois de chênes. Peu fréquenté encore aujourd'hui, à cause de la difficulté des chemins, ce coin de terre était alors presque inaccessible. La révolution n'y pénétra que lentement, et ses plus mauvais jours n'y arrivèrent que par ouï-dire. D'ailleurs les gens du pays aimaient et redoutaient mon père, brave officier de marine, qui était venu se reposer à Bellières de ses glorieuses fatigues.

» Je n'ai pas connu ma mère; elle mourut quelques jours après ma naissance, mais elle fut dignement remplacée auprès de mon berceau : le seul contre-coup direct que nous eûmes des violences révolutionnaires, ce fut le retour d'une sœur de mon père, religieuse à Grenoble, et que la révolution sécularisait. Elle s'appelait Pascaline; elle garda dans la maison le costume de son couvent, et ç'a été une des plus saisissantes apparitions de mon enfance, que cette grande figure pâle et amaigrie, mais majestueuse et sereine sous ses voiles d'étamine noire. Déjà mon père avait avec lui une autre sœur plus jeune, nommée Eulalie,

qui, à la mort de ma mère, s'était décidée à ne pas se marier
pour me donner tous ses soins. C'est entre ces trois créatures
d'élite que s'écoulèrent mes quinze premières années. Malgré la
tristesse que lui inspirait la dispersion de son ordre, sœur Pascaline était d'une douceur charmante : elle parlait du ciel avec
ce pieux enthousiasme pour qui n'existent ni les obstacles ni les
chutes, et il semblait, en l'écoutant, plus difficile d'être un méchant
que d'être un saint. Mon père m'enseignait l'escrime, l'équita-
tion, un peu de latin, les mathématiques ; il me lisait le diman-
che l'*Imitation*, les *Sermons* de Bossuet, ou les *Essais* de Ni-
cole. Presque aussi pieuse que sa sœur, Eulalie mêlait à sa piété
une tendance sentimentale, romanesque, un peu mystique, qui
eût fait pâmer d'aise les héros et les admiratrices de mademoiselle de Scudéry. Ce furent là mes trois instituteurs, mes seuls
maîtres. Dans la distribution de leur tâche, mon père s'appliquait surtout à faire de moi un soldat, ma tante Eulalie un chevalier, ma tante Pascaline un chrétien.

» Tu peux maintenant comprendre ce que fut mon enfance :
je grandis comme une plante des montagnes, dont la racine
trempe aux sources vives, dont la tige croît et s'épanouit sous
des brises balsamiques. Pas un souffle impur, pas une idée mal-
saine n'approcha de mon imagination et de mon âme. Tandis que
tout, au dehors de notre étroite vallée, était bruit, déchirements
et douleurs, je n'entendais que nos harmonies rustiques, et je ne
me doutais des malheurs de la France qu'en voyant, de temps à
autre, mon père et ses sœurs essuyer une larme. A quatorze
ans, j'étais grand et fort comme si j'en avais eu vingt. Douze
heures de marche au soleil ne m'effrayaient pas. Quand venait
la saison des chasses, je bouclais avant le jour mes guêtres de

cuir, et je poursuivais nos coqs de bruyères jusque sur les cimes
du mont Aurouze, qui bornait notre horizon de ses dentelures
argentées. Au retour, je surprenais parfois des traces d'inquiétude sur le visage de mes tantes; mon père souriait; il voulait
que mon éducation fût pure comme l'eau de nos rochers, mais
forte comme nos chênes. Depuis longtemps il m'avait annoncé
que je serais militaire; et s'il avait eu là-dessus quelque doute,
ma vocation bien formelle aurait achevé de le décider. Ce qu'il
travaillait surtout à exalter en moi, c'était le sentiment de l'honneur, « le seul héritage, » me disait-il; « que nous laissera
peut-être le malheur des temps. — Tu te trouveras bientôt, »
ajoutait-il, « dans les rangs de l'armée française, toute transformée, toute nouvelle, et qui ne ressemble à celle d'autrefois que
par la bravoure. Tu ne pourras pas être plus intrépide que les
soldats d'Arcole et de Marengo. Eh bien! porte plus haut que
tous les autres ce vieil et chevaleresque honneur, qui est au courage militaire ce que la fleur est à l'arbuste. Fais reconnaître en
toi un héritier de notre Bayard par les héroïques compagnons
d'Augereau et de Masséna! »

» C'est avec ces leçons toutes vivantes dans le cœur que
je partis, à quinze ans, pour Paris, où ma famille avait conservé quelques puissantes amitiés. En outre, mon nom plaidait
pour moi auprès du nouvel empereur, désireux de rallier à lui
l'ancienne noblesse. Aussi, après deux ans passés à l'école des
pages, je fus nommé sous-lieutenant dans le 3e chasseurs, alors
en Allemagne. En quittant Paris pour rejoindre mon régiment,
je passai par le Dauphiné. Toi qui entres dans la vie au milieu
des douceurs d'une paix achetée par de cruels malheurs, tu ne
sais pas, tu ne peux pas savoir ce que c'était alors, à cette épo-

que d'ivresse guerrière, que de porter à dix-sept ans les épaulettes d'officier et de marcher à la conquête du monde ! La terre
me semblait trop petite pour mes pas, l'horizon trop étroit pour
mes regards. Je me plongeais d'avance avec ravissement dans
ce cercle de feu et de gloire dont le génie des batailles enveloppait notre jeunesse. A ces ardentes images s'en mêlaient d'autres d'une nature plus vague et plus douce. Dans cette école des
pages, où plusieurs de mes camarades, par forfanterie d'adolescents, affichaient des mœurs et des amours de caserne, mon
cœur était resté pur ; pureté brûlante comme celle de l'or en
fusion ! Je me préparais à me donner tout entier à la première
femme que j'aimerais, et que je dotais déjà de toutes les beautés,
de toutes les grâces que Dieu prodigue aux plus charmantes
fleurs de la création. Je la plaçais sur un trône, au-dessus des
nuées, loin de nos misères et de nos infirmités terrestres, dans
ce ciel radieux dont je croyais toucher les étoiles en étendant la
main. En arrivant au château de Bellières, où je ne devais passer que quelques jours, je sentis se réveiller en moi toutes les
tendresses de mon enfance, assombries par l'inexorable loi des
affections humaines. On a décrit dans un poétique langage les
impressions mélancoliques du retour au pays natal, de cette
tristesse qui serre le cœur de l'enfant devenu homme, alors que
revenant au foyer paternel, il trouve la solitude et le silence là
où il avait laissé des visages chéris, souriant à ses premiers pas.
J'éprouvai un sentiment analogue, et cependant le château n'était
pas encore désert ; mais mon père souffrait d'une maladie de
langueur, contractée pendant ses campagnes des Indes, et qui
devait le conduire au tombeau. Sœur Pascaline avait pu rentrer
dans son couvent, à moitié démoli. Elle m'écrivait de là une lon-

gue lettre d'exhortations et de conseils maternels, qui, adressée
à un sous-lieutenant de cavalerie, pouvait faire sourire, et qui
me fit pleurer. Ma tante Eulalie, effrayée de l'état de mon père,
avait vieilli de dix ans, et s'efforçait en vain de me cacher ses
inquiétudes. Les adieux furent solennels et tristes. Malgré son
dépérissement, M. de Bellières, pendant ces journées rapides,
retrouva toute son énergie. Au moment de mon départ, il me
rappela l'ensemble de ses nobles enseignements : « Je ne te
dirai pas de te battre vaillamment, » me répétait-il; « de moi à
toi, ce serait une injure ; mais fais ton devoir en tout, partout et
toujours : c'est quelquefois moins brillant, c'est souvent plus
difficile! » Il y avait au château une galerie de portraits de famille qui aurait pu servir à l'histoire des costumes militaires
depuis les croisades ; car nous avions été constamment, de père
en fils, officiers de terre ou de mer : « Vois-tu ces mâles visages? » reprit M. de Bellières; « ils représentent un passé qu'on
vient d'outrager et de détruire : que le culte en survive dans
nos âmes! Dans toute circonstance délicate, demande-toi ce que
ces braves gens auraient fait à ta place; ou plutôt suppose qu'ils
vivent encore, et arrange-toi pour qu'ils n'aient jamais à rougir
de leur dernier enfant! »

» Les recommandations de ma tante Eulalie furent plus con-
formes à cette tournure d'esprit romanesque que j'avais déjà remarquée en elle, et dont rien n'égalait l'innocence. Elle me lut
deux ou trois vieux bouquins que le curé et la nièce de Don
Quichotte n'auraient certainement pas épargnés. A chaque situation héroïque, elle me disait qu'elle espérait bien que j'en ferais
autant, et que si j'étais amoureux, ce serait d'une noble et belle
damoiselle, qui ne m'accorderait sa main qu'après des combats

sans nombre contre les mécréants et les infidèles. Puis la pauvre
vieille fille me regardait, courait à son prie-Dieu, et fondait en
larmes.

» Il fallut se quitter : quinze jours après, j'étais en Autriche,
à deux lieues de Vienne, au village de Klosterneubourg, où
mon régiment était cantonné. Ce village s'échelonnait au pied
d'une colline que dominaient trois moulins. Un de ces moulins
me fut désigné pour mon logement. On y arrivait par un sentier
qui descendait à angle droit sur la route de Vienne, et qui ser-
pentait autour du village sans y entrer.

» Par une rencontre qui me parut d'heureux augure, le jour
même où je prenais ainsi possession de mon grade était le jour
anniversaire de ma naissance, le 20 mai 1807 : j'avais dix-sept
ans.

» J'étais muni d'une lettre de recommandation pour mon colonel ; je me présentai chez lui dans l'après-midi ; il habitait la
maison la plus apparente de Klosterneubourg. J'avais pris à son
sujet quelques renseignements, qui répondaient peu, il faut en
convenir, à cet idéal chevaleresque si soigneusement cultivé dans
mon âme par de vaillantes et délicates mains. Le colonel Ducray
était un officier de fortune, un de ces rudes batailleurs des
guerres de la république et du consulat, que l'on devait carac-
tériser plus tard par le brutal sobriquet de *culottes de peau*.
Son extérieur me parut d'accord avec le portrait qu'on m'en
avait fait. C'était un homme d'environ quarante ans, gros et
court, haut en couleur, d'un tempérament sanguin et légèrement apoplectique. Ses cheveux, déjà grisonnants et rares, coupés
en brosse, dessinaient tant bien que mal le contour de son front
d'un rouge de brique, où perlaient continuellement des gouttes

de sueur qu'il essuyait avec un mouchoir de coton. Ses traits, hâlés par le soleil d'Égypte et d'Italie, étaient empreints d'une vigueur martiale, mais où manquait le rayonnement de l'intelligence. Ses yeux ronds et clairs, ses lèvres épaisses s'entr'ouvrant sur ses dents blanches, pouvaient exprimer indifféremment le mépris du danger ou l'ardeur des appétits sensuels. Sa physionomie énergique et bourrue tenait à la fois du sanglier et du boule-dogue.

» Le colonel Ducray prit ma lettre après m'avoir toisé des pieds à la tête. Je vis qu'il ne lisait que d'un œil, et qu'il me regardait en dessous pour s'assurer si j'avais la taille bien prise, l'air militaire et les épaules bien effacées. Il fut probablement satisfait de son examen; car sa figure se radoucit au moment où il finissait sa lecture, et il me dit d'un ton qui voulait être gracieux :

« Parbleu ! jeune homme, vous arrivez bien ! Je m'ennuyais comme un officier au dépôt. Nous avons deux jours d'armistice, et il nous est permis d'aller à Vienne goûter tous les plaisirs de la capitale : je vais vous y conduire dans ma calèche; nous boirons, nous rirons, nous souperons, nous jouerons, nous irons au café, nous... enfin, le diable et son train!... Et je verrai, » ajouta-t-il avec un gros rire, « si les jeunes *ci-devant* savent s'amuser. »

» Cette partie de plaisir ainsi annoncée me souriait peu; pourtant je m'inclinai en silence : un sous-lieutenant est condamné à l'obéissance passive; et refuser pour mes débuts cette faveur de mon colonel eût été fort impolitique. Il donna ses ordres, et, une heure plus tard, nous roulions en calèche sur la route de Vienne, par une admirable soirée.

» Notre conversation fut peu animée : le colonel m'adressa quelques questions sur ma famille, auxquelles je répondis avec un respect laconique ; ce fut tout. Les teintes pâlissantes du soir, le roulement de la voiture sur le sable de la route, ce frais paysage où je m'obstinais à retrouver quelque chose de mon cher Dauphiné, tout me disposait à la rêverie. Les images toutes récentes de mon dernier séjour à Bellières me revenaient en foule. Je croyais encore entendre la douce voix de ma tante Eulalie, contempler le front noble et pâli de mon père. Lorsque, m'arrachant à ces souvenirs, je reportais mes regards à mes côtés, sur cette grosse figure qui représentait pour moi l'autorité et la discipline, il me semblait que j'étais transporté violemment d'un monde dans un autre, ou peut-être que je me trouvais au point de rencontre de deux sociétés, de deux siècles qui ne pourraient jamais se comprendre. « Parlerons-nous la même langue ? » me demandais-je avec une vague anxiété. Il est bien entendu que le colonel Ducray ne devina pas un mot de ce qui se passait en moi ; je lui parus sans doute le plus taciturne et le plus maussade des compagnons de plaisir. A la fin nous arrivâmes. Vienne m'offrit un curieux spectacle ; on n'y rencontrait que des uniformes ; les bourgeois s'étaient renfermés dans leurs maisons, et les rares passants nous regardaient de travers. Au café Werner, où se réunissaient les officiers français, commença pour moi la série de délices que le colonel m'avait promise. On but, on joua, on cria ; chacun raconta ses prouesses. Je me laissai gagner quelques parties de billard par le major Crévaroles, autre type de *troupier* qu'on eût dit venu au monde tout exprès pour être la caricature du colonel Ducray. Il était plus gros, plus rouge, buvait plus sec, jurait plus fort, achevait les assiettes cassées par le colonel, et si celui-ci lâchait un mot libre, il renchérissait par un mot grossier.

» Vers dix heures du soir, le colonel Ducray me mena au spectacle; mais bientôt il bâilla à se démonter la mâchoire, et me dit : « Allons souper! » Il avait, en arrivant, commandé le souper pour minuit, à l'hôtel des *Trois Aigles*, avec des clignements d'yeux et des chuchotements auxquels je n'avais pas pris garde. L'hôte nous reçut à la porte, son bonnet classique à la main, et nous introduisit dans un petit salon au premier étage. Si tu as jamais observé la physionomie d'un aubergiste allemand se donnant l'air roué pour complaire à des *Français nés malins*, tu vois d'ici la figure bêtement goguenarde de maître Gottlob au seuil de ce cabinet. Je ne le remarquai pas d'abord, mais je jetai machinalement les yeux sur la table, et un trouble étrange s'empara de moi : il y avait trois couverts.

» En même temps, une porte que je n'avais pas encore aperçue s'ouvrit : Gottlob fit entrer presque par force une jeune fille qui essayait de cacher son visage, et qui me parut sangloter. Le colonel s'approcha d'elle d'un air de galanterie soldatesque, et écarta ses mains tremblantes. Elle se tourna vers moi comme par un mouvement involontaire et pour implorer mon secours. J'étouffai à grand'peine un cri d'admiration, de douleur et de pitié.

» J'ai lu depuis les poëtes allemands; je me suis passionné pour Marguerite, Thécla, Mignon, et jamais je n'ai pu me représenter les poétiques créations de Goethe et de Schiller sous d'autres traits que ceux de cette jeune fille inconnue, ramassée, semblait-il, dans la rue pour l'amusement d'officiers avinés ou de libertins blasés. Que dis-je? cet être idéal qu'avaient si souvent caressé mes rêves de seize ans, il était là devant moi, réalisé sous une forme enchanteresse, mais tombée du ciel dans la boue. Elle avait des cheveux blonds et des yeux bruns, singularité qui donne à certaines beautés slaves et germaniques une expression originale et profonde. L'or de son abondante chevelure se détachait sous le velours noir de son petit bonnet viennois, et encadrait son front charmant, d'une blancheur lumineuse comme l'opale. L'âge n'avait pas encore donné tout son développement à sa taille fine, délicate, un peu grêle, mais d'une suprême élégance. L'ovale pur et effilé de son visage eût pu servir de modèle aux peintres chrétiens de la Renaissance. Son costume, pauvre et décent, ne trahissait aucun de ces goûts de clinquant qui caractérisent les courtisanes et les baladines de tous les pays. D'ailleurs, ce qui parlait plus haut que tout le reste, c'était sa douleur, sa pâleur, son attitude morne et désolée. De temps à autre, elle relevait ses beaux yeux, les fixait sur le colonel avec stupeur et épouvante, puis me regardait à la dérobée, d'un air de reproche, comme pour me demander qui j'étais et pourquoi je me trouvais là.

» Le colonel Ducray parut étonné, presque effrayé de la voir si belle. Cette nature grossière se sentit mal à l'aise devant tant de distinction et de grâce. Il se remit pourtant, bredouilla d'une voix rauque quelques mots que je n'entendis pas, et d'un geste conquérant montra à la jeune fille le siége placé à sa droite; elle fit quelques pas et s'assit, continuant à nous regarder tour à tour, le colonel et moi, avec un mélange de désespoir, de surprise et de frayeur suppliante. S'il eût dépendu de moi de faire crouler la maison sur nos têtes, je n'aurais pas hésité. Le colonel me fit signe de m'asseoir à sa gauche; j'obéis, et je tombai sur ma chaise comme une masse inerte. Pour reprendre contenance, il se mit à nous servir, en sifflotant un air à boire : mais jamais effort de gaieté ne fut moins communicatif. Quand il s'agit de manger, ni elle, ni moi, ni même lui, ne pûmes avaler un morceau. Elle laissa tristement retomber ses deux bras le long de son corps ; une larme, une grosse larme, lutta un moment sous ses longs cils noirs, sillonna ses joues pâles, et roula sur son assiette.

» — Ah çà ! quelle est donc la princesse déguisée que m'a amenée ce vieil imbécile de Gottlob ? » grommela le colonel entre ses dents. Il se versa une grande rasade de vin du Rhin et la but d'un trait ; rien n'y fit. Ce qui redoublait son désarroi, c'est qu'elle ne savait pas un mot de français ; lui, il ne comprenait ni ne parlait l'allemand ; moi, j'étais capable d'en lire quelques mots, mais je le comprenais très-peu, et je ne le parlais pas.

» Juge, Maurice, ce que je dus souffrir. Si je t'ai donné une idée exacte de ce qu'avaient été mon éducation et mon adolescence, tu dois te figurer mon supplice. Démêler ce qui s'agitait en moi, m'eût été bien difficile. Était-ce de la colère, de l'effroi ou de la honte ? Et à qui s'adressaient cet effroi, cette honte ou cette colère ? A elle, qui, sous cette enveloppe charmante, cachait peut-être une vie d'opprobre ? A moi, qui subissais ce rôle désolant et déshonorant ? A lui, qui, abusant de son grade, me faisait assister à cet ignominieux spectacle ? Je l'ignorais : ce que je savais, c'est que j'éprouvais une douleur aiguë, quelque chose de pareil à un stylet empoisonné qui m'eût traversé le cœur. Profitant du silence de plomb qui pesait sur nous, je m'adressais mille questions ardentes. Pourquoi donc le colonel m'a-

vait-il amené là? Voulait-il m'éprouver, me *tâter*, suivant une
coutume et une expression consacrées? N'était-ce pas un jeu
cruel de soldat parvenu s'amusant à humilier, à torturer un *ci-
devant*, comme il m'avait dit? Mais alors, que devais-je faire?
me révolter ou patienter encore? Et cette jeune fille, qu'était-
elle? quel incroyable hasard l'avait jetée dans cette chambre
d'auberge? Fallait-il me résigner à ne voir en elle qu'une de ces
ignobles créatures qui déshonorent le pavé des grandes villes?
Au fait, ne m'avait-on pas dit que ces filles du démon sont parfois belles comme des anges? Mais ces larmes, ce désespoir,
cette pâleur? Comédie peut-être!... Oh! non, non, ce n'était
pas possible!... Et j'achevais de dissiper mes doutes en la regardant.

» Je ne sais ce qui serait advenu si cette situation s'était
prolongée. Mais tout à coup nous entendîmes sonner le boute-
selle : l'armistice était rompu par suite d'une dépêche arrivée
du quartier général. Le colonel Ducray jura comme un possédé, et asséna sur la table un formidable coup de poing qui
fit trembler les porcelaines et les verres. Pourtant, tout furieux
qu'il était, je le crus soulagé, d'abord parce qu'il pouvait se
mettre en colère pour un motif déterminé, ensuite parce que
cette diversion subite l'arrachait à une position dont il subissait
malgré lui l'insurmontable embarras. Il sonna à triple carillon,
ordonna d'atteler sa voiture, et paya l'hôtelier en accompagnant
chaque florin d'un gros mot et d'une injure. La jeune fille
s'était levée et se tenait près de sa chaise, droite et immobile.
Le colonel revint vers elle avec une hésitation visible. Un moment j'aperçus sur son visage enluminé la lutte du bon et du
mauvais sentiment, et je pus croire que le bon l'emporterait.

3

Il roulait un quadruple entre ses doigts, et paraissait prêt à l'offrir à la pauvre enfant en la congédiant ; mais ce ne fut qu'un éclair : les mauvais instincts triomphèrent. Il but à même d'un flacon d'eau-de-vie resté sur la table, et forçant le ton pour se couper la retraite :

« — Ah ! mais non ! » s'écria-t-il en ricanant, « il ne sera pas dit qu'une péronnelle aura fait aller le colonel Ducray comme un stupide pékin !... Je suis le maître de l'emmener ; et je l'emmène !... Allons, la belle enfant, en avant, marche ! La nuit est superbe, et vous devez aimer à rouler en voiture à la belle étoile. Lieutenant de Bellières, vous céderez votre place à madame, et vous vous mettrez sur le siége de devant. »

» J'allais éclater : en quelques secondes, les résolutions les plus folles me passèrent par la tête : je voulais jeter au nez du colonel Ducray mes épaulettes neuves, le provoquer, le tuer, ou bien m'enfuir à pied jusqu'à mon logement, y reprendre mon bagage, et disparaître pour toujours ; mais une force plus puissante que ma volonté, plus puissante même que l'honneur, ramena mon regard vers la jeune fille, et je crus lire encore sur son visage désolé une muette prière. A tort ou à raison, il me sembla que cette malheureuse enfant me suppliait de rester. Tous ces incidents, d'ailleurs, se succédaient si rapidement, et mes idées étaient dans un tel désordre, que je finissais par m'abandonner au hasard, comme un homme qui se noie s'abandonne au courant. Je m'effaçai à demi dans l'ombre de l'appartement pour cacher au colonel mon agitation et ma colère. Il sortit le premier, après avoir offert le bras à la jeune fille, qui accepta passivement. Je les suivis : nous descendîmes l'escalier ; la voiture nous attendait à la porte ; nous nous y installâmes, le colonel et sa compagne dans le fond, moi sur le devant, et l'attelage partit au grand trot.

» La nuit était d'une sérénité délicieuse : point de lune, mais des milliers d'étoiles. Bientôt les étoiles mêmes pâlirent ; l'on aperçut à l'orient une blancheur irisée, sur laquelle se détachaient en noir les montagnes de l'horizon. Sur la route, que ces premiers reflets du matin laissaient encore dans l'obscurité, on voyait se glisser çà et là, comme de silencieux fantômes, des officiers, des soldats, surpris comme nous à l'improviste, et regagnant à la hâte leurs quartiers. Puis tout redevint solitaire, et je n'entendis plus que le frémissement des roues. Un frisson de fièvre courait dans mes veines... Ah ! c'eût été là le cadre choisi par ma jeune imagination pour ma première rencontre avec la femme de mes songes ! Jamais heure ne m'avait paru plus poétique et plus belle ; jamais spectacle mieux fait pour élever l'âme vers ces sphères supérieures où la passion se dégage de tout élément grossier. Et cependant il me suffisait de regarder devant moi pour me sentir déchiré par le contraste de ces douces harmonies nocturnes avec le honteux et cruel épisode que j'étais condamné à subir. Un instant après, les clartés de l'aube devinrent plus distinctes : les lointains, à demi baignés dans l'ombre, se teignirent d'une brume lumineuse ; les objets se dessinèrent ; un jour pâle et flavescent nous éclaira tous les trois. Je contemplai de nouveau cette ravissante figure qui vivait déjà dans mon cœur, et, à côté d'elle, cette face rude et empourprée qui me faisait horreur, mais que la discipline militaire me forçait de respecter. La situation paraissait la même que pendant le souper : la jeune fille toujours semblable à une statue de la Douleur sculptée par un Phidias allemand ; le colonel toujours en proie à un malaise que le grand air n'avait pas dissipé.

» Il ne tarda pas à ressentir un embarras d'un autre genre. A la fin de mai, les nuits sont courtes, et il était évident qu'il ferait grand jour au moment où nous arriverions devant sa porte. Déjà nous pouvions distinguer, à quelque distance, derrière des massifs d'érables et de noyers, les maisons groupées à l'entrée du village. Le colonel consulta sa montre, qui marquait quatre heures, et donna l'ordre d'arrêter : « Décidément, » dit-il, « nous allons trouver tout le corps d'officiers rassemblés devant ma porte. Pas moyen de me présenter devant ces messieurs avec une recrue comme celle-là, — et il me montrait la jeune fille ; — on en ferait quelque mauvais rapport, et le général M.... est vétilleux en diable sur ce chapitre... Lieutenant Bellières, écoutez-moi bien... Vous êtes logé hors du village, dans un des moulins, et vous pouvez y arriver par le sentier que voici sans rencontrer âme qui vive. Vous allez descendre de voiture avec cette belle muette... Vous la conduirez chez vous, et là vous attendrez mes ordres. Moi, je vais filer en voiture ; j'arriverai seul, et je ne scandaliserai personne... Allons, descendez !... Au revoir, la belle enfant !... Je l'enverrai chercher, dès que je le pourrai, par votre nouvelle connaissance, le gros major... Et surtout pas de bêtises ! » ajouta-t-il d'un air de jalousie brutale et railleuse qui me le rendit plus odieux encore.

» J'étais atterré. Ceci dépassait tout le reste ; et ce qu'il y avait d'affreux, c'est que le colonel ne semblait pas même se douter de l'ignominie du rôle qu'il m'imposait. Un cri d'indignation et de désespoir vint de nouveau expirer sur mes lèvres... Je te l'ai dit : depuis quelques heures, cette situation bizarre, l'étrangeté de ces sensations, cet affreux déchirement de toutes mes délicatesses de cœur, m'ôtaient une partie de mon libre arbitre. Il y avait comme

un bourdonnement autour de ma volonté et de ma conscience...
Et puis, là encore tout fut si rapide, que mon obéissance passive
n'eut pas le temps de se démentir. Je sautai à bas de la voiture.
Sur un signe du colonel, la jeune fille en fit autant. La calèche
repartit, et nous nous trouvâmes seuls sur la route.

» Tu me croiras, Maurice ; j'ai eu depuis de bien mauvais
moments : j'ai fait la campagne de Russie, et j'ai ramené à travers la neige les restes misérables d'une compagnie de deux
cents hommes que j'avais vus brillants de santé et de jeunesse :
j'ai été assassiné en Espagne, noyé à Leipzig, laissé pour mort
à Lutzen sur le champ de bataille, et un régiment de cuiras-
siers m'a passé sur le corps ; j'ai donc vu souvent la mort de
bien près et sous des formes à faire chanceler les âmes les plus
intrépides ; eh bien ! nulle part et jamais je n'ai éprouvé d'angoisse pareille à celle que je ressentis, à cette heure matinale,
sous cet admirable ciel de mai, sur cette route charmante, seul
avec cette jeune fille belle comme les anges. — Joli début ! me
disais-je avec rage ; complaisant et pourvoyeur du colonel ! ministre et confident de ses plaisirs ! déshonoré, à la face du régiment, le lendemain de mon arrivée ! moi, moi, le fils du comte
de Bellières ! — Et je songeai à mon père, à ses leçons, à ses
exemples, à vingt générations d'honneur et de vertu qui péricli-
taient entre mes mains. — Puis je regardais ma jeune compagne, et un tout autre sentiment s'emparait de moi : ce n'était
plus un scrupule de conscience, une crainte de déshonneur ;
c'était de la jalousie, c'était... Tu peux me croire, Maurice, jamais je ne fus plus malheureux !

» Et pourtant,—contradiction singulière du cœur de l'homme !
— ce souvenir cruel m'est resté cher. Aucun détail de cette

3*

scène n'est sorti de ma mémoire. Il faisait grand jour. A ma
droite, le soleil levant perçait les derniers brouillards accrochés
au flanc des collines ; il découpait sur un fond grisâtre les grandes ailes des moulins de Klosterneubourg, pendant que la partie
inférieure du village se massait encore dans la brume. A gauche, à quelques pas de la route, coulait une jolie rivière dont
j'ai oublié le nom, et qui va se perdre dans le Danube, un peu
au-dessous de Vienne. Nous en étions séparés par une prairie
qui courait en pente douce jusqu'à un rideau de peupliers,
d'aulnes et de saules, croissant librement le long du bord, et
que le printemps venait de revêtir de sa tendre et verte parure.
Des milliers d'oiseaux jaseurs y gazouillaient leur chanson du
matin. Des boutons d'or, des marguerites, de petits lis sauvages, des campanules, mêlés à l'herbe fine et drue de ce pré, y
brodaient d'innombrables arabesques. J'aurais donné mon sang
et ma vie pour pouvoir courir sur ce frais tapis de verdure,
ma main dans la main de cette jeune fille, aimant, aimé, lui
cueillant un bouquet de ces fleurs rustiques, laissant déborder, en présence de cette riche et souriante nature, tous les
trésors de mes premières tendresses... Et j'avais la mort dans
le cœur !...

　　　　» Il fallait cependant prendre un parti : ma silencieuse compagne était là, au bord du chemin, me regardant d'un petit
air doux et à demi rassuré, comme si le départ du colonel avait
suffi à dissiper sa frayeur. Je lui demandai son nom, et, moitié
par signes, moitié en employant quelques mots d'allemand qui
me revinrent en mémoire, je réussis à me faire comprendre.

　　　　» — Roschen, » me répondit-elle d'une voix dont je crois entendre encore le timbre frais et charmant.

» — Roschen, cela veut dire Rose ? un joli nom ! » repris-
je, toujours baragouinant et gesticulant.

» Elle fit un signe de tête ; puis, s'enhardissant un peu, elle
releva sur moi ses yeux humides, et murmura quelques mots
d'un air interrogatif. Je devinai qu'à son tour elle me demandait
mon nom.

» — Frédéric, » répliquai-je.

» — Frédéric ?... Fritz ?

» — Oui, Fritz, mon enfant, si vous l'aimez mieux.

» — Fritz ! Roschen ! » répétait-elle, et ces deux noms
ainsi prononcés avaient dans sa bouche une ineffable douceur :
elle les répétait avec un mélange de pudeur, de confiance, de
vague attrait peut-être.

» — Ah ! me dis-je avec un violent effort pour dompter les
frémissements de mon cœur, le déshonneur et le désespoir si
j'obéis au colonel... Et si...

» Une dernière fois ma pensée se reporta vers le château de
Bellières. Je revis, comme à la lueur d'un éclair, les pieuses et
nobles figures de mon père et de ses sœurs. Je sentis en moi
quelque chose comme un ressort brisé qui se remontait tout à
coup : je retrouvai pour me conduire cette lumière intérieure
qui avait vacillé un moment. Ma résolution fut prise aussitôt.

» J'appelai à mon aide tout ce que je savais d'allemand ;
c'était bien peu, mais la pantomime devait compléter le sens des
paroles. Je dis à Rose d'un ton grave qui parut l'étonner, et qui
contrastait avec mon menton imberbe :

» — Mon enfant, il faut que vous retourniez à Vienne. »

» Elle ne semblait pas me comprendre.

» — Oui, » repris-je avec une sorte de dureté impérieuse,

car je sentais qu'un instant de faiblesse pouvait tout perdre;
« oui, là-bas, d'où nous venons. »

» Et étendant une main vers le chemin parcouru, je saisis de
l'autre Rose toute tremblante, et la forçai de retourner sur ses
pas, dans la direction de la ville. A cette distance, on n'apercevait presque que la cathédrale, l'église de Saint-Étienne, dont
l'immense flèche montait vers le ciel et dominait l'horizon. Cette
vue me frappa. Il me sembla que c'était Dieu lui-même qui me
montrait son temple pour m'avertir et me sauver. Pourtant Rose
me regardait toujours, et malgré moi je me sentais faiblir sous
ce regard, où se peignait une naïve surprise. Je multipliai mes
gestes, je donnai à ma voix un accent de commandement, et la
jeune fille finit par me faire signe qu'elle m'obéirait. Alors je
fouillai dans ma poche : les *consommations* du café Werner et
les carambolages du major Crévarolles ne m'avaient laissé, de
tout mon petit pécule de sous-lieutenant, qu'un écu de six
francs. Je le pris, je le donnai à Rose, et fermai rudement sa
main, afin qu'elle ne le laissât pas tomber; puis, sans ajouter un
mot, sans regarder en arrière, de toute la vitesse de mes jambes
de dix-sept ans, je me précipitai dans le sentier qui conduisait à
mon moulin, et que séparait de la route un inextricable fouillis
de haies, d'arbustes et de vignes sauvages. J'arrivai tout d'un
trait dans ma chambre, je me jetai sur mon lit de camp, et là,
brisé par ce dernier effort, je me mis à sangloter comme un enfant. Je mordais mes draps avec fureur. A cette crise succéda
un accablement profond, une affreuse sensation d'anéantissement
et de vide : moi aussi, je me surprenais à murmurer, comme
un écho de mon cœur désolé : Fritz! Roschen!

» A sept heures du matin, j'entendis un pas lourd sur l'escalier de bois conduisant à la galerie extérieure qui ouvrait sur mon logement. Ce bruit me rappela à moi-même : je m'élançai de mon lit, et en un clin d'œil je me trouvai debout, tout habillé, au milieu de la chambre. Un instant après, le major Crévarolles parut sur le seuil.

» Sa large figure semblait épanouie par une expression d'hilarité libertine. Il renifla comme un marsouin, et s'écria :

» — Bonjour, lieutenant, bonjour!... Hum! je sens de la chair fraîche.

» — Je ne vous comprends pas, monsieur le major, » répondis-je froidement.

» J'avais six pieds; l'expression de mon visage avait quarante ans; le plus hautain de mes ancêtres eût été content de moi.

» — Vous ne me comprenez pas? ah! voilà qui est charmant! » s'écria le major Crévarolles avec son gros rire; « il n'a pas été convenu avec le colonel que je viendrais chercher ici, de sa part, une jeune et jolie poulette ramenée et remisée par vous?

» — Cherchez, monsieur, vous ne trouverez personne, » répliquai-je sur le même ton.

» Il écarquilla ses petits yeux et commença sa visite domiciliaire. Il chercha sous le lit, derrière les rideaux, se fit ouvrir deux ou trois autres chambres qui donnaient sur la galerie, descendit l'escalier, interrogea le meunier et sa femme, ne trouva rien, ne put obtenir le moindre renseignement, et finit par remonter :

» C'est parbleu vrai, » me dit-il; « la colombe est envolée! »
Ses traits exprimaient un grossier désappointement et une pro-

fonde surprise. Il me regardait comme pour me dire : Ah çà! vous
ne craignez donc pas de vous brouiller avec le colonel? « Au sur-
plus, » reprit-il brusquement, « ce ne sont pas mes affaires. Si
le colonel se fâche, cela vous regarde : vous vous arrangerez
avec lui. Moi, ma commission est faite... Bonsoir. »

» Je m'inclinai silencieusement, et il sortit.

» Dans la journée, je me retrouvai en présence du colonel
Ducray. Le cœur me battait bien fort, mais je réussis à soutenir
son regard avec une fermeté respectueuse qui produisit sans doute
une certaine impression sur cette nature, plus vulgaire que méchante. Il ne m'adressa pas un reproche, il ne fit pas la moindre
allusion aux incidents de la nuit et de la matinée, et depuis,
pendant trois ans que je passai sous ses ordres, il ne m'en parla
jamais. Ne te hâte cependant pas trop d'admirer cet effort de
vertu. Il ne me dit plus un mot, ne parut plus me connaître, et
n'eut avec moi que les relations strictement exigées par le service. J'eus malheureusement des preuves plus effectives de sa
muette rancune. Pendant ces trois ans, notre régiment prit part
à bon nombre d'affaires sanglantes, et je crois que j'y fis mon
devoir. Je fus blessé deux fois. J'eus un jour le bonheur de dégager ma compagnie, prise en flanc par la cavalerie prussienne;
et pourtant je ne reçus jamais de mon colonel un mot d'encou-
ragement ou d'approbation. Mon nom ne fut jamais mis à l'ordre
du jour; je n'eus ni avancement, ni croix, ni distinction d'aucune sorte : mes camarades s'en indignaient hautement; ils
parlèrent même de faire une démarche collective auprès du général en chef. Je les en empêchai. Peut-être au fond n'étais-je
pas fâché de souffrir quelque chose en mémoire de Roschen.
Quoi qu'il en soit, trois ans après, en 1840, j'étais le plus an-

cien, le plus disgracié et le moins décoré des sous-lieutenants
du 3e chasseurs... »

M. de Bellières s'interrompit un moment. Les caprices de
notre promenade nocturne nous avaient conduits près de l'es-
planade des Invalides.

« Et l'histoire finit là ? » lui dis-je.

— « Pas tout à fait. »

Il alluma un second cigare, et il reprit son récit.

III

« J'avais, » reprit Frédéric, « passé ce temps comme on le
passait alors ; faisant la guerre un peu partout, en Prusse, en
Westphalie, en Silésie, en Pologne ; m'appliquant à conjurer,
à force d'exactitude, le mauvais vouloir du colonel Ducray ; at-
trapant çà et là quelques bons moments à travers bien des jours
de privations, de périls et de fatigue, et parfois me laissant aller
à de fugitives amours, suivant la mode du temps. Ces amours
m'effleuraient à peine ; la meilleure partie de mon être leur de-
meurait étrangère ; au-dessus de ces visions éphémères, l'image
de Roschen flottait sans cesse, comme la blanche hirondelle des
mers sur les vagues turbulentes. A mesure que je m'éloignais
du jour de notre rencontre, tous les détails qui m'avaient irrité,
humilié, désolé, disparaissaient peu à peu ; il ne restait plus
que la créature idéale que j'avais rêvée avant de la connaître,
que je refusais d'oublier après l'avoir connue. Elle s'éclairait

dans ma mémoire d'une douce et complaisante lumière, comme
ces figures que fait vivre le génie des artistes et des poëtes, et
que nous emportons avec nous, pures et souriantes, à travers
les misères et les vulgarités de la vie.

» Les divers événements de cette époque nous ramenèrent à
Vienne en mars 1810. Vienne, que j'avais vue en 1807 plus semblable à un camp qu'à une capitale, n'était plus reconnaissable.
Le mariage de l'archiduchesse Marie-Louise avec l'empereur
Napoléon avait fait croire à la paix, et donnait le signal de fêtes
brillantes, auxquelles cette population amie du plaisir se livrait
avec un gracieux abandon. La ville regorgeait de grands personnages, princes, princesses, ambassadeurs, maréchaux, feld-
maréchaux, hauts dignitaires des deux empires. Dans les rues,
dans les cafés, au théâtre, on n'entendait que noms illustres, on
ne voyait qu'éclatants uniformes : un pauvre sous-lieutenant
comme moi au milieu de toutes ces splendeurs, c'était l'atome
perdu dans le rayon de soleil.

» J'eus un moment l'idée de rechercher la trace de Roschen ;
mais à quel fil me rattacher? Maître Gottlob, l'ancien hôtelier
des *Trois Aigles*, avait fait faillite, et son successeur ne savait
pas même ce qu'il était devenu. Je n'avais vu Roschen que pendant quelques heures, dans une chambre d'auberge et sur une
grande route. Excepté son nom de baptême, elle n'avait rien pu
me dire de ses antécédents ni d'elle-même. Le colonel Ducray
n'en savait probablement pas davantage : d'ailleurs, nous ne
nous parlions guère, et, nous fussions-nous parlé, c'eût été sur
tous les sujets plutôt que sur celui-là. J'y renonçai donc : le
dirai-je? j'aurais craint peut-être de retrouver Roschen, et de
la retrouver différente de cet idéal que son nom et son souvenir

éveillaient désormais en moi. Le sentiment que je gardais de cette apparition si rapide, ce n'était plus de l'amour ni de la douleur : c'était comme la vague impression d'un rêve, et je redoutais la réalité.

J'en étais là, lorsqu'un champ nouveau s'ouvrit tout à coup à mon imagination juvénile. J'entendais parler, depuis mon arrivée à Vienne, d'une troupe de virtuoses allemands qui faisait merveille, au théâtre de la porte de Carinthie, dans les opéras du répertoire d'alors et surtout de Mozart. On vantait la *prima donna*, jeune débutante de vingt ans à peine, comme une de ces rares organisations d'artiste en qui les facultés les plus opposées se réunissent pour charmer le monde et saisir les plus chères pensées des grands maîtres. Mais si tout le public paraissait unanime sur son talent et sa beauté, il n'en était pas de même de sa vie intime. Des contradictions extravagantes se déployaient à ce sujet parmi ceux qui se prétendaient le mieux renseignés. Les uns regardaient Rosalinde comme un ange, dont la vie était aussi pure que sa voix était incomparable : elle visitait les pauvres ; le vieux curé de Saint-Étienne avait le secret de ses aumônes ; on la voyait, le soir, à l'église, prosternée à l'ombre d'un pilier. Pour les autres, Rosalinde était une aventureuse enfant de la Bohême, livrée à tous les hasards de l'existence des artistes nomades. On pouvait demander au ténor de la troupe et au chef d'orchestre des nouvelles de sa vertu. On soupait chez elle, après le spectacle, à des heures insolites, et les bons bourgeois de Vienne hâtaient le pas en approchant de sa porte, scandalisés par le cliquetis des verres mêlé aux joyeuses roulades de ces oiseaux de passage. A force de bourdonner à mon oreille, ces propos finirent par s'emparer de moi, comme

3

ces airs que l'on fredonne en sortant du théâtre, sans savoir
pourquoi : ce nom même de Rosalinde, auquel je n'avais pas
songé d'abord, ne tarda pas à fixer mon attention plus que je
n'aurais voulu. Jusque-là, je m'étais peu soucié d'aller entendre
ces chanteurs. Je ne connaissais, en fait de musique, que quelques comédies à ariettes du théâtre Feydeau, où un Florville
quelconque soupirait, *avec délicatesse et gaieté*, aux pieds d'une
baronne de Melval. Je croyais que toutes les musiques ressemblaient à celle-là, et je n'avais pas grande envie d'en entendre d'autres. Mais un soir que j'étais triste et ne me sentais pas d'humeur
à aller au café, je passai devant le théâtre : l'affiche annonçait
Don Juan. Ces syllabes magiques ne me disaient pas ce qu'elles
te diraient aujourd'hui ; cependant elles eurent pour moi une
séduction irrésistible. En outre, Rosalinde devait chanter le rôle
de doña Anna. Je pris un billet, et allai m'asseoir dans un coin
obscur de l'orchestre.

» Je ne connaissais pas alors une seule note de cette partition
sublime qui a fait le tour de l'Europe, et que Garcia nous chantait, l'autre soir, avec toute sa verve espagnole. A peine eus-je
entendu dix mesures, un monde inconnu s'ouvrit à mes regards ;
la musique se révélait à moi tout entière, et, par un rappro-
chement irrésistible, il me sembla que mon premier amour
se confondait avec cette première révélation d'un adorable
génie. Mozart et Roschen s'unirent pour un moment comme
deux étoiles fraternelles dans un ciel pur, où les fraîches visions
de ma jeunesse se coloraient aux feux du matin. Tout, jusqu'à
cette alternative de terreurs infernales et d'aspirations célestes
si admirablement exprimée par le compositeur, répondait aux
bizarres contrastes de ma rencontre avec Roschen.

» Pendant la première scène, tu sais que la rampe reste baissée et que le théâtre est plongé dans l'ombre. Tout à coup doña Anna parut dans son blanc vêtement de nuit, suspendue au bras de don Juan. Au premier cri qui sortit de ses lèvres, je tressaillis. Pourquoi? Je n'en savais rien encore, et pourtant mon trouble augmentait. J'essayai de résister ; je m'accusais de folie ; je me dis que, pour retrouver dans cette grande femme vêtue de blanc la frêle jeune fille de l'hôtel des *Trois-Aigles*, dans cette voix puissante la voix douce et timide murmurant : *Fritz! Roschen!* il fallait que je fusse bien obstinément poursuivi par ce souvenir. Jusque-là, l'obscurité du théâtre m'avait dérobé les traits de Rosalinde. Bientôt, après le duel de don Juan avec le commandeur, doña Anna reparut, suivie de serviteurs qui portaient des lanternes et des flambeaux ; une vive lumière se répandit sur la scène ; doña Anna, agenouillée sur le corps sanglant de son vieux père, exhala son désespoir dans ce récitatif dont rien n'égale la pathétique beauté. La rampe donnait en plein sur son visage, et cette fois l'émotion qui m'avait déjà saisi me revint, plus violente et plus invincible. Bien qu'agrandi, transformé, illuminé par les flammes de la passion et de l'art, c'était le même visage, celui dont je conservais depuis trois ans la suave et douloureuse empreinte !... En voyant cette femme pleurer sur ce corps inanimé, en reconnaissant de vrais sanglots, de vraies larmes, que tout le talent de l'artiste eût été impuissant à imiter, je me demandais si cette scène funèbre n'éveillait pas en elle des souvenirs personnels, de lugubres images. Je fis un effort pour me détacher de ce spectacle qui m'absorbait trop : doutant encore, me croyant dominé par une sorte de charme magnétique qu'il fallait rompre, je détour-

nai mes regards et les promenai sur les loges, tout étincelantes
de diamants, de cordons, d'uniformes et de broderies. L'aspect
de ces magnificences me serra le cœur : je me sentis accablé de
ma petitesse et de mon néant. Mes yeux cherchèrent de nouveau
la cantatrice ; mais en se reportant sur le théâtre, ils rencontrèrent en chemin l'homme que je m'attendais le moins à voir dans
la salle, et dont la vue, en ce moment, devait me contrarier le
plus. Dans une petite loge d'avant-scène, j'aperçus le colonel
Ducray. Le sachant très-peu mélomane, je me demandai ce qu'il
faisait là. Sa physionomie rude et vulgaire exprimait une foule
de sentiments compliqués, que sans doute il ne démêlait pas très-
bien lui-même : ses regards inquiets ne quittaient pas doña
Anna. Reconnaissait-il Roschen ? l'avait-il revue ? était-il reçu
chez elle ? la capricieuse cantatrice s'amusait-elle à ses dépens ?
aimait-il simplement Rosalinde comme une actrice belle et applaudie, et, en l'aimant, croyait-il avoir affaire à une autre
femme ? ou bien sa présence au théâtre était-elle toute fortuite ?
Son amour, la ressemblance de Rosalinde avec Roschen, la jeune
fille de l'hôtel des *Trois-Aigles* se personnifiant en doña Anna,
tout cela n'était-il qu'une vision, un jeu de mon imagination
lancée dans le merveilleux par cette musique surhumaine ? Toutes ces pensées s'entre-choquaient dans mon âme comme des
feuilles d'automne sous un vent d'orage. Tantôt je m'enveloppais
de ces harmonies divines comme du manteau de Faust, pour
emporter avec moi doña Anna dans un pays enchanté, où ni Don
Juan, ni le colonel, ni personne ne viendrait me l'arracher ;
tantôt, retombant plus bas que la réalité, je voyais Roschen tendant la main dans les rues de Vienne, Rosalinde disputée à mon
amour par ces généraux et ces princes entassés dans cette salle,

Tous prenaient pour moi la figure du colonel Ducray, et se confondaient tour à tour avec ces esprits de l'abîme dont j'entendais retentir dans l'orchestre les ricanements sinistres. Puis tout s'effaçait; la muse enchanteresse de Mozart dissipait ces visions confuses, et je n'apercevais plus que cette femme vêtue de deuil, pleurant son père, perdue pour son amant, et appelant sur don Juan les vengeances célestes.

Cet état de surexcitation et de fièvre dura toute la nuit. Je brûlais du désir de revoir Rosalinde, de l'entendre encore, de me replonger avec elle dans ces océans de mélodie dont je venais de goûter pour la première fois l'âcre et mystérieuse saveur. Un instant après, je me sentais pris d'une sorte d'épouvante : si j'avais été libre, j'aurais fui, pour garder intacts au fond de mon âme tous les trésors de cette ardente soirée. Roschen ou doña Anna, cette création indéfinissable de mon souvenir, de mon rêve, de ma poétique ivresse, redeviendrait-elle une femme pour moi? ou bien demeurerait-elle dans ce sanctuaire où rien d'impur et de terrestre ne pouvait l'atteindre, et où je lui donnais Mozart pour gardien? Ma nuit se passa dans ces alternatives : le lendemain, la curiosité prévalut. Tous ces propos qui ne m'avaient encore occupé que vaguement et dont Rosalinde était l'héroïne, je voulais en ressaisir le fil, en rechercher la vraisemblance. Au risque de voir déchirer et traîner dans la boue l'or et la pourpre de mes songes, j'allai m'établir au café Werner, le centre de tous les commérages de la ville et du régiment. Là mon supplice commença : le café était plein d'officiers de tous grades, et chacun avait son mot sur Rosalinde. On le sait, les hommes les moins méchants, quand ils causent entre eux d'une femme, et surtout d'une actrice, se croiraient ridicules

s'ils ne se montraient impitoyables. Il y avait là trente jeunes
gens qui se seraient battus vingt fois si l'on eût parlé légèrement
de leur mère ou de leur sœur, et qui déchiraient Rosalinde pour
le seul plaisir de paraître savoir ce qu'au fond tout le monde
ignorait : car la variété même de ces récits en prouvait la faus-
seté. Pourtant les auteurs de ces légendes cédèrent la parole à
un officier qui semblait mieux instruit ; il se nommait Jules Méreuil ; c'était un excellent musicien, bon vivant, bon camarade,
et habitué des coulisses. Rosalinde, nous dit-il, était la fille unique d'un ancien artiste du théâtre de Prague, qui avait ramassé
une petite fortune et acheté, dix ans auparavant, une modeste
maison de campagne dans les environs de Vienne. Une nuit, au
plus fort de la guerre, des soldats ou des bandits avaient brûlé
et pillé sa maison : le malheureux, s'obstinant à y rentrer pour
essayer de sauver quelques-unes de ses hardes, avait péri dans
les flammes, et sa fille s'était enfuie. Après avoir erré dans les
champs ou dans la ville, à demi morte de fatigue, de désespoir
et de faim, elle avait rencontré un vieux musicien, Franz Müller,
qui connaissait un peu son père, et qui, frappé de sa beauté, de
son malheur et de sa voix admirable, l'avait recueillie et adop-
tée. Son éducation musicale s'était perfectionnée si vite, que
l'orpheline avait pu, l'année suivante, faire partie d'une troupe
d'opéra qui chantait les chefs-d'œuvre du répertoire. Puis le
vieux Müller était mort. Rosalinde avait mené la vie errante des
virtuoses de ce temps-là, et, après plusieurs saisons brillantes à
Munich, à Dresde, à Berlin, à Francfort, elle était revenue à
Vienne, où elle obtenait ses plus beaux triomphes.

  » J'aurais volontiers sauté au cou du lieutenant Méreuil ;
non-seulement j'acceptais son récit comme vrai, mais je croyais

pouvoir en remplir les lacunes : il devint évident pour moi que Rosalinde et Roschen étaient une seule et même personne ; que les effroyables hasards de la guerre, et non pas un infâme métier, avaient amené cette pauvre enfant à l'hôtel des *Trois-Aigles*, le jour même où le colonel et moi y avions soupé ; que le sieur Gottlob était un affreux coquin, à qui Roschen avait sans doute demandé un asile, et qui avait indignement spéculé sur son innocence et sa beauté ; qu'après les incidents de cette nuit et de cette matinée, le bon vieux Müller était devenu son sauveur et son second père. Tout s'expliquait, même cette poignante douleur de doña Anna, agenouillée sur le corps du commandeur, douleur qui n'était pas jouée, et que l'orpheline retrouvait, à chaque représentation, dans ses plus cruels souvenirs.

» Je ne voulus ni en entendre, ni en savoir davantage, et je sortis précipitamment du café. Il me semblait que Roschen ou Rosalinde, — ces deux noms n'en faisaient plus qu'un pour moi, — m'était mille fois plus chère, et je me promis de ne plus manquer une seule des soirées du théâtre. Par une sorte d'appréhension ou de raffinement où se reconnaîtront les imaginations romanesques, je m'abstins d'abord de toute démarche pour me rapprocher de la cantatrice. Je me plaçais constamment dans un coin de l'orchestre, et j'écoutais avec un ravissement qui n'était cependant pas sans anxiété et sans trouble. Rosalinde, d'une soirée à l'autre, différait si complétement d'elle-même, qu'on eût dit deux femmes se partageant leurs rôles. Je l'avais vue, dans *Don Juan*, chaste et pathétique, pleurant de vraies larmes et s'élevant aux plus pures régions de l'idéal. Je la retrouvais le lendemain, dans *Cosi fan tutte*, dans les *Nozze di Figaro*, dans *I Virtuosi ambulanti*, coquette, fantasque, frin-

gante, imprimant à la musique *bouffe* un caractère particulier
d'ardeur et de folie, et mêlant aux éclats de rire du caprice je
ne sais quelle tristesse passionnée qui ressemblait à un aveu.
Ces soirs-là, je sortais du théâtre plus amoureux, mais plus
malheureux. Le démon de la curiosité se réveillait en moi et
me donnait le change sur d'autres désirs que j'essayais en vain
de dompter. Songe que j'avais à peine vingt ans ! A force de
m'interroger, de raviver dans ma mémoire les traits de Roschen, de comparer cette figure lointaine à la beauté de Rosalinde, de regarder celle-ci pour mieux me rappeler celle-là, je
finis par devenir ou redevenir amoureux, mais amoureux comme
peut l'être un jeune officier de cavalerie séparé par une rampe,
— un abîme peut-être, — d'une adorable créature chantant
une merveilleuse musique. Rêve poétique, forme virginale planant sur notre triste monde, doux roman de ma jeunesse déchiré
à la première page, chaude atmosphère du théâtre, mystérieux
prestige de l'actrice, auquel peu d'hommes échappent... Comment te peindre ce chaos où l'idéal et le réel se disputaient tout
mon être ? J'eus là quelques semaines où je me trouvai fort à
plaindre et que j'ai souvent regrettées depuis.

» Je ne pouvais empêcher quelques vagues échos de me parler de Rosalinde. On m'assura qu'un grand changement s'accomplissait dans ses habitudes. Tous les adorateurs qui, lors de
ses débuts, avaient assiégé sa porte, étaient éconduits et consi-
gnés. Elle refusait toutes les parties de plaisir avec les artistes
ses camarades ; ses aumônes redoublaient ; ses visites à l'église
étaient plus fréquentes. Seulement, par une exception singulière
et comme pour tenir la balance égale entre les deux peuples rivaux, elle continuait de recevoir un colonel français et un comte

allemand, le colonel Ducray et le comte Rudolph. Voilà ce qu'on affirmait de toutes parts, et ce qui achevait de me bouleverser. Le colonel Ducray! Était-ce possible? Je ne me trompais donc pas, quand je l'avais vu au théâtre, en supposant qu'il y était pour elle, qu'il l'avait reconnue et qu'il l'aimait? Mais elle! quel but se proposait-elle en l'accueillant? une vengeance? une revanche? S'il y avait au monde un homme qu'elle dût abhorrer, c'était celui-là! Mais les femmes sont si étranges! Et ce comte Rudolph, qu'était-il? jeune ou vieux? un héros de roman ou un riche protecteur? Hélas! on me le montra quelques jours après, et il n'y eut plus d'illusion possible : le comte Rudolph avait cinquante ans au moins ; le goût des contrastes pouvait seul le faire recevoir par Rosalinde en même temps que le colonel ; car il présentait dans toute sa personne une caricature maigre, comme le colonel offrait la caricature contraire. Mais il passait pour un grand musicien et un dilettante fanatique : il était de haute naissance ; il avait exercé de graves fonctions dans la diplomatie, et il attendait la succession d'un vieil oncle qui le ferait marquis et trois fois millionnaire : en fallait-il davantage pour séduire une cantatrice? Le jeune officier qui me donnait ces détails comparait Rosalinde à Suzanne entre les deux vieillards : mais il lui refusait l'épithète que Suzanne a méritée.

» J'étais si désespéré, que je passai quelques jours sans retourner au théâtre. Un soir, cherchant pour mon cœur tourmenté un peu de consolation et de paix, et me souvenant des leçons de mes pieuses tantes, j'entrai à l'église, dans cette même cathédrale de Saint-Étienne dont j'avais vu la flèche gigantesque se dresser à l'horizon au moment où je me séparais de la pauvre Roschen. J'allais de pilier en pilier, aspirant avidement cet air frais et cette

3*

vague odeur d'encens qui ont si souvent rasséréné les âmes meur-
tries par le monde. Dans une chapelle latérale, à peine éclairée
par un pâle rayon du soir, j'aperçus une femme à genoux, dans
une attitude humble et fervente. Je la reconnus à l'instant ; c'é-
tait Rosalinde. Elle ne pouvait me voir, et j'étouffai le bruit de
mes pas, de peur de troubler la prière de cette mystérieuse créature. Quand elle se releva, je me rejetai tout à fait dans l'ombre:
Rosalinde passa si près de moi, que je sentis le vent de sa robe
frôlant les dalles ; des larmes mal essuyées coulaient encore de
ses yeux. C'était donc vrai ! Rosalinde priait ! Elle pleurait ! Non,
ce n'était pas là une fille perdue ! Et mon âme se rouvrait à cette
idéale et poétique tendresse, le seul amour qui me semblât digne
de Roschen. Mais ce comte? ce colonel? Et pourquoi pas? Savait-
on si cette orpheline, seule et sans défense, n'avait pas choisi
tout exprès ces deux adorateurs peu dangereux, afin d'écarter
les autres? Cette idée me souriait : une pointe de fatuité s'y
mêlait peut-être : sans y songer, je glissais mes vingt ans et ma
tête brune entre la face empourprée du colonel Ducray et le
profil anguleux du comte Rudolph, et je m'attribuais une facile
victoire.

» Le lendemain, j'étais au théâtre, et je prenais une place
beaucoup plus en vue, de manière à surprendre les regards de
la cantatrice, s'ils se dirigeaient sur moi. On jouait l'*Enlèvement
au sérail*, celle de toutes les partitions de Mozart où s'épanche
avec le plus de printanière richesse l'enthousiasme de l'amour
heureux. Rosalinde excita d'unanimes transports ; jamais elle ne
m'avait paru plus belle ! Rentré chez moi, j'écrivis une longue
lettre, et elle devait être éloquente, si elle exprimait fidèlement
l'état de mon âme : j'évitai de trop m'appesantir sur le passé ;

et cependant il me semblait que Roschen, — si c'était elle! — reconnaîtrait à chaque ligne ce Fritz, dont le nom m'avait été si doux sur ses lèvres. J'y ajoutai un gros bouquet de *vergiss-mein-nicht*, et j'expédiai le tout chez la cantatrice. Deux heures après, le bouquet et la lettre m'étaient renvoyés sans réponse. Je m'obstinai : j'écrivis de nouvelles lettres, plus vives, plus explicites que la première; j'arrivai jusqu'à la camériste de Rosalinde. Je ne réussis qu'à apprendre qu'on ne savait pas ce que je voulais dire, que j'étais sans doute trompé par quelque ressemblance, et qu'on me suppliait de borner là mes poursuites.

» Ce mécompte me désola, et j'étais dans tout le paroxysme de mon amoureux désespoir, quand je reçus une compensation inattendue, qui en tout autre temps m'eût comblé de joie. Le colonel Ducray m'annonça que j'étais porté pour la croix. Il est vrai qu'il me donna cette bonne nouvelle du même ton dont il m'aurait dit de garder pendant quinze jours les arrêts forcés; mais ses airs renfrognés ne m'étonnaient plus, et je pensai naïvement qu'on m'avait rendu justice.

» Bientôt on annonça la clôture de la saison musicale. Rosalinde devait faire ses adieux au public dans une dernière représentation de cet opéra de *Don Juan*, qui lui avait valu son plus grand succès. Je n'eus garde d'y manquer : toutes les beautés célèbres, tous les illustres admirateurs de la cantatrice, remplissaient les loges et le balcon. Le colonel et le comte étaient à leur poste, et si j'avais été moins ému, j'aurais remarqué sur leurs traits une animation extraordinaire, comme s'il se fût agi pour eux d'une lutte suprême ou d'un prochain dénoûment. Le rideau se leva. Dès les premières mesures, une sorte de commotion électrique m'avertit que Rosalinde était sous l'influence d'un de ces

sentiments exaltés qui dévoreraient l'artiste s'ils duraient plus
de quelques heures, mais qui dans ces instants rapides l'élèvent
à des hauteurs inouïes. Elle ne semblait plus tenir à la terre :
ses yeux noirs lançaient des flammes célestes. Sur le cadavre de
son père, ses accents furent si pathétiques, ses plaintes si dé-
chirantes, qu'elle arracha des larmes aux plus impassibles. Dans
tout le cours de son rôle, on l'eût dite emportée par un souffle
surhumain. Mozart, s'il était sorti du tombeau, eût salué en elle
sa doña Anna, telle qu'il l'avait vue en rêve, telle que devait la
voir Hoffmann, son commentateur merveilleux. Te dire le succès
de Rosalinde, à quoi bon? c'était du délire : la roideur aristocratique, l'insensibilité mondaine, la coquetterie ou la jalousie
féminine, tout avait disparu comme dans une traînée de feu.
Quant à moi, je n'étais plus de ce monde, et les hyperboles les
plus enflammées te donneraient à peine une idée de cette ivresse
extatique. Mais que devins-je, lorsque, au dernier acte, dans cet
air célèbre où Anna prie Ottavio de lui pardonner si, tout entière à sa douleur, elle refuse encore d'être à lui, les yeux de
Rosalinde se fixèrent tout à coup sur moi avec une expression
profonde de mélancolie et de tendresse? Ce fut une sensation si
vive, que je fléchis un moment sur ma stalle. Quand je me re-
dressai, je rencontrai de nouveau ce regard triste et ardent que
j'avais tant désiré et que je n'espérais plus. Ce regard semblait
me redire qu'elle n'était là que pour moi, que ce drame mystérieux ne s'agitait que pour nous seuls, qu'elle avait attendu ce
moment pour se déclarer enfin, et me rendre ma chère Roschen.

» Je n'entendis pas le finale ; je m'élançai hors du théâtre,
et courus chez moi.

» Je me croyais sûr d'y trouver un message de Rosalinde. On me remit en effet une lettre, mais bien différente de celle que j'avais espérée. C'était ma nomination de lieutenant au 10ᵉ chasseurs, qui faisait alors partie de l'armée d'Espagne, sous le commandement du général Suchet. On me donnait l'ordre de rejoindre mon nouveau-régiment sans le moindre retard, et de partir le lendemain.

» Ainsi, j'obtenais enfin ce grade si désiré ; je cessais d'être sous les ordres du colonel Ducray ; ma carrière militaire, si singulièrement entravée dès le début, pouvait redevenir brillante et rapide, et j'étais envoyé pour cela dans le seul pays où l'on se battait encore au milieu des apparences de paix générale : que de bonheurs à la fois ! Mais Rosalinde me possédait tout entier, et je fus presque insensible à ce qui n'était pas elle. Doña Anna, Mozart, mon devoir, mon avancement, ma carrière, la joie que j'aurais dû ressentir, j'oubliai tout : la passion était déchaînée ; je voulais revoir Rosalinde : il me semblait impossible qu'après m'avoir regardé ainsi, elle ne m'attendît pas. Quelques minutes après, j'étais à sa porte ; je montai l'escalier, je n'écoutai rien, je repoussai la femme de chambre, qui jetait des cris d'effroi en s'efforçant de me retenir, et je parus au seuil de l'appartement.

» Rosalinde venait de rentrer du théâtre ; elle portait encore la grande robe de velours noir taillée à l'espagnole, le costume de doña Anna au second acte de *Don Juan*. Son beau bras, d'une pureté sculpturale, sortait à demi de cette robe, à manches larges et évasées. Elle se tenait debout, accoudée devant sa glace, qu'éclairaient deux flambeaux d'argent placés sur la cheminée. Légèrement inclinée sur le marbre, d'une main elle appuyait son

front, de l'autre elle essuyait ses yeux. Au bruit que je fis, elle
se retourna et devint pâle comme un spectre. Pendant un instant, plus rapide que la pensée, je crus retrouver dans ses yeux
humides cette expression de douleur et d'amour qui m'avait bouleversé.

» — Je ne vous attendais pas... je ne vous ai pas appelé ! »
dit-elle d'une voix tremblante.

» Mais elle redevint aussitôt maîtresse d'elle-même ; son visage
se pétrifia comme par un effort suprême de volonté, et elle reprit
d'un air dur et hautain :

» — Que voulez-vous ? qui êtes-vous ? Je ne vous connais
pas !... »

» Cette voix âpre, saccadée, presque rude, déconcertait tous
mes souvenirs et ramenait tous mes doutes : ce n'était plus ni le
frais murmure de Roschen, ni l'accent pathétique de doña Anna.

» — Mais, madame, » répondis-je tout éperdu, « je croyais...
ce soir, au second acte de *Don Juan...* vos regards, mes souvenirs... Rosalinde !... Roschen !...

» — Encore cette histoire ! On vous a dit, monsieur, que
vous vous étiez trompé. Il est possible que je ressemble à une
femme... à la première femme que vous avez aimée... »

» Et sa voix tremblait de nouveau ; elle perdait du moins cette
intonation brève et froide qui m'avait fait tant de mal.

» — Que j'aime encore, que j'aimerai toujours... Mon amour
est ma vie, et si je me suis trompé, c'est mon désespoir ! »
m'écriai-je avec cet accent de vérité qui va si bien à la passion et
à la jeunesse.

» Sauf un léger frémissement des lèvres, Rosalinde demeura
impassible, et répliqua avec une sorte d'ironie triste :

» — Soit ; mais ce n'était pas une raison pour forcer ma porte et me poursuivre jusqu'ici. »

» J'étais écrasé. Une reine en courroux ne m'eût pas semblé plus imposante. Non, ce n'était pas là, ce ne pouvait pas être ma pauvre petite Roschen, à l'œil si caressant et si doux. Je repris avec des larmes dans la voix :

» — Oh ! madame, c'est vrai... mais pardonnez-moi... Je suis un fou, un malheureux fou... Je pars demain pour l'Espagne, et une force invincible m'a poussé... J'ai voulu vous faire mes adieux...

» — Ah ! vous partez ; et vous êtes lieutenant ? » dit-elle tout à coup.

» — Oui, madame, mais je ne vous l'avais pas dit !... Comment le savez-vous ? » repris-je en la regardant fixement ; et je sentis renaître mes incertitudes, presque mes espérances.

» Elle détourna la tête, et il me parut qu'elle rougissait.

» — Oh ! par ouï-dire, » fit-elle négligemment. « Vos camarades n'assuraient-ils pas que ce grade vous était bien dû ?... Ainsi donc c'est vrai, vous partez ? » Et une expression bizarre, une sorte de joie fiévreuse, se peignit sur ses traits superbes.

» Toutes ces sensations incohérentes, contradictoires, m'avaient mis hors de moi. Je crus que Rosalinde se réjouissait de mon départ, qu'elle insultait à ma douleur. Cette idée me tira de mon abattement ; mon amour se réveilla, mêlé de honte et de colère, et je m'écriai :

» — Non ! je ne partirai pas ! je ne veux pas partir ! Que me font maintenant mes rêves, mes ambitions d'autrefois ? Ce que je veux, c'est ton amour, c'est toi !... Si tu m'aimes, je t'emporte dans quelque solitude où nul ne viendra nous chercher... Si tu ne m'aimes pas, je brise mon épée comme tu m'as brisé le cœur !

» — Oh ! c'est trop lutter ! c'est trop souffrir ! » s'écria-t-elle en joignant les mains.

» Était-ce une illusion ? Ce pâle et noble visage, si froid et si immobile tout à l'heure, me parut encore une fois s'illuminer d'un rayon de céleste tendresse ; mais cette expression fut si fugitive que je crus m'être trompé. Je n'eus le temps, d'ailleurs, ni de me rendre compte de ces alternatives, ni de chercher le sens des dernières paroles de Rosalinde. Elle fit un pas vers moi, et sa figure trahissait de tels orages que je reculai, frappé de surprise. Au même instant, on entendit dans le lointain le bruit d'une voiture : Rosalinde regarda à sa pendule ; il était minuit :

» — Va-t'en ! va-t'en ! » me dit-elle avec une incroyable énergie. Elle me saisit, m'entraîna vers une petite porte qui donnait sur un escalier de service, l'ouvrit : j'avais complétement perdu la tête : il me sembla que ses mains brûlantes, au lieu de me lâcher, me serraient dans une indicible étreinte, que ce visage contracté se détendait une dernière fois, que des lèvres de feu m'effleuraient ; mais ce fut plus rapide que l'éclair : la petite porte se referma sur moi... La voiture venait de s'arrêter devant la maison. Je restai un moment, mon cœur battant à se rompre, l'oreille aux aguets, la joue collée à cette mince cloison. J'entendis un bruit de pas, une voix inconnue, quelques sanglots peut-être ; puis je me précipitai au bas de l'escalier, et je m'enfuis, ivre de douleur, sans regarder en arrière.

» J'errai pendant quelques heures dans les rues de Vienne. A l'aube, je sortis de la ville, et je m'acheminai à travers champs. On était à la fin de mai ; presque un anniversaire ! Toutes les fraîches harmonies d'une matinée de printemps, qui servaient dans ma mémoire de cortége et de cadre à la douce figure de Roschen, m'environnaient encore, comme trois ans auparavant. C'étaient les mêmes reflets d'opale dans le ciel, les mêmes chansons d'oiseaux sous la feuillée, les mêmes gouttelettes de rosée sur l'herbe fine et lustrée, les mêmes floraisons sauvages le long des futaies et des prairies, les mêmes brises embaumées calmant le tumulte de mon cerveau et la fièvre de mes veines. A mesure que je marchais, cette belle et bienfaisante nature reprenait sur moi son empire. Ce qu'il y avait eu depuis la veille de désordre et de furie dans mon amour s'adoucit et s'apaisa peu à peu. La chaste étoile de Mozart, un moment obscurcie par l'ardente nuée des passions, rayonna de nouveau au fond de mon âme, timide d'abord et tremblante, puis sereine et limpide comme l'amour purifié par l'idéal. Rosalinde redevint doña Anna, et Roschen lui tendit la main. En ce moment je regardai autour de moi : un infaillible instinct m'avait conduit sur le chemin de Klosterneubourg, au lieu même où j'avais tant souffert, tant aimé, où je m'étais séparé de Roschen, où j'avais entendu sa voix caressante unir mon nom au sien. Je reconnus tout, et je voulus tout revoir : le talus gazonné de la route, le pré en fleurs, le rideau de saules et de peupliers au bord de la petite rivière ; au loin, sur la colline, les trois moulins dominant le village et se découpant sur l'azur du ciel, et, à l'extrémité de l'horizon, la flèche colossale de Saint-Étienne s'élevant comme une pensée d'espérance ou de prière au milieu des images terrestres. Je croyais reconnaître la trace de chacun de mes pas ; je ressaisissais une à une les sensations douces et amères de cette première matinée. « Je me trouvais malheureux alors, me disais-je, « qu'est-ce donc aujourd'hui ? »

» Je remontai ce sentier voilé d'ombre qui menait au moulin, et que j'avais gravi, en quittant Roschen, le cœur frémissant de regret, effrayé de mon douloureux courage. Arrivé sur le coteau, je me retournai, et j'embrassai du regard toute cette scène paisible. Où était-elle ma Roschen, la mienne, celle que j'avais aimée, que j'avais créée peut-être ? Son âme me semblait remplir ce paysage. Il me semblait à chaque instant que j'allais la voir sortir de ces massifs d'arbres, s'asseoir au bord de cette route, courir à travers cette prairie, s'élancer vers ce ciel pur. J'écoutais la brise matinale : que me disait-elle ? Fritz et Roschen ? Ottavio et doña Anna ? Ces noms se confondaient et glissaient dans l'espace avec le souffle du vent. « Oh ! la revoir encore ! » m'écriai-je tout à coup. « Elle m'aime, j'en suis sûr, et mon cœur ne peut pas me tromper... Je veux qu'elle me le dise une fois, une seule fois... puis j'aurai le courage de partir. » Voilà comment l'on raisonne lorsqu'on est amoureux et qu'on a vingt ans.

» Je redescendis le sentier en courant. Une heure après, haletant, brisé de fatigue, couvert de poussière et de sueur, je rentrais dans la ville et me présentais de nouveau à la porte de Rosalinde. On me répondit qu'elle était partie. « Partie ! et quand ? — Cette nuit. — Et où est-elle allée ? » On l'ignorait, ou on ne voulut pas me le dire. Je questionnai, je suppliai, j'offris de l'argent ; tout fut inutile.

» Je regagnai mon logement, en proie à une de ces crises terribles qui font commettre d'irréparables folies et peuvent perdre en quelques heures toute la vie d'un honnête homme. Je froissai entre mes doigts crispés mon brevet de lieutenant, je le jetai dans ma chambre, et je trépignai dessus avec fureur. Cette crise

était trop violente; mes forces me trahirent, et je me laissai
tomber sur un fauteuil, en me couvrant le visage de mes mains.
Là, comme trois ans auparavant, sur le chemin de Klosterneubourg, de purs et chers souvenirs passèrent dans le lointain de
ma pensée ; le vieux château de Bellières, mon père, ses sœurs,
douces et nobles âmes, maîtres bien-aimés de mon adolescence !
Voilà les leçons qu'ils m'avaient données, et voilà comment j'en
profitais ! Prêt à tout sacrifier à ma passion pour une actrice...
et une actrice qui ne m'aimait pas, qui s'était peut-être enfuie
avec un autre !... Cette idée m'écrasa de honte, et ma douleur
changea d'objet : mon père ! chaque lettre que je recevais de
Bellières me le montrait, hélas ! plus languissant et plus malade...
Ah ! s'il savait ce qui se passe dans le cœur de son fils, il en
mourrait ! — Je trouvai dans cette angoisse, dans ce remords,
quelque chose de fortifiant et de salutaire. L'Espagne, où l'on
m'envoyait, c'était la guerre, c'était le danger... Oh ! oui, partir, me battre, chercher la mort... la mort, qui lavera tout, qui
effacera tout, mon désespoir, ma honte, l'image de cette femme...
car cette image est toujours là, et, insensé, je l'aime toujours !...
Ah ! Maurice, ce furent de cruelles heures !

» Mes épreuves n'étaient pas finies ; j'avais rassemblé tout
mon courage, et je préparais à la hâte mon léger bagage, lorsque quelques-uns de mes camarades firent irruption dans ma
chambre. Ils avaient appris ma nomination ; ils venaient me fé-
liciter, et me témoigner leurs regrets de notre séparation. Mais
bientôt je remarquai qu'ils avaient peine à réprimer une violente
envie de rire ; je leur en demandai la cause, et ils m'avouèrent
qu'ils riaient de la mésaventure du colonel Ducray, qui n'était
pas aimé dans le régiment, et qui venait d'être berné comme un

sot par la divine Rosalinde. L'orgueil peut servir à quelque
chose : il me servit à cacher à ces étourdis le déchirement de
mon cœur, et ils me donnèrent quelques nouveaux détails :
« Croiriez-vous, » me dit l'un d'eux, « que cette étrange fille
avait muselé, dompté, ensorcelé le colonel; qu'elle en a fait
pendant trois mois son esclave, sans lui accorder rien qu'un
agréable mélange de câlineries et de rebuffades, de railleries et
de promesses? Elle lui avait juré ses grands dieux que, le lendemain de la dernière représentation, elle mettrait fin à son supplice. Mais l'amour de ce pauvre colonel a piqué au jeu le comte
Rudolph : il n'a pas voulu que l'Autriche fût battue dans cette
joute galante, et cette nuit, à minuit, l'heure favorite des amours
germaniques, il est venu enlever *la diva* dans sa voiture armo-
riée. Il l'a emmenée à la campagne, dans un vieux château poétique comme une ballade, et l'on assure qu'il l'épousera : ces
diables d'Allemands sont capables de tout! Son rival s'est présenté ce matin chez Rosalinde, rasé, pommadé, parfumé, et
convaincu, le cher homme, que l'heure du berger allait enfin
sonner pour lui... Bernicle! le bel oiseau moqueur était dé-
niché!... Qui a pesté, sacré, blasphémé? C'est notre colonel.
En ce moment on le saigne, pour prévenir une attaque d'apo-
plexie... »

» Les rires éclatèrent, et, l'orgueil aidant, je réussis à rire
comme les autres, d'un petit rire convulsif et nerveux qui sauvait les apparences. J'abrégeai les adieux, et je partis. Un mois
après, je recevais au siége de Mequinença une blessure assez
grave, qui me valut le grade de capitaine et me fit perdre beaucoup de sang. Il y a dans la convalescence je ne sais quelle
langueur rêveuse qui se prête aisément à ce travail intérieur

où une passion trop violente, trop mêlée de terrestres alliages, s'en dépouille et remonte vers l'idéal. On dirait que les deux blessures se guérissent à la fois. Tandis que je restais couché sur mon lit de camp, ou que je me promenais dans les allées droites du petit jardin de l'hôpital, je rentrais par gradations insensibles en possession de cette image adorée que j'avais si souvent reconquise et si souvent perdue. Je lui rendais tout ensemble et sa pureté primitive et ses poétiques métamorphoses. Roschen me souriait; Mozart chantait à mon oreille. N'étais-je pas d'ailleurs dans la patrie de doña Anna ? Je songeais encore à Rosalinde, mais je n'étais plus sûr de l'aimer, puisque je ne souffrais plus.

» Ce fut précisément à cette époque, et pendant une des plus douces journées de ma convalescence, que je reçus du quartier général un petit paquet à mon adresse. Il arrivait de Vienne, sous le couvert de l'ambassade française. Je le pris : au moment où je l'ouvrais, un écu de six francs tomba à mes pieds. Sur le papier qui l'enveloppait, une main de femme avait écrit ces mots:

« Roschen était digne de vous : souvenez-vous de Roschen et de doña Anna : oubliez l'actrice Rosalinde. »

» Il n'y avait pas un mot de plus.

» Je compris tout ; je ramassai cet écu de six francs, seul présent que j'eusse fait à la pauvre Roschen, et qu'elle avait gardé sans doute au risque de mourir de faim. C'était à la fois l'aveu et l'adieu de Rosalinde. Je le tins longtemps dans ma main et le regardai avec un mélange de tendresse, de regret et de reproche ; puis je m'aperçus que je pleurais, et je le baisai comme une relique.

» Bientôt les catastrophes se pressèrent, et il eût fallu avoir le

cœur bien égoïste ou l'imagination bien futile pour ne pas se
laisser absorber par les dangers et les malheurs de la France ;
la vie militaire m'apparut sous ces austères et lugubres aspects
qui laissent peu de place au mirage du roman ; il ne me resta
de ma sentimentale aventure qu'une dernière vision, une blanche
et pâle figure qui n'avait plus rien de ce monde, qui gardait à
peine un nom, et qui, dans les veillées du bivouac ou au milieu
des sombres spectacles de la guerre, passait parfois sur mon
âme sans y laisser plus de trace qu'une aile d'alcyon sur la
mer..... »

M. de Bellières se tut : nous étions presque arrivés devant
sa porte.

« Et vous ne savez rien de plus? » lui demandai-je.

Il hésita un moment, puis il reprit :

« Pendant bien longtemps je n'en ai pas su davantage... »

— Et maintenant?

— Maintenant je sais que Jules Méreuil avait dit vrai; que
Roschen était pure comme les anges lors de notre rencontre à
l'hôtel des *Trois Aigles*, et qu'elle m'aima de cette belle et
chaste tendresse dont rien ne devrait jamais ternir la flamme
virginale...

— Et plus tard?...

— Ah! plus tard, après trois ans de cette vie de hasards
et de théâtre où ces femmes sont tantôt dans le ciel, tantôt
dans la boue, la pauvre enfant ne se jugea plus digne de moi...
elle refusa de me reconnaître, et me laissa ignorer qu'elle
m'aimait...

— Et le colonel?

— Rosalinde apprit les injustices du colonel envers moi, et

elle en devina les motifs en consultant ses propres souvenirs.
Le mal qu'elle m'avait fait bien involontairement, elle voulut le
réparer : le colonel, sans la reconnaître, s'était rangé parmi ses
plus fervents adorateurs. Elle l'accueillit, et ferma sa porte à
tous les autres, excepté au comte Rudolph. Une rivalité furieuse
se déclara entre ces deux singuliers représentants de l'armée
française et de la noblesse autrichienne. Quand deux hommes
de cette tournure et de cet âge se passionnent pour une femme
telle que Rosalinde, chacun d'eux est capable de tout pour l'emporter sur l'autre. En opposant le comte Rudolph au colonel
Ducray, Rosalinde ne voulait qu'obtenir pour moi une décoration
et un grade : elle ne prévoyait pas qu'en opposant le colonel au
comte, elle obtiendrait pour elle-même...

— Quoi donc?

— La main d'un galant homme, un magnifique mariage et un
titre qu'elle porte noblement depuis quinze ans, sans avoir donné
la plus légère prise à la médisance.

— Le titre de comtesse?

— Non ; le comte Rudolph, la veille même de son mariage,
devenait, par la mort de son oncle, marquis de Renwald...

— Quoi ! la marquise?

— Je ne la reverrai jamais : elle repart demain matin pour
Vienne. »

LE CHERCHEUR DE PERLES

I

Nous sommes au mois de novembre 1849 ; — le *mois noir*,
comme disaient les Bretons : le mois où les fleuves débordés
couvrent de leurs masses furieuses les prés jaunis, les oseraies
effeuillées, les derniers restes d'une végétation mourante ; où un
ciel humide et bas, chargé de brouillards et de nuages, estompe
le contour des collines ; où les neiges commencent à s'amonceler
aux flancs ravinés des montagnes ; — le mois où les cœurs malades, les âmes froissées, les organisations délicates, se tournent
vers le midi pour y chercher un rayon de soleil.

Dans une chambre de la principale auberge de Brieg, bourg
situé, comme chacun sait, au pied du Simplon, une femme arrivée au déclin de l'âge, belle encore, mais d'une beauté mélancolique et attristée, contemplait, avec un regard dont l'expression
maternelle ne saurait se rendre, une jeune fille endormie sur un
petit lit à rideaux blancs. Il était sept heures du matin ; une lueur

blafarde, se glissant à travers la fenêtre, luttait avec les clartés vacillantes d'une lampe posée près du lit. Au dehors, le vent soufflait violemment ; à chacune de ces rafales qui s'engouffraient dans la cheminée et faisaient pénétrer dans la chambre des frissons indéfinissables, la mère ramenait ses regards sur sa fille, et une anxiété plus vive se peignait sur son pâle visage.

Celle dont le sommeil était ainsi surveillé et protégé par cette inquiète tendresse, paraissait avoir environ vingt ans. Les peintres qui ont tour à tour vu passer dans leurs rêves les blanches figures d'Ophélia, de Mignon et de Marguerite, n'auraient pu choisir de plus poétique modèle que cette tête virginale à demi penchée au bord de l'oreiller ; deux boucles de cheveux blonds, s'échappant d'un frais bonnet de tulle, dessinaient leur ombre soyeuse sur un front pur et poli comme le marbre. Les joues avaient de délicates nuances de rose-thé, auxquelles les reflets de la lampe mêlaient quelques tons ambrés. De longs cils abaissés, plus bruns que les cheveux, et se fondant, pour ainsi dire, dans le léger cercle de bistre qui entourait ses grands yeux, un vague sourire courant sur ses lèvres entr'ouvertes, une respiration égale et paisible soulevant à peine les flots de batiste qui ondulaient autour de son cou et de ses épaules, tout cela formait un ensemble d'une harmonie suave, quelque chose de semblable au sommeil d'une Vierge de Fra Angelico de Fiezole, retouchée par Murillo.

En ce moment, un coup de vent plus violent que tous les autres fit grincer le volet contre les vitres ; la mince cloison remua comme si elle allait tomber ; la lampe trembla comme si elle allait s'éteindre. Ce bruit, un songe pénible peut-être, éveilla à moitié la dormeuse ; le sourire de ses lèvres disparut tout à coup ; un de ses bras, sur lequel s'appuyait sa jolie tête, s'étirant hors du lit, lui donna l'air d'une colombe dégageant son cou de son aile ; un instant après, ses yeux s'ouvrirent ; elle les promena à droite et à gauche avec ce vague étonnement qui n'est pas encore le réveil ; puis, les fixant sur sa mère, elle murmura d'une voix douce :

— Maman ! allons-nous-en vite ! j'ai froid.

— Ma chère Aline, j'ai fait demander les chevaux pour sept heures ; mais écoute et regarde, le temps est affreux ! ce vent d'orage a soufflé toute la nuit ; je suis sûre que nous allons avoir de la neige : qui sait si les postillons voudront nous conduire ?

Tout en parlant, madame de Sénac, — c'était le nom de la mère d'Aline, — alla ouvrir la fenêtre et la referma aussitôt, comme frappée d'épouvante ; dans tout l'espace qui s'étendait depuis Brieg jusqu'aux premiers contreforts du Simplon, la vue ne découvrait que de grands nuages d'un gris pâle qui enveloppaient tout l'horizon, et qui, poussés par la tempête, se collaient comme de blancs linceuls aux escarpements des rochers. Les sapins et les mélèzes, secoués jusque dans leurs racines, n'apparaissaient, à travers la pluie, que comme des formes bizarres, ébauchées sur un fond sombre. Les toits des maisons grelottaient sous ces ondées fines et glacées que perçait çà et là un jour livide. Madame de Sénac se retourna vers sa fille qui, à ce spectacle de désolation, s'était laissée retomber sur son lit.

— Eh bien ! ma pauvre Aline, qu'en penses-tu ? dit-elle en s'efforçant de sourire.

— Oh ! je veux partir ! j'ai froid et peur ici ! répéta la jeune fille avec une insistance d'enfant ou de malade : songez-y donc, maman ? encore une journée, et nous sommes en Italie... dans le pays du soleil !

On frappa à la porte : c'était l'hôtelier avec le postillon. Madame de Sénac les consulta ; tous deux furent d'avis qu'il y avait imprudence à se mettre en route : ce qui était de la pluie à Brieg était de la neige trois lieues plus haut.

— Mais si nous restons ici, c'est pour quinze jours peut-être ? dit Aline, qui semblait en proie à une impatience fiévreuse ; le temps, mauvais aujourd'hui, sera pire demain ; la neige de demain épaissira celle d'aujourd'hui... et là-bas, là-bas, ajouta-t-elle, en étendant le bras dans la direction du midi, il y a l'air tiède qu'on respire avec délices ; il y a le soleil qui console !

A ces derniers mots, un léger accès de toux monta de sa poitrine à ses lèvres, et colora ses joues d'une rougeur subite qui s'effaça presque au même instant. Madame de Sénac n'hésita plus ; elle prit à part le postillon et lui demanda si le danger était réel.

— Non, madame, répondit-il, séduit par l'appât d'une bonne aubaine ; je réponds de tout si nous partons tout de suite et si nous sommes au plateau dans l'après-midi.

Une demi-heure après, madame de Sénac, Aline et leur femme de chambre, bien calfeutrées dans une bonne berline de voyage, commençaient la montée du Simplon.

Ainsi qu'on le leur avait annoncé, elles trouvèrent la neige, quelques lieues plus loin, au sortir du pont de la Saltine. Mais la route était libre encore, le postillon adroit et résolu, les chevaux vigoureux, et la voiture avançait rapidement. Madame de Sénac, toujours un peu inquiète, se rassurait pourtant et se félicitait d'être partie, en voyant sa fille se ranimer, un éclair de joie briller dans ses yeux, et les couleurs de la santé reparaître sur son visage, à mesure que la montée devenait plus roide, que les plaines du Valais achevaient de se perdre dans le lointain et que les glaciers du Gliss-Horn découpaient de plus près, sur un ciel plombé, leurs blanches dentelures. Tout alla donc bien d'abord; le plateau fut atteint avant deux heures; le postillon fit prendre le trot à ses chevaux, en promettant que, s'il n'y avait pas de nouveaux obstacles, on arriverait, à la nuit tombante, à Domo-d'Ossola.

Les voyageuses respirèrent; cette première consonnance italienne caressait leur oreille comme une mélodie de Bellini, comme une brise embaumée circulant sur ces couches de neige. Aline était presque gaie, et peu s'en fallut qu'elle ne demandât à descendre pour cueillir quelques touffes de rhododendron qu'elle apercevait sur le talus du chemin. Au delà du hameau de Gondo, une madone placée sur la droite de la route leur apprit qu'elles étaient en Italie. Déjà la vallée perdait de son caractère abrupte et sauvage; les rochers étaient moins âpres; ils s'entr'ouvraient par intervalle, comme pour permettre au regard de s'échapper vers des horizons qu'il ne voyait pas encore, mais qu'annonçaient d'avance des lignes plus harmonieuses, une végétation plus riante, un paysage moins sévère. En sortant d'une des nombreuses galeries ménagées, de distance en distance, contre les accidents et les avalanches, Aline montra à sa mère, d'un air de triomphe, un petit coin d'azur qui apparaissait timidement à l'extrémité du ciel, contrastant avec les lourdes et sombres nuées qui continuaient de courir sur leurs têtes.

Mais madame de Sénac n'eut pas le temps de répondre au geste de sa fille. Les chevaux avaient pris le galop, et le postillon se tournait à chaque instant sur sa selle, avec des marques d'inquiétude et d'effroi. Évidemment le danger n'était pas fini, ou plutôt il commençait.

Pendant qu'on regardait devant soi, un point noir s'était formé sur le plateau que l'on venait de quitter, entre les cimes du Rosboden ; s'élargissant avec une rapidité effrayante, il s'abattait sur le passage du Simplon en tourbillon de vent, de givre et de neige. Bientôt, malgré l'allure insolite de l'attelage, la voiture fut enveloppée dans cette trombe. Elle n'avait plus que quelques centaines de pas à franchir pour atteindre la galerie d'Isella, où l'on serait à l'abri de la tourmente. Le postillon se lança à fond de train. Le mugissement de l'orage, l'obscurité croissante, le bruit des avalanches qui craquaient le long des déchirures de la montagne, les torrents grossis qui grondaient au fond des précipices, tout contribuait à effrayer les chevaux, qui finirent par s'emporter. Aline devint horriblement pâle, sa mère baissa une des glaces, et vit le postillon se roidir avec désespoir, entraîné, malgré tous ses efforts, dans cette course furieuse : elle vit les roues de la voiture côtoyer de si près le bord du chemin, que le moindre choc eût suffi pour la faire rouler dans l'abîme. Aline était évanouie ; la femme de chambre poussait des cris aigus ; madame de Sénac joignit les mains et pria Dieu.

Il y eut encore quelques secondes d'une angoisse terrible : on touchait à l'entrée de la galerie d'Isella. En cet instant les chevaux se cabrèrent, et la voiture fut heurtée violemment contre les parois du rocher où s'enfonçait la galerie. Cette secousse, qui pouvait être fatale, sauva les voyageuses d'une mort presque certaine. Les traits et le timon furent brisés, et la berline, arrêtée brusquement, versa sur le côté. Lorsque madame de Sénac, ...

qui avait retrouvé ses forces dans ce moment suprême, fut parvenue à se dégager et à ouvrir la portière restée libre, elle aperçut le postillon gisant au seuil de la galerie, et, à quelques pas, les chevaux, qui, ne sentant plus rien peser sur eux, s'étaient arrêtés d'eux-mêmes, effarés, fumants et ruisselants de sueur.

Cependant, si le danger le plus pressant avait disparu la situation n'en était guère meilleure; le postillon, grièvement blessé sans doute; ne pouvait être d'aucun secours; la femme de chambre avait perdu la tête, et assurait que tout le monde, bêtes et gens, était mort ou allait mourir; Aline ne donnait aucun signe de vie; une des glaces de la berline, en se brisant dans le choc, l'avait couverte de ses éclats, et quelques gouttes de sang coulaient le long de ses joues décolorées; la voiture était hors de service; les roues cassées, le timon emporté, les lanternes broyées; la tourmente avait à peine diminué de violence, et la nuit approchait.

Madame de Sénac retira précipitamment de la voiture les manteaux et les coussins; elle en fit une espèce de lit qu'elle adossa au rocher et sur lequel elle étendit Aline avec des précautions infinies. Puis, inclinée vers elle, serrant ses mains dans les siennes, la réchauffant de son souffle, elle essaya de la ranimer. La pauvre enfant ne rouvrait pas les yeux, et sa pâleur était toujours effrayante. Sa mère frémissait d'épouvante en touchant ses mains glacées, son front brûlant, sa poitrine agitée par de légers tressaillements de fièvre. — « Au secours! au secours! » criait madame de Sénac; mais sa voix se perdait dans l'espace; le bruit de la rafale, le clapotement de la pluie répondaient seuls à ses cris désespérés.

On était encore à cinq ou six lieues de Domo-d'Ossola ; là
seulement, on pouvait avoir du secours, faire venir une voiture, y transporter Aline... Mais par quel moyen? Madame de
Sénac fit des efforts surhumains pour calmer sa cameriste, et
lui expliquer que, ne voulant pas quitter sa fille, c'était elle
qu'elle chargeait d'aller en avant jusqu'à ce qu'elle eût rencontré quelqu'un qui pût venir à leur aide. Il lui fut impossible de se
faire entendre. La nuit, pendant ce temps, était tout à fait tombée ; une nuit d'hiver, sans une étoile au ciel ; une de ces nuits
qui rendent la solitude plus horrible, le danger plus poignant,
le danger plus sinistre, qui glacent les cœurs les plus intrépides.
Une sorte de douloureux vertige commençait à s'emparer de
madame de Sénac ; elle se jetait sur le corps de sa fille, l'appelait avec angoisse, prenait et abandonnait tour à tour les résolutions les plus folles, et se décidait enfin à courir elle-même dans
la direction de Domo-d'Ossola, lorsqu'elle aperçut, à l'autre
bout de la galerie, de vives lumières qui s'approchaient rapidement. A cette vue, le courage, la raison, l'espérance, lui revinrent à la fois ; un instant après, les clartés, avançant toujours,
illuminèrent la galerie dans toute son étendue, projetant sur les
parois de grandes ombres, pareilles à des cavaliers fantastiques.
Madame de Sénac put voir alors une élégante calèche, accom-
pagnée de quatre hommes à cheval et portant des torches ; ils
n'étaient plus qu'à quelques pas, et s'arrêtèrent en rencontrant
sur leur passage les chevaux et le timon brisé. Une voix de
femme, vibrante et sonore, se fit entendre du fond de la calèche,
demandant ce qui était arrivé.

  Le postillon avait sauté à bas de son cheval, en reconnaissant
son camarade couché par terre, à l'entrée de la galerie, et

n'ayant pas encore repris ses sens. Ce fut en ce moment que madame de Sénac s'élança vers la voiture, en criant : Qui que vous soyez, ayez pitié d'une malheureuse mère ! — Comme elle prononçait ces mots, la portière s'ouvrit ; il en descendit une femme de haute taille, qui paraissait commander en souveraine à tout ce qui l'entourait. Son costume était original et un peu fantasque ; un manteau de velours noir à capuchon l'enveloppait tout entière ; pour répondre à madame de Sénac elle dégagea vivement sa tête emprisonnée comme dans un domino de bal ; une forêt de cheveux bruns et bouclés se répandit autour de ses joues ; ses yeux de feu exprimèrent un un moment la surprise, l'effroi, la pitié, une sorte de vaillance altière et virile. Ainsi éclairée, sous le reflet rougeâtre des torches, au milieu des émotions rapides de cette nuit d'angoisse et d'orage, cette beauté était splendide.

Madame de Sénac lui expliqua à la hâte sa situation, le malheur qui lui était arrivé, le danger que courait sa fille. L'étrangère se précipita vers Aline, saisit ses mains avec un geste presque passionné, rassura sa mère, donna des ordres pour que la jeune fille fût immédiatement transportée dans sa calèche, et surveilla cette opération, de concert avec madame de Sénac, comme si elle la connaissait depuis vingt ans. Celle-ci, malgré son trouble, était frappée du son de cette voix, empreinte d'un léger accent italien, mais dont rien n'égalait la richesse et la mélodie caressante. Tout s'exécuta avec une merveilleuse promptitude : on avait relevé le postillon qui commençait à se ranimer, et qui en serait quitte, à ce qu'on assurait, pour une côte enfoncée. L'inconnue le fit placer sur le siége de sa voiture ; la femme de chambre fut hissée, bon gré mal gré, sur un des chevaux montés

par les porteurs de torches, qui se chargèrent de réparer tant
bien que mal la berline brisée, et de ramener le tout, au pas, le
lendemain matin. Dès qu'on eut pris ces arrangements, l'étrangère fit monter avec elle madame de Sénac sur le devant de sa
voiture, dont Aline occupait tout le fond, et dit au postillon, de
ce ton impératif qui semblait lui être habituel :

— Maintenant, retourne la voiture, et à Domo-d'Ossola,
ventre à terre !

— Oh ! madame ! vous voulez donc rebrousser chemin pour
nous ! Quel dérangement nous vous causons ! balbutia pour l'ac-
quit de sa conscience madame de Sénac...

Au lieu de lui répondre, l'inconnue lui montra Aline, toujours
pâle et immobile; madame de Sénac la remercia d'un regard, et
les deux femmes, sans plus songer au cérémonial, s'occupèrent
de rappeler à la vie cette belle et frêle enfant. Leurs efforts ne
furent pas inutiles ; le mouvement doux et régulier de la voiture,
l'air tiède et parfumé, les baisers de madame de Sénac, les
caresses de sa nouvelle compagne, tout contribua à ranimer
la jeune fille qui, avant d'arriver à Domo-d'Ossola, se réveilla
comme d'un mauvais songe, demanda à sa mère ce que tout
cela signifiait, baisa la main que madame de Sénac mettait sur
ses lèvres pour l'empêcher de parler, écouta avec un reste d'effroi le récit de leur catastrophe, et remercia, en quelques mots
pleins d'effusion et de grâce, celle dont l'intervention avait mis
fin à tant d'angoisses.

A Domo-d'Ossola, elles trouvèrent une excellente auberge
que l'étrangère venait de quitter quelques heures auparavant ; ce
fut alors seulement que madame de Sénac put trouver des termes
convenables pour exprimer sa reconnaissance : sa *bienfaitrice*,

comme elle l'appelait avec des larmes dans la voix, l'interrompit en souriant :

— Cette fois du moins, dit-elle, mes bizarreries auront été bonnes à quelque chose. Il y a longtemps que je voulais passer de nuit le Simplon, à la lueur des torches, et j'avais, pour accomplir cette fantaisie, bravé tous les conseils de la prudence ; j'ai pu vous être utile, madame, et je reconnais que c'était mon bon ange qui m'inspirait cette pensée !

Il y avait, dans les manières de cette femme, un mélange de dignité, de brusquerie, de familiarité et de nonchalance qui la rendait très-séduisante, mais qui intriguait un peu madame de Sénac. Elles restèrent encore ensemble, pendant une heure, dans la salle commune de l'hôtel ; on leur servit du thé, auquel l'étrangère ajouta quelques gouttes de rhum : après quoi, elle se leva et dit à madame de Sénac avec un air de tristesse hautaine :

— Maintenant, madame, vous n'avez plus besoin de moi ; mademoiselle votre fille est rétablie ; vous voilà en Italie. Je reprends mon projet de voyage nocturne ; il n'est pas minuit ; je veux être à Brieg demain matin.

— Quoi ! madame, vous allez nous quitter ainsi ! vous ne nous donnez pas un peu plus de temps pour mieux vous remercier, pour mieux vous connaître ?

— Non, madame, et peut-être vaut-il mieux qu'il en soit ainsi. — Elle appela l'hôte, les postillons, les guides, leur parla de ce ton qui n'admettait pas de réplique, annonça avec un certain faste qu'elle payait triple, et voulait être servie sans commentaire.

— Oui, signora ! répondirent-ils en chœur, en saluant chapeau bas. — Un quart d'heure après, on vint avertir que tout était prêt.

— Mais, madame, après ce que vous avez fait pour moi, nous séparer pour ne plus nous revoir, c'est trop cruel ! répéta madame de Sénac qui avait en vain renouvelé ses instances pour essayer de la retenir. Au moins faut-il que je vous dise mon nom et que je sache le vôtre ; moi pour me rappeler sans cesse celle qui m'a aidée à sauver ma fille, vous pour n'oublier jamais celle qui appellera sur vous les bénédictions du ciel... Je m'appelle la comtesse de Sénac.

— La comtesse de Sénac ! s'écria l'étrangère avec un mouvement qu'elle s'efforça de contenir. — Madame la comtesse ! reprit-elle en se remettant aussitôt, je vous félicite... Mademoiselle votre fille est charmante...

— Et vous, madame, ne me direz-vous pas ?...

— Mon nom ? Il est sur ce registre ; mais je vous conjure de ne le lire que lorsque je serai partie.

Et elle lui montrait le livre des voyageurs laissé sur la table.

Madame de Sénac éprouva un peu de surprise et d'embarras. L'inconnue parut vouloir lui épargner la peine de déguiser ce nouveau sentiment. Elle s'inclina avec une majesté un peu théâtrale, salua de la main Aline, murmura quelques paroles d'adieu, et sortit de la salle. On ne tarda pas à entendre le bruit de sa voiture, qui se perdit dans l'éloignement et la nuit.

Madame de Sénac courut au livre des voyageurs, l'ouvrit, et lut le dernier nom qui y était inscrit :

— La Floriana, première cantatrice au Théâtre-Italien de Paris.

La comtesse tressaillit et ferma le livre : — La Floriana ! dit-elle à voix basse ; la cause de tous mes chagrins, l'obstacle au bonheur de ma fille !

— Comment donc s'appelle cette dame, et pourquoi ne voulait-elle pas nous dire son nom ? demanda Aline.

— C'est une actrice, répondit froidement madame de Sénac en déchirant la page sans que sa fille s'en aperçût.

— Elle est bien belle ! murmura Aline, qui, brisée par les émotions de la journée, commençait à s'assoupir.

II

ÉTIENNE D'ORVELAY A MADAME DE SÉNAC, A MILAN

Paris, 28 décembre 1849.

Mille fois merci, ma chère tante, de ce bon souvenir qui m'arrive au milieu de nos brouillards comme un rayon de votre beau ciel milanais ! Merci surtout de m'avoir parlé de notre Aline, de m'avoir raconté en détail l'accident terrible dont elle a failli être victime, et l'étrange rencontre qui l'a suivi ! J'ai frissonné en songeant à tout ce qu'avait dû souffrir, dans cette rude épreuve, cette organisation de sensitive, et à ce que vous aviez souffert aussi, vous, la plus tendre, la plus passionnée des mères ! Que n'étais-je là pour vous protéger, pour prendre ma part de vos angoisses, vous en épargner peut-être ! Mais non, je n'ai pas de bonheur ; je voudrais pouvoir me dévouer aux personnes que j'aime, leur faire oublier tout ce qui me manque pour plaire, à

moi, pauvre disgracié que les mamans laissent causer librement
avec leurs filles, sans craindre que ma triste mine de don Quichotte enrhumé serve jamais de vignette à leur roman... Pourquoi
n'ai-je pas pu, ce jour-là, me voir suspendu sur l'abîme, me
sentir transpercé par la pluie et la neige, être jeté à bas de la
voiture, me casser même un bras ou une côte, et racheter, à ce
prix, pour vous une heure d'inquiétude, pour Aline un moment
de souffrance !... Fou que je suis, voilà que je me lance dans le
pays des chimères, moi, à qui il est défendu d'être sentimental
sous peine d'être ridicule !...

Chère tante, M. de Talleyrand avait raison : tout arrive. Je
ne puis cependant m'accoutumer à l'idée qu'un caprice du hasard
ait ainsi mis en présence ces deux destinées, cette fille chérie et
cette femme maudite... Hélas ! vous ne pouvez plus même la
maudire, puisqu'elle s'est trouvée sur votre chemin pour vous
aider à sauver Aline, puisque sans elle ma cousine eût succombé
peut-être au milieu de la tourmente, puisque celle que vous
appelez son mauvais génie vous est apparue cette fois comme
envoyée par son ange gardien. Pour moi, je vous l'avoue, je me
sens très-disposé à lui pardonner, et même à l'aimer un peu.
Qui sait si elle ne vous rend pas un plus grand service encore
que celui de vous avoir ramenées à Domo-d'Ossola? Qui sait si
Dieu n'a pas permis que le cœur, l'imagination ou la vanité de
Tristan s'égarent sur cette femme, pour que votre tendresse
maternelle se tienne en garde contre un homme capable d'hésiter entre Aline et la Floriana?... Ah ! c'est mal, peut-être, ce
que je viens d'écrire : Aline aime Tristan, me direz-vous... Et
croyez-vous que je l'ignore? Croyez-vous que je n'aie pas deviné, bien avant elle, en même temps que vous-même, cet

amour qui ne peut pas altérer la pureté de son âme, mais qui peut troubler le repos de sa vie? Oui, je le connais, cet amour, et s'il a déjà coûté à Aline quelques larmes cachées, chacune de ces larmes virginales m'est retombée goutte à goutte sur le cœur. N'est-ce pas moi qui vous ai fait remarquer que la pauvre enfant perdait la gaieté de ses lèvres et la fraîcheur de ses joues, qu'une agitation nerveuse faisait trembler sa main, qu'un éclat de fièvre brillait dans ses yeux? N'est-ce pas moi qui, sachant comme vous et mieux que vous, quelle influence dominait Tristan depuis deux années, vous ai conseillé de partir pour l'Italie, afin que ma cousine respirât un air plus doux, et que l'absence effaçât peu à peu de sa pensée l'image qui la consumait ici? Mon conseil était bon, n'est-ce pas? Aline a retrouvé là-bas ses couleurs? Cette petite toux sèche, qui vous effrayait tant, a disparu? Vous voyez que ce départ était nécessaire. Si Tristan ne se décide pas, si la fascination bizarre qu'exerce sur lui cette femme, l'aveugle au point de méconnaître l'adorable trésor de beauté, d'innocence et de grâce qui pourrait lui appartenir, il vaut mieux pour Aline, pour vous, pour tout le monde, que vous soyez loin de nous. Si son égarement doit cesser, s'il doit enfin comprendre où est pour lui le bonheur, votre absence aura plus de prise sur lui que s'il vous voyait tous les jours : cette imagination est ainsi faite qu'elle dédaigne ce qui lui est offert, et se passionne pour ce qu'on lui dispute. Depuis que vous n'êtes plus à Paris, Tristan me parle sans cesse de vous, de ma cousine, de votre petit salon de la rue Ville-l'Évêque, des heures charmantes que nous y avons passées. J'ai cru même un moment qu'il allait me demander de partir avec lui pour aller vous rejoindre, et, muni de vos instructions secrètes, je me disposais à consentir après m'être fait un peu prier, lorsqu'on a annoncé les débuts de la Floriana au Théâtre-Italien. Elle devait paraître dans *Sémiramide*.

Maintenant que vous l'avez vue, vous ne pouvez plus vous étonner du singulier prestige qui s'attache à cette beauté orageuse et fière, à ce génie fantasque, à ce talent inégal, à cette humeur impérieuse et mobile où éclatent, en quelques minutes, tous les caractères, depuis la malice la plus infernale jusqu'à la plus angélique bonté. Son arrivée à Paris, l'approche de ses débuts, ont replongé Tristan dans toutes ses incertitudes. Il a commencé par me dire qu'il n'irait pas la voir, et cela en homme qui se serait fâché tout rouge si j'avais eu l'air d'en douter : le lendemain, il était chez elle. En ma qualité d'ami sans conséquence, j'ai mes entrées chez la cantatrice ; j'en ai profité pour juger par moi-même à quelle phase en était cette liaison étrange que condamnent à des vicissitudes éternelles la vanité de l'un et les caprices de l'autre. Quelle a été ma surprise en trouvant la Floriana transformée en un ange de douceur ! Tristan lui-même ne s'y reconnaissait plus ; ce n'étaient pour lui que prévenances délicates, empressements attentifs, nuances exquises de soumission et de déférence, quelque chose de tendre, d'affectueux et de suave comme l'amour d'une sœur. Je m'attendais, à chaque instant, à voir les griffes de la tigresse s'allonger tout à coup sous le velours ; point : la tigresse était un agneau ; nous nagions décidément en pleine pastorale. Je m'explique aujourd'hui ce changement qui m'a tant étonné. La Floriana avait vu Aline ; elle connaît vos projets de mariage ; il fallait bien la faire oublier à Tristan, et, pour cela, la vaincre avec ses propres armes, s'entourer d'un voile de candeur, de mélancolie et de

bonté, se faire séraphin pour quelques jours ; quoi de plus facile
à ces femmes-là ? Il ne s'agit que de déposer dans leur écrin le
sombre diadème de la reine de Babylone pour prendre dans leur
corbeille la blanche couronne de Lucie.

Les débuts étaient annoncés pour samedi dernier, et il n'en
fallait pas davantage pour mettre en rumeur tout le camp des
dilettanti. Il s'agissait de savoir si le Théâtre-Italien, à demi
ruiné par nos événements politiques, se relèverait de sa déchéance, et la Floriana semblait prédestinée à accomplir ce mi-
racle. Elle arrivait précédée d'une réputation immense ; ses
triomphes à *la Scala*, à *San Carlo*, à Vienne, à Saint-Pétersbourg, lui promettaient d'avance cette consécration décisive que
les applaudissements de Paris donnent à la célébrité des artistes ;
et pourtant la Floriana était inquiète, et son anxiété réagissait
sur Tristan... Ah ! chère tante, si l'on pouvait être bon juge dans
sa propre cause ! Si Tristan avait pu avoir, dans ces moments-là,
un peu de la clairvoyance que me laisse mon rôle sacrifié
d'homme indifférent, comme il aurait senti tout ce qu'il y a
d'artificiel et de faux, de menteur et de vide dans ces prétendus
attachements qui n'ont que la vanité pour base, et où l'exaltation de la tête prend sans cesse la place du cœur ! Pendant ces
journées de fièvre et d'attente qui ont précédé ses débuts, Tristan n'était plus pour la cantatrice qu'un atome perdu dans cet
immense océan d'émotions, de craintes, d'espérances, de précautions à prendre, d'intérêts à ménager, de suffrages à conquérir, de critiques à désarmer, qui se résumait pour elle par
ces deux mots : Chute ou réussite ! Et quel triste personnage,
dans ces moments-là, que celui d'un homme du monde épris
d'une actrice ! Il faut qu'il abdique la dignité et le calme de

ses habitudes, pour entrer de force dans cette chaude atmosphère du théâtre où elle l'entraîne après soi, pour s'occuper
du matériel de son succès, pour se faire le courtisan ou le
camarade de tous ceux qui peuvent la servir ou lui nuire. Ah!
vraiment, c'est à me consoler de ces désavantages extérieurs
qui me rendent parfois si malheureux, et qui détournent de
moi le regard des femmes. Du moins, je puis me créer un
idéal qui est à moi, que rien ne ternit ou ne rapetisse, que
n'effleure aucune de nos passions misérables : ces agitations
mesquines qui font jouer, sous mes yeux, les ressorts du cœur
humain et de la vie mondaine, je ne les connais pas. Sans arrière-pensée, sans intérêt, sans amour-propre, dans toute la
pureté d'une tendresse qui ne se trahira jamais, je puis me
dévouer à l'objet de mon culte, lui offrir, par la pensée, tout
ce que j'ai de force, d'ardeur, d'enthousiasme, de courage...
Je puis aimer, réellement aimer... Et qui donc?... Ah! malheureux insensé, j'oublie toujours que je ne puis pas être aimé,
que ce secret, si j'en avais un, devrait rester caché dans les profondeurs de mon âme, que, s'il était deviné, il ferait sourire ou
ferait pitié... Eh bien! soit! que cet amour, s'il existe, soit
éternellement ignoré de celle qui l'inspirera... L'abnégation et
le sacrifice peuvent aussi avoir leurs douceurs!

Me voici bien loin de la Floriana. Le jour attendu est arrivé;
l'aspect de la salle rappelait les belles époques de notre cher
théâtre. Assis à l'orchestre, où j'avais promis de *chauffer* le
succès, une force irrésistible ramenait mes regards vers cette
petite loge, qui était la vôtre, il y a trois ans, et qu'occupait en ce moment une famille anglaise dans des costumes
d'outre-Manche. C'est dans cette loge, — vous en souvenez-

vous, chère tante? — que votre Aline est venue au spectacle
pour la première fois, que nous suivions avec délices les vibrations de cette âme charmante sous la main de Mozart et de
Rossini! Je ne sais si ce souvenir m'a rendu injuste pour le
présent; mais à l'instant je me suis senti profondément triste;
la salle m'a paru remplie de figures maussades et ennuyées, et
quand la Floriana a paru en scène sous ses voiles babyloniens,
sa vue m'a causé, je ne sais pourquoi, une sourde colère. Elle
était pourtant bien belle dans ce costume oriental merveilleusement ajusté au caractère de sa physionomie. Ses yeux noirs,
son front marmoréen, sa haute taille, sa fière démarche, tout
réalisait le type de cette reine dont la mystérieuse et crimi-
nelle grandeur revit dans l'œuvre sublime du maître. Un murmure d'admiration a parcouru la salle; mais notre public est
méfiant à l'égard des célébrités qui lui arrivent de l'étranger;
il aime à faire acheter, par un peu de froideur préventive, les
applaudissements qu'il prodiguera plus tard aux artistes de talent.
Il y a donc eu un léger mouvement pour imposer silence à ces
bravos anticipés. La Floriana s'en est aperçue; c'est une de ces
natures ardentes, prime-sautières, inégales, qu'un rien suffit à
exalter ou à abattre. Soit émotion, soit orgueil blessé, soit qu'elle
fût vraiment fatiguée par les répétitions ou éprouvée par le
changement de climat, ses premières notes sont mal sorties, un
point d'orgue s'est accroché, et le récitatif tout entier s'est ressenti de cette disposition fâcheuse. Dès lors ce courant magnétique qui s'établit d'ordinaire entre le public et les grands artistes,
a cessé ou plutôt s'est manifesté en sens contraire : on eût dit
que le feu de la rampe devenait une barrière de glace pour séparer la cantatrice de son auditoire. Cette sensation négative,

si connue de tous ceux qui fréquentent le théâtre, et qui va du
spectateur refusant de se *laisser empoigner*, à l'artiste luttant en
vain contre cette résistance passive, est montée, en un moment,
du parterre au balcon et aux loges. Il y a bien eu, dans le finale, dans le duo avec Assur, dans le duo avec Arsace, de magnifiques moments ; mais ces éclairs rapides ne pouvaient donner le
change sur l'ensemble de la soirée : il était évident que la Floriana ne réussissait pas, et qu'il y avait, sinon chute complète,
au moins *fiasco* incontestable.

Après la représentation, je suis allé dans sa loge ; il y avait
quelques personnes qui s'efforçaient d'atténuer ou d'adoucir l'a-
mertume de la défaite. On citait à l'actrice les noms des chanteurs
fameux qui étaient tombés le premier jour ; on lui promettait
pour le surlendemain un éclatant triomphe ; il n'était pas de
baume que l'on n'employât pour guérir cette blessure toute
saignante. Quant à elle, elle se donnait une peine inouïe pour
paraître résignée, indifférente, joyeuse même ; elle tournait son
malheur en persiflage. — Les Parisiens étaient trop connaisseurs,
trop spirituels pour elle ; notre charmant climat l'avait prise à la
gorge ; elle avait été détestable ; elle ne comprenait pas qu'on
ne l'eût pas sifflée à outrance : quand on est aussi mauvais que
cela, on court les petites villes d'Italie : on n'a pas l'insolence de
venir se faire admirer dans la capitale du monde civilisé. Un rire
nerveux, strident, saccadé, entrecoupait chacune de ces phrases
que démentaient l'ardeur de ses regards, le bouleversement de
ses traits, l'orage terrible caché sous ce stoïcisme d'emprunt ; de
temps à autre, elle se détournait, passait à la hâte son mouchoir
brodé sur ses yeux, et revenait à nous en fredonnant, en riant,
en se moquant de nous et d'elle-même avec une *désinvolture*,

une volubilité tout italienne. Moi je me demandais qui mentait le plus mal, de ces consolateurs qui voulaient lui faire croire qu'elle devait être contente, ou de cette cantatrice qui cherchait à nous persuader qu'elle n'était pas désolée.

Et Tristan? Assis dans un coin de la loge, il semblait porter tout le poids de la catastrophe. Sombre, silencieux, morne, le front appuyé sur sa main, il ne prenait aucune part à la double comédie qui se jouait autour de lui. Deux ou trois fois, les regards de la Floriana sont allés le chercher dans l'angle obscur où il s'était blotti. Je l'observais attentivement : dans ces moments-là, le masque de dissimulation qu'elle avait mis sur son visage tombait tout à coup. Sa physionomie exprimait un bizarre mélange de colère, de douleur, de pitié, presque de mépris et de haine. Sans doute elle comparait mentalement l'air abattu et glacial de Tristan à ce qu'il eût été si elle avait réussi.

Lorsque le groupe peu nombreux de ces *courtisans du malheur* a paru se disposer à battre en retraite, Tristan m'a fait signe; nous sommes sortis ensemble, après avoir salué la cantatrice, qui n'a rien dit pour nous retenir. Nous avons pris par le passage Choiseul, où, suivant l'usage de tout célibataire sortant des Italiens, nous avons allumé un cigare; puis, nous sommes remontés vers le boulevard; la nuit était froide; Tristan ne soufflait mot, et je ne savais comment entamer la conversation.

Arrivés devant le café de Paris, Tristan s'est arrêté, et se retournant brusquement vers moi, il m'a dit avec une sorte de violence :

— Étienne, veux-tu que nous partions demain matin pour Milan ?

Chère tante, vous me gronderez, vous me haïrez, vous me

5*

maudirez ; mais en cet instant tout pour moi a disparu devant une idée qui m'a causé une horreur instinctive, infaillible, insurmontable : c'est que Tristan allait être ramené auprès d'Aline et de vous par une mésaventure de théâtre, par l'échec d'une cantatrice ! C'est que votre Aline, cette adorable enfant, pour laquelle nul hommage ne me semblerait assez noble, nul cœur assez pur, nul dévouement assez absolu, allait profiter, de quoi ? d'un froissement de vanité dans une imagination mobile. Il m'eût suffi, j'en conviens, de dire un mot, pour que ce départ eût lieu, et déjà Tristan me proposait d'aller commencer nos préparatifs : au lieu de prononcer ce mot, je lui ai dit froidement :

— Tu feras ce que tu voudras, et je ne refuse pas de te suivre : mais, entre amis d'enfance, on se dit crûment ses vérités : si tu pars ainsi, sans revoir la Floriana, au moment où elle vient d'éprouver un douloureux mécompte, elle aura le droit d'accuser de grossièreté et de lâcheté M. le comte Tristan de Mersen...

— Tu as raison... et ce que je disais là... c'était un badinage... mais, dans quelques jours, n'est-ce pas, nous partirons ? a-t-il balbutié avec embarras.

Je me suis incliné sans répondre ; je l'ai ramené jusqu'à la porte de son club, rue Grange-Batelière, et nous nous sommes séparés.

Le surlendemain, la Floriana s'est relevée ; mais son succès, quoique réel, n'a pas été assez foudroyant pour effacer la fâcheuse impression du premier jour. J'ai revu Tristan ; il est toujours aussi sombre ; cette irrésolution que nous ne connaissons que trop bien, ne s'est jamais peinte plus visiblement sur sa belle et poétique figure... Ah ! oui ! belle et poétique ! Il y a des gens heureux à qui le ciel a tout prodigué... Il y en a d'autres, hélas ! qui sont les déshérités... La charité du pauvre, a-t-on dit, est de ne pas haïr le riche ; ma charité, à moi, est de ne pas haïr Tristan ; ma consolation est de vous aimer, Aline et vous, comme la mère que j'ai perdue, comme la sœur que je n'ai pas ; oui, la plus douce, la plus tendre, la plus ravissante des sœurs !

Adieu, chère tante, voilà où nous en sommes ici. Resterons-nous à Paris ? partirons-nous pour Milan ? cela dépend de moi peut-être, et c'est ce qui me fait dire que je n'en sais rien. Ce que je sais, c'est que je ne puis être bien nulle part, excepté entre Aline et vous ; c'est que Paris m'est insupportable depuis que vous n'y êtes plus ; c'est que j'ai passé vingt fois devant votre porte, que je suis même monté dans votre appartement sous prétexte de demander à Justine si elle n'avait rien à vous envoyer, mais, dans le fait, pour revoir votre salon, pour m'asseoir sur vos fauteuils, pour respirer un moment l'air que vous aviez respiré. Veuillez, je vous prie, dire à ma cousine que son beau vase de fuchsias était menacé d'une perte certaine, faute de soins intelligents ; je l'ai emporté chez moi, et l'ai traité en botaniste. Aujourd'hui les fuchsias ont refleuri, et je leur parle de vous.

ÉTIENNE.

III

Ici, malgré le précepte d'Horace, qui recommande aux poëtes et aux conteurs d'entrer tout de suite au cœur de leur sujet, *in medias res*, je crois devoir remonter rapidement le cours des an-

nées, afin que le lecteur puisse plus aisément s'expliquer la situation et les sentiments du petit nombre de personnages placés au
seuil de ce récit.

Ceux qui se souviennent de l'ancienne route de Paris à Lyon,
avant l'avénement des chemins de fer, savent qu'un des points
les plus pittoresques et les plus aimables du voyage était la vallée
de l'Yonne, dans les environs d'Auxerre. S'il ne faut pas demander à cette vallée les aspects grandioses de la nature alpestre,
ni les tons chauds et les lignes majestueuses des contrées méridionales, l'œil y est réjoui par un air de fraîcheur et comme de
jeunesse printanière, où tout concourt à l'effet de l'ensemble, les
longues files de peupliers côtoyant les deux rives, la riche verdure des prés où paissent de belles vaches à la robe tachée de
brun, les oseraies plongeant à demi dans l'eau limpide leurs tiges
flexibles et leurs racines chevelues, les gracieuses sinuosités de
la rivière coupée çà et là de barrages et d'îlots, et l'élégant amphithéâtre des collines qui étagent à l'horizon leurs massifs de
chênes et leurs carrés de vignobles. Au pied d'une de ces collines, se trouvait, il y a quarante ans, le château de Brévannes,
changé aujourd'hui en filature; à une demi-lieue du château, en
se rapprochant de l'Yonne, on voyait, à la même époque, une
jolie maison de campagne dont la façade blanche et la toiture
d'ardoises s'abritait sous une épaisse futaie, descendant en pente
douce jusqu'à la rivière; cette maison s'appelait Lavernie, et
appartenait à un riche gentilhomme du pays, le comte de Mersen.

Les propriétés de M. de Mersen et de M. de Brévannes se
touchaient presque dans toute leur longueur; un même cours
d'eau arrosait leurs prairies; leurs fermiers se querellaient souvent pour les limites et les terrains vagues. Parfois il arrivait

qu'un chasseur se croyant sur les terres de M. de Brévannes était
arrêté par un garde de M. de Mersen, ou qu'une compagnie de
perdrix, dépistée dans une luzerne appartenant au château, s'allait remiser dans un fourré dépendant de la futaie de Lavernie.
Deux propriétaires, placés dans de pareilles conditions l'un vis-
à-vis de l'autre, sont forcés ou de s'aimer beaucoup ou de se
haïr cordialement : les deux familles dont je parle avaient pris le
premier parti ; l'union la plus parfaite, la plus intime, régnait
entre elles, et il n'y avait pas de jour où l'on ne rencontrât sur le
chemin qui reliait les deux habitations, la voiture de M. de Brévannes le conduisant à Lavernie avec ses filles, ou la petite ca-
valcade du comte de Mersen et de son fils se dirigeant vers Brévannes.

En 1813, l'aînée des filles de M. de Brévannes, Alphonsine,
avait dix-huit ans ; la cadette, Eugénie, en avait quatorze. Alphonsine était d'une santé délicate et d'une laideur qui, sans
être repoussante, n'aurait pu se contester que par un effort de
politesse. Spirituelle et distinguée, non-seulement elle ne s'a-
busait pas sur ses désavantages extérieurs, mais, ainsi qu'il arrive souvent, elle se les exagérait, et sa sensibilité naturelle
traduisait en vive souffrance cette douloureuse certitude de ne
pouvoir plaire à personne. Eugénie était ravissante ; à cet âge
douteux qui n'est plus l'enfance et n'est pas encore la jeunesse,
elle unissait toutes les grâces enfantines qu'elle allait perdre à
quelques-unes des grâces féminines qu'elle allait avoir ; on lui
souriait, on l'adorait, on la caressait, on la gâtait, en attendant qu'on l'aimât.

Le fils du comte de Mersen, âgé de vingt-huit ans à peine,
était déjà colonel. Il avait pris quelques mois de congé pour se

reposer, à Lavernie, de ses blessures et de ses fatigues, et il allait repartir pour cette campagne où la fortune de la France, déjà frappée au cœur, devait jeter un dernier éclat avant de s'abîmer dans le désastre de Leipsick, et de sentir ses stériles victoires s'écraser sous le poids de l'Europe coalisée.

Alphonsine de Brévannes aima-t-elle le colonel de Mersen? Cet amour, s'il exista, ne se trahit jamais; elle le cacha comme un malheur, comme une faute, comme un de ces secrets qui humilient ou épouvantent. Sûre de ne pouvoir être aimée, elle employa, à fermer son cœur et à le faire taire, cette force morale, cette puissance de réflexion et de sacrifice que Dieu accorde parfois aux créatures disgraciées. Le colonel ne la devina pas; l'époque, d'ailleurs, était peu sentimentale; ne venant à Lavernie que pendant l'intervalle rapide de ses campagnes, il avait peu le temps d'observer les sentiments des autres et d'analyser les siens. Seulement, il savait que son père et M. de Brévannes désiraient lui voir épouser une des deux sœurs; et n'éprouvant pour Alphonsine qu'une bonne et fraternelle amitié, il caressait, dans un vague lointain, la douce et riante image de la belle Eugénie, devenue tout à fait jeune fille, acceptant sa main, et lui offrant dans ce frais abri, au milieu de cet aimable groupe, ce bonheur intérieur, si cher aux rudes natures de soldats éprouvés par les vicissitudes de la guerre.

Amour ou amitié, regret ou espérance, sentiment profond chez Alphonsine, tendresse d'enfant chez Eugénie, il y eut bien des larmes à Brévannes et à Lavernie, le 3 avril 1813, jour où le colonel de Mersen fit ses adieux. Quant à lui, après avoir pressé dans ses bras son vieux père, imprimé deux gros baisers sur les joues d'Eugénie qui lui sautait au cou en sanglotant et

affectueusement répondu à la muette étreinte d'Alphonsine, il
courut où son devoir l'appelait et s'y replongea avec cette
ivresse guerrière qui s'emparait alors de toutes les âmes.

Il prit part à tous les faits d'armes de cette sombre et héroïque campagne. Blessé à Leipsick, il y fut fait prisonnier par
un officier allemand, le major Berker, lequel, vieux déjà, peu
ambitieux et criblé de rhumatismes, quitta le service quelque
temps après, et se retira à la campagne, près d'Havelberg, en y
emmenant son prisonnier. Naturellement doux et humain, ne
partageant contre les Français aucune de ces préventions hai-
neuses qu'avaient allumées chez ses compatriotes les souffrances
de l'invasion et les angoisses de leur nationalité menacée, le
major Berker fut pour M. de Mersen un hôte et un ami plutôt
qu'un vainqueur ou un geôlier. Sans être somptueuse, sa maison de campagne était charmante. A demi cachée sous un massif
de grands arbres, dominant une jolie rivière dont elle n'était séparée que par un large tapis de verdure, coquettement adossée
au versant d'une colline, elle rappela au pauvre blessé la vallée
de l'Yonne, Brévannes et Lavernie, dont elle avait la physionomie
fraîche et souriante. Ce ne fut pas la seule séduction de cette
maison hospitalière ; le major Berker avait une fille, nommée
Gertrude, un peu plus jeune qu'Alphonsine, un peu plus âgée
qu'Eugénie, tendre comme l'une, belle comme l'autre, bonne
comme toutes deux. Tous les soins que réclamaient les infirmités du vieux major, les blessures du jeune colonel, Gertrude les
leur prodigua avec cette bonhomie affectueuse et familière qui
fait le fond des natures allemandes. M. de Mersen ne s'était pas
cru d'abord gravement atteint ; mais son organisation vigoureuse, minée par les privations et les douleurs de tout genre

qu'il avait endurées, fut brisée par ce dernier choc ; arrivé
au château d'Havelberg, il fit une longue maladie pendant
laquelle il vit bien souvent Gertrude inclinée à son chevet avec
des larmes dans les yeux. A peine rétabli, et trop faible encore
pour se mettre en route, il apprit coup sur coup la mort du
vieux comte de Mersen, son père, les désastres de la campagne
de France, les événements de Paris et la fin de cette terrible guerre. Comme beaucoup d'officiers de ce temps-là, qui
avaient fini par ne rien voir en dehors de la gloire et de l'émotion des batailles, M. de Mersen fut injuste pour cette nouvelle
phase où entrait la France épuisée, et il se demanda avec une
secrète amertume ce qu'il irait faire dans un pays où l'on ne se
battait plus. Le major Berker le traitait comme un fils, et chaque
fois que le colonel parlait de partir, Gertrude pâlissait et se détournait à la hâte, comme pour cacher une larme. Deux ans s'étaient
écoulés depuis que M. de Mersen avait quitté Lavernie : aucun
lien de famille ne l'y rappelait plus ; il n'avait pu garder un
souvenir bien profond ni d'Alphonsine de Brévannes, qui ne lui
inspirait qu'une franche amitié, ni d'Eugénie, qui n'était encore
qu'un enfant lors de son départ. A son insu, il s'était attaché à
cette vallée d'Havelberg où il semblait avoir retrouvé un foyer,
une patrie, un père, une sœur, — mieux qu'une sœur, car,
grâce à la liberté des mœurs allemandes, le colonel, si peu fat
qu'il fût, ne pouvait se méprendre sur la nature des sentiments
que Gertrude éprouvait pour lui. Elle était là, dans tout l'éclat
de sa beauté, fière et heureuse d'une convalescence qu'il devait
à ses soins, lui offrant son bras pour parcourir ces agrestes
paysages, embellie encore par cet amour dont l'explosion soudaine
allume sur les jeunes fronts tant de rayons et de flammes. M. de

Mersen savait que, d'un mot, il pouvait l'enivrer de bonheur ou la briser de désespoir ; le mot d'amour, il le dit ; le mot de départ, il l'oublia ; et il devint l'époux de Gertrude.

Que se passait-il pendant ce temps au château de Brévannes ? M. de Brévannes et ses filles avaient entouré le comte de Mersen à son lit de mort ; son dernier regard s'était arrêté sur Eugénie dont la jeunesse tenait toutes les promesses de son adolescence, et il avait murmuré à son oreille la bénédiction suprême qu'il envoyait à travers l'espace à son fils absent. Après sa mort, après que la paix fut conclue, Alphonsine et Eugénie s'attendirent chaque jour à voir revenir le colonel de Mersen. Fidèle à son rôle d'abnégation, Alphonsine, en voyant grandir à ses côtés cette sœur si gracieuse et si belle, l'avait désignée d'avance comme l'épouse du colonel. Elle lui en parlait souvent, et cette image lointaine avait fait sur l'imagination juvénile d'Eugénie une impression croissante, comme ces noms que l'on grave sur le tronc des jeunes arbres et qui grandissent avec eux. Elles restèrent longtemps sans nouvelles ; puis, un jour, on leur apprit que M. de Mersen s'était fixé en Allemagne, et qu'il y avait épousé Gertrude Berker.

Ni Alphonsine, ni Eugénie n'avaient de droit sur lui ; toutes deux se seraient récriées si on leur eût dit qu'elles l'aimaient ; et pourtant elles se sentirent vivement blessées, comme si M. de Mersen eût trahi un serment ou déçu une espérance. Pendant plusieurs années, elles résistèrent aux instances de M. de Brévannes, qui les conjurait de faire un choix parmi les nombreux partis qui se présentaient pour elles. Enfin, Alphonsine, voyant que la vieillesse de son père était réellement attristée par ses refus, se décida la première, et épousa le marquis d'Orvelay.

gentilhomme du voisinage, de vingt ans plus âgé qu'elle ; de ce mariage naquit un fils qui fut appelé Etienne.

Quelques années après, vers 1824, Eugénie, vivement pressée par son père et par sa sœur, consentit, à son tour, à se marier, et accepta la main de M. de Sénac, ami et contemporain du marquis d'Orvelay. Ces deux unions furent paisibles, mais courtes. M. de Brévannes ne survécut que peu de temps au mariage de sa seconde fille, et, à quatre ans de distance, ses deux gendres le suivirent dans le tombeau : Alphonsine et Eugénie restèrent veuves, l'une avec son fils Etienne, alors âgé de sept ans, l'autre avec une fille unique, nommée Aline, et qui était encore au berceau.

Elles ne vécurent plus que pour ces deux enfants ; parfois elles parlaient encore du colonel de Mersen, mais toute trace d'amertume était depuis longtemps effacée de leur cœur. Ce souvenir leur apparaissait, dans les perspectives lointaines de leur enfance et de leur jeunesse, comme ces songes qui, au réveil, ne laissent d'autre impression qu'une forme vague et un sourire. Parfois elles dirigeaient leurs promenades du côté de Lavernie, et elles montraient à leurs enfants cette maison, si riante autrefois avec sa verte ceinture de bois et de prairies, maintenant abandonnée.

Un jour d'été, au moment où elles s'apprêtaient à faire leur promenade ordinaire, mesdames d'Orvelay et de Sénac virent, sur le chemin de Lavernie à Brévannes, un homme vêtu de deuil et tenant par la main un jeune garçon de sept ou huit ans, en deuil comme lui. En approchant du château, il hâta le pas, et les salua avec un geste d'amitié qui éveilla en elles tout un monde de souvenirs. Dans cet étranger vieilli, voûté, dont le visage couvert de rides essayait de leur sourire, leur cœur plus que leur regard venait de reconnaître le brillant colonel de Mersen.

C'était lui en effet ; lui aussi avait vu la mort s'abattre sur son modeste toit d'Havelberg. La bonne et tendre Gertrude avait succombé dans ses bras à une maladie de langueur, en lui laissant un fils. Depuis plusieurs années le major Berker n'était plus. Alors le colonel avait tourné ses regards vers la France ; il y pensait plus souvent depuis qu'il avait un fils ; il exprimait le regret que cet enfant ne fût pas né dans son pays, et peut-être cet accès de nostalgie tardive, où Gertrude vit la preuve qu'elle ne suffisait plus au bonheur de son mari, contribua-t-il pour quelque chose à déposer dans cette âme aimante le germe du mal secret qui la consuma. Quoi qu'il en soit, M. de Mersen, demeuré seul, ne tarda pas à se sentir de plus en plus attiré vers cette terre natale qu'il avait quittée depuis quinze ans. Il confia à un régisseur la garde d'Havelberg, se mit en route, et arriva à Lavernie quelques jours après : sa première visite fut pour ses voisines qui lui racontèrent leurs chagrins, écoutèrent le récit des siens, lui présentèrent leurs enfants, et couvrirent de caresses le beau Tristan, le fils du colonel et de Gertrude.

Pour les âmes qui ont souffert, mais dont les déceptions et les épreuves n'ont pas détruit la faculté de sentir, il n'y a rien de plus doux peut-être que de renouer la vie, après les années d'affliction et de vide, au fil qui, en se brisant, avait emporté les jours heureux. Au bout de quelques semaines, les relations étaient rétablies, comme autrefois, entre Brévannes et Lavernie. Seulement, l'amitié qui redoublait le charme de ce voisinage, au lieu de ressembler à ces clartés matinales qui jettent sur tout le paysage des voiles de pourpre et d'or, ressemblait à ces rayons mélancoliques qui montent peu à peu vers les hauteurs, au soleil couchant. M. de Mersen voyait presque tous les jours les deux veuves; leurs enfants jouaient et grandissaient ensemble, et déjà leurs caractères commençaient à se dessiner.

Alphonsine, nous l'avons dit, avait eu toutes les susceptibilités délicates, toutes les immolations intérieures des personnes disgraciées de la nature, lorsque cette disgrâce tourne chez elles en résignation et en tristesse au lieu de se traduire en causticité et en révolte. Bientôt elle eut à faire un second sacrifice, plus cruel que le premier; elle s'aperçut que son fils Étienne serait son portrait exact, qu'il hériterait de sa taille gauche, de ses traits irréguliers, de son teint pâle et maladif, à peine racheté par un air d'intelligence et de bonté. Découvrant en même temps en lui ce besoin d'affection qu'elle avait éprouvé elle-même dès les premiers jours de la jeunesse, et qu'elle avait patiemment refoulé au fond de son cœur, elle s'étudia à le prémunir d'avance contre les effets de ce douloureux contraste entre ce qu'il pourrait ressentir et ce qu'il pourrait inspirer. Étienne se développa sous cette influence; il apprit de sa mère à quels chagrins, à quels ridicules peut-être il s'exposerait, s'il laissait deviner cette sensibilité qu'elle lui avait transmise avec le sang, et surtout s'il avait jamais la prétention chimérique d'être aimé comme il aimerait. Puis, pour que la leçon fût à la fois plus complète et plus féconde, elle ajoutait qu'il y avait pour lui un moyen d'ennoblir et de consacrer le sacrifice de ces illusions, et d'y trouver même à la longue une secrète douceur : c'était de donner en dévouement tout ce qu'il ne recevrait pas en tendresse.

Si un sentiment d'envie eût pu entrer dans le cœur de madame d'Orvelay, il eût été justifié peut-être par la torture que subissait son orgueil maternel chaque fois qu'elle comparait Étienne à Tristan de Mersen. Dire que celui-ci était le plus bel enfant qui se pût voir, ce ne serait pas donner une idée suffisante de ses magnifiques cheveux bouclés qu'il tenait de sa mère, de ses yeux noirs, pleins de feu, où revivait l'âme vaillante du colonel, de sa taille élégante et forte, de la grâce innée de tous ses mouvements. M. de Mersen en était fier; Aline se disait déjà sa petite femme; Étienne se prêtait à tous ses caprices avec une inaltérable patience : madame d'Orvelay lui pardonnait de tout cœur d'être aussi beau que son fils l'était peu : madame de Sénac l'aimait passionnément, et le regardait à part soi comme le futur mari d'Aline. Cette brillante et heureuse enfance s'épanouissait sous le souffle caressant de toutes ces affections charmantes, comme une fleur rare sous la rosée et le soleil.

Quelques années se passèrent ainsi; les habitants de Brévannes et de Lavernie semblaient, chaque jour, plus heureux de se retrouver ensemble. Alphonsine s'attendait parfois à voir le colonel demander la main de sa sœur qui n'avait pas dépassé l'âge où une femme peut plaire, et qui était encore très-belle : mais M. de Mersen ne s'expliquait pas, et Eugénie ne faisait rien pour l'encourager. Avait-elle deviné ce qui s'était passé dans le cœur de madame d'Orvelay, et lui répugnait-il de profiter de son sacrifice? Était-ce le colonel, qui, se sentant vieux et usé, ayant laissé en Allemagne la tombe d'une femme aimée, hésitait à contracter un nouveau lien, et avait honte de ne pouvoir plus offrir que son déclin à celle qui lui eût semblé si digne d'un premier amour? Personne ne le sut, et, d'ailleurs, un tragique épisode vint dénouer ces incertitudes.

M. de Mersen avait conservé, de sa vie militaire, l'habitude de monter à cheval, et son fils Tristan commençait à l'accompagner dans ses promenades, sur une petite jument corse qu'on avait fait venir exprès pour lui. Un soir, mesdames de Sénac et d'Orvelay virent arriver à Brévannes, tout effarés, les domestiques de Lavernie. Leur maître, sorti le matin à cheval avec Tristan, n'était pas encore rentré. On alluma des flambeaux; les valets de ferme, les gardes forestiers furent mis en réquisition, et toute la troupe se lança dans le bois, guidée par Alphonsine et par Eugénie qui marchaient en avant, et dont rien n'égalait l'inquiétude. On courut longtemps à travers la futaie; et toutes les recherches paraissaient inutiles, lorsqu'un cri déchirant s'éleva tout à coup dans la nuit, du côté d'un petit étang que l'on n'avait pas encore exploré, et qui bordait la lisière du bois : c'était madame d'Orvelay qui, précédant les éclaireurs et conduite par une sorte de pressentiment, venait de trouver M. de Mersen étendu par terre, et Tristan dans ses bras, à demi mort de douleur, de fatigue et d'épouvante. A ses cris, tout le monde accourut : on ranima Tristan, qui raconta d'une voix entrecoupée de frissons et de sanglots, que, son cheval ayant eu peur d'un tronc d'arbre placé en travers de l'allée, il n'en avait plus été maître, qu'il s'était senti emporté vers l'étang et qu'il allait y être précipité, lorsque son père, lancé au galop derrière lui, s'était jeté à bas, et l'avait arrêté au bord du talus. Mais soit que l'élan de M. de Mersen fût mal calculé, soit que son angoisse paternelle lui eût fait perdre la tête, il était tombé de toute sa hauteur, le poignet embarrassé dans la bride, le pied pris dans l'étrier, et son cheval, entraîné par le poids de son corps, s'était affaissé sur lui; un cri étouffé était sorti de sa poitrine, puis Tristan n'avait plus rien vu, rien entendu, rien senti, et le pauvre enfant ne savait pas combien de temps s'était écoulé depuis l'accident.

On releva M. de Mersen qui respirait encore : il fut transporté à Lavernie, où Alphonsine et Eugénie ne le quittèrent pas un moment pendant les trois jours que dura son agonie : le troisième jour, il fit un signe comme s'il allait parler; mais les paroles se glacèrent sur ses lèvres; il se borna à montrer du regard aux deux sœurs Tristan qu'il allait laisser seul au monde, et il expira.

Ce fut en le pleurant qu'elles comprirent combien elles l'aimaient; Eugénie fut celle des deux qui versa le plus de larmes; la douleur d'Alphonsine, plus contenue, fut plus profonde et plus corrosive. Habituée à renfermer toutes ses émotions, elle essaya de faire encore violence à celle-là ; son cœur se brisa dans ce nouvel effort. Il en est des blessures de l'âme comme de celles du corps; il arrive souvent que la dernière qu'on reçoit les rouvre toutes : madame d'Orvelay languit pendant quelque temps.— Tu l'aimais donc bien? lui dit Eugénie, un jour qu'elle parlait de sa mort prochaine avec une résignation triste et douce. — Oui, ma sœur, répondit-elle simplement. Elle mourut quinze jours après.

Bien qu'Étienne fût encore un enfant, sa douleur fut celle d'un homme; l'âme de sa mère avait passé tout entière en lui; fidèle à ses leçons, il se disait que, sa mère morte, aucune femme ne l'aimerait comme il voulait être aimé.

Ai-je besoin de dire que Tristan avait été adopté par les deux veuves, que Alphonsine, en mourant, avait recommandé à sa sœur de le marier un jour à Aline, et que ce mariage était devenu le vœu le plus cher de madame de Sénac, au milieu de ces dates

funèbres qui se multipliaient derrière elle comme des croix de
bois noir au bord d'un chemin parcouru? Aline avait alors neuf
ans, Étienne et Tristan en avaient quinze; Brévannes et Lavernie, dépeuplés par la mort, ne rappelaient plus à madame de
Sénac que de lugubres souvenirs; elle s'en éloigna, et vint se
fixer à Paris pour s'y occuper à la fois de l'éducation de sa fille,
et de celle de ces deux enfants dont elle devenait aussi la mère,
puisqu'ils étaient orphelins.

IV

Tristan de Mersen et Étienne d'Orvelay furent mis au même
collége, et la maison de madame de Sénac resta pour eux ce
qu'est la maison paternelle pour les écoliers. La douce intimité
de Brévannes et de Lavernie se continua dans cette nouvelle
sphère, en se transformant peu à peu à mesure que Tristan et
Étienne touchèrent à cet âge où des nuances plus vives et plus
troublées commencent à se mêler aux amitiés d'enfance. C'é-
taient des jours de fête pour Aline que ceux où les deux pension-
naires, délivrés pour quelques heures de leur prison classique,
venaient partager ses jeux comme autrefois. Mais il eût été facile à un observateur de constater déjà bien des différences, soit
dans l'accueil qu'elle faisait à ses jeunes compagnons, soit dans
leurs manières vis-à-vis d'elle. Sa préférence pour Tristan se
trahissait par mille indices dont aucun n'échappait à Étienne,

et qui l'affermissaient dans sa résolution de n'être jamais pour sa cousine que le plus dévoué, le moins exigeant des camarades et des frères. Aussi spirituel que l'avait été sa mère, il ne chercha pas à faire de cet esprit une arme ou une revanche pour s'indemniser de ces désavantages extérieurs qu'il ressentait si profondément. Il ne songea à s'en servir que pour deviner, dans leurs fibres les plus secrètes, dans leurs plus mystérieux détours, les âmes avec lesquelles il allait se trouver en contact, et pour régler sa conduite d'après ces découvertes. On a dit avec raison que la solitude affaiblit les faibles et fortifie les forts. On peut dire aussi que la solitude du cœur, telle que se l'imposait Étienne, aigrit les natures vulgaires et ennoblit les délicates. Bien avant Aline, avant madame de Sénac elle-même, il s'aperçut que sa cousine, devançant les projets de sa mère, ressentait pour Tristan un de ces amours où l'adolescence met ses ignorances, la jeunesse ses illusions, et qui, dans certaines organisations d'une sensibilité vive et précoce, peuvent décider de toute une destinée. Étienne s'y était attendu; il savait d'avance que c'était là le rêve favori de sa tante, la dernière recommandation de madame d'Orvelay, le dernier vœu du colonel de Mersen; que tout le monde, dans le passé et dans l'avenir, était d'accord pour marier Aline à Tristan, et que la principale intéressée ne tarderait pas à entrer de toute son âme dans ce projet de famille; il savait tout cela, il ne pouvait s'en étonner, et pourtant il en souffrit.

Peut-être madame de Sénac fut-elle un peu imprudente de favoriser ainsi ces relations amicales et familières, lorsque sa fille et Tristan étaient encore trop jeunes pour que son espérance pût se changer en certitude : mais elle avait constamment vécu

6

à la campagne, dans un cercle intime qui ne pouvait rien lui apprendre de la science du monde et des bizarreries du cœur humain. Sa sœur aînée, madame d'Orvelay, aussi supérieure par l'esprit qu'elle lui était inférieure en beauté, s'était presque toujours chargée de penser et d'agir pour elle. Ni son père qui la gâtait, ni cette sœur dont l'affection avait quelque chose de maternel, ni son mari, beaucoup plus âgé qu'elle, n'avaient pu lui faire éprouver ou entrevoir autre chose que ces sentiments naturels et paisibles, qui n'enseignent rien parce qu'ils n'ont rien à cacher. Son amour même pour le colonel de Mersen, — en supposant qu'elle l'eût aimé, — était toujours resté pour elle dans les horizons vagues du rêve ou du souvenir, et ne l'avait point placée en face de ces réalités poignantes qui révèlent, en un moment, les luttes, les mécomptes et les orages de la vie. D'ailleurs Aline était si jolie ! son front de seize ans se couronnait d'une fraîcheur si virginale, d'une grâce si exquise, d'une si irrésistible candeur ! Aimer cette ravissante jeune fille, devenir son mari et trouver dans cette union un bonheur sans nuage et sans bornes, madame de Sénac ne pouvait rien voir, pour Tristan, en dehors de cet avenir si riant et si facile, ni penser que son imagination pût s'égarer sur d'autres chemins. Les premiers temps justifièrent sa confiance : tendre et empressé auprès d'Aline, le jeune de Mersen parut fort disposé à faire sa partie dans cette fraîche idylle d'amours printanières, préludant, sous l'œil maternel, aux graves félicités du mariage. Il y eut là, pour tous, — excepté peut-être pour Étienne, — quelques douces années : camarades de collège, sortis le même jour, assis sur les mêmes bancs de l'École de droit, Étienne et Tristan ne se quittaient guère ; deux fois par semaine, on se réunissait chez madame de Sénac, et l'on allait ensemble à la campagne, dans les environs de Paris. Quelquefois, dans ces gaies promenades à travers les bois de Bougival ou de Ville-d'Avray, Étienne et sa tante ralentissaient le pas, pour laisser Tristan et Aline courir librement en avant, les mains enlacées; ils se montraient du regard ce couple charmant, et madame de Sénac, absorbée dans sa joie, ne se demandait jamais si son neveu, du même âge que Tristan, ayant comme lui des yeux pour voir, n'avait pas un cœur pour souffrir et pour envier.

On était alors en 1844; un temps qui semble bien rapproché de nous, si nous consultons le chiffre des années, et bien lointain, si nous mesurons l'abîme qui nous en sépare. A cette époque de calme et de repos extérieurs, l'agitation et le désordre s'étaient, pour ainsi dire, renfermés dans les âmes : à la fois surexcitées et amollies, ne trouvant pas l'emploi de leurs facultés dans des luttes actives, des dangers visibles, des conditions précises d'utilité et de travail, elles s'élançaient vers le pays des chimères, et la littérature du moment semblait faite exprès pour leur en ouvrir la clef. Ce n'étaient, on le sait, dans la poésie et le roman, que paradoxales antithèses, abaissement de ce que le monde honore, glorification de ce qu'il flétrit, idéal de grandeur dans le crime, de pureté dans le vice, substitué, en des fictions malsaines, aux simples notions du bien et du mal. Tristan de Mersen but à ces philtres; il en aspira les capiteuses vapeurs; son imagination vive et mobile s'accoutuma aux perspectives et à l'atmosphère de ce monde factice, créé par des cerveaux déréglés pour l'amusement d'une société vieillie. Il accepta avec une complaisance de néophyte ces raffinements corrupteurs qui n'attaquent pas l'idée du devoir, mais qui la déplacent, qui ne prêchent pas aux cœurs honnêtes l'abandon ou l'oubli d'un amour

digne d'eux, mais qui le leur montrent là où il n'est pas, où il
ne peut pas être. Il vint un moment où Tristan se sentit saisi
d'un vague désir de faire entrer ses lectures dans sa vie, de
mettre à son tour le pied dans ces régions orageuses qui
lui apparaissaient au loin avec tout le magique attrait de l'inconnu : dès lors le salon de madame de Sénac, les grâces innocentes d'Aline, son amour annoncé, permis et arrangé d'a-
vance comme une clause de contrat, l'idée de borner à cet amour
toutes les richesses de son cœur, à ce bonheur toutes les joies
de son avenir, cet ensemble si uni, si légal, si prévu, si incon-
testé, parut fade à Tristan de Mersen. Pour être heureux de
cette façon, était-ce la peine de vivre, d'avoir vingt-deux ans,
une imagination ardente, la soif de connaître, de voir, de lutter,
de sentir, une organisation forte et passionnée, je ne sais quel
instinct de curiosité romanesque, préférant les cimes et les gouffres
aux plaines fertiles et monotones de la Beauce ou de la Brie?
Un Océan, semé de tempêtes et de récifs, plein de contrastes
infinis et sublimes, cachant dans ses profondeurs une perle, et,
pour aller chercher cette perle, pour la disputer aux goëmons,
à la tourmente et au sable, un plongeur intrépide, audacieux,
infatigable, se précipitant dans l'abîme et remontant à la surface
avec son mystérieux trésor, tel fut le rêve secret de Tristan ; tel
fut le programme inavoué qu'il se traçait à lui-même, lorsqu'il
voulait embrasser dans sa pensée tout ce que la jeunesse et
l'amour peuvent renfermer d'émotions et de combats, d'ardeurs
et de transports, de tortures et d'ivresses.

Alors, dans cette imagination à laquelle avaient manqué les
leçons d'une éducation austère et forte, qui n'avait trouvé au
seuil de la vie que tendresse indulgente, empressements et ca-

resses, à qui rien n'avait appris à lutter contre elle-même, à se méfier des illusions, à prévoir les périls, à chercher dans la conscience un point d'appui et une armure, se développa un penchant bizarre qui devint bientôt le caractère tout entier : ce fut une irrésolution et comme une double nature, qui tantôt ramenait Tristan vers Aline, lui montrait le bonheur à ses côtés, dans la sécurité d'une affection chaste et pure, tantôt le détournait de ce milieu paisible pour l'emporter dans le monde de ses dangereuses rêveries. Madame de Sénac et sa fille ne se doutèrent pas d'abord de ces alternatives ; ce fut encore Étienne d'Orvelay qui fut le premier à les comprendre. En éprouva-t-il une douleur bien profonde ? L'idée d'un obstacle où d'un retard à l'exécution de ce projet de mariage qu'il avait jusque-là regardé comme certain, ne fut-elle pas pour lui mêlée de quelque secrète douceur ? Il y aurait de l'injustice à vouloir fouiller trop avant dans les replis des cœurs, même les plus purs, et à prétendre y lire plus distinctement qu'eux-mêmes. Tout ce que nous savons, c'est qu'Étienne frémit d'épouvante en songeant aux déchirements et aux angoisses que le caractère de Tristan préparait à sa cousine, et qu'il n'épargna rien pour le guérir de ses chimères. Mais une fois sur cette pente, Tristan ne pouvait plus s'arrêter : un peu égoïste comme les gens gâtés par le monde, avide d'émotions, de triomphes et de jouissances d'amour-propre, comme les gens trop sûrs des sentiments qu'ils inspirent, ce n'était pas la tendresse égale et inaltérable d'Aline qui pouvait suffire à ce besoin, ni apaiser cette inquiétude. Ce qu'il eût fallu, c'est que, rencontrant dans le monde mademoiselle de Sénac entourée d'adorateurs et de prétendants, averti de sa beauté et de sa grâce par l'admiration générale, sûr qu'elle

6ᶜ

lui serait disputée par des rivaux redoutables, il eût pu voir là, au lieu d'un bonheur à accepter, une victoire à obtenir, une vanité à satisfaire. Voilà ce que ne devinaient ni Aline ni sa mère; et ce qu'Étienne devina. Mais que pouvait-il faire? Conseiller à sa tante de multiplier ses relations, d'aller dans le monde, de rompre leur intimité si douce, pour que sa fille devînt une héroïne de salon, et que l'amitié même qu'elle avait pour lui disparût comme un atome dans les agitations de cette vie nouvelle? Étienne était économe, comme le sont les pauvres, et eût craint de perdre cette seconde place dont il se contentait dans le cœur de sa cousine. Pouvait-il se poser lui-même en rival, laisser entrevoir à Tristan des prétentions personnelles à la main d'Aline? Hélas! il pensait qu'une rivalité aussi chétive n'inquiéterait pas assez son ami pour que le plaisir de la vaincre suffît à le ramener!

Tristan venait de finir son droit; il avait vingt-trois ans, Aline dix-sept, et madame de Sénac croyait voir approcher le moment de réaliser ses chères espérances. Aussi éprouva-t-elle une pénible surprise lorsque le jeune de Mersen lui annonça qu'avant de se fixer et de prendre un état, il désirait voyager pendant un an. Bien que ce désir pût sembler fort naturel et qu'Aline fût assez jeune pour pouvoir attendre, sa mère éprouva un serrement de cœur, un pressentiment mêlé de souvenir. Elle se rappela avec tristesse le départ de M. de Mersen, père de Tristan, alors que les deux familles le désignaient comme son fiancé, la longue absence et le douloureux mécompte qui avaient suivi ce départ, et elle se demanda si sa bien-aimée Aline, après avoir ressenti la même affection et le même espoir, ne serait pas condamnée au même sacrifice. Cependant elle ne dit rien pour re-

tenir Tristan ; mais, le jour des adieux, lorsque, restée seule
avec sa fille, elle vit pleurer cette naïve enfant et essuya ses
larmes sur sa joue pâlie, madame de Sénac, pour la première fois,
s'effraya de son ouvrage, et s'accusa d'avoir eu trop de confiance.

Tristan partit pour l'Italie ; il vit Venise, Florence, Rome.
Madame de Sénac avait voulu qu'Étienne l'accompagnât, afin
qu'il eût constamment auprès de lui quelqu'un qui l'empêchât
d'oublier. Ce soin était presque superflu ; lorsque Tristan fut
loin d'Aline, il y pensa davantage ; lorsqu'elle lui apparut dans
une sorte de vague et de lointain, son imagination l'y ramena
avec plus de vivacité et de charme. Les fatigues du voyage, l'isolement des soirées d'auberge, les petites misères de la vie de
touriste, lui firent regretter plus souvent cette maison qui avait
été pour lui celle d'une mère, où il avait trouvé toutes les joies,
toutes les affections de la famille, et où la tendresse la plus attentive, l'indulgence la plus inaltérable, s'étudiaient à lui rendre
l'existence douce et facile. Telles étaient les dispositions de Tristan, et Étienne avait pu rassurer sa tante en lui écrivant dans
ce sens, lorsqu'ils arrivèrent à Naples.

On n'y parlait, à leur arrivée, que du prochain début d'une
jeune cantatrice, à laquelle s'attachait cette curiosité passionnée,
particulière aux Italiens. Fille d'un lazzarone, ramassée dans la
rue par un professeur célèbre qui l'avait entendue jeter aux
brises du golfe le trésor de ses notes argentines, élève du Con-
servatoire de Naples, la Floriana, — c'est ainsi qu'on la nommait, — devait, disait-on, rappeler les beaux jours des Pasta,
des Sontag et des Malibran. Sa beauté égalait son talent, et ses
bizarreries ajoutaient encore au prestige ; un grain de caprice
ne va pas mal à ces organisations privilégiées qui portent

en elles toutes les tempêtes comme toutes les mélodies de la
passion. On racontait, entre autres, que son vieux professeur
ayant voulu se payer de ses leçons d'une manière qui déplut à
sa belle pensionnaire, elle l'avait régalé de deux soufflets si
énergiquement appliqués que le pauvre homme en eut la joue
enflée pendant six semaines.

Tristan et Étienne assistèrent au début, qui eut lieu dans la
Gazza ladra. Nous qui n'avons jamais vu applaudir que du bout
des doigts et des lèvres ce public de Ventadour qui semble toujours craindre de déchirer ses gants, nous avons peine à nous
figurer ce que c'est qu'un succès en Italie, lorsqu'il atteint et
dépasse les proportions du *fanatismo*. Stendhal nous assure
qu'à certaines premières représentations de Rossini, toute la salle
fut folle, littéralement folle pendant cinq heures : c'est ce qui
arriva pour le début de la Floriana; on la rappela vingt ou trente
fois après chaque morceau; on les lui fit répéter tous; toutes les
fleurs de Procida et de Capo-di-Monte tombèrent à ses pieds en
avalanches parfumées; lorsque, à minuit, haletante, brisée, à
demi morte d'émotion et de fatigue, elle s'inclina une dernière
fois devant ce public en délire, tous les spectateurs en masse la
reconduisirent, avec sérénades, flambeaux et cris de triomphe,
jusqu'en son modeste logis.

Aucun de ces détails n'avait été perdu pour Tristan, et bientôt
Étienne fut frappé de son agitation, de son trouble, du désordre
de ses paroles, de l'éclat de ses regards. Après le spectacle, ils
allèrent au *Café de l'Italie*, où ne tardèrent pas à affluer tous
les admirateurs de la belle cantatrice, encore enivrés des splendeurs triomphales de son cortége. Au bout de quelques minutes,
ce fut un bruit à ne pas s'entendre; on eût dit une éruption du

Vésuve ! La reine, l'héroïne, la divinité du moment, la Floriana
était dans toutes les bouches, et les mélodieuses syllabes de son
nom semblaient se multiplier dans le croisement continu de ces
conversations extatiques. Chacun citait une anecdote, un caprice,
un mot, un trait de son caractère, et malgré ce tumulte assour-
dissant, Étienne et Tristan purent saisir au vol deux noms qu'on
répétait presque aussi souvent que le sien : c'étaient ceux de
lord Elmorough et du prince Almérani. D'après ces expansifs
chroniqueurs, il paraissait que lord Elmorough, Anglais ultra-
millionnaire et légèrement spleenétique, et le prince Almérani,
grand seigneur vénitien comptant des doges parmi ses ancêtres,
étaient passionnément épris de la Floriana ; qu'à force de ren-
chérir l'un sur l'autre, ils avaient fini par lui offrir tous deux
de l'épouser, et que, amusée plutôt que touchée de cette joute
glorieuse, elle tenait la balance égale entre Venise et l'Angleterre, comme si la sérénissime République pouvait encore partager la souveraineté des mers avec l'opulente Albion.

A dater de ce moment, Tristan fut préoccupé et taciturne ; le
surlendemain, il s'était fait présenter chez la cantatrice ; quinze
jours après, le pair d'Angleterre et le descendant des doges cé-
daient le pas à la France.

Cœtera quis nescit? dirait Ovide ; il y avait près de trois ans
que de Mersen était entré dans cette nouvelle phase, et, si l'orgueil blessé laissait échapper ses secrets avec le sang de ses
blessures, le sien aurait pu dire jour par jour, heure par heure,
tout ce que sa dignité et son repos avaient souffert dans l'intimité
de cette femme dont l'humeur inégale et fantasque le faisait
passer, en un instant, par tous les extrêmes. Cent fois Tristan
rompit cette chaîne de ses mains convulsives, et cent fois elle

l'enlaça de ses nœuds au moment où il s'en croyait délivré. I
partit, retourna à Paris, revit madame de Sénac et Aline, parut
se reprendre avec délices à cet intérieur si paisible, à ces tendresses si douces ; on eût dit même qu'il les goûtait avec plus
de plénitude, et il y eut des jours où madame de Sénac put
croire qu'il allait enfin lui demander ce consentement qu'elle
tenait prêt depuis si longtemps ; mais toujours quelque incident
imprévu ou plutôt trop facile à prévoir, une lettre de la Floriana,
un article de journal annonçant ses succès dans telle ou telle
capitale, une liste de ses adorateurs adroitement mêlée au récit
de ses triomphes, un épisode de l'infatigable *steeple-chase* auquel continuaient de se livrer lord Elmorough et le prince Almérani sur les pas de la cantatrice, arrivaient à point pour
ranimer l'amour de Tristan et lui faire retrouver quelques étin-
celles sous la cendre qu'il croyait éteinte. Il courait alors à
Vienne, à Saint-Pétersbourg, à Rome, partout où l'artiste victo-
rieuse avait posé son nid pour une saison : il la revoyait ; pendant les premiers jours, tous deux se donnaient le change sur
ce sentiment artificiel qui ressemblait à l'amour comme la fièvre
ressemble à la vie. Si la Floriana était dans une bonne veine, si
ses succès la mettaient en bonne humeur, si elle sacrifiait à
Tristan quelques-uns de ses rivaux, c'était assez pour que M. de
Mersen ressaisît ses illusions, et se figurât qu'il dominait cette
âme ardente, qu'il était maître de cette perle, conquise de force
à travers les flots courroucés. Mais son erreur durait peu, les
orages grondaient de nouveau, le joug devenait plus pesant, la
chaîne plus lourde, les récriminations plus amères, les méfiances
plus tenaces, les colères plus âpres, et ces absences de Tristan
n'aboutissaient qu'à désoler madame de Sénac qui avait fini par

tout savoir, et Aline qui, sans deviner rien, se doutait qu'il se passait quelque chose d'étrange, puisque Tristan n'était plus là et qu'elle voyait pleurer sa mère.

Telle était la situation au moment où a commencé notre récit. Tristan, revenu à Paris, annonçait l'intention d'y passer l'hiver; mais il ne s'expliquait pas; triste, bourrelé, mécontent de lui, il apportait chez madame de Sénac des airs sombres et mornes qui ajoutaient aux douloureux étonnements d'Aline, aux cruelles prévisions de sa mère; les jours s'écoulaient sans amener de changement. Bientôt, madame de Sénac s'aperçut que la santé de sa fille s'altérait, et elle craignit que cette organisation délicate, secrètement minée par un mal qui s'ignorait lui-même, ne finît par tomber dans la langueur. Ce fut alors qu'elle demanda conseil à Étienne, et celui-ci, inquiet pour Aline, qu'il observait avec une attention passionnée, persuadé que, tant que durerait la folie de Tristan, il était à la fois plus convenable et plus habile que sa tante et sa cousine vécussent loin de M. de Mersen, conseilla à madame de Sénac de partir à son tour pour l'Italie.

Il est facile maintenant de comprendre la position et les sentiments de nos personnages, et nous n'avons plus qu'à poursuivre cette courte et simple histoire.

V

LA FLORIANA A TRISTAN DE MERSEN

..... Mars 1850.

Tristan, je vous en prie, je vous en conjure ; partez ; séparons-
nous : ayez le courage de me fuir comme j'ai celui de vous con-
gédier. Ne sentez-vous pas ce qu'il y a de misérable dans cette
vie que nous nous faisons l'un à l'autre ? Profitons de cet éclair
de raison qui nous en montre les laideurs ; sortons à tout prix de
cette situation qui n'est qu'artifice et mensonge ; rentrons dans
le vrai, dussions-nous laisser aux buissons du chemin les
derniers lambeaux de notre orgueil !... Voyez-vous, Tristan, il y a des moments où tous les supplices semblent doux
auprès de l'ennui de mentir, et je suis dans un de ces moments... Par pitié pour vous, par égard pour moi, au nom de
votre honneur et du mien, de mon repos et du vôtre, partez !
partez !

Aussi bien, n'est-ce pas ? si robuste que fût notre persistance
à nous donner le change, il n'y a plus entre nous d'illusion possible. Il n'est pas d'effort et de subterfuge que nous n'ayons
épuisé pour nous persuader mutuellement ce que nous avons
cessé de croire : que nous nous aimons, que nous pouvons encore nous aimer ! Quant à moi, je suis à bout, je vous le déclare ;
j'éprouve une lassitude pareille à celle que me causerait un mau-

vais rôle que je serais forcée de jouer cent fois de suite, un masque de plomb que j'aurais porté toute une nuit. J'étouffe, je
trépigne comme un enfant en colère; mes nerfs se crispent
à l'idée de continuer ce pitoyable métier; j'ai des envies fé-
roces de rompre ce qui se dénoue, de briser ce qui s'écroule, de
tuer ce qui ne peut plus vivre. Pour un quart d'heure de franchise, je donnerais tous les bravos d'une salle enthousiaste, me
proclamant la plus pathétique des Desdemonas, la plus passionnée des Juliettes: pour un jour de délivrance, je donnerais dix
ans passés à respirer l'encens et à marcher sur des fleurs... Eh
bien! cette délivrance, je la veux; cette franchise, je vais l'avoir:
je vais lire dans votre cœur et dans le mien, à la froide lueur
qu'y jette ce dernier épisode de ma vie d'artiste, cet accueil dédaigneux et glacé de votre public parisien; je vais vous dire ce
que vous êtes et ce que je suis: vous, amoureux d'un nom, d'une
étoile, d'une voix, d'un bruit, d'un triomphe, des paillettes de
mon manteau, des pierreries de mon diadème, des couronnes de
mon front: moi, fille du peuple, transformée en reine de théâtre
par ce magicien qu'on appelle l'art, par cette fée qu'on nomme la
musique; ayant joué avec la passion telle que me la livraient
Mozart et Bellini, m'étant demandé si elle n'existait pas dans le
monde comme dans leurs pages divines, ayant cru un moment la
rencontrer en vous, et bien vite détrompée: vous, compromettant
à ce jeu votre dignité et votre avenir; moi, mon talent et ma
force; tous deux peut-être notre destinée.

Cela vous étonne, que la Floriana, la capricieuse, la folle, la
fantasque, vous tienne un pareil langage? Quoi! cette femme
dont la vocation unique est de tourmenter, entre deux roulades,
le gémissant cortége de ses adorateurs, de demander la lune à

7

lord Elmorough, le soleil au prince Almérani, et de se moquer
de leur désespoir de ne pouvoir les lui donner, la Floriana se
mêler d'observer et de juger! Oui, Tristan, et ne vous en prenez qu'à vous si j'ai acquis cette triste science. Toute femme qui
passe de la confiance au doute, du doute au désenchantement,
a des heures implacables pendant lesquelles elle perce à jour,
soit en elle, soit à ses côtés, tout ce qui l'a abusée et tout ce
qui la désabuse. Pendant ces heures, la plus aveugle devient
clairvoyante; la plus légère, attentive; la plus étourdie, raisonnable; la plus folle, réfléchie. Maintenant, qu'au dehors elle
reste la même, coquetteries, caprices, emportements, éclats de
rire, bruits de fête, gaieté de parade, extravagances de com-
mande ou d'instinct, c'est affaire de costume et rien de plus! Ce
qui est réel, ce qu'on trouverait au-dessous de ces éblouissantes
surfaces, c'est une vérité qui ronge, une plaie qui saigne, une
pensée qui interroge, qui accuse et qui condamne. Ne vous ré-
criez donc pas, Tristan, si je vous dis que je vous connais mieux
que vous ne vous connaissez vous-même! Ce que vous êtes, ce
qui est au fond de votre nature, de votre situation, de vos sentiments, pourrait se résumer par un mot: vous cherchiez. Que
cherchiez-vous? Quelque chose qui ne fût pas l'existence, la sensation, la perspective de vos jeunes années, qui vous fît respirer
un air plus excitant et plus chaud, qui vous révélât des émotions
nouvelles, trouble, anxiété, orage, lutte, ardeur du combat,
ivresse du triomphe. Ce qui se donnait à vous sans résistance,
ce que nul ne vous disputait, ce que vous pouviez cueillir en
étendant la main, oh! vous le méprisiez, vous n'en vouliez pas;
c'était bon pour les imaginations craintives et les âmes timorées.
Ce qu'il vous fallait, c'était un bonheur auquel se mêlât l'idée

de victoire, qui devint un sujet de vanité pour vous et d'envie pour les autres; un bonheur inquiet, mais éclatant, rehaussé à vos yeux par le prix qu'y attacherait le monde, retentissant comme un succès, rayonnant comme une auréole; perle enchâssée dans l'or, et d'autant plus précieuse qu'il y aurait plus de cœurs pour la convoiter, plus de mains pour essayer de vous la reprendre: ce quelque chose, c'était moi; ce bonheur, c'était mon amour, et voilà pourquoi vous avez cru m'aimer.

Faut-il vous dire, à mon tour, ce que je suis? Je n'y mettrai pas plus de déguisement et de réticence; car les femmes comme moi, Tristan, deviennent horriblement sincères quand elles ne mentent plus. Je suis née sur le quai de Santa-Lucia, entre un père qui vendait du poisson et une mère qui vendait des pastèques. Quand ils s'aperçurent que j'avais de la voix, ils me firent chanter sur le port pour ramasser quelques carlins, et, quand ma quête manquait, j'étais battue. A quinze ans, j'ai aimé d'un innocent amour Anzolino, un fils de pêcheur, un enfant de mon âge, pauvre et battu comme moi. Si j'ai eu un bon moment dans ma vie, ç'a été celui-là. Le soir, ma journée finie, Anzolino me prenait dans sa barque et m'emmenait sur la rade. Nous chantions nos airs napolitains, et souvent d'autres barques nous suivaient pour prendre part à ce concert d'une simplicité primitive.. Ce fut pendant une de ces promenades que je fus entendue de ce vieux singe de Guarelli, mon vénérable maître. Vous savez ce qui suivit. On me persuada que j'avais dans le gosier un diamant: diamant brut qu'il suffisait de polir pour qu'au lieu des échos nocturnes de Baïa et de Portici, le monde entier répétât mes chansons; on me dit que je n'avais qu'à vouloir, à accepter quelques années d'études et de conseils pour devenir riche, célèbre, pour voir à mes pieds ces grands seigneurs et ces grandes dames que je voyais passer dans de si beaux habits, et qui me méprisaient dans ma misère et mes haillons. Je me laissai tenter : Guarelli s'empara de moi, et sa prédiction s'est réalisée ; d'une pauvre fille de lazzarone il a fait une cantatrice. Mais, ne vous y trompez pas, la fille du peuple subsiste toujours sous l'artiste : les deux natures, les deux instincts se combinent en moi d'une façon bizarre, sans pouvoir ni se séparer, ni se confondre. L'art divin que l'on m'enseignait m'emportait sur ses ailes de feu bien loin de cette humble sphère où s'était écoulée mon enfance ; les leçons de Guarelli, les partitions des maîtres, l'inspiration que je puisais à ces sources profondes, les premiers souffles qui m'arrivaient de ces régions bruyantes et fleuries où j'allais entrer, tout cela me faisait pressentir un monde nouveau où Anzolino n'avait plus de place : il le comprit. Un soir, il me dit adieu en pleurant, et je ne l'ai plus revu. Alors, moi aussi, j'ai cherché ; j'ai cherché une passion qui me parlât la même langue que don Ottavio, Tancrède, Elvino, Arnold, Edgardo ; une passion qui fût à mon nouvel état ce que l'amour d'Anzolino avait été à l'ancien... Ah ! les soupirants ne me manquaient pas, mais ils m'ennuyaient à périr. Un peu plus tard, lorsque la débutante a été déifiée en quelques heures par les transports enthousiastes d'une salle en délire, sont venus lord Elmorough et le prince Almérani, deux types bien complets de ces deux races bien distinctes où les célébrités du théâtre recrutent leurs victimes officielles : l'un, s'étant juré de rompre avec l'uniformité de la vie et du caractère britanniques, de se traiter du spléen par le paradoxe, et de pousser, s'il le faut, jusqu'à l'extrême ce moyen de guérison ; l'autre, conservant parmi les ruines de

sa patrie, un pur et ardent amour pour l'art, pareil à ces
fleurs qui croissent entre deux pierres d'un monument écroulé;
saluant en moi une organisation musicale propre à conjurer
ou à retarder la décadence de cet art qui le console, et m'aimant pour cette espérance que je lui donne au milieu de tout
ce qu'il voit chanceler et succomber. Entre ces deux adora-
tions si flatteuses, j'aurais bien voulu faire un choix; mais,
au moment de me décider, je sentais que c'était impossible: l'Anglais mettait dans ses folies trop de froideur et de méthode; le Vénitien était trop léger, trop impétueux, trop bavard, trop croisé de prince italien et de marchand de vulnéraire!
C'est alors, Tristan, que vous êtes arrivé. Cet idéal que je
m'étais formé et qui devait m'initier à la passion élégante, il m'a
semblé qu'il se réalisait en vous. Vous étiez plus jeune et plus
beau qu'Elmorough et qu'Almérani; vous aviez, sinon la passion
vraie, au moins le simulacre et les dehors; votre imagination
abusée imitait les accents du cœur; si je pouvais mettre enfin
l'accord dans ces éléments dont se composait ma double nature,
vaincre mon éducation primitive et achever d'effacer la paysanne
dans la grande artiste et la grande dame, je me disais que ce
serait par vous: — et voilà pourquoi j'ai cru vous aimer!

Illusion et chimère! Pour lord Elmorough, j'étais un pari,
pour Almérani, une gamme; pour vous, un succès... Ah! l'on
nous accuse et l'on nous maudit, nous autres femmes de théâtre;
l'on nous reproche d'être fantasques et avides, coquettes et mé-
chantes, de jouer avec les sentiments que nous inspirons comme
avec les joyaux de nos écrins ou les larmes de nos rôles, de déchirer à coups de bec ou de griffes, comme l'orfraie la colombe,
les cœurs qui s'offrent à nous... A qui la faute? Croit-on que ce

n'est rien, au milieu de ces enthousiasmes et de ces flammes, de
sentir que ce n'est pas nous qu'on aime , que c'est quelque chose
qui n'est ni notre visage, ni notre âme, mais un je ne sais quoi
d'extérieur et de factice qui pourrait se détacher avec la dentelle
de nos voiles et les fleurs de nos couronnes? Croit-on que ce
n'est rien de se débattre dans ce mensonge et cette impuissance,
et si nous laissons dans cette lutte le meilleur de nos tendresses,
si nous en sortons prêtes à faire expier à autrui le douloureux
endurcissement de nos cœurs, peut-on s'en étonner ou s'en
plaindre? Nous désespérons nos adorateurs ; nous sommes per-
fides, insensibles, capricieuses, railleuses, impitoyables ; nous ne
vous aimons pas.... et pourquoi vous aimerions-nous? Êtes-vous
nos amis et nos frères? Sommes-nous du même sang, du même
air, du même monde? Non. Nous arrivons des deux pôles extrêmes, rapprochés un moment par l'amour-propre, éternellement séparés par notre origine et nos goûts, nos instincts
et nos habitudes ; tour à tour traitées en conquérants ou en pays
conquis, suivant que nous vous imposons notre joug ou que nous
subissons le vôtre ; condamnées à ne jamais connaître ce côté
sincère et durable de l'affection et du cœur que vous réservez à
vos égales, que nous gardons pour nos pareils ; vous, en un mot,
maîtres inquiets, attirés par une curiosité vaniteuse et fébrile ;
nous, ilotes couronnées, que vous rassasiez d'encens et de dithy-
rambes, jusqu'à ce que vous nous jetiez au galetas, à la borne ou
à l'hôpital ! Vous voyez donc bien que nous ne pouvons pas nous
aimer, que nous serions dupes et vous aussi !... Tenez, Tristan,
vous avez vu toutes les folies qu'Elmorough et Almérani ont faites
pour me plaire, et qui vous ont donné l'idée de m'aimer passionnément: eh bien ! supposez que l'Anglais trouve à faire quelque

chose de plus excentrique que d'épouser une fille de lazzarone
devenue chanteuse; supposez que le Vénitien rencontre un gosier
plus riche de trois notes que le mien; aussitôt je cesserai d'exister
pour eux; ils passeront près de moi sans me connaître; je ne
serai plus même un nom, un souvenir, un atome; le néant d'où
je sortais m'aura reprise, et tout sera dit... Et vous! que, ce
soir, je n'aie plus de talent; que ma verve se glace, que ma voix
se brise; que le public proclame ma déchéance; puis, que le
silence et le vide se fassent autour de moi... Que serai-je pour
vous? Oh! n'essayez pas de mentir, vous ne le pouvez plus! Et
surtout ne croyez pas que je vous en fasse un reproche; car, en
ceci, nous sommes quittes, et je ne vaux pas mieux que vous. Si
demain, délivrée de ce ciel de Paris qui m'étouffe et m'enrhume,
je me retrouvais sur ma plage avec Anzolino à mes côtés; si
j'aspirais là une bonne gorgée de mon air libre d'autrefois, en face
du double azur de ce ciel et de cette mer; si Anzolino, tout en
raccommodant ses filets, me montrait d'un geste sa barque et le
golfe où retentissait l'écho de notre chanson favorite, glissant sur
la vague endormie :

Vieni: la barca è pronta!...

je l'y suivrais avec délices, et, avant une heure, j'aurais oublié
s'il y a au monde quelqu'un s'appelant Tristan de Mersen : ou,
mieux encore, si Rossini, l'illustre fainéant, m'appelait brusquement à Bologne, et me disait : je vais écrire pour toi un opéra
et un rôle, mais à condition que tu fermeras ta porte à M. de
Mersen... ah! mon pauvre Tristan, il n'aurait pas fini sa phrase,
que vous seriez chassé, comme jamais princesse russe ne chassa
un valet maladroit!

Ainsi ni la femme, ni l'artiste ne vous appartiennent; le lien que la vanité avait formé, elle le brise... Oh! que c'est bon de se dégonfler, de laisser éclater ce qu'on a sur le cœur! Je suis contente d'être venue à Paris, d'avoir échangé les ardents triomphes de *la Scala* et de *San-Carlo* contre le froid accueil qui m'attendait ici : oui, j'en suis contente, puisque, échappant à ce tourbillon, à ces ivresses, à cette brûlante atmosphère d'ovations et de fêtes, j'ai pu regarder en moi et en vous, et apprendre en une soirée ce que dix ans de succès ne m'auraient pas appris! Je sais à présent ce qu'un bravo de moins peut peser dans votre cœur : vous savez ce qu'une heure de franchise peut arracher au mien : hâtons-nous donc de profiter de ce moment unique! Demain peut-être il prendrait envie au public de Ventadour de me dédommager de ses froideurs, et ce retour de fortune vous ramènerait à moi; demain, peut-être, un nouveau caprice m'engagerait à vous retenir... Partez donc! partez vite! Pour achever de vous y décider, j'ai encore à vous dire deux choses.

J'ai vu mademoiselle Aline de Sénac; ne me demandez pas de quelle façon ni par quel moyen! qu'il vous suffise de savoir que je l'ai vue, et de très-près. On est rarement juste entre femmes, plus rarement entre *rivales*. Eh bien! moi, je serai juste, et cette impartialité me coûte si peu, que je vous permets de vous en fâcher : mademoiselle de Sénac est ravissante, délicieuse, adorable; on n'a pas plus de grâce, de suavité, de candeur... Oh! fous, triples fous que vous êtes, vous autres hommes, quand vous n'avez qu'à vous laisser aimer par ces pures et charmantes créatures, de leur préférer, quoi? l'ombre de votre orgueil, s'allongeant sur un rideau de théâtre, entre un bec de gaz et un pompier!

La seconde chose que j'ai à vous dire sera plus décisive encore ; il y a quelqu'un, entendez-vous bien ? quelqu'un de jeune,
de bon, de spirituel et d'aimable, dont j'ai pénétré le secret, et
qui aime mademoiselle de Sénac... oh ! d'un amour profond, immense, infini, tel que vous n'en aurez jamais ni pour mademoiselle Aline, ni pour la Floriana.

Maintenant, je suis bien sûre que vous allez partir, et je n'a-
joute rien, pas même un adieu dont vous ne voudriez plus, et des
vœux pour votre bonheur auxquels vous ne croiriez pas.

TRISTAN DE MERSEN A LA FLORIANA

Eh bien ! oui, je pars : dans dix jours, je serai à Milan, auprès
de la seule personne que j'aie jamais aimée ; je ressaisirai avec
délices ce bonheur que vous aviez failli me faire perdre et que
vous sacrifiait ma folie : mes yeux se dessillent, le voile tombe,
le mensonge finit ; merci mille fois, madame ! chaque ligne de
votre lettre est aussi pour moi un signal de délivrance... Vous
avez raison, là-bas est le bonheur, le repos, la joie du cœur, la
tendresse vraie, la félicité sans trouble et sans remords : ici, tout
est faux, tout est factice, tout est dérisoire, excepté l'heure de
franchise ou de colère qui vous rappelle si bien ce que vous êtes
et ce que je suis.

Cette fois, je me sens invincible ; j'éprouve un ineffable plaisir
à jouer avec les morceaux de ma chaîne que vous ne renouerez
plus, à fouiller cette cendre éteinte que vous ne rallumerez pas,
à rentrer dans ma dignité comme vous rentrez dans votre indé-

7*

pendance, et à vous écrire, madame, d'une main calme et froide, sans rancune et sans amour : je pars et je vous défie !

VI

Voulant éviter le bruit et le mouvement d'une grande ville, madame de Sénac avait loué une maison de campagne entre le lac de Côme et Milan, dans cette plaine de Rhô qui réunit en abrégé toutes les richesses de la végétation lombarde : arbres séculaires, massifs d'arbustes, fleurs sauvages, eaux vives, moissons fertiles, vastes prairies, guirlandes de pampre et de vigne enlaçant leurs festons et leurs arabesques aux branches des ormeaux et des pommiers.

En se trouvant dans cette calme retraite, Aline avait peu à peu senti s'apaiser ces agitations dont la cause était trop facile à deviner, et qui avaient marqué les derniers temps de son séjour à Paris. Sa santé se rétablissait; tous les symptômes inquiétants avaient disparu ; et cependant ses joues étaient encore pâles, et les joyeux rires d'autrefois ne revenaient pas sur ses lèvres. Si ignorante qu'elle fût des mystères du monde et de la vie, il était impossible que la bizarre conduite de Tristan ne la fît pas réfléchir. Il y a une chose que la jeune fille la plus naïve et la plus chaste comprendra toujours : c'est qu'un jeune homme qui l'aime, qui est sûr d'être également agréé par ses parents et par elle, doit la demander en mariage, et que, s'il ne le fait pas, il faut qu'il y ait quelque obstacle. De quelle nature était cet obstacle ?

L'imagination d'Aline l'effleurait de l'aile, comme l'alcyon effleure la vague, sans s'y arrêter jamais ; mais c'était assez, sinon pour effacer de son cœur l'image de Tristan ou pour lui apprendre à raisonner ses méfiances, au moins pour faire perdre à son amour ce caractère de sécurité enfantine qu'il avait eu jusqu'alors. Les premiers chagrins d'une jeune fille, lorsqu'ils ne lui ôtent rien de ses pudeurs virginales, sont pour elle une grâce et une parure de plus ; ils l'initient aux épreuves et aux luttes de la vie en les laissant dans ce vague où se complaisent les sentiments tendres et les âmes délicates : elle devient femme par la douleur et le sacrifice, tout en restant jeune fille par l'innocence et la candeur : double poésie qui se compose à la fois de ce qu'elle sait et de ce qu'elle ignore !

Cependant le printemps avait commencé : un printemps d'Italie, opulent et beau comme la campagne qu'il inondait de rayons et de verdure. Après le triste et inquiet hiver de Paris, après les fatigues et les angoisses de la traversée du Simplon, ce fut un enchantement pour Aline que de saluer cette saison charmante, de respirer cet air tiède, de se sentir revivre sous ces brises embaumées. S'il y a dans les tristesses humaines un fond qui ne varie pas, elles ont, pour ainsi dire, un côté extérieur qui s'assouplit et se transforme suivant les perspectives et les images auxquelles elles s'associent. Bientôt la mélancolie d'Aline, sans se dissiper entièrement, se colora et s'embellit des magnificences de cette riche nature qui s'épanouissait sous ses regards. On eût dit qu'une vie nouvelle courait dans ses veines, et que ce ciel italien, en se reflétant dans ses yeux, donnait à leur limpide azur un ton plus éclatant et plus chaud. Souvent, pendant ces semaines rapides, madame de Sénac, qui n'avait pas encore renoncé à son

rêve d'alliance entre sa fille et Tristan, éprouva une surprise
mêlée de joie et de regret en assistant à cette métamorphose qui
s'opérait dans la beauté comme dans l'âme d'Aline, et, involontairement ramenée à sa pensée favorite, elle se surprenait à murmurer tout bas : — « Quel dommage qu'il ne soit pas ici, qu'il
ne la voie pas en ce moment ! il n'hésiterait plus. »

Ce vœu, un peu imprudent peut-être, ne tarda pas à se réaliser. Un jour, au commencement de mai, madame de Sénac et
sa fille virent arriver Étienne et Tristan. Ils avaient pris un appartement à Milan, et s'étaient arrangés pour pouvoir venir tous
les jours à la villa, qui n'était qu'à deux lieues. Ils furent accueillis comme le pigeon de La Fontaine, demeuré au logis, dut
recevoir l'ingrat qui s'y était ennuyé et qui revenait battant de
l'aile. Pourtant, il y eut dans l'accueil quelques légères nuances :
madame de Sénac, secrètement prévenue par le fidèle Étienne,
montra une joie sans mélange, une de ces joies maternelles qui
semblent effacer, en un instant, le souvenir des jours d'attente,
des griefs amassés et des fautes commises. Aline était trop pure
pour chercher à punir Tristan par des airs de froideur et de dédain que son cœur eût démentis ; mais elle sut mêler à ses manières affectueuses et cordiales une dignité calme que les deux
jeunes gens ne lui connaissaient pas, et qui la leur révélèrent
sous un nouveau jour. Cette première soirée fut marquée par
un incident imperceptible, qui devint cependant pour Aline un
nouveau sujet de réflexions. Étienne, qui, en l'embrassant, avait
fait d'héroïques efforts pour rester dans son impassible rôle et
qui, plus tard, en la regardant mieux, s'était effrayé de la trouver
si belle, profita d'un moment où on ne pouvait l'entendre, s'approcha d'elle avec la familiarité qu'autorisait son titre de cousin,

et lui dit gaiement, en lui montrant du coin de l'œil Tristan, qui
causait avec madame de Sénac à l'autre bout du salon :

— Chère cousine, voulez-vous que je vous donne un conseil?
Ayez l'air de m'aimer un peu.

Puis il se détourna rapidement, sans attendre la réponse.

Hélas! mon humble analyse psychologique aurait besoin de
rivaliser de ténuité et de finesse avec le point d'Alençon ou de
Malines, pour détailler le travail intérieur qui se fit dans l'esprit
de mademoiselle de Sénac, à la suite de cette simple phrase de
son cousin. — « Il me dit d'avoir l'air de l'aimer un peu : mais
est-ce que je ne l'aime pas beaucoup? » se demanda-t-elle d'a-
bord. Un an auparavant, elle se fût arrêtée là, et les paroles
d'Étienne lui eussent fait l'effet d'une indéchiffrable énigme.
Mais maintenant, éclairée et mise sur la voie par cet instinct
féminin qui ne fait jamais défaut, même aux plus naïves, et que
lui avait révélé son premier chagrin, Aline, si elle ne comprit pas
immédiatement tout ce qu'Étienne avait voulu dire, devina du
moins que sa phrase avait un sens autre que le sens littéral. Elle
y appliqua sa pensée, et il en résulta que, pour la première fois
de sa vie, Étienne l'occupa autrement que comme un ami d'enfance, un parent commode et sans conséquence, habitué à la
gâter, à se plier à tous ses caprices, et à n'obtenir en retour que
cette affection routinière et un peu égoïste qui ne creuse d'empreinte ni dans le cœur, ni dans la vie. Bizarre contradiction des
âmes les plus droites! son premier mouvement fut d'en vouloir
à son cousin de se sentir assez indifférent, assez désintéressé
auprès d'elle, pour lui proposer cette petite comédie et pour jouer
d'avance avec un sentiment qu'il était, à ce qu'il paraît, aussi sûr
de ne pas éprouver que de ne pas inspirer. Puis elle s'accusa

d'injustice, remercia mentalement Étienne de cette nouvelle preuve de dévouement, reconnut dans son singulier conseil le désir de contribuer à sa façon au dénouement désiré, et se promit de n'en pas profiter. Mais grâce à toutes ces complications qu'Aline elle-même eût eu quelque peine à démêler, et qui l'agitèrent pendant une partie de la nuit, Étienne, dès le lendemain, sortit à demi de ce rôle sacrifié qui le reléguait au second plan, et qui, sans qu'il réclamât jamais, avait paru, dès l'origine, lui être assigné d'un commun accord. Puisque nous parlons de *rôle*, nous continuerons l'analogie, et nous dirons qu'il arriva à M. d'Orvelay ce qui arrive aux acteurs longtemps négligés par le public : lorsqu'ils parviennent enfin à fixer son attention, d'effacés et de médiocres ils deviennent bons. Étienne, câliné, choyé, lutiné, mis en relief par sa cousine, laissa voir mille qualités charmantes qu'elle avait à peine soupçonnées : elle s'étonna d'abord de le trouver si spirituel et si aimable, et elle fut heureuse de cette découverte, sans même songer à s'en faire une arme pour exciter la jalousie de Tristan. Simple et bonne, elle éprouvait un vrai plaisir à rendre à son cousin cette justice tardive : ensuite elle s'alarma en le voyant jouer si au naturel le personnage qu'il s'était imposé et qu'elle lui avait laissé prendre. Elle se demanda, avec un certain trouble qui n'était pourtant pas sans douceur, si Étienne ne finirait pas par ressentir ce qu'il exprimait si bien, et si elle n'était pas coupable de se prêter à ce jeu cruel qui pouvait compromettre le repos d'un noble cœur. Curiosité ou surprise, scrupule ou remords, doute ou reconnaissance, Aline, pendant cette fugitive période, pensait à M. d'Orvelay presque aussi souvent qu'à M. de Mersen. Toutefois, celui-ci ne fut pas détrôné : l'amour qu'il inspirait s'était si puis-

samment emparé de mademoiselle de Sénac, elle l'avait si longtemps respiré avec l'air, il s'était si intimement lié au premier
éveil de son âme, qu'en voyant Tristan piqué au jeu redevenir
tendre et empressé à mesure qu'elle affectait pour Étienne un
peu plus d'empressement et de tendresse, elle retomba sous le
charme. Elle eut, vis-à-vis de son cousin, une sorte de rechute
d'égoïsme, et le succès de sa généreuse entreprise la lui fit accepter sans plus d'examen.

Tristan était-il de bonne foi dans ce retour passionné à ses
premières amours? Il le croyait, et se fût irrité peut-être contre
qui eût essayé de le détromper : d'ailleurs tout conspirait en ce
moment à lui faire illusion sur ses propres sentiments : l'attitude
sérieuse et réservée d'Aline, qui, si peu effrayante qu'elle fût,
constituait pour lui une légère difficulté à vaincre, et la subite
rivalité d'Étienne, qui, si peu redoutable qu'elle lui parût, lui
offrait pourtant une sorte de triomphe à obtenir. Il n'en
fallait pas davantage pour que M. de Mersen, dupe de lui-
même encore une fois, retrouvât auprès de mademoiselle de
Sénac ces accents du cœur que la grâce et la distinction
de sa personne rendaient si éloquents, si irrésistibles. Il possédait au plus haut degré ce don dangereux d'exprimer plus
qu'on ne ressent, et cela sans préméditation et sans mensonge,
par le seul effet d'une expansive nature, se plaisant à écouter
ses vibrations poétiques et sonores comme le millionnaire à compter ses trésors. Rien ne fut donc changé, en définitive, dans les
situations respectives de nos personnages. Tristan semblait décidément posé en prétendant et en amoureux ; madame de Sénac,
sans comprendre toute la portée de l'ingénieux dévouement de
son neveu, en acceptait les résultats. Aline rendait peu à peu à

M. de Mersen cette première place qu'elle n'avait paru lui disputer un moment que pour qu'il attachât plus de prix à la re-
conquérir. Quant à Étienne, il ne se démentit pas. Fidèle à son
œuvre d'abnégation, dès qu'il vit la partie suffisamment renouée
entre Tristan et Aline, dès qu'il crut pouvoir baisser le rideau
sur cette petite comédie, vieille comme le monde, qu'il venait
de jouer au profit de sa cousine, il commença à battre en retraite et à rentrer dans cette ombre discrète à laquelle il
s'était primitivement résigné. Par une dernière bizarrerie
qu'elle ne tarda pas à se reprocher, mademoiselle de Sénac
trouva que son cousin prenait bien vite son parti de cette déchéance, et se débarrassait bien lestement de son costume
de jeune premier. Puis elle admira, avec une reconnaissance
sincère et attendrie, cette amitié spirituelle et commode qui s'é-
clipsait sans mot dire, une fois le service rendu. Ajoutons, pour
être tout à fait véridique, que, pendant la phase d'injustice,
Aline songea un peu plus à Étienne que pendant la phase d'admiration.

On était à la fin du printemps : un matin, la journée s'annonçait si belle, que Tristan proposa une promenade sur le lac
de Côme. Madame de Sénac lut dans les yeux de sa fille le
plaisir que lui causait cette offre ; elle n'eut pas le courage de se
faire prier, et l'on partit. Au bord du lac, on trouva un bateau
qui attendait les promeneurs : deux vigoureux rameurs s'assirent à l'arrière, et bientôt la gracieuse embarcation sillonna cette
eau bleue et transparente comme le ciel qu'elle réfléchissait.

On traversa le lac avant que la chaleur devînt trop forte pour
changer le plaisir en fatigue. Sur l'autre rive, à peu de distance
d'une villa célèbre par le nom de sa propriétaire, madame Ta-

glioni, on rencontre un site agreste, moitié riant, moitié sauvage, qui semble fait exprès pour abriter des amoureux, des artistes ou des poëtes. Le frais coteau dont la base inclinée plonge dans le lac, s'ouvre en cet endroit, et livre un étroit passage qu'il faut savoir découvrir au milieu de l'inextricable lacis de lentisques, de pistachiers, de labrusques, d'arbousiers et de chèvrefeuilles qui en gardent l'entrée. Le sentier, frayé par les chasseurs et les pâtres, serpente un moment à travers ce pittoresque dédale, pour aboutir à une prairie encaissée dans les rochers comme une émeraude dans une montre d'acier bruni, et incessamment rafraîchie par les ruisseaux qui se forment au sommet du plateau ou au creux des ravins, et descendent vers le lac en nappes argentées. Un groupe d'ormeaux dix fois centenaires, dont le tronc est tatoué par le couteau des touristes et des promeneurs, couvre d'un ombrage impénétrable ce petit coin privilégié où l'on braverait impunément les ardeurs de la canicule, et qui fait rêver aux vers d'Horace et de Virgile. C'est là que madame de Sénac avait fait apporter les provisions d'un déjeuner champêtre, et que l'on vint gaiement s'asseoir sur l'herbe, après la première traversée.

Jamais Aline ne s'était sentie si heureuse; ce bonheur intime et profond, bien différent de l'enfantine gaieté d'autrefois, donnait à sa beauté un tel éclat, que le pauvre Étienne s'efforçait de ne pas la regarder. Tristan de Mersen était radieux. Ce ciel enchanté, ce paysage splendide, ce cadre où la poésie des souvenirs se mêlait à celle des horizons, ôtaient à son amour pour Aline ce côté banal et facile qu'il avait dédaigneusement qualifié de *roman de pensionnaire*, et y ajoutaient l'élément poétique qui lui avait d'abord manqué. Les âmes aimantes et

sincères trouvent cet élément en elles-mêmes; elles en sont la
source intarissable et sacrée. Pourvu qu'on les mette en présence
de l'objet de leur tendresse, peu leur importe le reste! Ciel gris,
mansarde pauvre et nue, vulgarités de la vie réelle, tout s'illu-
mine à la flamme de leur amour, comme ces tableaux où rayonne
sur un fond sombre une figure inspirée; mais Tristan, nous
l'avons vu, n'était pas de ces âmes qui, à l'instar du philosophe
antique, portent avec elles toutes leurs richesses. Il lui fallait la
draperie extérieure, et cette fois la draperie était à souhait. Au
bord de ce beau lac, Aline, transfigurée par le mystérieux travail
qui s'était accompli dans son intelligence et son cœur, illuminée par
ces flots d'azur et de lumière, embellie par les émotions de cette
belle journée, cessait d'être une fiancée ordinaire pour devenir
presque une héroïne de roman. Aussi, à chacune de ces heures
rapides et charmantes, l'amour de Tristan devenait-il plus ex-
pressif et paraissait-il plus vrai.

Le soir venu, à l'instant où l'on allait remonter dans le bateau, M. de Mersen s'approcha d'Étienne et lui dit tout bas :
« Ce soir, avant que nous prenions congé de ta tante et de ta
cousine, je te chargerai de dire un mot pour moi à madame de
Sénac. » Étienne s'inclina sans répondre; son front resta calme,
et il réussit à maintenir sur ses lèvres le sourire qu'il y avait
fixé.

La soirée était encore plus belle que le jour. Aline, qui avait
décidément pris le commandement de la petite troupe, voulut
attendre, pour repartir, que le soleil fût couché et que l'on vît
poindre les premières étoiles dans ce ciel d'opale et d'or. Bientôt la lune se leva à l'horizon, à demi baignée dans une brume
lumineuse qui adoucissait encore ses molles clartés. A la surface

du lac où frémissait un vent léger, embaumé des aromes du soir, l'astre propice aux rêveries et aux amours fit glisser un sillage pareil à des lames d'argent découpant la moire bleue des eaux endormies. Aucun pinceau, aucune plume ne saurait rendre les fraîches harmonies de cette heure silencieuse et voilée. Étienne se faisait une violence inouïe pour ne pas fondre en larmes, pour ne pas laisser déborder, en face de cette nature palpitante de beauté et de jeunesse, tout ce qui s'agitait dans son cœur. Aline frissonnait, avec un mélange d'ivresse et d'effroi, sous le poids de ces émotions vagues, infinies, souveraines, qui saisissent, en de tels moments, les âmes enthousiastes. Tristan la regardait avec délices, et peu s'en fallait que, dans un élan irrésistible qu'on lui eût pardonné sans doute, il ne tombât à ses genoux.

Le bateau avançait rapidement et approchait de la rive. L'on n'entendait que le bruit alterné des rames, le cri lointain des pêcheurs, et quelques-uns de ces suaves murmures dont se compose, comme dit Joseph Autran, le silence des belles nuits. Tout à coup, au milieu de ce silence harmonieux, s'éleva un chant si pur qu'il semblait la voix même de ce ciel et de ces flots. En même temps, on vit venir une barque du côté de Milan; elle était remplie de lumières qui, à distance, paraissaient courir sur l'eau comme des feux follets. Quand on en fut près, la voix enchanteresse, qui avait déjà fait tressaillir Tristan et Étienne, devint plus distincte; chacune de ses notes perlées arriva, à travers l'espace, à l'oreille de nos promeneurs, qui reconnurent la cavatine de la *Gazza* : *Di piacer mi balza il cor !* chantée avec une ampleur, une verve, une beauté de son incomparable. — « O ma mère! s'écria Aline en joignant les

mains avec extase : c'est une bonne fée qui veut que rien ne
manque aux délices de cette soirée ! » — Mais elle eut à peine
le temps de finir sa phrase ; la barque avançait toujours et commençait à envelopper le bateau de madame de Sénac dans le
cercle lumineux qu'elle traçait. A cette clarté triomphante, on
aperçut une femme de haute taille, immobile et debout sur l'a-
vant de la barque, toute jonchée de fleurs. A ses côtés étaient
deux hommes jeunes encore, la contemplant dans une sorte d'a-
doration : un peu au-dessous, des musiciens dont les instruments accompagnaient la cantatrice.

La barque passa comme une vision ; une seconde après, elle
flottait au loin sur le sombre miroir ainsi qu'une corbeille de
lumières, et la divine mélodie, se perdant peu à peu dans l'im-
mensité, ne parvint plus à l'oreille que comme un frémissement
d'ailes, comme l'insaisissable chœur d'Oberon, s'enfuyant et se
cachant dans la nuit.

— Mais, maman ! reprit Aline, frappée d'un souvenir subit,
cette femme qui est si belle et qui chante si bien... nous l'avons
déjà vue... Oui, je ne me trompe pas, c'est cette dame qui est
venue si gracieusement à notre secours, à cette horrible des-
cente du Simplon... Quel bonheur ! Si elle revient à Milan,
nous pourrons aller la remercier !

Elle s'arrêta, et les paroles expirèrent sur ses lèvres : elle
venait de remarquer la pâleur et l'abattement de sa mère, l'embarras d'Étienne, le trouble indicible de Tristan, dont l'œil inquiet suivait dans le lointain la vision disparue. Il y avait évidemment dans leurs physionomies et leur attitude un secret si
étrange et si triste, que la pauvre Aline se sentit le cœur serré,
et n'osa pas les interroger.

Cette promenade si gaiement commencée s'acheva dans le silence. Lorsqu'on se sépara, Étienne s'approcha de Tristan, et lui dit tout bas, d'une voix qu'il s'efforça de rendre calme :

— Tu avais, je crois, à me charger de dire quelques mots à ma tante?

— Attendons à demain! murmura M. de Mersen.

VII

En rentrant à Milan, Tristan et Étienne y trouvèrent tout le monde en rumeur : on avait appris, dans la journée, que la Floriana venait d'y arriver, qu'elle était d'abord résolue à ne pas s'arrêter, mais que, cédant aux prières des nombreux amis qu'elle comptait dans la ville, elle avait consenti à donner à la *Scala* une représentation, que l'on annonçait pour le surlendemain. L'on n'avait pas entendu la Floriana à Milan depuis l'année de ses débuts. On savait qu'après d'éclatants triomphes obtenus à Rome, à Vienne et à Saint-Pétersbourg, elle avait été accueillie à Paris avec une certaine froideur pendant la saison qui venait de finir ; cette circonstance, au lieu de refroidir la curiosité, y ajoutait encore; car le public dilettante des grandes villes d'Italie n'accepte pas cette prétendue suprématie musicale qui donne aux jugements des Parisiens la valeur d'un arrêt de cour d'appel. A tort ou à raison, il se révolte contre ce singulier paradoxe de notre orgueil qui impose aux grands artistes italiens, comme consécration définitive de leur célébrité, les applaudissements d'un pays qui n'est pas le leur, et où ils trouvent, en échange de leur soleil et de leur azur, nos brouillards et notre boue. L'espèce de demi-disgrâce que la Floriana avait subie dans la capitale du monde civilisé, loin de lui nuire auprès des Milanais, achevait de la rendre populaire. Aussi toutes les têtes étaient-elles en mouvement; dans les salons comme dans les rues, on ne parlait que de la Floriana, de la belle soirée qui se préparait, et il était clair que l'enthousiasme général se disposait à changer cette solennité musicale en une fête publique.

Tristan de Mersen avait parfaitement reconnu le prince Almérani et lord Elmorough à côté de la cantatrice, pendant l'instant, prompt comme l'éclair, où la barque de la Floriana avait passé près de lui. Ils étaient là tous deux, au premier rang du triomphal cortége, rivés aux caprices de cette femme étrange ainsi que des captifs à leur chaîne, et acceptant leur sort avec le sang-froid stoïque que l'un puisait dans le robuste entêtement de son caractère, l'autre dans ses puériles ardeurs de mélomane italien. Tristan commença par songer à eux avec cette sorte d'admiration railleuse qu'inspire le courage malheureux; puis il se dit que la Floriana allait sans doute faire un choix entre ces deux rivaux également dignes de récompense, et cette pensée le contraria. D'ailleurs, la vision du lac de Côme avait eu quelque chose de si inattendu et de si magique, la Floriana, dans ce moment rapide, lui était apparue avec un tel prestige de grandeur, de poésie et de beauté, que Tristan, sans se l'avouer, en était tout bouleversé. M. de Molènes a dit tout ce qu'il y avait de fatal dans ces amours profanes qui marquent de leur sceau indélébile le cœur d'un honnête homme. Même quand il la croit épuisée et tarie jusqu'à la dernière goutte, cette liqueur enivrante lui laisse je ne sais

quelle lie à la fois capiteuse et amère qui fait trouver fade la coupe
des amours permises. Il s'indigne, il s'irrite, il se débat contre
ces ardentes images, contre ces souffles qu'il sent encore glisser
sur son front lorsqu'il essaie de le détourner vers les brises
fraîches et pures : vain effort ! sa colère même l'y ramène : le
fantôme maudit passe et repasse devant son regard dont il altère
à jamais la sérénité ; le démon qui l'a mordu au cœur sait toujours y retrouver la plaie secrète, la fibre saignante, et il lui suffit
de l'effleurer pour que tout saigne et vibre. Éternel châtiment de
ces passions coupables, que le regret y survive au dégoût, et qu'à
la joie d'en être ou de s'en croire guéri, se mêle l'humiliation et
la douleur de se sentir impuissant à goûter ce qui n'est pas
elles !

Tristan était donc en proie à ces hésitations misérables qui caractérisent les hommes tels que lui, dans les situations telles que
la sienne. Le lendemain, comme il se disposait à sortir, il reçut
un petit billet de la Floriana, empreint d'une familiarité tendre
et cavalière, où un peu de mélancolie se cachait habilement sous
beaucoup de gaieté apparente, et où M. de Mersen crut démêler
le chagrin de l'avoir perdu et le secret désir de le ramener. Elle
engageait Tristan à aller la voir à l'hôtel où elle s'était logée. Il
résista, mais nous ne voudrions pas affirmer que ce fût par effort
de vertu plutôt que par la certitude que cet acte de rébellion serait de nature à sauvegarder son orgueil et à piquer au jeu la
cantatrice. Il demanda même à Étienne de l'accompagner, comme
d'habitude, chez madame de Sénac. Hélas ! que cette journée
fut différente de la veille ! Aline était triste ; ses joues pâlies,
ses yeux fatigués prouvaient qu'elle avait pleuré, et ses efforts
pour paraître calme et joyeuse n'aboutissaient qu'à faire per-

ler une larme au bord de sa paupière. Madame de Sénac semblait encore plus préoccupée que sa fille. Tristan essayait en vain
de surmonter son trouble et son embarras. Étienne seul, au milieu du désarroi général, cherchait à ranimer la conversation, à
égayer sa cousine, à dissiper l'impression de vague inquiétude
qu'il sentait peser autour de lui comme cette lourde atmosphère
qui annonce l'orage. Il y réussissait parfois, grâce à cet esprit
aimable qui avait toujours l'air de s'oublier lui-même, et qui
choisissait avec un tact infini ses sujets de diversion. Aline le
remarqua; elle en sut gré à son cousin; elle fut doucement émue
en songeant à cette amitié fidèle, à cette abnégation discrète qui
demandait si peu, se trouvait là chaque fois que l'on avait besoin
d'elle, se mettait en avant quand il le fallait, se retirait quand on
n'en voulait plus. Sans trop s'y arrêter, et surtout sans interroger son cœur, livré pour le moment à une bizarre incertitude
dont elle subissait le contre-coup, mademoiselle de Sénac se
dit pourtant que, pendant cette journée sombre et pénible, elle
n'avait eu qu'une sensation agréable, et que c'était à Étienne
qu'elle la devait.

Vers le soir, on apporta à madame de Sénac une enveloppe
cachetée; elle l'ouvrit sans y attacher d'importance; mais, à
peine eut-elle jeté les yeux sur le contenu, qu'une vive rougeur
monta à son front. Un instant après, s'emparant du bras d'É-
tienne sous un prétexte quelconque, elle le conduisit au jardin,
et lui dit d'une voix étouffée par une douloureuse colère:

— Croiriez-vous que cette femme a l'audace de m'envoyer
une loge pour sa représentation de demain?

M. d'Orvelay réfléchit un moment, puis répondit doucement à
sa tante:

— Il faut y aller, et y conduire Aline.

Madame de Sénac se récria; Étienne poursuivit :

— C'est le seul moyen de déjouer la fatale influence de cette femme, et de répondre à son audacieux défi en lui prouvant qu'on ne la craint pas. De toute façon, je connais assez bien Tristan pour être sûr qu'il ira demain à la *Scala* : s'il y va seul, si la Floriana a un grand succès, — et elle l'aura, — si rien ne balance pour lui l'entraînement de ce triomphe, je prévois une rechute, et, ne durerait-elle qu'un jour, ce serait assez pour compromettre encore une fois le repos, le bonheur, la santé d'Aline. Si ma cousine s'y trouve avec lui, s'il passe la soirée dans votre loge, Aline est si belle, il y a dans sa seule présence quelque chose de si bienfaisant et de si doux, que le bon ange prévaudra contre le mauvais génie. D'ailleurs il y aura bien des regards dirigés vers elle; Tristan entendra bien des murmures flatteurs soulevés par cette beauté si différente de celles que l'on admire ici : ma cousine, en un mot, aura peut-être, à sa manière, un succès égal à celui de la cantatrice, et pour Tristan, vous le savez, c'est là un tout-puissant mobile !

Rien ne saurait rendre l'expression de douleur poignante et contenue avec laquelle Étienne prononça ces derniers mots. Un saint, forcé d'attenter par des paroles profanes à l'objet de son culte, ne souffrirait pas davantage ! Madame de Sénac ne s'en aperçut pas; elle faisait encore quelque résistance; mais son neveu acheva de la convaincre en lui démontrant qu'Aline aimait passionnément la musique, qu'elle ne pourrait ignorer une représentation dont toute la ville s'occupait, qu'elle demanderait à y assister, et qu'un refus ne serait bon qu'à faire travailler sa jeune imagination, inquiétée déjà par ce qui s'était passé la veille.

Madame de Sénac finit donc par consentir, et l'on convint, avant
de se quitter, que l'on irait ensemble dans cette loge qui était de
quatre places.

La Floriana était la plus capricieuse des femmes : très-sincère
en écrivant à Tristan la lettre que nous avons lue et où elle accu-
mulait avec une vivacité fébrile tout ce qui pouvait le décider à
partir, elle avait été, deux jours après, dépitée de son départ,
et surtout du défi qu'il lui jetait en s'éloignant. Alors elle avait
écrit au prince Alméran et à lord Elmorough deux lettres pleines
de promesses, pour les rappeler auprès d'elle, en leur donnant
rendez-vous à Milan, et en s'engageant à fixer enfin son choix
sur l'un ou sur l'autre avant un mois révolu. Les deux prétendants n'avaient eu garde de manquer à l'appel, et ce furent les
deux premières figures qu'aperçut la cantatrice en descendant de
voiture. Nous savons ce qui suivit.

Avant tout, il fallait à la Floriana une revanche, et que Tristan
en fût témoin, ainsi que cette jeune fille à laquelle il affectait de
la sacrifier. Il fallait que cette revanche fût assez complète, assez
éclatante pour lui rendre, ne fût-ce que pour une soirée, son
empire sur ce cœur vaniteux et changeant. La Floriana ne né-
gligea rien de ce qui pouvait rehausser et assurer son triomphe.
Elle fit annoncer que cette unique représentation aurait lieu au
profit des pauvres, et l'enthousiasme des Milanais s'en accrut.
Elle choisit, dans son riche répertoire, la *Somnambula*, cette
adorable idylle d'un génie mélancolique et charmant. Le rôle d'A-
mina, dont les nuances tendres et douces la forçaient d'assouplir
le caractère impérieux et grandiose de sa beauté et de son talent,
lui plaisait par ces contrastes qui ont tant d'attrait pour les natures artistes et dont l'effet sur le public est à peu près infaillible.

La salle était comble, et préludait aux émotions de la soirée par cette agitation bruyante où éclate l'ardeur méridionale. Aline, arrivée de bonne heure avec sa mère, se plaça sur le devant de la loge; Étienne et Tristan s'assirent dans le fond. Elle était toute vêtue de blanc, et d'une beauté angélique. Mais le public italien diffère du public de Paris. Ici, une foule assemblée pour applaudir un nouveau chef-d'œuvre, une comédie nouvelle d'un auteur à la mode, un important début musical ou dramatique, n'en sera que plus disposée à se distraire de son attente en fixant d'avides regards sur les purs et élégants visages qui viennent consteller les loges. A Milan, à Florence, à Rome, à Naples, la curiosité et l'enthousiasme sont tout d'une pièce : une fois dirigés sur un point, rien ne saurait en détourner une parcelle au profit d'autres admirations. Ce soir-là, Milan tout entier appartenait à la Floriana : on ne voulait voir, entendre, regarder, écouter qu'elle, et tout ce qui n'était pas l'idole du moment, n'existait pas pour ce *fanatisme* aussi violent que passager. Quelques étrangers qui se trouvaient dans la salle se récrièrent sur la beauté d'Aline, mais ce fut tout : l'âme de cette foule était ailleurs, et l'effet prévu, redouté peut-être par Étienne, fut à peu près nul.

Lorsque la Floriana parut en scène, dans son frais costume de villageoise des bords du Tésin, toutes ces têtes s'inclinèrent comme sous un souffle de mélodie, et un seul cri, sorti de ces milliers de poitrines, salua l'illustre virtuose pour la bonne action qu'elle allait faire et le plaisir qu'elle allait donner. La Floriana était dans un de ces moments où l'artiste sent se décupler sa puissance et sa force, où une sorte de mystérieux magnétisme lui révèle d'avance les transports frénétiques qu'il va

semer dans son auditoire. Involontairement ou à dessein, elle
lança un regard de flamme vers la loge où elle avait vu entrer
Tristan, et chanta la délicieuse cantilène : *Come per me sereno!*
Cet air, d'une fraîcheur matinale, fut chanté avec un accent si
suave, qu'on eût dit l'hymne virginal d'un cœur de seize ans
s'ouvrant aux premiers tressaillements de l'amour, sous un rayon
de soleil. Aline pleurait ; il lui semblait que cette femme en qui
elle reconnaissait l'étrangère du Simplon et du lac de Côme,
traduisait en une langue divine cette printanière fête de l'âme
qu'une influence inconnue éloignait d'elle, au moment où
elle croyait y toucher. Étienne, qui ne la perdait pas un instant
de vue, aurait donné dix ans de sa vie pour avoir le droit
d'essuyer de ses lèvres ces deux larmes limpides qui descen-
daient le long de ce pur visage. Tristan ne les remarquait pas ;
il regardait la Floriana.

Un peu plus tard, lorsqu'Elvino, inquiet de la longue conversation d'Amina avec le comte Rodolfo, avoue à sa fiancée
qu'il est jaloux de tout ce qui l'appproche, et soupire cette phrase
plaintive et passionnée : *Son geloso del zefiro amante... fin del
rivo che specchio ti fa...* il y eut un moment où Aline, se tournant par hasard vers Étienne, s'aperçut qu'il avait mis son mouchoir sur ses yeux, et que sa voix tremblait d'une émotion
indicible. Cette sensibilité excessive étonna la jeune fille ; elle
se recueillit un instant, et se demanda de nouveau si Étienne ne
cachait pas, sous des airs de résignation et d'amitié fraternelle,
un sentiment plus profond qu'il ne se l'avouait à lui-même :
mais cette impression dura peu, et ne tarda pas à se perdre
dans ce courant de mélodie élégiaque et rêveuse où se laissait
emporter Aline.

Depuis la première note jusqu'à la dernière, la soirée ne fut qu'un long, un immense triomphe pour la Floriana. Dans tous les détails de ce rôle pathétique où se succèdent toutes les angoisses et toutes les ivresses de l'amour, elle dépassa les espérances de ses plus fervents admirateurs, et réalisa cet idéal qu'il n'est donné aux plus grands artistes d'atteindre que par courtes et rares échappées. Sa beauté eut autant de succès que son talent; au dernier acte, quand on la vit paraître sur le toit de sa chaumière, dans son blanc vêtement de somnambule, les bras nus, les cheveux dénoués, l'œil flottant dans l'espace, quand elle murmura d'une voix pleine de soupirs et de sanglots: *Ah! non credea mirarti... si presto estinto, o fiore!* l'illusion dramatique fut portée à son comble. Tous les cœurs étaient oppressés de sa douleur et effrayés de son danger. Puis arriva le finale; Amina, disculpée aux yeux de tous, rendue à la tendresse de son amant et à ses espérances de bonheur, retrouva toutes les perles de son écrin, tous les prestiges de son exécution magique pour chanter le rondo célèbre : *Ah! non giunge uman pensiero!* Exaltée par la certitude et l'enivrement de son triomphe, la Floriana, dans ce morceau, fit de tels prodiges, que le délire du public éclata avant qu'un dernier point d'orgue eût traversé comme une fusée éblouissante le ciel étoilé de Bellini. Bravos furieux, rappels infinis, cris d'extase, gerbes de fleurs, transports, trépignements, folies, tout fut prodigué à la cantatrice par cette foule que, depuis quatre heures, elle tenait haletante et subjuguée dans l'étreinte de son génie. Au moment où le rideau tomba, la Floriana leva les yeux vers la loge de madame de Sénac : elle était vide.

Voici ce qui était arrivé: Aline avait fini par s'abandonner entièrement au charme de cette musique et de cette voix. Nature

8*

fine et délicate, elle ressentait si profondément toutes ces merveilles d'art, de passion et de poésie, qu'à son enchantement avait
succédé une sorte de frisson nerveux qui était presque une souffrance. A l'avant-dernière scène, pendant qu'il n'y avait sur le
théâtre que les acteurs secondaires, des conversations animées
s'étaient établies, à la mode italienne, dans toutes les loges :
quelques mots français, prononcés dans la loge voisine qui n'était
séparée que par une mince cloison, avaient attiré l'attention de
mademoiselle de Sénac : elle s'était involontairement inclinée
pour mieux entendre : on parlait de la Floriana.

— Eh bien ! disait-on, quand finira ce singulier steeple-chase
entre lord Elmorough et le prince Almérani ? Pour qui se déci-
dera la *diva ?* Après une soirée comme celle-ci, le prétendant
sacrifié n'a plus qu'à se brûler la cervelle ou à aller se noyer dans
le lac de Côme...

— Hé ! messieurs, dit un autre de ces causeurs invisibles, il
pourrait bien y avoir, comme dans la fable, un troisième larron :
il existe, de par le monde, un beau jeune homme qui, depuis
trois ans, passe sa vie à rompre et à renouer avec la Floriana, et
qui n'a qu'à vouloir pour rester l'heureux Elvino de cette incomparable Amina.

— Savez-vous son nom ? demanda le premier interlocuteur.

— Il s'appelle le comte Tristan de Mersen, et je sais qu'il est
ici...

Aline n'en entendit pas davantage : à demi brisée déjà par les
émotions de la soirée, cette révélation lui arrivant ainsi par hasard
et par une voix inconnue lui fit un mal affreux. Sa mère, placée
de l'autre côté de la loge, n'avait rien entendu ; mais elle fut
frappée de sa pâleur.

— Allons-nous-en, maman, je ne me sens pas bien ! lui dit Aline dont les yeux brillants et la main brûlante trahissaient un commencement de fièvre.

Elle se leva en chancelant, et madame de Sénac la suivit. Étienne, inquiet de l'état de sa cousine, sortit en même temps de la loge, et offrit son bras aux deux femmes. Aline l'accepta machinalement, et s'y appuya avec force comme si elle craignait de tomber. Ce fut pour Étienne une sensation enivrante et douloureuse tout ensemble : ce bras charmant qu'il sentait frémir sur son cœur, n'en appelait-il pas, hélas ! un autre que le sien ?

M. d'Orvelay accompagna madame de Sénac et sa fille jusqu'au péristyle où elles trouvèrent leur voiture. Il leur dit adieu en promettant tout bas à sa tante d'aller le lendemain savoir des nouvelles et lui en donner ; ensuite il remonta dans la loge : Tristan n'y était plus.

Resté seul, au moment où l'ovation finale de la Floriana atteignait jusqu'au délire, M. de Mersen avait tout oublié, excepté cette scène triomphale dont elle était l'héroïne et dont il eût pu être le héros. L'étrange sentiment qui l'avait attaché à la cantatrice s'était rallumé dans toute son ardeur factice : poussé par une force invincible, il passa derrière le théâtre, et courut à la loge de la Floriana qui venait d'y entrer, toute palpitante de sa victoire, entraînant sur ses pas un cortége d'adorateurs fanatiques. En un moment, vingt sonnets se croisèrent sur sa table ; une litière de bouquets gisait à ses pieds. C'était à qui l'appellerait reine, muse, divinité, avec toutes les exagérations charmantes où se plaît la volubilité italienne. Chaque mot, chaque geste, chaque regard lui parlait de son génie et de sa gloire ; c'était, de tous points, la revanche de son triste début de Paris.

Lord Elmorough et le prince Almérani étaient à leur poste : quand la cohue des complimentateurs fut dissipée et qu'il ne resta plus que les intimes, la Floriana leur imposa silence d'un signe, et dit avec une grâce impérieuse :

— Une soirée comme celle-ci ne peut pas avoir de lendemain ; mes chevaux sont commandés ; je repars à l'instant, je vais à Naples ; c'est aujourd'hui le 10 juin : milord, et vous, prince, je m'engage à vous faire connaître d'ici à un mois mon chôix définitif, ma décision souveraine.

Et, en prononçant ces derniers mots, elle regarda Tristan.

VIII

Le lendemain, Étienne d'Orvelay s'acheminait seul vers l'habitation de madame de Sénac. Ce qui était arrivé, on pouvait aisément le deviner. En rentrant après la représentation dans l'appartement qu'il occupait avec M. de Mersen, Étienne y avait vainement attendu Tristan pendant une partie de la nuit ; le matin, au point du jour, un petit billet écrit au crayon, d'un style embarrassé et d'une écriture illisible, lui avait appris que Tristan était parti pour Naples, et cela avec une telle précipitation, qu'il le priait de lui envoyer ses habits et son linge.

Il ne faut pas demander au cœur humain des perfections qui ne sont pas de ce monde, ni trop s'inquiéter de savoir si Étienne était bien malheureux de se trouver seul sur cette route, de se dire qu'il allait être seul avec Aline et sa mère, sans avoir à s'effacer derrière le brillant compagnon dont la présence lui rappelait constamment ses conditions d'infériorité et sa vie de sacrifice. En supposant d'ailleurs qu'une pensée personnelle se glissât en ce moment dans l'âme de M. d'Orvelay, il y en avait une autre qui les dominait toutes et qui eût suffi à les assombrir. Étienne, au sortir du collège, n'étant point distrait par ces succès de salons où se gaspillent les meilleurs jours de la jeunesse, désireux de racheter ses désavantages extérieurs par l'utile emploi de son intelligence, avait abordé quelques branches des connaissances humaines qui ne font point partie des éducations ordinaires, entre autres la médecine. Sans avoir la moindre prétention au bonnet de docteur, il possédait une instruction réelle et une grande justesse de coup d'œil. C'était assez pour qu'il fût inquiet d'Aline, dont le regard fiévreux et les traits bouleversés l'avaient frappé, la veille, d'une sorte de pressentiment. Il hâta le pas, et, peu d'instants après, il entrait dans l'avenue d'érables-sycomores qui conduisait à la maison.

Ses tristes prévisions ne furent que trop réalisées ; il trouva sur le perron madame de Sénac, qui ne s'était pas couchée, et qui lui dit d'une voix brève :

— Aline est malade ; elle a la fièvre... Vous arrivez seul ?

— Oui, ma tante ; M. de Mersen est parti, murmura-t-il rapidement.

— Je m'y attendais... Pas un mot de plus là-dessus ! reprit-elle d'un ton dont le calme déguisait mal l'amertume.

Étienne demanda à voir sa cousine ; elle était dans sa chambre, la tête appuyée sur le dossier d'un grand fauteuil qui l'enveloppait tout entière, noyée dans des flots de mousseline blanche, moins blanche que l'albâtre de son front et de ses joues. Lorsqu'elle

vit Étienne, elle regarda un moment du côté de la porte, comme
si elle s'attendait à voir entrer quelqu'un derrière lui ; mais ce
mouvement fut imperceptible : elle tendit à M. d'Orvelay une
main brûlante, et lui dit avec un sourire qui faisait mieux res-
sortir la pâleur de ses lèvres :

— Moi aussi, mon ami, me voilà en costume de *somnambule!*

Elle n'adressa à Étienne aucune question ni sur la soirée de
la veille, ni sur ses suites, ni sur l'absence de Tristan. On eût
dit qu'elle s'était scellé le cœur. Le médecin que madame de
Sénac avait envoyé chercher, arriva sur ces entrefaites; il refusa
de se prononcer, trouva que la fièvre était bien forte, recommanda
un repos absolu; M. d'Orvelay qui avait un peu le droit de le
traiter en confrère, crut s'apercevoir qu'il n'était pas sans inquiétude.

Lorsque l'on sortit de la chambre, Aline se tourna vers son
cousin, et lui dit doucement :

— Étienne, vous resterez ici, n'est-ce pas, tant que je serai
malade?

M. d'Orvelay ne put lui répondre que par un signe de tête ;
il se détourna précipitamment pour cacher l'émotion qui le suf-
foquait. Puis, redevenu plus calme, il alla rejoindre madame de
Sénac qui accompagnait le médecin :

— Vous avez entendu, lui dit-il, la gracieuse demande d'A-
line? Me permettez-vous de lui obéir et de m'installer ici tant
que je pourrai vous être utile? Vous savez qu'il faut se prêter
aux caprices des malades !

Pour toute réponse, madame de Sénac pressa Étienne sur son
cœur, et fondit en larmes. Elle manquait un peu, nous l'avons
vu, de prévoyance et de fermeté ; habituée, dès l'enfance, à laisser

les autres penser et agir pour elle, toutes les facultés de son âme s'étaient concentrées plus tard dans son amour maternel; seulement, elle apportait dans cet amour même quelque chose de cette faiblesse d'esprit, de ce défaut de réflexion qui l'avait rendue trop confiante envers Tristan, trop exclusive dans son désir de le voir épouser Aline, et trop égoïste, à son insu, dans ses relations avec Étienne. Mais il y a, dans les angoisses qui saisissent le cœur des mères au chevet de leur enfant malade, je ne sais quelle lumière soudaine et terrible qui éclaire à leurs yeux ce qu'elles n'avaient jamais ni regardé, ni deviné. Madame de Sénac comprit en ce moment combien l'amitié et le dévouement d'Étienne étaient préférables à ces alternatives d'empressement et d'abandon, d'hommage romanesque et d'irrésolution blessante qui n'avaient été bonnes jusque-là qu'à compromettre le repos et la santé de sa fille. Seule, en pays étranger, peu rassurée par la première visite d'un médecin inconnu qui parlait à peine français, elle apprécia à sa juste valeur tout ce qu'elle pouvait attendre de l'affection de son neveu, si fidèle, si constante, si infatigable, si peu exigeante; et lorsqu'elle put enfin lui dire à travers ses larmes, dans une longue et maternelle étreinte :

— Mon enfant! mon second enfant!... oh! oui, restez ici, restez-y toujours !... c'est votre place... que deviendrions-nous, si vous n'y étiez plus?...

Étienne sentit que ce cœur faible, mais bon, lui rendait tout un arriéré de reconnaissance et de tendresse.

Il s'établit donc, à dater de cet instant, chez madame de Sénac, et partagea avec elle tous les soins qu'exigeait l'état alarmant d'Aline. Le troisième jour, une fièvre nerveuse se déclara avec des redoublements et des symptômes dont le médecin ne dissimula pas la gravité à Étienne : il lui semblait moins nécessaire de le ménager que la pauvre mère. M. d'Orvelay avait à cacher ses propres inquiétudes, à rassurer sa tante, à prendre un visage riant, à suppléer tour à tour auprès d'Aline le médecin et madame de Sénac, et à essayer de la distraire à l'aide de lectures, de gais propos et d'anecdotes amusantes. Il suffisait à tout cela avec un mélange de lucidité et d'énergie, d'ardeur et de sang-froid, qui émerveillait le docteur. Il le comprenait à demi-mot, lui décrivait chaque symptôme et chaque incident, lui soumettait son avis, allait au-devant de ses ordonnances et s'identifiait à la fois avec lui pour savoir ce qui pouvait soulager Aline, et avec Aline pour deviner ce qu'elle souffrait. Aussi, le docteur, qui avait fini par le regarder comme un fiancé et un amoureux plutôt que comme un simple cousin, lui disait-il : Allons ! je vois que j'ai deux malades ; mais l'un m'aidera à sauver l'autre.

La maladie fit d'effrayants progrès jusqu'au seizième jour ; ce jour-là, le médecin avait annoncé qu'il y aurait probablement une crise qui serait salutaire ou fatale. Il s'était retiré vers le soir, en laissant une potion calmante que la malade devait prendre avant la nuit, pour prévenir le délire dont elle avait eu déjà quelques légères atteintes. Madame de Sénac, écrasée de fatigue après quinze nuits d'insomnie, était allée, à la prière de son neveu, se reposer dans sa chambre. Étienne restait seul auprès d'Aline.

Le temps était si beau qu'on avait permis de laisser entr'ouverte une des croisées, afin qu'un peu de cet air tiède et embaumé pût arriver jusqu'aux rideaux de mademoiselle de Sénac.

Une veilleuse, posée sur un guéridon et enfermée dans son globe de cristal, projetait sa lueur pâle et voilée sur le visage amaigri de la malade, dont la respiration s'oppressait de plus en plus. Les heures s'écoulaient avec lenteur, et Étienne, l'œil fixé sur la pendule, s'étonnait de tout ce qu'un espace de quelques minutes pouvait contenir d'épouvantes et d'angoisses. De temps à autre, un léger souffle, venu du dehors, pénétrait jusque dans la chambre, et mêlait le vague arome des rosiers et des jasmins à l'air étouffé de l'appartement. Pas un mouvement, pas une voix, pas un bruit, excepté le ressort monotone du balancier et la note plaintive d'un oiseau de nuit perché sur les arbres du jardin. Dix heures sonnèrent : Aline parut se réveiller de son lourd sommeil : c'était le moment où l'on pouvait craindre que le délire ne recommençât, et où il fallait lui faire prendre la potion. Madame de Sénac avait expressément recommandé à Étienne de l'attendre, voulant juger par elle-même de l'état de sa fille avant de lui donner cette prise d'opium qui devait tout sauver ou tout perdre. Mais, vaincue par le sommeil, elle ne revenait pas ; l'instant était décisif ; la perte d'une minute pouvait être funeste. Cette responsabilité n'effraya pas Étienne ; il y vit une faveur de la Providence qui permettait qu'une fois au moins en sa vie il fût uni par un étroit et douloureux lien à cette destinée si chère. Le pouls d'Aline annonçait l'approche de la crise : une effrayante rougeur marbrait son front et ses joues. M. d'Orvelay n'hésita pas ; il versa la potion dans une tasse et la tendit à sa cousine qui but avec une avidité machinale.

Pendant une heure, il y eut lutte entre l'effet du breuvage et l'accès de fièvre qui redoublait. Étienne s'était mis à genoux au pied du lit, surveillant avec une anxiété indicible chacune de ces

9

secondes qui pouvaient être la mort ou le salut. A la fin, Aline parut s'arracher à cette espèce de demi-sommeil où s'entre-choquaient les sombres visions du délire : une teinte plus naturelle colora son visage ; un imperceptible sourire courut sur ses lèvres; se tournant à demi vers Étienne, toujours à genoux et immobile, elle laissa échapper quelques syllabes vagues et inarticulées comme un soupir, où il crut pourtant distinguer ces mots :

— Je vous aime !

Le pauvre Étienne ne douta pas que ces paroles ne fussent adressées à un autre, à une image lointaine et chérie que le paroxysme de la fièvre ramenait à l'esprit troublé de la malade. Cette façon d'intercepter, grâce à un accès de délire, un tendre aveu qui ne lui était pas destiné et qu'il eût payé de son sang, était pour lui un nouveau genre de supplice qu'il accepta avec une résignation héroïque, priant Dieu de sauver Aline, dût-il acheter ce bonheur par tous les déchirements, toutes les tortures !

Aline le regarda fixement, et répéta d'une voix un peu plus distincte :

— Je vous aime !

— Chère cousine, ne put s'empêcher de dire M. d'Orvelay, celui à qui vous croyez parler n'est pas ici : mais il reviendra ; il vous aime ; nous serons tous heureux !

— Qui, lui ? reprit mademoiselle de Sénac avec l'insistance particulière à ces crises redoutables ; je ne le connais pas... Ah ! oui ! poursuivit-elle tout bas comme se parlant à elle-même : l'autre ! celui qui est parti ! Mais celui-là, vous savez bien qu'il ne reviendra pas ! Vous savez bien qu'il lui faut de belles dames marchant sur les toits avec une grande robe blanche et chantant de cette voix qui fait tant de bien et tant de mal : *Ah ! non credea mirarti !*...

— Grand Dieu! elle le sait! bégaya Étienne frappé de surprise et d'effroi.

— Comme elle est belle! Et comme elle chante! continua la malade, de plus en plus exaltée par la lutte de l'opium et de la fièvre... Ah! comment ne l'aimerait-on pas? Ces lumières, ces fleurs, ces bravos, ces cris, ces couronnes! *Fori ! Fori !* On la rappelle! La ville entière est à genoux devant sa beauté et son génie!..... Il n'est plus là; il est allé lui dire qu'il l'aimait!..... Mais vous, vous ne l'aimez pas? s'écria-t-elle en s'agitant sur son lit...

— Oh! je n'aime que vous, pour vous soigner, pour vous guérir, pour vous sauver, pour m'immoler à votre bonheur! reprit Étienne éperdu : mais, par pitié, par grâce, calmez-vous! Il y va de la vie!

— Que c'est séduisant et beau, une grande artiste! ajouta-t-elle sans l'entendre. Une salle immense, agitée comme une mer... Au lieu de vagues, des têtes, d'où s'échappe un continuel murmure d'admiration et d'amour... Au lieu d'étoiles, des centaines de lustres et de girandoles qui illuminent et qui brûlent... Au lieu de brises, ces souffles enflammés qui montaient jusqu'à ma poitrine... Et puis, dans ces flots sonores tombent à chaque instant les notes de cette voix magique... Elles s'y changent en perles... plus limpides et plus pures que celles de ces colliers... Il est allé les chercher, n'est-ce pas? Il a raison... Mais vous, vous êtes là! Je vous aime!

— Aline! vous vous tuez! vous me tuez! Oh! je vous en prie... pas un mot de plus! silence!...

Et en même temps Étienne, par un geste rapide, posa sa main sur la bouche de mademoiselle de Sénac; elle fit encore un léger effort comme pour parler : puis l'effet de la potion calmante triompha des visions du délire; sa tête glissa le long de l'oreiller, et vint s'appuyer sur l'épaule d'Étienne; bientôt une respiration plus égale et plus paisible annonça qu'elle était endormie.

Un peu plus tard, madame de Sénac entra, en proie à un état de désespoir et d'angoisse plus facile à comprendre qu'à peindre. Réveillée en sursaut, elle avait vu que plus de deux heures s'étaient écoulées depuis le moment où devait commencer la crise.

Elle s'arrêta sur le seuil, à un signe d'Étienne, qui fût mort dix fois plutôt que de dire un mot ou de faire un mouvement. Il était toujours à genoux, collé contre le lit : le blanc visage d'Aline endormie reposait sur son épaule; une boucle de ses cheveux effleurait sa joue. Sa main s'était doucement emparée de celle de la jeune fille, et en comptait, minute par minute, les pulsations régulières. Une ineffable expression d'amour, d'espérance, de prière, purifiée et consacrée par l'abnégation et l'oubli de soi, illuminait les traits de M. d'Orvelay; et s'il est vrai qu'il y ait des instants où l'âme se fait visible et souveraine pour transfigurer la matière, on me permettra de dire qu'en ce moment Étienne était beau.

Madame de Sénac, un peu enhardie, s'approcha de lui sur la pointe du pied, et l'interrogea du regard : — Je la crois sauvée, lui dit-il tout bas.

En effet, à dater de ces heures décisives, l'état de mademoiselle de Sénac cessa d'inspirer de sérieuses inquiétudes, et, au bout

de quelques jours, le médecin annonça solennellement qu'il répondait de sa vie.

Mais à mesure que le danger s'éloignait, qu'elle recouvrait ses
forces, et que sa mère suivait, jour par jour, sur ses traits charmants, les progrès de sa convalescence, Étienne était livré à des
perplexités qui troublaient pour lui ces moments de consolation et
de joie. Tranquillisé sur la vie d'Aline qui avait absorbé toutes
ses pensées, il commença à recueillir, avec la minutieuse obsti-
nation d'une idée fixe, chaque détail de cette nuit étrange et terrible qu'il avait passée près de sa cousine. En elle, qui avait
parlé? Était-ce sa raison? Était-ce son délire? Avait-elle pensé
à ce qu'elle disait? Se souvenait-elle de ce qu'elle avait dit? Ce
n'était évidemment pas sa raison; car il n'avait pu se méprendre
aux symptômes de cette crise, aux images incohérentes et confuses que l'opium et la fièvre avaient fait tour à tour passer dans
ce cerveau halluciné. D'une autre part, si c'était le délire, comment expliquer qu'Aline eût si bien reconnu que c'était lui, et non
pas Tristan, qui se trouvait auprès d'elle? Comment expliquer
qu'au milieu du désordre de ses paroles, elle eût fait une allusion
si claire aux relations de Tristan avec la Floriana? Et ces relations, qui les lui avait révélées? Et si elle les connaissait, quel
changement en résulterait-il dans ses sentiments pour M. de
Mersen? Tel était le texte obscur et compliqué sur lequel l'esprit
de M. d'Orvelay revenait sans cesse avec plus de persistance et
d'ardeur que n'en dépense un commentateur passionné sur un
texte de Pindare ou de Dante. Quelquefois, malgré tous ses efforts pour rester raisonnable et sensé, un fol espoir s'emparait de
lui. Il lui semblait possible que cette dernière secousse eût bouleversé le cœur d'Aline, et lui eût donné la place qu'y avait oc-

cupée Tristan : ces paroles d'amour qu'il avait recueillies sur des lèvres de mademoiselle de Sénac et qui s'étaient gravées en traits de feu dans son âme, il lui semblait que c'était bien à lui qu'elle les avait dites. Bientôt une réflexion, un doute, un souvenir, venaient dissiper ce mirage et démontrer à Étienne que ces mots n'étaient pas pour lui, que sa cousine divaguait en les prononçant, et qu'il était insensé à son tour en s'y attachant comme à son bien. Dans ces cruelles alternatives qui étaient devenues toute sa vie, M. d'Orvelay ressemblait à un pauvre famélique qui, ayant trouvé un trésor, et partagé entre sa convoitise et sa probité, se demanderait s'il est à lui, s'il a le droit de le garder ou s'il doit le restituer à son vrai propriétaire. Mais, ce propriétaire, où était-il ? Ne devenait-il pas indigne de ce trésor en l'abandonnant ? Étienne, assailli par toutes ces pensées contradictoires, essayait vainement de lire dans son cœur, de résoudre ses incertitudes, de se tracer un plan de conduite vis-à-vis de sa cousine. Tout ce qu'il savait, c'est qu'elle l'occupait tout entier ; c'est que, malgré ce secret tourment, il eût refusé d'échanger contre les plus grandes joies de ce monde les journées qu'il passait à ses côtés ; c'est qu'en appelant de ses vœux une nouvelle occasion de se dévouer à Aline, il se demandait avec effroi si une preuve de dévouement qui consisterait à renoncer à elle ne serait pas désormais au-dessus de son courage.

IX

Cependant, il y a dans la convalescence des personnes qui nous sont chères quelque chose de si doux, qu'en dépit des perplexités d'Étienne, les jours qui suivirent le rétablissement de mademoiselle de Sénac furent délicieux. Elle se reprenait à la vie avec ce charme vague, indéfinissable, qui est à la fois une sensation et un sentiment, et qui ressemble, pour l'âme et le corps, à un second matin, à une seconde jeunesse. On eût dit qu'à la suite de cette crise, dont le seul souvenir faisait encore frissonner madame de Sénac et Étienne, cette organisation délicate et charmante se renouvelait, comme se renouvelle, au printemps, la verdure des chênes, qu'on voit poindre, en frais bourgeons, sous le feuillage desséché par l'hiver : on eût dit qu'avec le bonheur de revivre, d'autres idées, d'autres images, d'autres affections peut-être, rentraient peu à peu dans ce cœur trop jeune, trop aimant et trop pur pour pouvoir croire à l'irréparable.

On était au mois de juillet; grâce aux grands massifs d'arbres sous lesquels s'abritait l'habitation de madame de Sénac, et aux cours d'eau qui sillonnent cette heureuse plaine, la chaleur était supportable : d'ailleurs la chaleur n'effraie pas les convalescents. Il y avait surtout, à l'angle de la maison et à l'entrée du jardin, un aimable nid qui avait eu dès l'abord les préférences d'Aline. C'était une sorte d'hémicycle naturel, formé par des lauriers-thyms, et que quatre marronniers à fleurs roses protégeaient, à toute heure, contre les rayons du soleil. Des plantes grimpantes, des liserons, des rosiers-*banks*, enroulés au tronc noueux de ces arbres, montaient jusqu'à leurs plus hautes branches, et entremêlaient à l'épais feuillage leurs aigrettes blanches ou leurs clochettes bleues. A défaut des rossignols que l'été avait mis en fuite, le merle, le loriot, le bouvreuil, aimaient à se cacher dans ce vert fouillis, ou à gazouiller à l'entour; mademoiselle de Sénac y avait fait placer des fauteuils rustiques ; c'est là que, trop faible encore pour les longues promenades, elle venait s'asseoir avec Étienne, et prendre un bain d'air, de cet air tiède et pur, imprégné de la senteur des plantes, qui ramène dans les organes appauvris la chaleur, le sang et la vie.

Étienne ne la quittait presque pas ; madame de Sénac les laissait souvent ensemble. Aline se faisait *gâter* par son cousin, avec cette grâce irrésistible à laquelle on pardonnerait même l'égoïsme. Elle lui imposait ses tyrannies et ses caprices comme autant de lois souveraines, le forçait, à tous moments, de changer de place le coussin qui soutenait ses épaules, le tabouret sur lequel elle appuyait ses pieds, de recommencer dix fois la même histoire, de retourner vingt fois à la maison pour aller chercher le peloton de fil dont elle avait besoin, la broderie commencée, le livre qu'elle avait oublié ; et c'était toujours de la part de M. d'Orvelay même soumission, même complaisance. Peut-être ce despotisme d'Aline à l'égard de son cousin ne ressemblait-il pas tout à fait à celui d'autrefois ; peut-être n'était-ce plus la légèreté enfantine et distraite, se laissant aimer et servir sans se préoccuper jamais ni de récompenser le service, ni de répondre à la tendresse, mais plutôt l'affectueuse malice d'un cœur sûr de son empire, et sachant qu'il a quelque chose à rendre pour ce qu'on lui donne ; Étienne, par malheur, était de ceux qui, très-attentifs et très-clairvoyants pour toutes les nuances qui peuvent les désoler, le sont moins pour celles où ils pourraient trouver un sujet d'espérance et de joie. C'était d'ailleurs le moment où, délivré de toute inquiétude pour la santé d'Aline, M. d'Orvelay commençait à se plonger dans un océan de réflexions, de doutes, d'incertitudes, se demandant sans cesse si sa cousine aimait encore Tristan, si

madame de Sénac y songeait toujours, si les situations restaient
les mêmes, et s'il n'avait pas autre chose à faire qu'à chercher
un nouveau moyen de ramener M. de Mersen. Ingénieux à
se tourmenter, Étienne remarqua bientôt que ni les manières de
sa tante, ni celles d'Aline, ne changeaient vis-à-vis de lui : il
était toujours traité en neveu et en cousin, rien de plus ; pas une
allusion au passé, à la maladie d'Aline, aux soins qu'il lui avait
rendus, à cette nuit dont chaque détail retombait sur son cœur
goutte à goutte comme la source qui s'amasse au creux du rocher ! Étienne ne tarda pas à en conclure que ces heures d'hal-
lucination n'avaient laissé aucune trace, que l'image de Tristan
était rentrée en souveraine dans le cœur d'Aline avec la santé et
la vie. Pour la première fois, il inclina, non pas au dépit, à la
rancune ou à la révolte, mais à je ne sais quel sentiment douloureux de l'ingratitude et de l'injustice de ce qu'il aimait. Il éprouva
une impression analogue à celle que ressent l'homme pieux,
cruellement éprouvé par la Providence, et entendant s'élever des
secrètes profondeurs de son âme un murmure involontaire contre
ces rigueurs imméritées. Cette disposition, si nouvelle chez
M. d'Orvelay, donna, pendant quelques jours, à son humeur des
velléités de brusquerie, d'inégalité et de résistance, qui ne pa-
rurent ni étonner Aline, ni la contrarier. Étienne se trompa
à cette indifférence, empreinte même d'une légère teinte de moquerie. Il crut que, sans le vouloir, il était sorti de son rôle,
qu'il avait fait mine d'espérer mieux ou d'exiger davantage, que
sa cousine le rappelait aux vraies conditions de leur fraternelle
amitié. Alors, comme l'âme pieuse dont nous parlions tout à
l'heure, il rentra en lui-même, s'interrogea sévèrement et il eut
honte de ce mouvement égoïste, de cet alliage qu'il venait de

9*

mêler à la pureté de ses tendresses. De quel droit avait-il attendu
plus qu'on ne lui accordait auparavant ? Quoi ! parce qu'il avait
aidé sa tante à soigner sa fille malade, il croyait mériter qu'on
l'aimât ? Le beau titre vraiment ! Qui n'en eût fait autant à sa
place ? Était-ce donc là une raison d'oublier tout ce qui lui
manquait pour inspirer l'amour ? Aline, après tout, n'avait-elle
pas toujours les mêmes yeux, le même cœur ? les mêmes yeux,
hélas ! pour regarder Étienne ! le même cœur pour aimer Tristan !
Que M. de Mersen revînt, qu'il réussît enfin à surmonter l'influence fatale placée entre Aline et lui, ne serait-il pas bien vite
pardonné ? Chacun ne serait-il pas remis à sa place, à lui l'amitié,
à Tristan l'amour ? Toutes choses ne se renoueraient-elles pas au
fil que la Floriana avait brisé ? Et s'il pouvait, lui, concourir à ce
résultat, n'était-ce pas son devoir d'y songer, d'y travailler encore, comme il l'avait déjà fait, sans arrière-pensée et sans murmure ? A force de se répéter ces vérités inflexibles, Étienne
parvint, sinon à retrouver la paix du cœur, au moins à y suppléer
par le renoncement et le courage. Plus maître de lui, il put de
nouveau déployer auprès d'Aline cet esprit gracieux et fin qui le
rendait vraiment sympathique. La jeune fille l'avait choisi pour
arbitre de ses lectures ; il lui apportait quelques-unes de ces
douces et fraîches histoires où les âmes délicates aiment à se
reconnaître, comme les jeunes visages se mirant dans une onde
pure : *Paul et Virginie, Adèle de Sénanges, le Médecin de Village, Résignation, Madeleine, Catherine,* mélancoliques légendes
de l'amour purifié par le sacrifice. Quelquefois Aline interrompait
la lecture pour lui demander son avis sur tel passage dont elle
était frappée, tel sentiment qu'elle ne s'expliquait pas, et il était
rare que le commentaire ajouté par son cousin ne parût pas l'in-

téresser presque autant que le livre même. Il lui lisait aussi Walter
Scott, et mademoiselle de Sénac se passionnait pour ce vieux
monde chevaleresque et poétique. Elle se faisait tour à tour
l'amie, la sœur, la compagne de toutes ces chastes et belles héroïnes, Alice Lee, Jeannie Deans, Edith, Rebecca, Diana Vernon.
Sa jeune intelligence, s'ouvrant à ces larges horizons, étonnait
souvent Étienne par la finesse de ses aperçus, la grâce de ses
idées, et par un fonds de sensibilité franche et vraie à demi caché
sous cette élégante enveloppe comme la fleur dans sa tige. Un
jour qu'ils lisaient ensemble *Rob-Roy*, Aline l'arrêta tout à coup.
On sait que, dans ce roman, Diana Vernon, l'héroïne, est aux
prises avec son cousin Rashleigh, laid et méchant, mais plein de
séduction et d'esprit.

— Oh ! un Rashleigh qui serait bon !... Aussi bon que spirituel ! s'écria-t-elle étourdiment.

Étienne tressaillit de surprise et de joie à cette réflexion soudaine : mais il s'était promis de réagir contre tout ce qui pourrait
ranimer ses illusions : il regarda tranquillement sa cousine, et
lui dit :

— Eh bien ! on ne l'aimerait pas... On aimerait un joli garçon
qui aurait, mieux que lui, le don d'exprimer ce qu'il éprouve, et
surtout de le faire partager.

— C'est votre avis ? demanda-t-elle avec une expression singulière.

— Oui, ma cousine.

— Alors c'est aussi le mien.

L'incident n'eut pas d'autre suite, et Étienne reprit sa lecture.

C'étaient, au demeurant, de bien douces heures : si douces,

que M. d'Orvelay, les goûtant avec un ravissement mêlé de frayeur, comprit que, s'il s'y abandonnait sans réserve, s'il laissait se prolonger indéfiniment cette halte entre les épreuves subies et les épreuves prévues, il finirait par s'y amollir et y perdre le courage qui pouvait, plus tard, lui devenir nécessaire. Il secoua cette langueur qui s'infiltrait peu à peu dans son âme, et résolut de profiter bravement de la première circonstance qui le ferait rentrer dans l'austère réalité.

Depuis que mademoiselle de Sénac était rétablie, Étienne retournait quelquefois à Milan où il avait conservé son appartement, et où il s'étonnait de ne voir arriver ni lettres ni nouvelles de Tristan de Mersen. Un matin, il rencontra, frappant à sa porte, un jeune peintre français, nommé Marcelin. Il avait été au collége avec Étienne et Tristan, qui l'avaient ensuite retrouvé dans le monde, puis à Rome et à Naples, lors de leur premier voyage en Italie. Il était spirituel, mais un peu bavard, et fort au courant de tous ces commérages que les ateliers racontent aux coulisses, les salons aux grandes routes, et qui, partis d'un foyer de théâtre, font souvent le tour de l'Europe. Justement, il arrivait de Naples, et il put donner à Étienne des nouvelles toutes fraîches :

— La Floriana, lui dit-il, obtient à *San Carlo* des succès fabuleux : les Américains n'ont pas fait mieux pour Jenny Lind ; on dételle sa voiture, on lui tresse des couronnes d'or massif avec des inscriptions dithyrambiques qui mettent en verve tous les rimeurs napolitains. Cent jeunes gens à cheval vont la chercher chaque soir pour la conduire au théâtre, et la ramènent chez elle après la représentation au son des clairons et des fanfares. Ce ne sont que sérénades, bals, illuminations, promenades sur le golfe, fêtes perpétuelles dont elle est l'âme et la voix. S'il lui convenait de monter en char de triomphe comme Corinne ou comme les généraux romains, elle y traînerait après elle autant d'Oswalds qu'il y a de dilettantes dans le royaume des Deux-Siciles, autant d'esclaves qu'en comptèrent les Scipions et les Césars...

— Et ses adorateurs en titre? Elmorough? Almérani? demanda Étienne, qui mourait d'envie de prononcer un troisième nom.

— Toujours à leur poste, comme des grenadiers russes dont ils ont la discipline et l'obéissance! répondit Marcelin. Mais la *diva* les a bien attrapés. Le 10 juillet, jour qu'elle avait fixé pour faire décidément son choix entre Venise et Albion, elle leur a déclaré en riant que, lorsqu'on était une grande artiste et qu'on obtenait de pareils succès, on ne se mariait pas, fût-ce avec un lord ou avec un prince. Ils ont crié, pleuré, protesté, gémi : à la fin, pour les calmer, elle leur a promis de se décider le mois prochain... Entre nous, je crois connaître la vraie cause de cet ajournement; et vous la devinez aussi, n'est-ce pas?

— Tristan? dit Étienne d'une voix un peu tremblante.

— Oui, Tristan, qui joue bien, dans tout cela, le rôle le plus singulier, et pourtant le plus vraisemblable pour qui a l'honneur de le connaître. Au fond, il n'aime pas la Floriana, et je crois même qu'il la déteste un peu. Chaque jour, il annonce son départ pour Milan; alors la cantatrice lui dit froidement : C'est à vous que j'adresserai le premier billet de faire part de mon mariage avec lord Elmorough... ou avec le prince Almérani. — Et Tristan reste. L'étrange garçon! L'autre jour, il était convenu qu'il partirait avec moi, et que nous ferions route ensemble jusqu'ici :

même;.comme je me permettais d'énoncer quelques doutes sur
la fermeté de ses résolutions, peu s'en est fallu qu'il ne me cher-
chât querelle... Au dernier moment, bernique! il me fait dire
qu'il ne peut pas partir, qu'un obstacle imprévu le retient encore
à Naples pour deux ou trois jours, mais qu'il me donnera une
lettre pour vous...

— Et cette lettre? dit vivement M. d'Orvelay.

— Ah bah! je l'attends encore, ou plutôt je l'attendrais,
si le sifflet du chemin de fer s'accommodait de ces lenteurs...
Pas plus de lettre que de Tristan! Je suis parti seul, et me
voilà!

Étienne garda le silence; il luttait en vain contre le sentiment
que lui causait le récit du jeune peintre, et où, avec beaucoup
de remords, il reconnaissait un peu de joie. Marcelin reprit :

— Voyez-vous, d'Orvelay! Tristan est ainsi fait : si Almérani
et Elmorough repartaient pour Venise et pour Londres, ils ne
seraient pas en voiture que Tristan serait en route; mais tant
qu'il les voit aux pieds de la Floriana, attendant leur sort d'un
mot de ses lèvres, et qu'elle tient ce mot suspendu entre eux et
lui, il est enchaîné, cloué, rivé, par une sensation étrange, com-
plexe, indéfinissable, qui n'est ni l'amour, ni la haine, ni la jalousie, ni l'admiration, ni l'orgueil, mais qui se compose d'un
peu de tout cela, et qui aurait de quoi tenter l'alambic d'un al-
chimiste... Elle le connaît bien, la malicieuse créature! Aussi se
garde-t-elle de faire cesser une situation qui la maintient en
verve, assaisonne ses triomphes, et l'amuse aux dépens d'Elmorough, d'Almérani, de Tristan et de tout le monde! Son talent
n'y perd rien, sa vanité y gagne, ses caprices s'y délectent;
quant à son cœur... domicile inconnu ; l'adresse, poste restante,

en Europe!... Voilà pourtant les femmes qui nous subjugueraient tous, si nous nous laissions faire!

Et Marcelin se rengorgea dans sa cravate d'un petit air conquérant qui voulait dire qu'il était de force à braver les séductions de toutes les figurantes de Paris.

Quelques heures après, Étienne s'acheminait vers l'habitation de madame de Sénac, et méditait, en chemin, sur tout ce que le jeune peintre venait de lui dire. Son parti était pris.

Il passa la soirée comme de coutume, avec sa tante et Aline; puis, quand sa cousine se fut retirée, il dit gravement à madame de Sénac :

— Chère tante, il est urgent de sortir d'une situation fausse qui, deux fois déjà, a failli tuer Aline : croyez-vous qu'elle aime toujours M. de Mersen?

Madame de Sénac le regarda fixement; il paraissait calme, et, sauf un léger tremblement dans sa voix, on eût pu croire qu'il n'était pas intéressé dans la question.

— Voilà longtemps que ma fille et moi n'avons causé de ce sujet délicat, répondit-elle; depuis sa maladie, j'ai soigneusement évité tout ce qui aurait pu troubler son repos et lui rappeler cette terrible crise : le nom même de M. de Mersen n'a plus été prononcé entre nous... D'ailleurs, qu'y aurait-il à faire?

Au lieu de répondre, Étienne lui demanda d'un ton de sérieuse tendresse :

— Avez-vous en moi quelque confiance?

— Oh! pleine et entière, mon ami; les marques de dévouement que vous nous prodiguez ont fait de vous mon fils, d'Aline votre sœur.

— Eh bien! pour que vous soyez tout à fait ma mère, je vous demande la main de votre fille.

— Vous !

— Oui, moi; et ce n'est pas, bien entendu, pour qu'Aline m'épouse, mais pour qu'elle épouse Tristan.

— Que voulez-vous dire, mon pauvre Étienne? Je crois que vous extravaguez.

— Hélas! chère tante! croyez bien, au contraire, que j'ai tout mon bon sens, et que ma proposition, malgré son étrange tournure, a été très-convenablement pesée, calculée et mûrie. Je pourrais vous faire là-dessus un traité de psychologie romanesque et sentimentale, mais j'aime mieux aller droit au fait et vous dire ceci : Pour que Tristan vous demande solennellement à épouser Aline et s'engage avec vous d'une façon positive, formelle, irrévocable, il faut qu'il la croie sur le point de s'unir à un autre; or, pour que cet autre se résigne d'avance à son sort et se retire sans bruit et sans éclat lorsque Tristan se sera déclaré, il faut que cet autre soit Étienne d'Orvelay, votre dévoué neveu : ce n'est pas plus compliqué que cela.

Madame de Sénac resta quelque temps silencieuse; elle paraissait réfléchir à la proposition d'Étienne; à la fin, elle lui dit:

— Il est possible que vous ayez raison... dans tous les cas, c'est une nouvelle preuve d'affection que vous nous donnez, et qui me touche profondément... mais avant tout, je dois consulter Aline... car enfin, qui sait si elle aime toujours M. de Mersen?

— Oh! oui, elle l'aime toujours, j'en suis sûr! dit Étienne, en réussissant à déguiser sous un sourire la douloureuse contraction de son visage.

— Je le crois, reprit madame de Sénac. Pourtant, il est nécessaire que je l'interroge; demain, vous aurez ma réponse et la sienne...

Le lendemain matin, Étienne se promenait sous les fenêtres de sa cousine avec une angoisse contre laquelle échouait son stoïcisme. Tout à coup il la vit sortir de la maison avec sa mère, et se diriger vers lui. Elle était rayonnante, et jolie à réjouir les anges, dans son frais peignoir blanc rayé de rose. Le voile de langueur et de faiblesse que la convalescence avait répandu sur ses traits semblait dissipé comme par enchantement. L'animation de son teint, l'expression de son regard, la grâce idéale de toute sa personne la rendaient irrésistible.

— Mon cousin, dit-elle à Étienne en lui tendant la main, ma mère m'a fait part de votre conversation d'hier soir : j'accepte.

— Vous acceptez? s'écria-t-il en pâlissant.

— Oui; votre combinaison est excellente, et je ne doute pas du succès. C'est bien convenu, n'est-ce pas? A dater d'aujourd'hui vous passez de l'état de cousin à celui de prétendu...

— Oui, ma cousine.

— M. de Mersen l'apprend : l'idée que je vais devenir la femme d'un autre le décide à m'aimer pour tout de bon; il part, il court, il vole, il arrive, il fait sa demande. On hésite; vous, rival généreux, vous vous laissez toucher par son désespoir, par mes regrets; vous vous éclipsez, et je deviens comtesse de Mersen!...

— Oui, ma cousine.

— Encore une fois, j'accepte.

— Quoi! sans même remercier Étienne de se sacrifier ainsi à ton bonheur? dit madame de Sénac d'un air de reproche.

— Je le remercierai... plus tard, répliqua-t-elle en souriant.

X

Depuis sa dernière rechute, Tristan de Mersen, comme on pouvait s'y attendre, était plus mécontent de lui que jamais. Vainement essayait-il de s'étourdir pour échapper aux reproches de sa conscience et aux agitations de son cœur. Dès qu'il se retrouvait seul, dès qu'il sortait de cette atmosphère brûlante et bruyante que la Floriana avait l'art de maintenir autour d'elle et où toute réflexion s'absorbait dans une sorte de perpétuel vertige, il redevenait ce que la nature l'avait fait ; un caractère léger, inconséquent et vain, mais conservant encore, au fond de l'âme, quelques-unes de ces délicatesses d'éducation et de race qui ne lui permettaient ni de s'abuser sur le présent, ni d'oublier le passé. Il y avait des instants où Tristan avait horreur de lui-même, horreur de la cantatrice et de cette vie où il se laissait entraîner : un sentiment sincère, bien que fugitif et stérile, le reportait alors vers d'autres horizons, d'autres images, ravivant en lui le gracieux souvenir d'Aline ; et, comme toujours, augmentant le dégoût de ce qu'il avait retrouvé par le regret de ce qu'il n'avait plus. Un matin, à l'aube, plus agité que de coutume, il sauta à bas de son lit comme pour se dérober à ses visions fiévreuses, et ouvrit la fenêtre de sa chambre qui donnait sur le quai et sur la baie. Une bouffée d'air matinal vint rafraîchir sa poitrine et dissiper la chaleur étouffante qui avait prolongé son insomnie. Le spectacle enchanteur qui s'offrait à

ses regards était presque nouveau pour lui ; car, depuis son arrivée à Naples, emporté par ce tourbillon de fêtes nocturnes,
passant toutes ses soirées à *San-Carlo* et de là chez la Floriana,
que son triomphal cortége ne quittait qu'après avoir épuisé toutes
les formules d'extase, M. de Mersen avait repris ses habitudes
parisiennes : il se levait à une heure où les ardeurs de l'été na-
politain interdisaient toute velléité de pittoresque. C'était donc
pour la première fois qu'il jouissait de cette vue incomparable :
la baie de Naples éclairée par le soleil levant ! En ce moment,
sur le quai à peu près désert encore, il aperçut une femme enveloppée dans une cape qui lui cachait à demi le visage ; elle
était grande, et paraissait jeune. Après avoir regardé à droite et
à gauche, elle agita son mouchoir ; quelques minutes après, un
petit bateau vint raser les dalles du port en déployant son dais
de toile rayée. La femme inconnue y sauta lestement ; le bateau
prit le large et ne tarda pas à disparaître dans la direction de
Procida.

La taille et la démarche de cette femme causèrent à Tristan
un léger trouble : contre toute vraisemblance, il avait cru reconnaître en elle la Floriana. Un instant de réflexion lui suffit
pour comprendre l'absurdité de cette idée : la cantatrice avait
joué, la veille, le rôle de Norma. La représentation ne s'était ter-
minée que fort tard ; à peine débarrassée de ses grands voiles de
druidesse et de sa couronne de chêne, la Floriana était revenue
chez elle, et son salon n'avait pas désempli jusqu'à trois heures
du matin. Puis, après avoir fait sa récolte habituelle de bouquets,
de déclarations et de sonnets, fatiguée d'émotions, de musique
et de triomphes, elle avait congédié ses adorateurs en leur dé-
clarant qu'elle n'en pouvait plus, qu'elle allait dormir, et que

sa porte resterait impitoyablement fermée jusqu'au soir. Le moyen d'admettre qu'au bout de deux heures à peine, cette même femme se promenât sur le quai et se donnât le plaisir d'une excursion matinale à travers la rade! Tristan repoussa donc cette supposition comme extravagante et s'efforça de n'y plus songer. Bientôt sa pensée reprit un autre cours. La cantatrice sous son double aspect d'artiste et d'idole, les transports du théâtre, les hommages du salon, les rues de Naples parcourues, la nuit, à la lueur des flambeaux, au milieu des sérénades et des cris de fête, les excentriques figures du prince Almérani et de lord Elmorough encadrées dans cette auréole de flamme, de fleurs et de lumière, tout cela s'effaça peu à peu de cette imagination mobile. Les premiers rayons du soleil glissant sur la vague, la brume nacrée dont les ondulations vaporeuses baignaient, en les confondant, les deux infinis du ciel et de la mer, jetèrent M. de Mersen dans une rêverie confuse, qui le ramena vers Milan, vers le lac de Côme, vers cette fraîche et riante villa où madame de Sénac et Aline l'attendaient-peut-être! Comme tous les hommes dont la légèreté naturelle a été encore augmentée par les gâteries du monde, Tristan avait un remarquable penchant, non-seulement pour se réconcilier avec ses torts, mais pour se dissimuler la douleur ou le ressentiment qu'ils pouvaient causer. — « Après tout, se disait-il, Aline ne sait rien ou presque rien; madame de Sénac est, pour moi, d'une inépuisable indulgence; elle désire ardemment ce mariage; sa fille m'aime toujours. Que j'aie enfin le courage de prendre une bonne résolution, que je retourne auprès d'elle, un regard, un mot me suffiront pour me faire amnistier. Et puis, une fois le mari d'Aline, je la rendrai si heureuse! car moi aussi je l'aime, je n'aime qu'elle : le reste n'est qu'une folie qui ne peut pas durer, qui me fait partager avec ces deux imbéciles l'honneur d'être dupé par une divinité de théâtre. Allons ! quelques jours encore, et puis !... »

Il en était là de son monologue, lorsqu'on frappa à sa porte : c'était Marcelin, le jeune peintre.

— Quoi ! déjà de retour ! lui dit Tristan ; je vous croyais en train de remonter jusqu'à Venise pour ne revenir que vers la fin de l'automne.

— C'était bien mon projet, répondit Marcelin, et si j'ai changé mon itinéraire, c'est par amitié pour vous ; je reviens tout exprès de Milan pour vous apporter une grande nouvelle....

— Laquelle ?

— Étienne d'Orvelay épouse à la fin du mois sa belle cousine, mademoiselle Aline de Sénac.

— Allons donc ! ce n'est pas possible ! s'écria M. de Mersen avec un ricanement qui déguisait mal son trouble.

— Le vrai peut quelquefois n'être pas vraisemblable... Et puis, il s'est passé tant de choses depuis votre départ !

Et Marcelin raconta à Tristan la maladie d'Aline, le danger qu'elle avait couru, les soins fraternels que lui avait rendus M. d'Orvelay, la familiarité qui s'en était suivie, la reconnaissance qu'en avaient ressentie madame de Sénac et sa fille, et enfin la demande en mariage qu'il avait officiellement adressée à sa tante.

— Mais Aline n'aime pas son cousin ! interrompit M. de Mersen avec véhémence.

— Non, pas d'amour encore ; elle n'en est qu'à l'amitié, mais cette amitié est bien vraie d'ailleurs, Étienne est si bon, si spirituel, si aimable! Je vous assure, Tristan, que vous ne le reconnaîtriez plus : le désir de plaire, l'espoir d'être agréé, un reste de doute et de méfiance de lui-même, tout cela donne à sa figure irrégulière une expression passionnée qui le rend fort supportable. Sa mise n'est plus négligée comme autrefois : sans affecter une élégance qui lui siérait mal, il s'habille comme un homme distingué qui ne veut décidément plus être relégué parmi les comparses de la grande comédie humaine. En un mot, si Étienne n'est pas et se résigne à n'être jamais un héros de roman, une jeune fille d'un esprit délicat et d'un cœur élevé peut parfaitement s'en arranger pour fiancé et pour mari.

— Mais alors, que venez-vous faire ici? Et pourquoi retourner sur vos pas afin de m'annoncer ce mariage? madame de Sénac ou Étienne ne pouvaient-ils m'en écrire une ligne? reprit Tristan d'un air sombre.

— Ah! voici, répliqua Marcelin sans se déconcerter : M. d'Orvelay n'est ni un enfant, ni un fou, ni un fat. Il connaît l'amitié que je lui porte, ainsi qu'à vous, et qui date du collége : il m'a dit avec ce sérieux qu'il met dans tout ce qui touche aux choses du cœur : « Il fallait aller au plus pressé, c'est-à-dire au repos et à la santé de mademoiselle de Sénac; les hésitations de M. de Mersen lui avaient fait beaucoup de mal; nous ignorons quelles sont aujourd'hui ses intentions, et peut-être ne le sait-il pas très-bien lui-même; l'essentiel était d'en finir avec cet état d'incertitude. C'est là ce que je me suis proposé en demandant la main de ma cousine; mais, je ne me fais pas illusion, et je ne veux être, ni pour elle, ni pour Tristan, la cause d'un regret irréparable. Il est possible que M. de Mersen, malgré sa bizarre conduite, ait de l'amour pour elle; il est possible qu'Aline, malgré son consentement à ma demande, ait encore de l'amour pour lui. Vous comprenez, Marcelin, que ces choses-là ne peuvent pas s'écrire à Tristan ; ma tante et moi, nous avons bien essayé ; mais une pareille lettre était tout simplement impossible. Dès aujourd'hui et quoi qu'il arrive, je dois être assez jaloux de la dignité de ma cousine, pour éviter tout ce qui pourrait y porter la moindre atteinte, même de la part d'un ami d'enfance. Or, toute notification directe adressée par nous à M. de Mersen le froisserait s'il n'avait à y voir qu'une formalité cérémonieuse, et nous abaisserait s'il croyait y trouver un moyen adroit de le ramener. Non, point de diplomatie, point de subterfuge, lorsqu'il s'agit d'intérêts aussi sacrés ! Voilà la situation ; elle est claire dans ses complications apparentes. A présent, nous avons besoin d'un ami intelligent et sûr qui sache comprendre toutes ces délicatesses, et qui aille droit à Tristan pour lui dire en son nom et au nôtre : Vous connaissez Étienne d'Orvelay ; à défaut d'autre mérite, il est loyal et dévoué ; il ne prétend ni vous supplanter auprès de sa cousine, ni lui inspirer une passion qu'elle ne peut ressentir, ni profiter d'un moment de dépit pour la condamner à un lien qui lui pèserait plus tard. Habitué à se compter pour peu de chose, il peut encore se retirer, s'il le faut ; se sacrifier, si le bonheur de sa cousine l'exige ; c'est à vous, monsieur le comte Tristan de Mersen, à voir ce que vous avez à faire !

— Ce sont là les paroles de M. d'Orvelay ? demanda Tristan avec émotion.

— Textuelles, reprit Marcelin non moins ému ; car ce qu'il veut avant tout, c'est que mademoiselle de Sénac soit heureuse. — Et maintenant, poursuivit-il brusquement, ma commission est faite; je n'ai pas de conseil à vous donner; je vous serre la main, et je repars.

Et il sortit, laissant M. de Mersen livré à ses réflexions. Dix minutes après, Tristan était à sa table, écrivant une lettre dont la rédaction lui donnait, à ce qu'il paraît, beaucoup de peine, car il ratura bien des lignes et déchira bien des pages sans parvenir à être content de lui. Nous allons, à notre tour, l'abandonner à ce travail compliqué, pour retourner à Milan, auprès d'Étienne d'Orvelay.

Sa seule pensée, ainsi qu'on a pu le comprendre d'après le langage de Marcelin, avait été de sauvegarder la dignité de mademoiselle de Sénac, tout en recourant au seul moyen qui pût assurer ou son bonheur ou au moins son repos. C'est pour cela qu'au lieu d'écrire une lettre qui aurait trop ressemblé à un protocole diplomatique, il avait mieux aimé envoyer Marcelin avec ses instructions bien complètes, de façon à laisser à Tristan toute sa liberté en même temps qu'il lui faisait savoir ce qui pouvait enfin l'amener à une détermination prompte et irrévocable.

Avant d'exécuter ce plan médité avec l'attention scrupuleuse d'une tendresse spirituelle et dévouée, Étienne l'avait soumis à madame de Sénac et à sa fille; elles l'avaient approuvé sans la plus légère objection et avec une promptitude qui causa à M. d'Orvelay un peu de surprise et de tristesse. Si résigné qu'il fût à ce dernier sacrifice, son cœur se serrait en y songeant, et il se disait parfois que quelque bonne parole de sa cousine ou de sa tante, un peu de résistance opposée par elles à des combinaisons qui ne pouvaient réussir qu'en le désespérant, le consoleraient de ce qu'il allait souffrir encore. Les journées qui s'écoulaient pendant ces préliminaires furent d'au-

tant plus cruelles pour Étienne qu'il était forcé de soutenir avec
un visage riant son rôle officiel de fiancé et d'en accepter les
familiarités et les privilèges. Aline qui, de temps immémorial,
le traitait en cousin ou plutôt en frère, n'avait eu que très-peu
de chose à changer, pour donner à son amitié une teinte plus
expressive et plus douce. Soit qu'elle y mît un peu de coquetterie instinctive, soit que, se méprenant sur le dévouement
d'Étienne, elle l'attribuât à l'indifférence, soit enfin qu'elle
voulût le punir de s'être cru assez invulnérable pour jouer avec
le feu sans en être atteint, on eût dit qu'elle prenait un malin
plaisir à se conduire vis-à-vis de lui comme si M. de Mersen
n'existait pas, et qu'ils eussent réellement le mariage en perspective. Il y avait des moments où le pauvre Étienne, à bout de
forces et de courage, se sauvait à travers champs pour retrouver
un peu de recueillement et de solitude, maîtriser les abattements de son cœur, et revenir ensuite auprès d'Aline avec plus
de résignation et de calme. Elle se mettait à sa poursuite, réussissait à le trouver, le rappelait gaiement à son rôle, et profitait
de leur situation bizarre pour le lutiner avec une espiéglerie et
une grâce qui l'eussent rendu le plus heureux des hommes, s'il
n'en eût pas été le plus infortuné. Dans ces moments, il lui
arrivait parfois d'oublier tout ce qui n'était pas Aline et le
charme incomparable qu'il éprouvait auprès d'elle; on pouvait
alors surprendre dans sa voix des vibrations soudaines, dans
son regard de rapides éclairs, qui l'eussent trahi si sa cousine
eût été plus attentive. Elle ne paraissait pas s'en apercevoir, et
si, malgré lui, un peu de mauvaise humeur succédait à ces
élans comprimés, elle lui riait au nez, passait son bras sous le
sien, et l'entraînait, en courant, dans le jardin.

Enfin, un matin, madame de Sénac entra dans la chambre, d'un air à la fois satisfait et solennel : — Mon cher Étienne, lui dit-elle, vous auriez, au moyen âge, couru risque d'être brûlé comme sorcier : toutes vos prédictions se sont réalisées de point en point : je viens de recevoir une lettre de M. de Mersen, qui me demande la main de votre cousine.

Étienne s'attendait à ce dénoûment ; il avait travaillé dans ce but ; depuis quelques jours même il appelait de ses vœux une solution décisive qui le délivrât d'une épreuve au-dessus de ses forces ; et pourtant il pâlit.

Voici la lettre de Tristan :

« Madame la comtesse, le cœur des mères est un trésor d'indulgence, et vous avez eu pour moi, depuis que je suis au monde, toutes les bontés, toutes les tendresses maternelles : voilà la pensée et le souvenir que j'évoque sans cesse, pour y trouver le courage de vous demander un pardon que je me refuse à moi-même et un bonheur dont je ne suis pas digne. J'apprends qu'il est question d'un mariage entre Étienne d'Orvelay et mademoiselle votre fille. L'horrible angoisse que me cause cette nouvelle m'en a plus appris sur le véritable état de mon cœur que ces quelques années de trouble, d'incertitude et de folie qui maintenant me font horreur. Si mademoiselle de Sénac aime vraiment son cousin, si leur bonheur à tous deux est sérieusement attaché à ce projet de mariage, il est bien entendu que je n'ai ni le droit, ni l'espoir de rien changer à vos résolutions. Mais s'ils n'éprouvent l'un pour l'autre qu'une affection fraternelle, si l'habitude de se voir tous les jours leur a donné le change sur leurs sentiments, si quelque circonstance particulière a amené Étienne à cette démarche et mademoiselle votre fille à ce consentement; si, en un mot, il est temps encore de tout réparer sans rien briser, et de ranimer des espérances conçues dans un temps plus heureux, alors, madame, j'ai l'honneur de vous demander la main de mademoiselle Aline de Sénac, et j'attends votre réponse pour savoir si mon ange gardien m'abandonne ou s'il me reste fidèle. »

— Qu'en dites-vous ? reprit madame de Sénac après avoir lu.

— Mais... je n'ai rien à dire : c'est à ma cousine de tout décider : sait-elle que M. de Mersen vous a écrit ?

— Elle ne sait rien encore ; mais, si vous voulez, nous allons la consulter.

— Allons ! encore cette épreuve ! se dit douloureusement Étienne.

Et ils allèrent rejoindre Aline qui se promenait sur la terrasse.

M. d'Orvelay la regarda fixement pendant que sa mère lui lisait la lettre de Tristan. Elle rougit légèrement, mais ne parut pas émue. Son cousin se perdait en étonnements et en conjectures sur cet étrange sang-froid dans un moment qui allait décider de trois destinées.

A son tour, elle jeta sur Étienne un regard qui semblait vouloir fouiller dans les plus intimes replis de son cœur; puis elle dit d'un ton calme en s'adressant à la fois à son cousin et à sa mère :

— Eh bien ! c'est ce que nous voulions, n'est-ce pas ? Tout arrive comme vous l'avez prévu ?

— Oui, mon enfant ! répliqua madame de Sénac.

Étienne s'inclina sans pouvoir articuler une seule parole.

— Je n'ai donc plus qu'à vous obéir, ma mère ! murmura-t-elle en se jetant dans les bras maternels, comme fait, en pareille circonstance, toute jeune fille bien élevée.

Étienne comprit ce que signifiaient ces paroles et cette pantomime : son cœur se brisa, mais il ne fit entendre ni une objection, ni une plainte. D'ailleurs, qu'aurait-il pu dire? C'était
son plan qui réussissait ; c'était son rôle qui arrivait à la scène
finale.

— Maintenant, mes enfants, dit madame de Sénac avec une
affectueuse gravité, c'est à moi qu'appartient la direction suprême de toute cette délicate affaire. Nous sommes à ce moment
où le moindre retard devient une souffrance, la moindre hésitation un malheur. Bien que je sois convaincue de la bonne foi de
M. de Mersen, le souvenir du passé me force à un redoublement
de prudence. Ce qu'il y aurait au monde de pis, ce serait qu'il
pût arriver ici en prétendant officiel, avoir encore devant lui un
certain temps pour soupirer auprès d'Aline, et en profiter peut-
être pour retomber dans ses irrésolutions. Étienne, nous avons
encore besoin de vous : vous ne vous arrêterez pas dans votre
œuvre de dévouement. Nous sommes ici en pays étranger, à la
campagne, inconnus à tout ce qui nous entoure : nous n'avons,
Dieu merci ! à redouter ni regards ni commentaires. Il faut donc,
mon cher neveu, que vous restiez, jusqu'au dernier moment, le
fiancé d'Aline, et que votre retraite ostensible n'ait lieu que lorsque Tristan ne pourra plus se dédire. C'est là, je vais le lui
écrire, la condition que je mets au pardon d'Aline et au mien.
Toutes choses resteront dans l'état où elles sont aujourd'hui. Nous
continuerons les préparatifs du mariage. Puis, au dernier moment, cinq minutes avant la signature du contrat, nous verrons
paraître M. de Mersen, et il n'y aura, Étienne, qu'à écrire son
nom au lieu du vôtre. Cela te convient-il, ma fille?

— Oui, ma mère, répondit-elle avec une tranquillité qui fut

pour M. d'Orvelay un nouveau sujet de surprise et de douleur. — Et moi, moi ! ma tante ! allait-il s'écrier dans une de ces explosions soudaines qui renversent tous les calculs. Il fit un violent effort pour se contenir, et il y parvint.

— Voilà donc qui est bien décidé ! dit madame de Sénac d'un ton de résolution qui ne lui était pas habituel, et elle se retira dans sa chambre pour écrire à Tristan.

XI

JOURNAL D'ÉTIENNE D'ORVELAY

......Août 1850.

« Aline ne le saura jamais : non, que rien ne trouble son bonheur, pas même l'idée de ce qu'il me coûte ! mais vous, ma tante, vous le saurez un jour... Vous recevrez ces lignes au moment où votre vœu le plus cher sera réalisé, où M. de Mersen aura épousé Aline, où il ne sera plus temps de rien différer ni de rien rompre, et où je partirai, moi, pour vous épargner la vue d'un malheureux dont la tristesse assombrirait votre joie et ressemblerait à un reproche !

» J'aimais votre fille, je l'aime de toutes les forces de mon âme : cet amour est né, il a grandi avec moi ; il s'est associé aux premiers plaisirs de mon enfance, aux premiers chagrins de ma jeunesse. Lorsque j'appris de ma mère, avant de l'éprouver

10*

par moi-même, combien j'étais peu fait pour inspirer ce que je
commençais déjà à ressentir, et tout ce que ces disgrâces naturelles préparent de secrètes tortures aux cœurs aimants, c'est à
Aline seule que je songeai. C'est la douleur de ne pouvoir lui
plaire qui donna tant d'amertume à cet enseignement maternel,
bientôt confirmé par ma propre expérience. Ah ! que m'eût im-
porté l'indifférence, la moquerie ou le dédain de toutes les autres
femmes, si ma cousine avait pu faire exception à ces rigueurs et
m'en dédommager par un peu de tendresse ! Ce qui m'a tant fait
souffrir serait, au contraire, devenu une source de mystérieuses
délices. J'aurais tressailli de bonheur en songeant que je n'exis-
tais que pour une seule personne, qu'elle était à elle seule tout
ce que j'avais à espérer en ce monde, et que je pouvais concen-
trer sur cette tête chérie ce trésor de dévouement et d'amour
constamment refoulé en moi-même au lieu de s'épancher au
dehors. J'aurais cessé d'envier les heureux, les privilégiés, ceux
qui entraînent après eux les regards et les cœurs : ceux-là
éparpillent sur leur chemin toutes les richesses de leur âme, et,
plus tard, lorsqu'ils rencontrent enfin la femme digne de les
fixer, ils sont comme ces prodigues imprévoyants qui naissent
millionnaires et finissent insolvables. Mais moi, avec quelle
ivresse je me serais enfermé dans ce sanctuaire où je n'eusse
trouvé qu'un nom, un culte, une image ! Avec quelle ardeur
j'eusse compté ces inépuisables épargnes d'avare pour les jeter
aux pieds de l'unique créature qui m'aurait aimé ! Ah ! rêve insensé ! folle chimère ! supplice horrible ! Elle était là, à mes
côtés, celle qui me possédait tout entier : par un raffinement
cruel, notre parenté amenait entre nous ces familiarités qui devenaient pour moi un tourment parce qu'elles n'étaient pour elle

qu'une habitude. Je la voyais tous les jours ; elle me souriait sans
cesse ; sa main s'oubliait souvent dans la mienne... et son cœur
appartenait à un autre ! Et j'étais le témoin, le confident, le
complice de cet amour ! et il me fallait rester calme lorsqu'il se
trahissait devant moi par un de ces mille indices dont aucun
n'échappait à mes regards, et que je devinais avant elle, avant
vous, avant lui ! Toujours tranquille ou distraite auprès de moi,
auprès de lui troublée, pensive, timide, rougissante, inquiète ! Et
moi, je comparais ce calme à ce trouble, cette sérénité à cette
rougeur, cette émotion à cette indifférence ! — Voyez-vous ! j'ai
bien souffert, et si j'ai tort de laisser échapper le secret de mes
déchirements, oh ! pardonnez-moi, ma tante ! C'est le cri du pa-
tient ! c'est le sang de la blessure !

»... Eh bien ! la souffrance d'alors n'était rien ; alors je n'a-
vais eu qu'à regarder, qu'à écouter et à réfléchir pour m'accoutumer à l'idée du mariage d'Aline avec M. de Mersen. C'était là
une de ces situations si nettes, si incontestées, qu'on apprend à
s'y soumettre à force de les juger inévitables. Ce mariage, il avait
été, pour ainsi dire, consacré d'avance par la dernière volonté du
colonel de Mersen, par le vœu suprême de ma mère, par votre
plus chère espérance, et Aline, en se sentant attirée vers Tristan,
ne faisait qu'achever l'œuvre commencée par les deux familles.
Pas un de ces détails ne m'était inconnu ; ils s'étaient si bien
mêlés au premier éveil de mes sentiments pour Aline que je ne
pouvais ni m'abuser, ni me révolter, ni me plaindre. La résignation est plus facile quand l'espoir est impossible. Je voyais tout
cet avenir tracé devant moi avec une certitude inexorable : à
M. de Mersen l'amour d'Aline, à tous deux le bonheur, à moi le
silence, l'isolement et le sacrifice. J'acceptais sans murmure cette

part inégale : je cachais mon secret à des profondeurs où personne
n'allait le chercher. Je fus pour Aline un camarade, un ami, un
frère. Jamais ni Tristan, ni elle, ni vous, n'avez pu vous douter
de ce qui se passait dans mon âme, et, si les choses avaient suivi
leur cours naturel, si aucun obstacle n'était survenu du dehors,
le mariage aurait eu lieu, j'aurais accompagné ma cousine à
l'autel comme son parent le plus proche, j'aurais complimenté les
deux époux dans une fraternelle étreinte sans me trahir par une
larme, par un geste, par un mot.

» ... Mais maintenant mon supplice dépasse celui d'autrefois
autant que la torture du damné dépasse le pli de rose du Syba-
rite. Ce n'est plus seulement la présence d'Aline, ce n'est plus
cette familiarité charmante et cruelle; c'est le bonheur, le plus
enivrant des bonheurs, que je tiens là sous ma main ; il semble
que je n'aie qu'à serrer cette main brûlante pour qu'il ne puisse
m'échapper... Et pourtant, je sais qu'il m'échappera tel jour et à
telle heure, que je n'en suis que le détenteur passager, que je le
garde et le prépare pour un autre, toujours le même, celui qu'on
attend ! Aline est pour moi, aux yeux de tous, plus qu'une cousine, plus qu'une amie, plus qu'une sœur : elle est presque une
fiancée, et cette fiancée ne sera jamais ma femme, et jamais je
n'ai été plus loin de ces félicités ineffables qu'au moment où je
parais y toucher ! Oh ! c'est trop ! c'est trop ! une souffrance pareille est au-dessus de ma faiblesse : je me sens succomber et
défaillir ; j'ai des heures de révolte, d'irritation et de colère.....
Misérable fou ! Eh ! contre qui m'irriterais-je ? N'est-ce pas moi
qui l'ai voulu ? N'est-ce pas moi qui ai tout arrangé, tout calculé,
tout prévu ? Ah ! j'avais trop présumé de mon courage ; je m'é-
tais trop fié à cette habitude de dévouement qui avait fini par se

confondre avec les battements de mon cœur, avec les ardeurs de
mes veines. Je n'avais que les délicatesses de l'amour ; j'ai cru
pouvoir en accepter le martyre, moi qui ne suis qu'une lâche et
pusillanime créature ! Dieu me frappe et m'humilie ; il ne veut
pas que je puisse me complaire dans cette immolation de mon
être, et il me livre à tous les transports, à toutes les flammes, à
tous les égoïsmes des amours vulgaires ! Oh ! mon Dieu ! je
m'avoue vaincu ! je me débats dans ma misère après m'être
exalté dans ma force... Du moins, ne punissez que moi seul de
tant de présomption et de lâcheté !

» ... Ce qu'il y a d'affreux, c'est que j'ai des instants d'illusion : instants rapides qui rendent la réalité plus poignante,
comme ces éclairs qui font paraître plus livide la nuit qui les
précède et qui les suit!... Oui, il y a des minutes où je me plonge
dans mon rêve, et où je défie toutes les puissances humaines de
venir m'en arracher. Mon imagination s'envole vers un autre
horizon, vers quelque fraîche vallée semblable à celle de Brévannes, où s'est écoulée mon enfance. Tristan n'y est pas ; son souvenir même en est effacé ; vous y êtes, vous, et Aline aussi... Oh !
comme je l'aime ! quelle adoration en échange de cette tendresse
qui a cessé d'être celle d'une sœur ! Quel enchantement quand
elle me sourit ! Quelle extase quand elle me regarde ! Mais ce
sourire pâlit sur ses lèvres ; ce regard se détourne de moi ; il
cherche quelqu'un... Tristan ! toujours Tristan ! C'est le rêve qui
finit, c'est mon cœur qui se déchire et se réveille !

» ... D'autres fois, c'est un souvenir qui s'empare de moi, et
où je m'enferme comme dans une cellule ; — le souvenir de cette
nuit d'angoisses, d'épouvante et de délices où Aline m'a dit qu'elle
m'aimait... Elle avait le délire et la fièvre, je le sais, je n'en puis

douter; mais enfin, c'est bien à moi qu'elle parlait; c'est bien
mon oreille qui a recueilli ses paroles, ma main qui a soutenu sa
tête charmante, affaissée par la lassitude et le sommeil! Et puis,
pourquoi le délire et la fièvre mentiraient-ils? Ah! malheureux!
ils ne mentaient pas : seulement, en me parlant, c'était à un
autre qu'ils s'adressaient.

» ... Me suis-je trompé? Hier, je lisais à Aline cette touchante
histoire de *Catherine*. Il y a là un pauvre diable doué d'un nez
en trompette et d'une grotesque tournure, qui adore en secret
la belle héroïne. — Elle n'a garde de s'en apercevoir ni surtout
d'y répondre, éblouie qu'elle est par la grâce d'un élégant cavalier qu'elle aime pour ses beaux habits et sa jolie figure. Cependant je ne sais comment il arrive, — ces romanciers ont tant
d'art! — qu'un beau matin, le brillant cavalier cesse d'exister
pour Catherine, et qu'elle finit par aimer ce pauvre Claude, malgré sa face blême et sa souquenille. En lisant ces dernières pages,
je me suis senti saisi d'une émotion invincible : j'ai brusquement
relevé la tête : qu'ai-je vu? Aline me regardant avec un sourire
céleste, et les yeux remplis de larmes... Pourquoi pleurait-elle?
pourquoi me regardait-elle ainsi? Ah! c'est que cette lecture
l'avait attendrie, ou que j'éveillais dans son âme un sentiment
de pitié!...

» ... De la pitié! disais-je l'autre jour : oh! non! elle n'a pas
de pitié : elle joue avec le feu qui me dévore; elle s'amuse avec
les lambeaux de mon cœur déchiré. Je la savais bien dominée par
son amour pour M. de Mersen : je ne la croyais pas si cruelle! Il
est vrai qu'elle ignore, qu'elle doit ignorer que je l'aime : ce rôle
que j'ai accepté, ce plan que j'ai conçu pour ramener Tristan à
ses pieds, ne doivent-ils pas la convaincre de mon indifférence?

Et si elle pouvait en douter, ne serait-ce pas un malheur de plus ? Elle y perdrait la sécurité de son bonheur, et moi le mérite de mon sacrifice... et pourtant !... quelles heures je viens de passer ! délicieuses et horribles ! Le ciel entr'ouvert sur ma tête et l'enfer sous mes pas ! Il y avait une noce champêtre dans une ferme voisine de la villa ; Aline a voulu y aller, et, sous prétexte de ne pas intimider cette fête rustique, elle a eu la fantaisie de s'habiller en riche paysanne des bords du Tésin ! Mon Dieu ! qu'elle était belle ! C'est moi qui la conduisais : n'étions-nous pas fiancés ? Elle m'a présenté à ces bonnes gens comme son futur mari, et, à l'instant, cette foule m'a entouré en me félicitant de mon bonheur, en chantant les louanges d'Aline. Sa beauté avait de tels rayonnements que ces natures grossières en ont subi le charme : peu s'en est fallu qu'on ne pliât le genou devant elle comme devant une madone. Et elle ! quel entrain ! quelle gaieté ! quel éclat dans le regard ! quelles vives et fraîches couleurs ! On a dansé : chacun était là avec sa *promise*, comme ils disent dans leur doux langage ; ma *promise* à moi, c'était Aline : j'ai été son danseur pendant toute la journée : il y a, dans plusieurs de ces danses naïves, une figure où les mains s'enlacent, et où chaque jeune fille tend la joue à son danseur qui y dépose un baiser. Lorsqu'est arrivé le tour d'Aline, j'ai espéré qu'elle trouverait un moyen d'esquiver ce détail. Hélas ! non ! Ce suave et doux visage s'est incliné vers moi avec une indicible expression de virginale tendresse. J'étais si pâle et si défait, qu'elle en a été presque troublée ; mais elle s'est remise aussitôt, et, au moment du baiser, elle est partie d'un frais éclat de rire. O ma tante, vous étiez là, et vous ne lui avez pas dit qu'elle me tuait ? Et vous n'avez pas deviné ce cri prêt à s'échapper du fond de mon âme pour demander grâce ! Ah ! j'oublie que vous ne savez rien, que vous ne devez rien savoir, et que tout souffrir serait encore trop peu, si je réussissais à tout cacher !

» ... En vérité, il y a dans tout cela quelque chose qui m'étonne et me confond. Quand cet *improvisateur* qui se trouvait à la fête, s'est tourné vers nous pour chanter notre bonheur à venir dans cette belle langue du Tasse où tout semble mélodieux et poétique, Aline ne riait plus. Puis je l'ai vue s'approcher de cet homme et lui donner dix fois plus d'argent qu'il n'en espérait. Qu'a-t-elle voulu récompenser ainsi ? Était-ce le talent du poëte ? Étaient-ce ses prédictions ? Ah ! je comprends : ces prédictions lui étaient chères, parce qu'elle les appliquait à l'absent, à celui qui va venir... Moi, que suis-je ? quelque chose de pareil à un ambassadeur épousant, par procuration, la fiancée du roi son maître...

» ... Oui, il va venir ; le moment approche, c'est pour après-demain. Le contrat sera prêt : Tristan arrivera, il me prendra la plume des mains, et quand il aura signé... oh ! quand il aura signé, qu'il sera engagé d'une façon irrévocable, que vous n'aurez plus rien à redouter des irrésolutions de son caractère; je serai libre, n'est-ce pas ? Je pourrai m'enfuir ? Vous ne me demanderez pas une heure de plus ? S'il me fallait rester encore, assister aux premières expansions de leur amour et de leur joie, je le sens, je tomberais mort sur les marches de l'église ou sur le seuil de leur chambre, et cet épisode pourrait gâter le bonheur d'Aline... Je partirai : nous trouverons un prétexte pour expliquer ce départ... Ma santé, la fatigue de mon rôle, le désir de voir du pays... Lors de mon premier voyage en Italie avec M. de Mersen, je remarquai, à une demi-lieue de Venise, dans une île que l'Adriatique baigne de ses eaux caressantes, un asile où les cœurs

malades peuvent, je crois, trouver l'apaisement et le repos. C'est
le couvent des Arméniens catholiques, qu'on appelle aussi
Consolateurs. En parcourant ce refuge hospitalier offert par la
religion à la science, entre le ciel et la mer, je me disais dès
lors que, si jamais mes souffrances devenaient trop vives, mon
amour trop difficile à cacher, le spectacle du bonheur d'un autre
trop impossible à supporter, je viendrais m'abriter là, jusqu'à
ce que le temps, l'absence et la bonté de Dieu eussent cica-
trisé mes blessures... Depuis cette dernière épreuve, ce souvenir me revient avec plus de force... J'irai dans ce couvent, je
passerai auprès de ces *Consolateurs* un an, deux ans, dix ans
peut-être... ce qu'il faudra pour que je sois sûr de pouvoir retrouver sur mon chemin M. de Mersen et Aline sans trop haïr
l'un, sans trop aimer l'autre...

»... C'est aujourd'hui ! c'est ce soir ! la joie de ma cousine
éclate sans qu'elle fasse le moindre effort pour la dissimuler :
peut-être avais-je mérité plus de ménagement. Mais non : il faut
que les choses soient ainsi jusqu'au bout... Adieu, ma tante...
demain, je ne serai plus ici... Dites à Aline... Non, rien ; vous
n'avez rien à lui dire... Surtout, que jamais une seule de ces
lignes ne parvienne jusqu'à elle ! Ce serait notre malheur à tous...
Et moi... oh ! que je sois seul malheureux !... »

Les préparatifs du mariage d'Étienne d'Orvelay avec Aline de
Sénac continuaient, en apparence, comme si, au dernier moment,
rien ne devait venir le déranger. Sous prétexte d'engager encore
plus Tristan et de lui rendre toute retraite impossible, madame
de Sénac avait même voulu, pendant ces journées d'attente, compléter tous les détails de trousseau et de corbeille. Étienne avait
un goût exquis ; c'était du moins l'avis d'Aline ; aussi le consul-

11

tait elle sans cesse avant d'écrire à Paris pour ses robes, ses
châles et ses chapeaux. — Serai-je bien ainsi ? Croyez-vous que
cette couleur aille bien à ma figure ? me trouverez-vous jolie avec
cette toilette ?—Telles étaient les questions auxquelles le pauvre
Étienne avait à répondre, et il fallait qu'il y répondît avec sang-
froid, presque avec gaieté, sous peine de détruire en un moment tout son ouvrage. Nous n'avons plus besoin de dire ce
qu'il souffrait : cent fois il fut sur le point d'éclater : son dévouement le protégea.

Le soir arriva : c'était l'heure fixée pour la signature. Étienne
avait demandé à sa tante de n'y inviter personne ; et d'ailleurs,
à la campagne, en pays étranger, il eût été assez difficile de réu-
nir autant de gens de connaissance qu'à la Madeleine ou à Saint-
Thomas d'Aquin. Ils étaient absolument seuls. M. d'Orvelay, se
sentant près de défaillir et voulant reprendre quelques forces pour
cette crise suprême, avait profité d'un moment de répit pour aller
courir dans la campagne, que septembre commençait à teindre de
ses opulentes couleurs. Lorsqu'il revint, sa tante lui dit qu'elle
avait envoyé sa voiture à Milan, pour ramener Tristan qui devait
s'y trouver à huit heures précises. D'après ses calculs, il arriverait à la villa à neuf heures ; à neuf heures moins quelques minutes, madame de Sénac, Aline, Étienne, quelques vieux domestiques, et quatre témoins choisis parmi les fermiers du voisinage,
étaient réunis dans le petit salon. Le notaire était à son poste,
assis devant la traditionnelle table verte, ornée de plumes et
d'écritoires, éclairée de deux candélabres.

Étienne avait fini par s'enivrer de sa douleur, au point de
noyer dans un abîme infini les pensées qui le torturaient. Il
était là, pâle et immobile sur sa chaise, regardant Aline

comme une vision prête à disparaître, perdant le sentiment de la réalité, ne se rendant plus compte de la marche du temps, et ne sachant pas si les moments qui le séparaient encore de l'arrivée de Tristan s'envolaient comme des secondes ou s'alourdissaient comme des siècles. Tout ce qu'il savait, c'est qu'Aline, sous ses voiles blancs de mariée, était si belle, qu'il lui semblait que la terre n'en était pas digne : tout ce qu'il savait, c'est que l'arrivée de M. de Mersen lui serait annoncée par le bruit lointain d'une voiture dans l'avenue, que ce bruit se rapprocherait, et que, quand la voiture s'arrêterait sur la terrasse, tout serait fini.

Neuf heures sonnèrent. Étienne se taisait, attendait et écoutait. A chaque instant, il croyait entendre le frémissement des roues sur le sable : rien : pas un murmure, pas un souffle ; le vent même se taisait.

Tout à coup une voix nasillarde troubla ce silence solennel. — Si nous commencions ? dit le notaire en posant sur son nez rubicond ses classiques lunettes.

— Mais il manque quelqu'un ! s'écria M. d'Orvelay.

— Il ne manque personne ! répliqua madame de Sénac d'une voix ferme ; et d'un geste elle désigna au notaire les mariés : sa fille Aline, et Étienne, son neveu.

— Mais M. de Mersen ? bégaya Étienne éperdu : la voiture que vous lui avez envoyée !

— M. de Mersen ne viendra pas ; quant à la voiture, elle n'a pas bougé de la remise, et voilà mon cocher derrière vous.

Aline se leva et s'avança vers son cousin : — Étienne, lui dit-elle avec une gravité qui donnait à sa tendresse une expression plus irrésistible ; Étienne ! avez-vous pu nous croire assez aveugles pour ne pas deviner votre sacrifice? assez cruelles pour l'accepter?

— Ma cousine!... pardon!... je croyais... M. de Mersen?...

— Ma mère, reprit Aline d'un ton calme, lisez-lui votre vraie réponse à M. de Mersen.

Madame de Sénac fit passer à son neveu le brouillon de la lettre qu'elle avait écrite à Tristan. Après l'avoir remercié, dans les termes d'usage, de l'honneur qu'il lui faisait en recherchant son alliance, elle annonçait que sa demande arrivait trop tard, que le mariage de M. d'Orvelay avec sa fille était désormais irrévocable, et cela pour la meilleure des raisons : Aline aimait son cousin.— C'est par ces mots que finissait la lettre.

— Aline, vous m'aimez? dit Étienne, si tremblant qu'il fut obligé de s'appuyer au rebord de la table.

— Vous mériteriez bien que je vous répondisse non! répondit-elle avec une coquetterie charmante : comment donc ne le savez-vous pas, depuis cette nuit où, grâce à l'opium et à la fièvre, j'ai eu la hardiesse de vous le dire?...

— Quoi! c'était à moi que vous parliez?

— A vous seul, oh! oui, bien à vous... Le reste s'était envolé comme un rêve... un rêve de *somnambule!* ajouta-t-elle en souriant.

— Cruel souvenir! dit Étienne dont le front radieux se couvrit d'un léger nuage.

— Souvenir précieux! répliqua-t-elle à voix basse; car cette soirée de la *Scala*, cette crise, cette maladie, cette secousse, ont été pour moi quelque chose de pareil aux orages de ce beau pays: ils emportent le sable et fécondent la terre; ils déracinent le brin d'herbe et affermissent l'épi.

— Mais moi ! comment avez-vous deviné que je vous aimais ? Je croyais le cacher si bien !

— Oh ! mon cousin ! j'ai bien envie de me fâcher ! Si niaise que soit une jeune fille, elle s'aperçoit toujours de ces choses-là... Et puis... Mais promettez-moi de ne pas trop gronder Baptiste...

— Baptiste !

— Oui, votre vieux valet de chambre, qui est là, vous regardant d'un air de triomphe... C'est un traître que je vous dénonce comme mon complice, et qui excelle à fouiller dans vos papiers... Il est vrai que c'était pour m'obéir... Vous savez bien ce journal où s'épanchait votre douleur et que vous croyiez tenir sous clef?...

— Eh bien ?

— Eh bien, en voici la dernière page , et je sais les autres par cœur, murmura mademoiselle de Sénac.

Puis, saisissant la main de M. d'Orvelay, qui chancelait sous le poids de son bonheur, elle lui dit bien bas :

— Pauvre Étienne ! tu as donc bien souffert? et moi j'ai prolongé tes souffrances ; je n'ai pu renoncer à l'ineffable joie de mesurer jusqu'au bout ton courage, ton dévouement, ton amour : pardonne-moi ! je t'aimerai tant que je te ferai tout oublier !

XII

L'heure du châtiment commençait pour Tristan de Mersen. En recevant la réponse de madame de Sénac, il éprouva une de

ces douleurs âpres et vives où les meurtrissures de la vanité ont
plus de part que les déchirements du cœur. Au lieu de s'avouer
à lui-même qu'il avait mérité d'être puni de ses hésitations et de
ses fautes, qu'Aline avait bien fait de chercher dans le sentiment de sa dignité froissée le courage de l'oublier, et qu'il ne
pouvait, sans inconséquence, se plaindre d'une déception qu'il
aurait pu si facilement éviter, il s'abandonna à ces mouvements
d'irritation et de colère qui sont, chez les hommes de ce caractère, la plus haute expression des désespoirs amoureux. Il sup-
posa, — et ce fut tout d'abord sa pensée dominante, — que l'on
avait voulu lui faire subir la peine du talion, que M. d'Orvelay
s'était concerté avec sa tante et sa cousine pour le mystifier par
une démarche officieuse dont le but caché avait été de l'amener
à un aveu, d'y répondre par un refus et de dédommager ainsi
leur amour-propre aux dépens du sien. Cette idée redoubla son
courroux, et peu s'en fallut qu'il n'écrivît à Étienne pour lui demander réparation de cette prétendue injure : mais Marcelin,
qui faisait de la peinture dans les environs et que Tristan réussit
à rattraper, n'eut pas de peine à lui prouver que M. d'Orvelay
était de bonne foi, que s'il y avait eu, dans tout cela, un peu
de représailles et de malice, ce n'était que de la part de deux
femmes qui avaient bien quelque droit de se plaindre de M. de
Mersen, et auxquelles il ne pouvait s'en prendre sans se couvrir
de ridicule. Tristan finit par entendre raison ; il était de ceux à
qui la crainte du ridicule peut également faire faire beaucoup de
sottises et en éviter quelques-unes ; il ne songea plus qu'à dédommager sa vanité, en se disant que le pauvre Étienne avait
bien gagné, par un rude noviciat, le bonheur d'être *aimé d'amitié* ;
qu'il n'obtiendrait jamais davantage, et que, après tout, il n'était

qu'un *pis-aller* pour mademoiselle de Sénac. Mais il avait beau
se répéter ce mot brutal de Lovelace désappointé, une voix intérieure, plus forte que son orgueil, lui répondait qu'Aline avait
eu, au contraire, pour lui un de ces sentiments, fugitifs comme
les visions de l'adolescence, que toute jeune fille accorde au premier soupirant de bonne mine qu'on lui permet de regarder ; et
que c'était M. d'Orvelay qui, à force de dévouement et de courage, venait d'obtenir de cette âme tendre et délicate l'amour
vrai, l'amour profond qui remplit une destinée, s'appuie sur de
décisives épreuves et sort vainqueur des crises et des luttes de
la vie, comme l'or pur du creuset.

Pour échapper à ces importunes images, M. de Mersen essaya
d'un regain de passion pour la Floriana. Il retourna chez elle
avec plus d'empressement que jamais, affecta de se montrer en
public à ses côtés, et de prendre, soit dans son salon, soit dans
sa loge, des airs de seigneur et maître, qui amusaient d'autant
plus la cantatrice que lord Elmorough et le prince Almérani
avaient la bonhomie de s'en tourmenter. Comme toute illusion
était depuis longtemps impossible entre la Floriana et Tristan,
elle voulut savoir à quelle circonstance elle devait ce brusque
réveil d'enthousiasme et de tendresse, et bientôt un de ses amis
de Milan lui écrivit le mariage d'Étienne avec mademoiselle de
Sénac. Elle en tressaillit de joie, non pas qu'elle fût jalouse, ni
que l'idée de voir fuir son bel adorateur lui causât une bien vive
frayeur; mais il faudrait ne pas connaître les femmes telles que
celle-là, pour s'étonner que, sans aimer Tristan, elle fût en-
chantée d'une déconvenue qui lui épargnait l'humiliation d'être
sacrifiée à cette jeune fille dont elle avait pu apprécier la grâce
et la beauté. Son amour-propre était épargné, celui de Tristan

était puni : quel heureux épisode dans une liaison où la vanité avait tenu une si large place ! Incapable de dissimuler, la Floriana, lorsqu'elle revit Tristan, l'accueillit d'un air de bonne humeur qui se changea vite en persiflage ; il insista pour en connaître la cause, et, entre deux éclats de rire, elle finit par lui montrer la lettre de Milan qui lui annonçait le mariage d'Aline avec M. d'Orvelay.

Alors, entre ces deux personnes qui avaient cru un moment s'aimer, dont l'une interprétait chaque jour avec génie les plus idéales créations du plus charmant de tous les arts, dont l'autre appartenait au meilleur monde, il y eut une scène terrible et ignoble de colère, de récriminations et d'injures, une de ces scènes qu'il faudrait pouvoir montrer par le trou d'une serrure à tous les jeunes enthousiastes qui prennent au sérieux les Desdémonas, les Juliettes, les Ophélias, les Chimènes et les Iphigénies de théâtre. La fureur de Tristan fut si violente, que la Floriana craignit un moment d'être battue, ce qui lui eût rappelé, du reste, les souvenirs de son enfance. M. de Mersen lui saisit le bras au risque de le casser, la fit mettre à genoux devant lui, et là, se dégonflant à son tour, il lui dit, en quelques minutes, tout ce qui peut faire monter la rougeur au front des femmes qui savent rougir : il la traita avec cette verve de fureur et de mépris qui soulage et envenime à la fois toutes les plaies des cœurs ulcérés. Il l'accusa d'être son mauvais génie, son éternel sujet de remords et d'opprobre, d'avoir brisé sa vie, sali son âme, perdu son avenir, de lui avoir fait perdre le seul amour, le seul bonheur qui fût digne de lui, et cela sans qu'il eût même pour consolation et pour excuse de l'avoir aimée ; car il ne l'aimait pas, il la haïssait, ou plutôt, non... la haine était encore un sentiment

trop noble... c'était de l'horreur, du dégoût ! Un moment épou-
vantée, la Floriana releva la tête, et, en digne fille de lazzarone,
elle donna à M. de Mersen de si triomphantes répliques, lui jeta
à la face de telles insultes, lui prouva avec une telle éloquence
de coulisses et de halle qu'il était le plus niais, le plus fou, le
plus fat, le plus ridicule des hommes, prit de si éclatantes re-
vanches, eut de tels bonheurs d'expression, de métaphore, de
raillerie, de sarcasme et d'outrage, que Tristan, qui n'avait pas
lâché son bras, la laissa violemment retomber sur le parquet,
brisa sa canne pour ne pas être tenté de s'en servir et s'enfuit
comme un criminel. Mais ce qui paraîtra peut-être plus surprenant, c'est que, cinq ou six heures après, il était au théâtre où
la Floriana chantait *Lucie*. Elle y fut plus poétique, plus vapo-
reuse, plus éthérée, plus séraphique que jamais. Jamais elle
n'avait adressé des accents si purs et si doux aux nuages et à
l'azur du ciel, aux anges et aux étoiles : jamais soupirs plus frais
et plus mélodieux ne s'étaient exhalés d'une poitrine virginale.
Tristan eut là, en raccourci et à quelques heures d'intervalle, le
spectacle complet de cet étrange contraste, si fréquent chez les
natures d'artistes, et qui a pour certaines imaginations de si puissantes amorces. M. de Mersen était honteux et malheureux de
l'emportement auquel il s'était livré : la musique de Donizetti le
disposait aux émotions douces. Mollement bercé par ces charmantes cantilènes, il se mit à réfléchir à ces bizarres disparates
qui laissent subsister, côte à côte, dans ces organisations privilégiées, l'interprétation pénétrante de tout ce que les sentiments
humains ont d'exquis et de raffiné, et le fond commun d'une
origine et d'une nature grossières. L'esprit de M. de Mersen se
complut dans cette analyse ; elle le consola en l'amusant, et

11*

lui inspira l'envie d'amnistier la Floriana, en lui donnant le plaisir de la comprendre. Curiosité ou habitude, bravade ou faiblesse, il se surprit, après la représentation, s'acheminant vers la loge de la cantatrice, et, pour compléter ce détail de mœurs, nous ajouterons qu'elle le reçut de fort bonne grâce.

Cependant, de délai en délai et de triomphe en triomphe, on était arrivé aux premiers jours de septembre. Pour apaiser Almérani et Elmorough, qui, malgré leur obéissance exemplaire, commençaient à murmurer, la Floriana avait solennellement promis de leur faire connaître son choix définitif le jour où expirait son engagement à *San-Carlo*, c'est-à-dire le 10 : on savait que cette fois elle tiendrait parole ; car sa dernière représentation était annoncée, et elle s'occupait déjà de ses préparatifs de départ : seulement personne ne pouvait dire quelle ville et quelle contrée de l'Europe auraient l'honneur de la posséder après ses adieux à son heureuse patrie.

L'attente était vive parmi les nombreux courtisans de la belle cantatrice. La persévérance de ses deux prétendants en titre avait fini par acquérir une sorte de célébrité ; il y avait des paris ouverts, et des alternatives de découragement et d'espérance, suivant qu'on croyait la voir pencher pour Londres ou pour Venise, pour la vivacité italienne ou pour le flegme britannique. Ainsi qu'on devait s'y attendre, après une saison remplie d'autant de victoires et d'ovations qu'il y avait eu de soirées, la dernière représentation de la Floriana fut la plus belle. Elle chanta les *Puritains* et un acte du *Barbier*. Tour à tour coquette et rêveuse, fantasque et pathétique, espiègle et passionnée, on eût dit qu'elle avait voulu faire, des prodiges les plus divers de

son art et de son génie, un bouquet merveilleux destiné à dépasser toutes ses autres merveilles. L'effet fut immense, le
succès inouï : on savait que la *diva* devait partir le lendemain,
qu'elle devait, une heure avant son départ, se prononcer entre
deux hommes distingués, également amoureux d'elle. Le mystère dont elle entourait tout le reste ajoutait encore au prestige.
Cette soirée était donc délicieuse et triste comme tout ce qu'on
va perdre. L'émotion se mêlait aux bravos, l'attendrissement
aux cris d'enthousiasme ; il y avait des larmes dans tous ces
beaux yeux qui étoilaient le triple rang des loges, des mains
blanches et effilées qui applaudissaient Elvire et Rosine avec une
frénésie charmante. Tristan assistait à cette fête ; il était témoin
de ce délire ; il s'éblouissait des rayons de cette gloire. Pour la
dernière fois, il se sentit entraîné par cette fascination bizarre
qui l'avait si souvent ramené vers la cantatrice. Elle le vit arriver au premier rang de ceux qui lui prodiguaient leurs félicitations et leurs hommages, et, dans sa voix, dans sa physionomie, dans son regard, elle reconnut ces mêmes symptômes
d'exaltation fébrile et vaniteuse qu'elle avait jadis confondus
avec la passion véritable. Il lui parut piquant d'en profiter, d'y
chercher un moyen de dédommagement et de vengeance, et,
pendant ces dernières heures, elle déploya vis-à-vis de M. de
Mersen un si savant mélange de mélancolie, de regret, de coquetterie provoquante, de tendresse involontaire, de gracieux
caprice et d'amoureux reproche, que Tristan, oubliant tout et
emporté par l'impression du moment, s'approcha d'elle, et lui
dit tout bas avant de la quitter :

— Demain... demain... Almérani et lord Elmorough auront-
ils seuls le droit d'espérer ?

— Peut-être ! murmura-t-elle en souriant avec une expression singulière.

Le lendemain matin, Tristan, lord Elmorough, le prince Al-mérani et quelques autres amis de la cantatrice, se trouvaient sur le quai, où elle leur avait donné rendez-vous. La Floriana ne tarda pas à paraître : elle était en costume de voyage, et les accueillit d'un air grave qui ne lui était pas habituel. Elle agita un mouchoir, et, un instant après, un bateau pavoisé s'approcha du bord. Personne ne fit attention au jeune homme qui tenait les rames et qui portait le simple costume de pêcheur napoli-tain. La Floriana sauta dans le bateau et fit signe à ses amis de la suivre : on apercevait à l'entrée de la baie une corvette à voiles, l'*Océanide*, prête à partir pour l'Amérique et se balan-çant majestueusement dans la brume du matin. Ce fut vers elle que se dirigea l'embarcation. Tout le monde, sur le bateau, gardait le silence, et la Floriana semblait avoir posé sur ses lèvres, comme sur son cœur, un sceau impénétrable. Lorsqu'on ne fut plus qu'à quelques minutes de la corvette, elle se leva, commanda l'attention d'un geste, et dit d'une voix brève :

— Mon choix est fait !

Un frémissement de curiosité et d'émotion courut sur toutes les lèvres ; la cantatrice reprit :

— Ni vous, mon prince, ni vous, milord, ni vous non plus, monsieur de Mersen ! A tous trois j'ai dû épargner ce qu'au-jourd'hui vous appelleriez un bonheur, et ce qui, plus tard, serait un amer regret : j'ai dû chercher quelqu'un qui fût mon égal, quelqu'un qui eût commencé par m'aimer pour moi, et non pas pour ma défroque d'artiste applaudie. Messieurs, je vous présente mon fiancé, Anzolino Minucelli !

Et elle prit par la main le jeune rameur, qui, rouge et tremblant de plaisir, salua avec un mélange de gaucherie et de hardiesse.

— Oui, messieurs, poursuivit la Floriana, mes soirées étaient au théâtre, à la gloire et à vous ; mais mes matinées étaient à ce pauvre compagnon de mon enfance, qui avait partagé ma misère, et que j'ai trouvé fidèle à mon souvenir. Chaque matin, son bateau venait me prendre sur le quai et nous conduisait à sa petite cabane de Procida où j'ai essayé de lui apprendre le peu que je savais, afin de l'élever jusqu'à ma condition nouvelle. Aujourd'hui, nous allons partir ensemble pour l'Amérique, car j'ai décidément assez du vieux monde. Vous voyez cette corvette : elle n'attend plus que nous pour gagner la pleine mer. Et, tenez ! voici que le capitaine m'envoie son canot !

Avant que la stupeur causée par ce dénoûment inattendu et rapide eût eu le temps de se dissiper, le canot toucha le bateau bord à bord ; — la Floriana y fit passer Anzolino ; puis, se tournant une dernière fois vers son silencieux cortége : « Almérani, dit-elle en souriant, vous savez ramer comme les gondoliers de vos lagunes ; je vous donne le commandement de ce bateau, que vous ramènerez à Naples, et que vous garderez en souvenir de moi. Elmorough, vous épouserez quelque blanche et chaste fille de votre noble Angleterre ; je resterai dans votre passé comme un rêve mélodieux et rayonnant, au lieu de peser sur votre avenir comme un lien inégal et importun : cela vaut mieux pour tous ! Monsieur de Mersen, je n'ai rien à vous dire : entre vous et moi, il y a un abîme plus large que cette mer sans bornes qui va nous séparer pour jamais.

Elle salua de la main, et passa sur le canot, qui repartit à force de rames. Quelques minutes après, on le vit aborder la corvette. Puis, on entendit le sifflet de l'équipage; les voiles furent déployées, et l'*Océanide* commença à s'ébranler au souffle d'un vent favorable qui venait de la rive et traçait de légers plis sur la mer. La Floriana se tenait debout sur le tillac, appuyée au bras d'Anzolino : sa haute taille se détachait sur l'azur du ciel, et sa main, étendue du côté de la rade, s'agita en signe d'adieu. Bientôt on ne l'aperçut plus que comme un point noir sur le pont de la corvette, et au bout d'une heure, l'*Océanide* avait disparu dans la brume et le lointain.

C'est à peine si quelques paroles s'échangèrent entre les passagers du bateau, pendant qu'ils revenaient à Naples. Lord Elmorough, après avoir dit *oh !* sur tous les tons de la gamme anglaise, s'était renfermé dans un silence grandiose; le prince Almérani, en voyant fuir la corvette à l'horizon, s'écria d'un air mélancolique : « Encore une étoile qui s'en va de mon beau ciel d'Italie ! » Tristan était morne et sombre, et dès qu'on eut touché le quai, il s'éloigna précipitamment.

Madame de Sénac, depuis de longues années, avait abandonné Brévannes et avait même fini, de concert avec son neveu, par vendre cette terre qui ne leur rappelait à tous que de lugubres souvenirs. Étienne et Aline, après leur mariage, cherchèrent donc une maison de campagne où pût s'abriter leur bonheur, et Étienne, par un dernier reste de jalousie envers le passé, voulut habiter un pays nouveau. Il acheta, dans le midi de la France, près de la petite ville de V..., un château de tournure modeste, mais gracieuse, protégé contre les bises méridionales par une colline plantée d'arbres verts. Puis, aidé d'Aline et de sa mère, il dessina des prairies, des massifs et des jardins qui donnèrent à cette jolie habitation un air de ressemblance avec la villa des bords du lac de Côme : au lieu du lac, c'était le Rhône qui servait de fond au paysage, et dont l'impétueux courant se déroulait en sinuosités pittoresques entre ses deux rives festonnées de saules, d'aulnes et de peupliers. Ce que ce nid charmant renferma de bonheur et d'amour, je n'essayerai pas de le dire : le roman abandonne ses héros dès qu'il les sait heureux.

Deux ans après, en septembre 1852, un voyageur revenant d'Italie où il avait erré de ville en ville, frappa à la porte de M. d'Orvelay. C'était Tristan de Mersen. On l'accueillit avec une dignité affectueuse et cordiale qui le toucha profondément. Il était si pâle et si changé, il y avait tant d'abattement et de tristesse sur son front déjà dépouillé, sur son visage déjà sillonné de rides, qu'aucun sentiment autre qu'une amitié compatissante ne pouvait entrer, à sa vue, dans le cœur d'Aline ou de son mari. Ils le traitèrent comme un malade, comme un blessé qui serait venu leur demander un peu de repos pour ses fatigues, un peu de baume pour ses blessures. Il put, pendant cette halte, juger combien ils étaient heureux l'un par l'autre : il put entrevoir ce charme de l'intérieur et du foyer, que son isolement et sa vie nomade lui faisaient paraître plus délicieux encore. Aline avait un bel enfant qu'elle berçait sur ses genoux avec une expression qui rappela à Tristan les chastes merveilles d'Andrea del Sarto et de Raphaël.

On voulut le retenir : pourtant, au bout de trois jours, il repartit. Le spectacle de cette félicité le déchirait comme un reproche, un regret et un remords. Pour regagner la ville voisine où il devait reprendre le cours de ses voyages, il avait à monter un sentier frayé à travers la colline qui dominait l'habitation de M. d'Orvelay. Arrivé au sommet, il s'arrêta un moment afin de respirer la vague senteur des pins. Le soleil se couchait dans des flots de pourpre et d'or, et l'ensemble du paysage avait presque la grandeur et l'éclat d'un site d'Italie. M. de Mersen abaissa un dernier regard sur ce toit hospitalier qu'il venait de quitter et d'où s'exhalait une fumée bleuâtre presque aussi transparente que l'air et le ciel.

— La vraie perle était celle-là! s'écria-t-il avec désespoir : malheur à moi qui pouvais la posséder, et qui l'ai perdue!

LE CŒUR ET L'AFFICHE

I

La ville d'Aix, en Provence, a toutes les poétiques tristesses des capitales déchues. L'herbe croît librement dans les rues, et festonne de sa pâle verdure des pierres qui datent peut-être de Marius ou de César. Quelques-unes de ces rues sont si solitaires qu'on y entend, à midi, le bruit de ses pas, et que le rare promeneur qu'on y rencontre a l'air aussi étonné de vous y voir que de s'y trouver. La ville est pleine de beaux hôtels ayant appartenu à de grandes familles, glorieusement inscrites sur le nobiliaire du roi René. Mais soit que ces familles les aient quittés, ou qu'elles se soient éteintes, ces demeures jadis splendides semblent maintenant abandonnées. Les murs extérieurs, rongés de salpêtre, couverts de mousse, font l'effet de ces manteaux de riche étoffe, mais troués et rapiécés, sous lesquels se cache à demi le fier délabrement d'un homme ruiné. L'intérieur, lorsque le regard s'y aventure, vous glace par sa physionomie taci-

turne ou ses douloureux contrastes. Sur la façade où des sculp-
tures souvent curieuses dénoncent la main de quelque artiste
inconnu, le temps et l'abandon ont mutilé les figures, éraillé les
corniches, rouillé les gonds et les ferrures, brisé les châssis des
fenêtres, attristé de tons sombres et humides ces belles teintes
méridionales, qu'on dirait le rayon de soleil fixé sur la pierre.
Si parfois l'on y surprend quelque trace de mouvement et de vie,
c'est pour accroître plutôt que pour démentir cet ensemble mélancolique. Ainsi, dans cette cour dont les proportions grandioses
font rêver de fêtes et de carrousels, un cordier tisse son chanvre,
mêlant au bruit monotone de son rouet le monotone refrain de
sa chanson. Dans ce jardin dont les buis alignés au cordeau et
les quinconces symétriques rappellent les traditions de Le Nôtre,
un pauvre paysan voûté sur sa bêche cultive humblement des
choux et des salades. Sur cet escalier dont la coupe superbe
éveille des souvenirs de magnificence, mais dont les marches
inégales tressaillent et chancellent sous le pied, un marchand de
bric-à-brac a installé son arrière-magasin : on s'y heurte contre
un fouillis de dressoirs vermoulus, de cadres ciselés, de lambeaux
dépareillés de lampas et de brocatelle, de dieux et de déesses
coupés dans des tapisseries de haute lisse, de vieilles armures
gisant pêle-mêle avec des porcelaines ébréchées, de portraits
de famille vendus à l'encan, ancêtres orphelins de leurs héritiers ; et le cœur se serre à la vue de tous ces débris de luxe,
servant de commentaire à d'autres débris ; double témoignage
des vanités de ce monde offert à l'indifférent qui passe et ne
profitera pas de la leçon.

Au moment où commence ce récit, à la fin d'octobre 1847,
quelques symptômes de réveil se manifestaient dans un de ces

hôtels, longtemps délaissé et silencieux comme les autres. Trois ou quatre vieux domestiques, qui semblaient contemporains des cariatides de la porte d'entrée et des rocailles du jet d'eau, montaient de la cave au grenier, et se démenaient, avec plus de bruit que de besogne, à travers les salles encore désertes. Ils ouvraient les fenêtres qui grinçaient sous leurs mains ridées, époussetaient les meubles, secouaient les tapis, accrochaient les tentures, et çà et là essayaient de déguiser avec plus ou moins d'adresse les injures du temps, empreintes, hélas! en traits ineffaçables sur chaque objet soumis à leur révision empressée.

— Ursule! mon enfant, disait à une fille au moins quinquagénaire celui qui paraissait le plus vieux de la bande et exerçait visiblement les fonctions de majordome, allumez du feu dans la chambre de M. le vicomte; quoique nous ayons un soleil magnifique et comme M. le vicomte n'en a pas vu, j'en suis sûr, dans son diable de Paris, il faut toujours faire du feu dans les chambres inhabitées : cela sèche et égaie.— Benoît, ouvrez les tiroirs de cette commode; vous devez y trouver les candélabres : très-bien! Posez-les sur la cheminée du salon : il ne faut pas que M. le vicomte croie que, pendant son absence, nous avons laissé tomber sa maison en ruines.— Joseph! Joseph! que faites-vous là? Ces rideaux sont pour la salle à manger. Ne vous ai-je pas dit cent fois que ce sont ceux qui ont servi en 1816, le jour où S. A. R. Mgr le comte d'Artois...

— Mais, M. Hubert, interrompit Joseph, peu curieux, à ce qu'il paraît, d'entendre la cent unième édition de l'histoire du majordome, au lieu de tous ces préparatifs que M. le vicomte eût peut-être voulu diriger lui-même, ne ferions-nous pas mieux d'ouvrir les caisses qu'il nous a envoyées?...

— Hum ! grommela Hubert entre ses dents, je ne vois pas ce qu'elles peuvent renfermer de bien nécessaire. M. le vicomte, j'en suis sûr, comme tous ces beaux messieurs de Paris, se figure que nous le logerons ici dans un galetas, et que nous n'avons, pour le recevoir, ni lits, ni fauteuils, ni chaises !... Voyons pourtant ! — Benoît, apportez un marteau !

Le fidèle Benoît obéit à son ancien ; les caisses furent déclouées. Cette opération, et l'inventaire qui suivit, amenèrent sur les lèvres de M. Hubert des exclamations de surprise et de dédain auxquelles s'associa son entourage.

On vit peu à peu sortir de ces caisses un ameublement complet, très-élégant, mais de proportions parisiennes, et qui, étalé dans cette immense salle, avait l'air de jolis Lilliputiens égarés dans une tribu de Patagons. Les tapis turcs, admirables de dessin et de couleur, ne semblaient plus que des descentes de lit en face de ces gigantesques pièces des Gobelins où étaient représentées, d'après Levieux et Jouvenet, des scènes historiques de grandeur naturelle. Une ravissante garniture de cheminée, sculptée par Antoine Moine, ne pouvait plus être appréciée qu'au microscope, une fois qu'on l'eut hissée sur le large manteau de marbre sous lequel eussent pu se chauffer trois générations. Cinq ou six petits chefs-d'œuvre, signés Meissonnier ou Diaz, devinrent d'imperceptibles miniatures lorsqu'on les eut accrochés entre une *Bataille* de Le Brun et un tableau de chasse de Desportes. Tout le reste était à l'avenant, et, malgré mille recherches exquises, il était clair que le propriétaire de toutes ces choses charmantes n'avait pas réfléchi que l'appartement qu'elles venaient de remplir, rue Taitbout ou rue de Provence, tiendrait tout entier dans la moindre salle de l'hôtel qu'il allait habiter.

A voir ces œuvres coquettes de l'art et de l'industrie modernes,
dédaigneusement toisées par ces serviteurs en cheveux blancs,
et à demi perdues dans ce vaste espace, on eût dit le spectre du
passé se soulevant un moment de sa tombe, et, pour se consoler
de n'être plus, mesurant de l'œil la taille chétive de ce qui prétend le remplacer.

Au moment où Hubert achevait, avec des parenthèses peu
flatteuses et des sarcasmes mal dissimulés, de déployer le contenu de la dernière caisse, on entendit le bruit d'une voiture
entremêlé de grelots et de claquements de fouet, et bientôt une
chaise de poste, entrée dans la cour, vint, après une courbe
savante, s'arrêter devant le perron.

Il en sortit un jeune homme d'environ vingt-sept ans, accompagné d'un valet de chambre, dont la mine éveillée contrastait
avec les vénérables figures des domestiques provençaux. Le
jeune homme sauta lestement sur le perron, franchit le grand
escalier et se trouva au premier étage avant qu'Hubert, ému de
cet instant solennel, eût eu le temps de réparer le désordre des
préparatifs, d'endosser sa livrée de cérémonie, et de venir, à la
tête de ses lieutenants, à la rencontre de son jeune maître, pour
lui faire les honneurs de l'hôtel de Braines.

Bien des années s'étaient écoulées depuis qu'Ulric de Braines,
encore enfant, avait quitté ce seuil désert, et les honnêtes figures, alignées sur son passage pour lui souhaiter la bienvenue,
ne lui rappelaient que de lointains souvenirs. Cet hôtel même
où il rentrait était pour lui un inconnu ; son cœur y cherchait en
vain ce doux parfum du sol natal, de la maison paternelle, que
nous gardons à travers l'absence, comme nos vêtements et nos
mains conservent longtemps l'odeur vague de la fleur que nous

avons effeuillée. Cependant Ulric tendit cordialement la main à ces reliques vivantes des anciennes splendeurs de sa maison : il félicita M. Hubert du bon ordre qu'il avait su maintenir et des dispositions qu'il avait faites pour le recevoir ; puis lui faisant signe de le suivre, et remerciant une dernière fois son modeste cortége, il entra dans la chambre qui avait été celle de son père, et qui était préparée pour lui.

Son regard erra, avec une sorte de mélancolie respectueuse, sur tous les détails de cet appartement, et s'arrêta sur le portrait d'un homme de haute taille, au front chauve, à l'œil énergique et fier, revêtu d'un uniforme d'officier général. La ressemblance d'Ulric avec ce portrait était si frappante, qu'on ne pouvait douter du degré et du genre de parenté qui l'unissait à l'original. Seulement, l'expression d'énergie et de vigueur qui se révélait dans cette peinture, s'était adoucie, chez Ulric, de nuances plus incertaines et plus douces ; on sentait que le père avait été un soldat, et que le fils était un rêveur.

M. de Braines s'approcha ensuite de la cheminée, écarta un rideau de soie qui recouvrait un cadre d'or, et contempla, avec encore plus d'amour et de tristesse, un pastel représentant une femme jeune encore, d'une beauté délicate et charmante, qui semblait lui sourire, mais comme on sourit à ceux que l'on aime, que l'on quitte, et qu'on ne reverra plus en ce monde :

— Mon père ! ma mère ! murmura Ulric à demi-voix.

— Oui, monsieur le vicomte ! reprit respectueusement Hubert, quoiqu'on ne l'interrogeât pas. Mon noble maître ! ma sainte et bonne maîtresse ! Et moi, qui ne devais pas leur survivre, je les ai vu ramener ici, tous les deux, à trois ans de distance, dans le tombeau de la famille

De grosses larmes coulaient sur les joues parcheminées du
vieux serviteur. Ulric lui pressa de nouveau la main ; il pleurait
aussi. Puis, maîtrisant son émotion, il ajouta, comme se parlant
à lui-même :

— Morts tous deux depuis des années ! et je n'étais pas
revenu ! et je laissais se briser et se détendre ces liens de la famille, ces souvenirs du foyer, patrimoine de nos vieilles races,
aujourd'hui gaspillé comme les autres ! Je suis presque un étranger ici, et ces anciens serviteurs ont peine à reconnaître l'enfant
qui les a quittés ! Ces murailles, ces tableaux, ces meubles, ces
restes sacrés et bénis de dix générations éteintes n'ont plus rien
à me dire, et je me sens, auprès d'eux, dépaysé comme un nouvel acquéreur dans l'antique maison qu'il achète ! Ah ! c'est un
malheur et une faute, la faute et le malheur du temps ! Mais
devrions-nous nous faire ses complices ? Est-ce donc à nous de
seconder, par notre oubli et notre indifférence, cet esprit de destruction qui souffle sur les choses du passé et nous emporte avec
elles ?

En prononçant ces paroles, Ulric de Braines s'était laissé
tomber sur un fauteuil. Il resta quelque temps silencieux, le front
appuyé sur ses mains. Hubert, à demi incliné devant lui, res-
pectait son émotion et attendait ses ordres. La nuit était venue,
et de grandes ombres couraient déjà, à travers ce vaste appartement, sur ces bahuts et ces toiles, dont elles rembrunissaient
encore les teintes sombres. A la fin, Ulric relevant la tête, dit à
Hubert d'un ton dont l'insouciance ne semblait pas de très-bon
aloi :

— Mademoiselle Nathalie d'Epseuil est sans doute mariée?

— Pas encore, répondit le majordome, dont la physionomie

s'éclaircit à moitié. Puis il ajouta : Monsieur le vicomte n'a pas
d'ordre à me donner?

— Non, mon ami, veuillez seulement me faire apporter de la
lumière, une tasse de thé, et ce qu'il faut pour écrire.

II

L'histoire d'Ulric de Braines était celle de bien des jeunes
gens de son époque, et un coup d'œil jeté par-dessus son épaule,
pendant qu'il écrit à un de ses amis, nous en apprendra là-dessus autant que nous en devons savoir :

« ...... Me voici à Aix, mon cher Gontran, dans la vieille
maison de mon père, après une absence dont je n'ose pas compter
les années. Ma première impression a été triste, et cependant je
crois que j'ai bien fait ; oui, monsieur le sceptique, vous avez
beau sourire, hausser les épaules, vous récrier sur les variations
de mon humeur et les incertitudes de mon caractère ; quelque
chose, au fond de l'âme, me dit que ma détermination est honorable.

» Que faisons-nous à Paris, mon cher Gontran ? Vous êtes
assez spirituel pour ne pas vous fâcher si je vous répète tout haut
ce que vous pensez tout bas : que notre vie y est mauvaise, dissipée, coupable, inutile aux autres et à nous-mêmes, et que son
extrême futilité, pardonnable pendant les premiers jours de la
jeunesse, devient sans excuse lorsque, comme moi, l'on approche
de la trentaine. Tous ou presque tous, nous appartenons à des

familles de province qui ont été et qui pourraient être encore
considérables dans leur pays. Ces familles tenaient au sol par
mille racines, comme ces grands chênes qui, même battus par
les vents et mutilés par l'orage, semblent ne pas pouvoir se détacher de la terre qui les a nourris et qu'ils ont longtemps couverte de leur ombre. Ce n'était pas précisément la richesse qui
faisait leur force et leur influence, car à côté d'elles s'élevaient de
grandes fortunes industrielles qui les éclipsaient; ce n'était pas
la noblesse, mélancolique épave, singulièrement avariée dans la
traversée d'un siècle à l'autre et que j'appellerais un mot et un
souvenir, si les envieux ne s'obstinaient à donner une vie à ce
souvenir et un sens à ce mot; ce n'était pas la supériorité intellectuelle, car, il faut bien l'avouer, les parvenus spirituels ont
plus d'esprit que nous. Non, c'était quelque chose d'indéfinissable, comme tout ce qui s'attache à la tradition locale, à la
conscience et à l'âme d'un pays; une affinité mystérieuse entre
le sol et la race, entre le champ et le foyer, entre ces bois, ces
futaies, ces pans de mur que les générations passées ont animés
de leur souffle, et ce souffle même qui revit en nous, leurs
derniers et fragiles héritiers. Eh bien! ces affinités, nous les
brisons; cette force secrète, nous la laissons dépérir; cette influence qui continuerait, sous une forme meilleure et plus juste,
nos priviléges d'autrefois, nous l'éparpillons à tous les vents. Et
tout cela, pourquoi? je vous le demande! Pour vivre à Paris, où
nous ne sommes plus que des individus isolés, échelonnés d'après
la fortune qu'on nous sait ou celle qu'on nous suppose, cotés à
la Bourse de cette élégance néo-britannique qui estime un beau
cheval un peu plus qu'un honnête homme, n'ayant d'autre valeur
que celle d'un chiffre ou d'un numéro, d'autre plaisir que d'être

trompés par des femmes qui font rougir nos sœurs et pleurer nos mères, d'autre gloire que de traduire le revenu borné de nos terres en un luxe étriqué, mesquin, qu'écrase, en se jouant, le plus pauvre banquier de Francfort, le moindre planteur américain, le plus chétif prince russe ! — Enviés, si nous réussissons, bafoués si nous échouons, oubliés si l'on passe huit jours sans nous voir, morts et enterrés si nous passons un mois sans faire parler de nous.

» Tout cela est le tort de notre oisiveté ; mais cette oisiveté même est le tort de notre temps. Ma jeunesse, la vôtre, celle de nos amis, a été placée en face d'obstacles que la paresse naturelle à l'homme s'est chargée de changer en impossibilités. Sauf quelques légères variantes, vous vous reconnaîtrez, Gontran, et Ernest aussi, et aussi Alfred, et Raymond, et Maurice, et Paul, et Maxime, dans les quelques lignes qui vont suivre et qui renferment toute mon histoire. Pendant les cinq ou six années que nous venons de passer ensemble, compagnons de fêtes, de bruit et de plaisirs, jamais je n'ai eu l'idée de vous dire un mot qui dépassât la superficielle confiance d'une frivole camaraderie ; vous saviez que j'étais riche, bien né, que je possédais dans le midi de la France des propriétés bien et dûment inscrites au cadastre, que mon tailleur était passable, et que mes fournisseurs n'attendaient jamais plus de six mois le règlement de leurs factures. De ma vie intime, de mon passé, de mes souvenirs, de ma famille, vous ne connaissiez rien de plus. L'existence que nous menions ensemble et dont la familiarité factice couvre un tel fond d'égoïsme, est de celles où le cœur refuse de s'ouvrir, d'où la confidence s'exile, et où on se croirait compromis si on laissait voir à de secs et indifférents regards autre chose que sécheresse et indifférence. Mais aujourd'hui, je sens cette glace se fondre au contact de ce qui m'entoure ; mon adolescence m'est apparue sur le seuil de cette maison, dans les rides de ces serviteurs qui m'ont bercé sur leurs genoux, dans cet ensemble de vieilleries qui me rajeunissent le cœur. Ce que je ne vous disais pas quand nous courions, côte à côte, à La Marche ou à Chantilly, ou bien lorsque, dans notre loge, à l'Opéra, nous faisions passer le corps de ballet sous le feu de nos lorgnettes, j'aime à vous le dire aujourd'hui, seul dans cette grande chambre dont ma lampe ne peut atteindre le fond, sans autre musique que celle de ma bouilloire qui gémit près de mon feu, et de notre bise provençale qui souffle dans mon corridor.

» Le vicomte de Braines, mon père, était d'origine bretonne ; ses biens de Provence, quoique dans la famille depuis quatre générations, lui étaient venus par un mariage. En 1811, mon père, alors âgé de vingt-un ou vingt-deux ans, avait pris du service, moitié par vocation militaire, moitié pour satisfaire aux exigences croissantes du régime impérial, qui appelait sous les drapeaux tous les jeunes gens de bonne maison et de bonne mine. Il servit ce gouvernement, mais il ne l'aima pas, et il fallait que son aversion fût vive, pour qu'il n'eût pas, bien avant sa majorité, couru sur les champs de bataille et commencé cette vie de soldat pour laquelle il était né. Une blessure grave condamna, pendant quelque temps, à l'inaction ce Vendéen recruté par l'Empire, et ce ne fut qu'en 1816 qu'il put reprendre du service. Il se dévoua à la Restauration avec l'ardeur martiale qu'il mettait à toutes choses, et elle ne fut pas ingrate : à trente ans, mon père était colonel, à trente-cinq, maréchal de camp, et cet avancement rapide ne provoqua dans l'armée ni jalousie, ni murmure ; on l'avait vu au feu, et les plus intrépides vétérans de la grande armée rendaient hautement justice à l'héroïque bravoure du jeune officier royaliste. Quelques années après la rentrée des Bourbons, M. de Braines avait épousé mademoiselle de Sénaulx, d'une des plus anciennes familles de Provence : ma mère, mon cher Gontran !

» Ma mère était d'une santé délicate, d'un caractère doux et timide, et l'affection passionnée que lui inspira son mari se traduisit chez elle en une obéissance passive dont s'arrangea fort bien la rude et inflexible énergie de M. de Braines. Aussi leur union fut-elle heureuse. Un seul nuage la troubla. Ma mère avait une amie d'enfance, Clémentine de Brady, qui avait épousé un gentilhomme provençal, le marquis d'Epseuil. Les deux amies, lorsqu'elles étaient encore au couvent, s'étaient promis, avec toute la solennité de ces serments juvéniles, que si elles se mariaient, et si elles avaient, l'une un fils, l'autre une fille, elles marieraient un jour l'un à l'autre ces deux enfants. Comme si la Providence avait voulu se mettre de moitié dans cette innocente promesse, je naquis au bout d'un an de mariage, et, cinq années après, la marquise d'Epseuil eut une fille qu'elle appela Nathalie. Par malheur, ce fut aussi vers cette époque qu'achevèrent de s'aigrir les dissidences politiques qui marquèrent les dernières phases de la Restauration. Mon père avait transporté dans ses opinions royalistes, exaltées d'ailleurs par la reconnaissance, la discipline militaire et le despotisme d'un autre temps. Le marquis d'Epseuil, homme d'esprit, fort lettré, tenant à de vieilles traditions parlementaires, se laissa gagner par ce qu'on appelait alors le royalisme constitutionnel, et finit, un beau matin, par se trouver dans l'opposition. Comment cela arriva-t-il ? Peut-être M. d'Epseuil

ne le sut-il pas très-bien lui-même. Nos deux hôtels étaient
porte à porte, et il y avait de temps à autre, entre mon père et
lui, des discussions où l'esprit fin et cultivé du marquis eut un
peu trop à souffrir des coups de boutoir du général. Cependant
on ne pouvait pas encore prévoir de rupture ; la même intimité
subsistait entre les deux mères. Nathalie était au berceau, moi
tout enfant, et je me souviens, comme d'un songe, de ses jolis bras
roses qui s'agitaient vers moi, et de ses petits cris de joie où sa
mère prétendait reconnaître mon nom. Tout alla donc passable-
ment jusqu'en 1830 ; mais en juillet, mon père se trouvait à Paris
avec un commandement ; il prit part à la guerre des trois jours,
fut blessé, traqué de maison en maison, forcé de se cacher, puis
de revenir à Aix après avoir brisé son épée. Il rapporta de cette
catastrophe une irritation qui alla croissant jusqu'à son dernier
soupir : ses opinions qui étaient ardentes, devinrent extrêmes, et
il s'y mêla une acrimonie qui excluait toute idée d'accommode-
ment et de tolérance. Pendant ce temps, le marquis d'Epseuil,
entraîné par les circonstances à accepter une victoire qu'il n'avait
ni désirée ni prévue, préoccupé surtout de l'ordre à rétablir et de
l'anarchie à éviter, se rallia au nouveau gouvernement. Il fut
nommé député et, bientôt après, pair de France.

» Vous comprenez, mon cher Gontran, qu'entre ces deux hommes
également honorables, je ne prétends pas me faire juge ; tout ce
que je sais, c'est que M. de Braines signifia à ma mère, cons-
ternée, mais toujours soumise, que, à dater de ce moment, le
marquis cessait d'exister pour lui, et qu'il lui défendait même
de revoir madame d'Epseuil. Ma mère pleura et obéit. Ce
ne fut pas encore assez : comme il s'agissait d'étouffer dans son
germe le projet de mariage, et qu'on ne pouvait pas faire changer de

12*

place nos deux hôtels qui se touchaient, M. de Braines se décida à aller s'établir à Paris, sous prétexte de commencer mon éducation. Ma mère l'y suivit. Elle n'avait jamais été bien forte : ce changement d'habitudes, cet adieu indéfini à un pays qu'elle aimait, cette immolation de sa plus chère espérance, tout contribua à lui serrer le cœur et à altérer sa santé. Elle se traîna ainsi pendant quelques années. Son mari, qui la chérissait, ne pouvait se faire illusion ni sur la cause de sa tristesse, ni sur la gravité de son état; mais ainsi qu'il arrive d'ordinaire aux caractères violents, le chagrin qu'il en ressentait, au lieu de le porter à des idées plus conciliantes et plus douces, ne faisait que l'irriter davantage.

» En 1837, — je sortais du collège, — les médecins conseillèrent à ma mère les eaux du Mont-Dor. Je l'y accompagnai. Soit hasard, soit rendez-vous secrètement donné dans une correspondance soustraite aux yeux de mon père, madame d'Epseuil s'y trouvait avec sa fille. Nathalie avait douze ans : c'était une délicieuse enfant, tantôt espiègle et rieuse, tantôt rêveuse et naïve; jamais plus suave regard n'interrogea les vagues horizons de l'adolescence; jamais front plus candide ne s'inclina sous le baiser maternel. Mes premières impressions se ravivèrent pendant les quelques semaines que nous passâmes ensemble, et où nos mères, s'abandonnant peu à peu au charme de l'amitié et du rêve d'autrefois, nous laissèrent plus de liberté que ne l'eût voulu une rigoureuse prudence. Mon père en fut informé, je ne sais par qui. Je vous ai déjà dit que son humeur, naturellement rude et austère, avait été aigrie par ses déceptions politiques; il vit dans la rencontre, peut-être fortuite, de sa femme avec madame d'Epseuil, un complot de famille organisé pour

braver sa volonté, renouer d'anciens projets et me faire épouser
Nathalie. Non, je n'oublierai jamais l'effet terrible que produisit
sur notre petite réunion sa brusque arrivée au Mont-Dor. Son
honneur eût-il été outragé, fût-il venu pour punir la plus
indélébile des fautes, la pâleur de son visage n'eût pas été plus
effrayante, son œil d'aigle n'eût pas lancé de plus sinistres
éclairs. Il fit à ma mère une scène presque publique : — « Madame, lui dit-il devant dix personnes en lui montrant la marquise
d'Epseuil anéantie, vous savez bien que je vous avais défendu
de parler à cette femme ! » Et il l'entraîna violemment hors du
salon. — « Monsieur, murmura doucement ma mère en retenant
ses larmes, elle est malade et je suis mourante ! » Ce fut son
seul reproche.

» Ce triste épisode avait eu trop de témoins pour pouvoir rester
secret. M. d'Epseuil l'apprit ; une rencontre eut lieu ; le marquis
eut le bras traversé par une balle, et dès lors un nouvel abîme
me sépara de Nathalie.

» Cette dernière secousse fut fatale à ma mère : elle alla s'affaiblissant chaque jour, et succomba l'année suivante, sans faire
entendre une seule plainte, sans que mon père, penché sur son
chevet, pût surprendre dans son regard autre chose qu'amour
et respect. Mais si elle lui avait pardonné, il ne se pardonna pas.
Malgré sa violence, il était bon ; il aimait sincèrement sa femme,
et cette lente agonie, ce silencieux martyre, cette sainte mort,
lui causèrent une impression profonde. Ses anciennes blessures
se rouvrirent ; cette organisation robuste, mais sourdement minée
par les fatigues et les chagrins, chancela tout à coup sous le
choc d'une douleur qu'il s'efforçait de comprimer. La lutte dura
deux ans, pendant lesquels son noble front se couvrit de rides,

sès cheveux blanchirent, sa haute taille se courba, sa fière démarche devint chancelante : puis il tomba, comme un athlète
vaincu qui a réussi à cacher sa plaie, et qui meurt avant qu'on
sache s'il est blessé. Je ne le quittai pas d'un instant pendant
ces journées suprêmes. Sa mort fut intrépide comme sa vie : il
ne semblait occupé qu'à faire passer dans mon âme, avec l'autorité de sa voix mourante, les principes inflexibles auxquels il
avait tout sacrifié. Pourtant, à son heure dernière, on eût dit
que cette âme indomptable fléchissait, qu'une pensée de regret
se mêlait à ses volontés stoïques et attendrissait ses adieux. Il me
prit la main, me montra du regard le portrait de ma mère qu'il
avait fait placer en face de son lit. Peut-être à ce nom sacré que
je l'entendis murmurer, allait-il ajouter un autre nom : il n'en
eut pas le temps ; son souffle seul arriva à mon oreille, et ce
souffle fut le dernier.

» Ce court procès-verbal, mon cher Gontran, était nécessaire,
non pas pour me justifier, mais pour m'expliquer à vos yeux.
Fils dégénéré d'un de ces hommes taillés dans le chêne et le
granit, tels qu'en avait produits par milliers la génération pré-
cédente, témoin de ce que l'abus de la force peut amener de
déchirements et de souffrances, même dans une union heureuse
et entre nobles cœurs, détourné par la volonté de mon père
d'une première inclination trop jeune et trop vague d'ailleurs
pour ressembler à de l'amour, je me suis trouvé, à vingt ans,
libre de mes actions, maître de ma fortune, sans autre guide
que mes caprices. Mon penchant naturel, joint au souvenir du
mal qu'avait fait si près de moi un caractère énergique, me
porta vers l'excès contraire, me fit prendre en haine les partis
extrêmes, les résolutions vigoureuses et jusqu'aux rudesses de

la vie pratique. En même temps, la mémoire de M. de Braines, ses dernières recommandations, un sentiment d'honneur qui survit en nous aux convictions fortes, m'eussent retenu dans l'inaction et empêché d'accepter une place, quand même je n'eusse pas été déjà protégé contre toute tentation de ce genre par mon indécision et ma paresse. Ç'a été, mon ami, le malheur de notre époque ou plutôt de notre moment, que le goût de l'oisiveté ait pu s'y déguiser sous de rassurants pseudonymes et s'appeler fidélité chevaleresque, dévouement sans tache, fermeté de principes. Le cœur humain se complaît en de pareils subterfuges, et celui-là conciliait en nous deux penchants également chers à l'homme : la paresse et l'orgueil : à toutes les ambitions d'autrefois, actives, ardentes, viriles, passionnées, il en substituait une, plus dangereuse et plus superbe : l'ambition de n'être rien. L'amour de Nathalie d'Epseuil, l'espoir de l'épouser un jour, auraient pu donner un but à ma vie et remplir le vide de ces inquiètes années : cet amour et cet espoir m'avaient été interdits par une volonté impérieuse et sacrée. Enfin, mon cher Gontran, je le dis tout bas et à vous seul, le plus spirituel et le plus lettré de la bande, j'aurais eu, si j'avais vécu dans un autre milieu, une vraie passion pour la littérature. J'avais fait, presque en me jouant, des études brillantes, et cela dans un temps où l'Université — dont je ne veux pas médire ! — réussissait à persuader à ses lauréats qu'il n'y avait rien de plus important dans le monde qu'un discours français, si ce n'est un discours latin. De ce premier orgueil de la *copie couronnée* à celui de l'*in-octavo* imprimé, lu et applaudi, la pente est facile, et, cette pente, je la voyais suivre par quelques-uns de mes anciens émules autour desquels un groupe complaisant murmurait déjà les mots de cé-

lébrité et de gloire. Le succès, le bruit, la préoccupation littéraire étaient alors à la mode, et prenaient une large place dans les
mœurs publiques. Cette génération, amollie par la prospérité et
la paix, enivrée d'esprit, d'idées, de fantaisies, de chimères,
prodiguait à un drame émouvant, à un roman pathétique, l'attention qu'elle accordait à peine à des héros dignes de leurs
pères, à nos jeunes et braves soldats, mourant silencieusement
en Afrique. Hélas! Dieu lui maintienne ce doux *far niente*, et la
garde des angoisses du réveil!

    » Peu s'en fallut que je ne cédasse à l'entraînement général,
et peut-être, si l'on fouillait bien mes tiroirs, y trouverait-on
quelque essai poétique, quelque roman échevelé ou quelque
gros drame dans le goût de ce moment-là. Vos moqueries
m'arrêtèrent au bord de cette vaste écritoire où j'avais envie de
me plonger. Vous me dîtes tous, — aviez-vous tort? aviez-vous
raison? je ne sais, — que la vie littéraire n'était pas faite pour
les gens du monde, que l'on y rencontrait trop de *parfaits gentilshommes* pour qu'un homme qui, par hasard, possédait de
vrais parchemins et un vrai château, n'y fût pas déplacé et compromis. Vous me dîtes qu'essayer de réconcilier la bonne compagnie avec la Bohême était une tentative au-dessus de mes
forces; que l'une n'en garderait pas moins ses méfiances vis-à-
vis de la tribu des artistes, et que l'autre n'en continuerait pas
moins à peindre des comtesses invraisemblables, des marquises
fabuleuses et des barons impossibles. Je me laissai persuader:
mais alors, encore une fois, quel but donner à ma vie? Tout me
manquait, l'activité, le choix d'un état, l'amour chaste, l'avenir
de famille, le libre emploi de mes goûts. Paris était là, Paris
avec ses séductions et ses fièvres, l'étourdissement magnétique

de cette vie rapide, haletante, emportée, qui ne contente pas, mais qui grise, et qui serait horrible si elle permettait d'approfondir ce qu'on effleure et de réfléchir à ce qu'on fait. Je m'y abandonnai ; je fis comme les autres. Seulement, en prenant ce uniforme de l'élégance moderne qui nous donne à tous, au premier coup d'œil, une même physionomie, je conservai intérieurement mes instincts de dilettante et de rêveur. Que de fois, Gontran, lorsque je semblais absorbé par une grave question de turf et d'écurie, je vous étonnai de mes distractions ou de mes bévues en ces importantes matières ! C'est que j'écoutais au dedans de moi

> Les chants mystérieux et les voix éternelles
> De ces filles de Dieu qui s'appellent entre elles !

Que de fois, à l'Opéra, lorsque nous discutions avec la chaleur digne d'un pareil sujet, la supériorité des *pointes* de Carlotta sur les *bouffantes* de Fanny Elssler, je me sentis enlevé bien loin de vous, vers les régions idéales que remplissent de leurs accents la muse de *Guillaume Tell* et la muse des *Huguenots !* Lorsque l'adorable plainte d'Arnold ou l'amoureuse cantilène de Raoul montait vers notre loge bruyante, peut-être, en y regardant de près, auriez-vous vu quelqu'un qui se détournait à la hâte pour cacher une larme roulant sous ses paupières. Les autres se seraient moqués de moi : vous, vous m'auriez dit en me poussant le coude : Prenez garde ! ces choses-là ne sont pas de notre uniforme !

» A présent, mon ami, vous comprenez, n'est-ce pas, pourquoi je suis revenu ici? Six ans de cette existence à la fois brû-

lante comme un jour d'été et glaciale comme une nuit d'hiver,
m'ont laissé un vide qui m'effraie ; du moment que j'ai cessé de
m'étourdir, j'ai commencé à me dégoûter. Je veux essayer d'un
nouvel ordre de sensations et d'idées ; je veux voir si je suis devenu incapable de me reprendre aux doux recueillements du
pays natal, du foyer domestique, de cette légende familière que
nous retrouvons tous près du tombeau de nos parents et sous le
toit qui abrita notre enfance ; je veux voir si je ne pourrai pas,
comme Antée, recouvrer mes forces en touchant la terre. Et
puis, pourquoi ne pas le dire ? j'ai assez, j'ai trop des amours
fardées et plâtrées de ces créatures dont les caresses laissent à
la joue un masque de poudre de riz, et au cœur un arrière-goût
de fange. Touchant à cette seconde phase de la jeunesse, condamnée à aggraver les fautes de la première si elle ne les répare
pas, j'aspire à une chaste et pure tendresse, comme le conva-
lescent échappé d'un foyer pestilentiel aspire à l'air salubre des
montagnes. Nathalie d'Epseuil n'est pas encore mariée ; je l'espérais, mais je n'en étais pas sûr ; je le sais aujourd'hui. Pour
le moment, un abîme nous sépare encore ; et pourtant il me
semble parfois qu'il y a entre nos deux destinées une attraction
mystérieuse qui finira par triompher. Sa mère est morte quelque
temps après la mienne : de ces quatre personnes, séparées par
des haines politiques que l'avenir peut apaiser ou déplacer, le
marquis d'Epseuil reste seul. Il adore sa fille, et pour que Nathalie, à vingt-deux ans, soit encore libre, il faut qu'elle ait
déjà refusé bien des partis. Que sait-on ? Les impressions d'enfance ne sont pas toujours passagères, et il y a des âmes pour
lesquelles rien ne remplace l'enchantement de ces visions matinales. Peut-être Nathalie est-elle de celles-là ; peut-être un

incident imprévu me permettra-t-il de rompre, vis-à-vis du marquis, ce silence que, m'imposent de douloureux souvenirs et la volonté de mon père, puissante encore à travers la tombe. Quoi qu'il en soit, ce but qui me manquait jusqu'ici, et dont l'absence explique mes rêveries, mes dissipations et mes inquiétudes, je crois que je pourrais maintenant le rencontrer et le résumer en ces quelques mots : Faire le bonheur d'une honnête femme; non pas ce bonheur vulgaire qui consiste à ne pas donner de grands chagrins, mais un bonheur complet, savant à la fois, spontané et réfléchi, s'élevant, à force d'étude attentive et délicate, aux conditions d'un art; art caché, comme tout art véritable, et dont j'aurais seul le secret. Adieu! de tout ce que j'ai laissé à Paris, je ne regrette que votre esprit et ce pauvre *Mercutio*. Ne le surmenez pas trop, et, chaque fois que vous le montez, donnez un souvenir à l'ami absent!

« *P. S.* Je viens de voir à l'église mademoiselle Nathalie d'Epseuil ; elle est plus belle que jamais, et il m'a semblé qu'elle rougissait en me reconnaissant. »

III

Quatre mois après l'arrivée d'Ulric de Braines à Aix, le 26 février 1848, une agitation inaccoutumée se révélait dans cette ville ordinairement si paisible. La stupeur, l'anxiété, la frayeur, étaient peintes sur tous les visages. On s'abordait, ici avec empressement, là avec angoisse. Devant les principaux cafés du

13

Cours, rendez-vous habituel des oisifs comme des gens affairés, plusieurs groupes s'étaient formés parmi lesquels les mots étranges de Révolution et de République circulaient de bouche en bouche. On s'arrachait des fragments de journaux, des lambeaux de dépêches télégraphiques ; on suivait à la piste l'afficheur de la mairie, qui courait les rues en collant çà et là des proclamations et des décrets. Parmi les ennemis du gouvernement dont on annonçait la chute, les plus exaltés s'efforçaient de paraître joyeux et de plaisanter sur cette catastrophe ; mais leur gaieté n'était pas communicative, leurs plaisanteries se figeaient sur leurs lèvres ; leurs bons mots ressemblaient à ces airs que chantent les poltrons pour se persuader qu'ils n'ont pas peur, et qu'on ne retrouverait notés dans aucun cahier de musique. Les prévoyants et les sages, en écoutant le tocsin de l'hôtel de ville et de la cathédrale, se disaient, avec une tristesse profonde, que ce glas sinistre retentissait au même moment dans toute la France, tintant l'agonie de son repos et présageant une incalculable série de périls et de malheurs.

Or, ce jour-là, si l'on n'avait pas été absorbé par ces foudroyantes nouvelles, on aurait vu Ulric de Braines sortir de son hôtel, et se diriger d'un pas rapide vers la maison voisine, qui était celle du marquis d'Epseuil.

Depuis qu'il était revenu à Aix, Ulric avait été bien souvent tenté de frapper à cette porte. Mais à mesure qu'il avait renoué ses relations de famille, retrouvé d'anciens amis de son père, et qu'il s'était fait présenter dans les derniers salons qui essayaient de maintenir les vieilles traditions de cette société aristocratique, son caractère naturellement un peu indécis avait ressenti des impressions nouvelles et subi de nouvelles influences. Il s'était aperçu que le nom qu'il portait avait, dans sa ville natale, non-seulement une valeur nobiliaire, mais un sens politique ; qu'il constituait pour lui une sorte d'héritage moral auquel il ne pouvait faillir sans être presque traité de transfuge, et que ces acommodements, faciles à Paris, dans son cercle, en face de viveurs de toutes les opinions et de sceptiques de tous les régimes, devenaient impossibles dans ces salons de haute lice où l'on arrivait en chaise à porteurs, et où le dépôt du passé était religieusement conservé. Ulric n'était pas homme à lutter contre ce nouveau courant. Nature vive, *sensible*, comme on eût dit autrefois, *artiste*, comme on dirait aujourd'hui, capable de faire par émotion et sentiment ce que d'autres font par principes, il se laissa facilement gagner et pénétrer par cette atmosphère, si différente de celle dont il avait respiré jusqu'alors les émanations dissolvantes. Il n'en remarqua d'abord que la limpidité balsamique, la tranquille sérénité. Il ne vit que le côté chevaleresque de ce monde dont les idées étroites et les horizons bornés deviennent parfois pour les hommes d'imagination ce que les barreaux d'une cage sont pour les oiseaux du ciel. Ayant percé à jour les vices et les misères de la vie de Paris, révolté de ce perpétuel sacrifice du sentiment à l'intérêt, des souvenirs aux calculs et des convictions au plaisir, il se passionna pour cet idéal de fidélité antique, d'honneur invulnérable, d'immobilité dans un certain nombre d'opinions et de vérités sûres comme le dogme, mais intolérantes comme lui. Un beau matin, il se réveilla Chevalier, Croisé, Vendéen, des pieds à la tête ; et cette barrière qui le séparait de Nathalie d'Epseuil et qu'il dépendait de lui de faire tomber lui apparut de nouveau comme infranchissable.

Quiconque a un peu pratiqué les villes de province sous le gouvernement de 1830, peut aisément s'imaginer quelle était, vers 1847, la position du marquis d'Epseuil. Bon, spirituel, aimable, incapable, pour me servir d'une locution populaire, *de faire du mal à une mouche,* il s'était plusieurs fois heurté contre les difficultés de sa tâche. Ses efforts pour prévenir les réactions violentes et empêcher les destitutions en masse après la révolution de Juillet, avaient été couronnés de succès. Mais à mesure que l'ordre se rétablit, que les anxiétés se dissipèrent, et que le souvenir des mauvais jours se perdit dans l'éloignement, la reconnaissance s'affaiblit. On cessa de savoir gré à M. d'Epseuil des services qu'il avait rendus; et on lui en voulut de s'associer à un régime que l'on n'aimait pas. En outre, il eut bientôt contre lui tous les solliciteurs désappointés; et, comme il y avait dès lors vingt pétitions pour une place, la rancune des dix-neuf candidats éconduits était irrévocablement acquise au marquis sans que la gratitude du vingtième fît compensation. Obligeant et serviable, il faisait le difficile, mais non l'impossible, et ceux qui lui avaient demandé l'impossible et qui ne l'obtenaient pas, l'accusaient d'égoïsme et de négligence. Mal défendu par ses amis et ses *clients* politiques, M. d'Epseuil rencontrait dans le monde auquel le rattachaient ses antécédents et sa naissance, beaucoup plus d'hostilité et de malveillance que s'il se fût appelé Dubois ou Durande. Les gentilshommes de vieille roche, les douairières, les anciens officiers de l'armée de Condé, tous ceux qui avaient connu M. d'Epseuil le père, premier président au parlement d'Aix et persécuté pendant la grande révolution, gémissaient de la conduite du fils comme d'une injure faite à leur propre écusson. Lorsqu'ils avaient besoin de lui pour un

chemin vicinal, une réparation à leur église, un dégrèvement
d'impôts ou une affaire en instance dans les cartons de la pré-
fecture, ils daignaient se souvenir, pour un quart d'heure, qu'ils
étaient ses cousins au quatrième ou cinquième degré. Ils prenaient, d'un air superbe, le chemin de son hôtel, lui déroulaient
leur requête du ton de gens supérieurs aux petitesses humaines,
mais forcés de s'accommoder aux circonstances; le saluaient de
haut, puis s'en retournaient gravement, reconduits jusqu'à la
porte par le spirituel pair de France, qui, après les avoir reçus
de son mieux, s'occupait activement de leur affaire, sans autre
vengeance que son fin sourire, sans autre indemnité que l'espoir, toujours déçu, de rapprocher les partis et de désarmer les
haines.

Cette société hostile au marquis d'Epseuil avait eu naturellement pour chef, pendant les premières années, le général de
Braines, et, après qu'elle eut renoué connaissance avec Ulric, il
sembla qu'elle lui déléguait une partie du rôle que son père
avait si énergiquement rempli. Ulric en fut flatté, mais il comprit qu'en acceptant cette succession, il devait renoncer, pour le
moment du moins, à une réconciliation officielle avec l'hôtel
d'Epseuil.

Les anciens projets des deux familles étaient connus de tout
le monde; on n'ignorait rien de ce qui s'était passé depuis, et
les personnes qui, par leur âge ou leurs liens de parenté,
avaient leur franc-parler auprès d'Ulric, trouvaient moyen de lui
faire entendre, par des insinuations adroites et des allusions
transparentes, qu'il serait généralement blâmé s'il inaugurait
son retour dans son pays par une sorte de démenti donné aux
traditions et aux volontés paternelles Les mères, pourvues de

filles à marier, — il y en a partout, — ne pouvaient voir avec indifférence un jeune homme de vingt-sept ans, riche, élégant, distingué, passant pour spirituel, ayant vécu à Paris sans s'y ruiner ; elles n'eussent pas été fâchées que la politique leur servît à intercepter au passage ce phénix des célibataires, avant qu'il eût le temps d'aller retomber aux pieds de Nathalie d'Epseuil. De là, un de ces jolis complots féminins et maternels, tels qu'on en rencontrera toujours dans les salons civilisés ; complot qui procédait par demandes et par réponses : « M. Ulric de Braines épousera-t-il Nathalie? — Il ne faut pas qu'il l'épouse. »

Nathalie d'Epseuil était au courant de tous ces petits détails pour lesquels les échos des villes de province possèdent de prodigieux effets d'acoustique ; mais elle défiait par sa beauté, sa grâce, sa résignation spirituelle, ses exquises qualités d'âme et de cœur, les vertueuses trames qui s'ourdissaient contre elle. Ayant perdu sa mère de bonne heure, fille d'un homme de beaucoup d'esprit, très-occupé et très-dénigré, elle s'était attachée à son père en raison même des injustes attaques dont elle le voyait poursuivi, et elle avait profité des longues heures de solitude que lui laissait M. d'Epseuil, pour lire beaucoup et réfléchir encore plus. Elle s'était donné à elle-même cette forte éducation des femmes du XVIIe siècle, qui n'excluait ni la piété, ni la candeur, ni le charme. Pure comme les anges, elle eût étonné un professeur de la Sorbonne par la variété de ses connaissances, la finesse de ses idées et la profondeur de ses aperçus. Mais elle avait le bon esprit de garder pour elle ces mystérieux trésors, et sa modestie, sa douceur, sa charité sans bornes, l'eussent sauvée de la défaveur que l'on attache aux femmes savantes, quand même elle ne se fût pas efforcée de cacher ce

qu'elle savait, le seul usage qu'elle fît de ses dons naturels et
du fruit de ses études, était de *donner la réplique* à son père,
et de le distraire de ses ennuis dans les rares moments qu'il
pouvait passer auprès d'elle. Rien n'était comparable à la tendresse passionnée qui unissait ces deux êtres d'élite, ayant tous
deux un peu à se plaindre de l'injustice du monde.

On a remarqué que les affections de famille sont plus vives
dans ces intérieurs sur lesquels pèse une répulsion, un blâme
ou un malheur, et qui n'ont à attendre du dehors que peu de
bienveillance et peu de joie. Il semble que le cœur, froissé par
ces invisibles atteintes, *se ramène en soi*, comme dit Corneille,
et trouve, à des profondeurs inconnues, d'intarissables sources
de dévouement et d'amour, où se lavent et se cicatrisent les
plaies. Qui ne se souvient de la sublime figure du juif Isaac,
dans *Ivanhoé?* M. d'Epseuil n'était ni juif, ni paria, et ces mots
sont, Dieu merci! beaucoup trop tragiques pour peindre sa position. Mais enfin, lorsqu'il éprouvait quelque rebuffade polie,
lorsqu'il surprenait quelque nouvel indice de la rancune et des
rigueurs de ce monde dont l'assentiment et le suffrage lui eussent
été plus précieux que tout le reste; lorsque, attristé plutôt
qu'irrité, il rentrait dans sa bibliothèque, il y trouvait sa fille, et
le nuage qui couvrait son front se dissipait à demi. Elle venait
à lui douce et souriante, allait lui chercher les livres qu'il aimait,
amenait la conversation sur les objets les plus propres à le faire
briller, lui répondait avec à-propos, le provoquait avec grâce, et,
au bout d'un quart d'heure, le pauvre marquis, facile à distraire
comme tous les hommes très-spirituels et un peu faibles, content
de lui, enchanté d'elle, le doigt sur une page de Virgile, de
La Bruyère ou de Vauvenargues, se disait qu'après tout il n'était

pas si à plaindre, puisque Dieu lui avait donné une pareille fille.

A cette affection que Nathalie d'Epseuil éprouvait pour son père, un autre sentiment était venu se joindre : celui-là, elle ne le montrait à personne; elle eût voulu se le cacher à elle-même; mais M. d'Epseuil l'avait deviné. Elle aimait Ulric. Cette amitié d'enfant avait grandi avec elle, et l'image de leur rencontre au Mont-Dor s'était fixée dans son cœur, ravivée encore par le souvenir des larmes qu'elle avait versées et qu'elle avait vu répandre à sa mère, après la funeste incartade du général de Braines. La juvénile douleur d'Ulric, le désespoir de madame de Braines lors de cette séparation forcée, avaient bien souvent rempli les entretiens de Nathalie avec madame d'Epseuil, et, quelques années après, lorsque la marquise était morte, cette entente magnétique qui s'établit au lit de mort entre les filles et les mères, avait révélé à Nathalie que le projet d'alliance si cruellement brisé était encore secrètement caressé par cette âme fidèle à une inaltérable amitié. Ses souvenirs, son penchant, la mémoire de sa mère, tout la ramenait à Ulric; elle se dit qu'il serait son mari ou qu'elle ne se marierait jamais : ce noble cœur, une fois donné, savait bien que s'il avait un jour à se reprendre, Dieu seul serait son refuge.

Lorsqu'on annonça le retour d'Ulric à Aix, l'émotion de Nathalie fut profonde, mais contenue; elle redoubla de prières et d'assiduités à l'église, demandant au ciel la force de dominer son trouble, et, si des mécomptes lui étaient réservés, le courage de s'y résigner. Pendant les premiers jours qui suivirent l'arrivée d'Ulric, il lui semblait sans cesse qu'il allait venir, et chaque coup de marteau frappé à la porte d'entrée lui retentissait dans le cœur. Puis, lorsqu'elle apprit les difficultés de po-

sition et la conspiration mondaine qui la séparaient encore de
M. de Braines, elle en fut affligée, mais sa tristesse n'ôta rien à
son amour : elle pardonna, de toute son âme, à ceux et à celles
qui lui faisaient subir l'injuste solidarité de dissidences politique, qu'elle avait toujours déplorées. Calme et sereine, un
peu de pâleur sur le front, mais le sourire sur les lèvres, elle
retourna à ses livres, serra plus tendrement la main de son
père, se résigna et attendit. M. d'Epseuil, qui faisait bon marché des susceptibilités mondaines lorsqu'il s'agissait du bonheur
de sa fille, lui offrit de faire les premières démarches auprès
d'Ulric. Elle s'y opposa de toutes ses forces : humble et fière à
la fois comme une vraie chrétienne, elle aimait mieux se sacrifier que s'abaisser.

Et pourtant, il y a quelque chose de si vivace dans les sentiments véritables et de si fragile dans les sentiments factices,
que M. de Braines, chaque fois qu'il rencontrait Nathalie, avait
peine à réprimer les mouvements de son cœur : il était obligé
de se faire violence pour rester fidèle à ce rôle de froideur et
de réserve qu'il s'était laissé imposer. Parfois même ses regards
parlaient pour lui, et Nathalie, dans ces courts moments, ne
savait comment accorder cette rapide expression d'amour et de
regret avec sa persistance à ne pas se présenter chez M. d'Epseuil. Doutes, étonnements, perplexités, luttes intérieures,
précieux tourments des jeunes âmes! Ces journées pénibles et
froides, silencieuses et troublées, n'étaient pas perdues pour
l'amour; il s'accroissait de toutes ces secrètes tortures, de ces
désirs combattus, de ces émotions refoulées, comme les avares
s'enrichissent de leurs privations. A tout ce qui le consacrait
déjà, il ajoutait cette consécration suprême : la souffrance

13

Telles étaient les situations respectives, lorsque, le 26 février, dans la matinée, le vieil Hubert, blême et effaré comme
s'il venait d'apercevoir Satan en personne, entra précipitamment chez Ulric, qui achevait sa toilette, et lui annonça que la
République était proclamée. M. de Braines fit d'abord ce que
firent ce jour-là, et en recevant la même nouvelle, trente-trois
ou trente-quatre millions de Français; il rit au nez du nouvel-
liste en lui disant que la chose n'était pas vraie, par la bonne raison
qu'elle était impossible. Mais Hubert lui donna des preuves, lui remit la copie d'une dépêche, lui répéta *qu'il avait vu, de ses propres
yeux vu* la proclamation affichée; et Ulric, après une honorable
résistance, fut forcé de reconnaître que l'impossible était vrai.

A l'instant, une pensée lui traversa l'esprit, rapide comme
une flèche. Avec cette promptitude d'intuition particulière aux
imaginations vives, il comprit que toutes les dissidences de la
veille, toutes les nuances de détail allaient disparaître dans cet
événement gigantesque, comme des grains de sable dans une
trombe, comme une légère dissonance dans la mugissante tempête d'un finale de Verdi.

Pendant ce temps, Hubert continuait ses doléances :

— Ah! monsieur le vicomte! qui m'eût dit, à moi qui ai vu
la première République, que j'en verrais une seconde? Voilà le
tocsin qui sonne! C'est fait de nous!

— Excellent! allez me chercher mon paletot!...

— Avant trois jours, nous entendrons chanter la carmagnole
et nous verrons le bonnet rouge dans les rues!

— Parfait! donnez-moi mes bottes vernies!

— Et je suis sûr que, d'ici à deux ans, monsieur le vicomte
ne touchera pas un centime de ses fermiers!

— Délicieux ! changez-moi cette cravate ; celle-là ne me va pas.

— Dieu veuille encore que nous ne soyons que pillés et ruinés ; la République, monsieur le vicomte, c'est l'effroi de tous les honnêtes gens !...

— J'y compte bien ! Hubert, ma canne, mon chapeau !

Et laissant son majordome persuadé que la République avait déjà produit son effet et détraqué le cerveau de son maître, Ulric de Braines, d'un bond, se précipita dans la rue, et d'un autre bond courut frapper à la porte de l'hôtel d'Epseuil.

Il trouva le marquis et sa fille dans le salon : ils étaient pâles, mais calmes. A sa vue, un sourire céleste effleura les lèvres de Nathalie.

— Monsieur, dit Ulric en fléchissant un genou, au nom de ma chère et sainte mère, j'ai l'honneur de vous demander la main de votre fille, mademoiselle Nathalie d'Epseuil.

— Mon enfant, je vous attendais ! répondit le marquis en l'attirant dans ses bras.

IV

Deux ans s'étaient écoulés ; Ulric et Nathalie, mariés quelques semaines après la scène qui termine notre dernier chapitre, avaient commencé par goûter un de ces bonheurs sans nuage et sans bornes qu'il est plus facile d'imaginer que de peindre. De même que les prédicateurs les plus éloquents n'ont jamais complétement réussi dans la peinture des joies du paradis, de même

les romanciers les plus convaincus ont peine à donner une idée
suffisante des félicités du mariage.

Pour échapper au monde et surtout aux soucis de cette triste
époque où les angoisses de la vie publique pesaient sur la vie
privée et en gâtaient les douceurs, M. et madame de Braînes
s'étaient retirés à la campagne. A quelques lieues d'Aix, et après
avoir dépassé le beau château du Tolonet, on entre dans une
gorge étroite, solitaire, que surplombent, à droite et à gauche,
de grandes roches volcaniques : au fond, un ruisseau dont les
nappes limpides miroitent sous un frais tapis d'iris bleus et de
nymphæas, et que suit, dans ses capricieux méandres, un sentier rempli d'ombre, de chants d'oiseaux et de frémissements de
feuillée. Grâce à ces eaux vives qui s'amassent au creux du ravin
et dont les sources reluisent au soleil, de chaque côté du talus,
la végétation des terrains humides se mêle, dans ce fourré, à
celle des montagnes : une mousse veloutée, un gazon épais,
serpentent le long de ces masses granitiques, à quelques pas des
grêles bouquets de buis et de genévriers. Des saules, des peupliers,
des trembles, confondent leur délicate verdure avec les teintes
grises des mélèzes. Les bras éplorés des sapins s'allongent au-
dessus des groupes riants de myrtes et de chèvrefeuilles. De
longues traînées de vigne sauvage se suspendent à toutes ces
cimes tremblantes qu'elles festonnent de leurs entrelacements
pittoresques. Pour que rien ne manque à l'effet de cette harmonie ou de ce contraste, le promeneur qui prête une oreille
charmée au rossignol ou au merle jaseur cachés dans ces massifs
impénétrables, n'a qu'à lever la tête pour apercevoir des oiseaux
de proie planant dans l'espace, et couronnant de leur vol circu-
laire ces rochers arides et tourmentés.

Après une demi-heure de marche, le ravin s'élargit, s'ouvre et aboutit à une petite vallée, encaissée dans des collines charmantes qui servent de contre-fort aux dernières chaînes des Alpines. Cette vallée, que les gens du pays appellent *Bout-du-Monde*, a un caractère de recueillement fait pour plaire aux anachorètes d'autrefois ou aux amoureux de tous les temps. Un hameau, garni de basses-cours et de jardinets, se blottit autour d'une jolie maison, d'allure plus grandiose, mais qu'on ne saurait pourtant honorer du nom de château. Rien de plus simple et de plus aimable que cette modeste demeure, dont la façade principale est tournée vers les collines et y communique par une allée de tilleuls, découpée dans une vaste prairie. Sur les deux ailes, des bosquets de lilas, de faux ébéniers, de buissons ardents, vont se joindre au verger et au potager. Au bout de l'allée, le chemin devient plus rude, et bientôt se perd dans les premiers plis de terrain, où l'œil découvre, à chaque instant, quelque nouveau site. Plus loin encore, lorsqu'on s'aventure au delà du rideau d'arbres qui sert de barrière naturelle entre la montagne et la plaine, le paysage prend cet aspect de grandeur âpre et sauvage que recherchent presque également les désespérés et les heureux, et où l'âme respire avec ivresse la solitude et l'oubli. Au printemps, quand les tilleuls sont en fleurs, quand les vergers du hameau et de la maison blanche secouent aux brises du soir la neige de leurs cerisiers et de leurs pommiers, quand les vagues aromes des plantes de la montagne descendent avec la brume et viennent se mêler à l'odeur des ébéniers et des lilas, une indicible atmosphère de sérénité et de fraîcheur passe sur cette heureuse vallée. Il semble que le fracas et l'agitation du monde expirent dans ce calme et ce si-

lence, et que, si derrière ces crêtes bleuâtres qui s'échelonnent
à l'horizon, il y a des passions qui s'agitent et des hommes qui
se haïssent, il ne peut y avoir là d'autre bruit que celui de la
clochette des chèvres ramenées de l'abreuvoir à l'étable, ou le
son de l'*Angelus* élevant à Dieu les cœurs simples, reposés du
travail par la prière.

Cette maison du *Bout-du-Monde* appartenait à Ulric de Braines,
et c'est là que, après son mariage, il vint se fixer avec Nathalie et
son père.

Qui n'a éprouvé, pendant ces journées brûlantes et sinistres
qui marquèrent la première année de la République, le besoin
de s'arracher à ces réalités violentes, à ces clameurs de carrefour, à ces humiliantes velléités du terrible dans le grotesque,
pour aller chercher bien loin quelque retraite ignorée, quelque
chalet dans les Alpes, quelque hutte de pêcheur au bord d'un
lac inconnu, et s'y plonger, s'y abîmer, s'y perdre dans une
quiétude sans fin, entre les spectacles de la nature et les épanchements d'un cœur ami? Ulric réalisa cet idéal, et l'agrandit
de tout ce qu'un amour profond et partagé peut y ajouter de
magnificences et d'enchantements. Les premiers mois qu'il passa
ainsi entre Nathalie et M. d'Epseuil, allant des causeries de l'un
aux caresses de l'autre, ne furent qu'un long moment rempli
d'extases et de délices, qui excluaient toute réflexion, et dont il
n'avait conscience que par les battements de son cœur toujours
avide et toujours assouvi. De temps à autre, M. d'Epseuil se dé-
vouait; il partait pour la ville, allait s'informer où l'on en était
des crises et des vicissitudes politiques, à quel risible tribun, à
quel sophiste effronté, à quel forcené de club ou d'atelier le
succès et le pouvoir appartenaient pour ce jour-là; puis il re-

venait à tire-d'ailes, racontait aux deux époux ce qu'il avait vu et appris ; et les habitants du *Bout-du-Monde*, dans l'égoïsme de leur bonheur, se laissaient à peine émouvoir par ces lointains échos de nos anxiétés et de nos souffrances.

Nathalie avait un esprit supérieur, mais elle était femme et elle aimait. Pendant ces premiers temps, son amour ne calcula et ne prévit rien. Pourvu que M. de Braines fût auprès d'elle et qu'il lui décrivît sa tendresse avec cette poésie de langage particulière aux natures rêveuses et expansives, pourvu que M. d'Epseuil vînt mêler parfois à ces amoureux entretiens le charme de son amitié spirituelle et le gracieux souvenir de ses lectures, pourvu qu'elle fît, entre son mari et son père, de longues promenades à travers cet agreste paysage, Nathalie était contente. Ulric paraissait si heureux! Ils se sentaient si bien emportés tous deux dans leur amour, comme dans un courant rapide reflétant un ciel sans nuage, que ni l'un ni l'autre ne songeaient à s'arrêter pour en regarder le fond, pour se demander si un peu de gravier et de sable ne s'y mêlerait jamais aux étoiles et aux fleurs. Mais s'il existe, pour les âmes médiocres, des satiétés vulgaires, des abattements misérables, succédant aux ivresses et aux transports, il y a pour les esprits d'élite des raffinements et des inquiétudes qui ont aussi leurs dangers. En trouvant chaque jour chez Nathalie de nouveaux trésors d'intelligence et de cœur, en pénétrant les secrets de cette organisation si riche, si exquise, élevée d'avance au niveau des positions les plus hautes, Ulric, par cela même qu'il était plus digne de la comprendre, commença à se juger moins digne de la posséder. Le sentiment de son inaction, endormi quelque temps par son bonheur, fut réveillé par ce bonheur même. Il n'était pas ambitieux, mais il eût aimé la gloire; et, sans trop savoir ce qu'il mettait sous ce mot, il se disait parfois que, pour mériter tout à fait une compagne telle que Nathalie, il eût fallu être un grand homme, ou au moins un homme utile. Alors il appelait à son aide ses théories d'autrefois ; il se répétait que rendre une femme heureuse, c'était après tout donner un noble but à sa vie. Vain effort! Ingénieux à se tourmenter, il se répondait que le mari d'une femme supérieure n'avait le droit de regarder sa tâche comme accomplie, qu'après avoir entouré d'un peu d'éclat le nom qu'elle tenait de lui.

Ce n'est pas tout : quelque soin qu'eussent pris M. et madame de Braines, pour écarter de leur existence tout ce qui se passait au dehors, il leur était impossible d'échapper complétement aux inquiétudes de ces années bruyantes et troublées. Ils avaient tous deux l'âme trop haute et l'intelligence trop vive pour ne pas comprendre au bord de quels abîmes le pays était suspendu, et pour rester longtemps indifférents à cette lutte que soutenaient les honnêtes gens contre les passions brutales déguisées en chimériques utopies. Il vint un moment où Ulric eut honte de n'être rien dans cette lutte, et en ressentit plus vivement cette inutilité qu'il se reprochait comme un tort envers Nathalie. Lorsque M. d'Epseuil revenait d'une de ses courses à Aix, et que, rentré dans leur tranquille solitude, il leur racontait comment un orateur courageux avait bravé, du haut de la tribune, les cris de rage de la démagogie, ou comment un général intrépide avait fait justice d'une bande de factieux, une bizarre tristesse s'emparait de M. de Braines. Son imagination mobile s'élançait vers ces scènes tumultueuses, ces orageuses parties dont la France était l'enjeu. Il se voyait mêlé à ces combats, menacé de ces périls, tenant tête à

ces fureurs, et, après des heures brûlantes bravement traversées,
rentrant chez lui, trouvant à son foyer Nathalie frémissante d'admiration et d'angoisse, et récompensé au centuple par ses étreintes
enflammées. Dès lors une pensée implacable s'empara de lui :
c'est que Nathalie ne l'aimait pas comme elle aurait pu aimer ;
qu'il y avait en elle des richesses de dévouement et d'enthousiasme
dont elle ne se doutait pas et qu'elle ne découvrirait jamais dans
les froides sécurités d'une situation vulgaire. Une fois dominé par
cette idée fixe, Ulric sentit que son bonheur lui échappait, et que
les charmes de cette vie si douce tombaient feuille à feuille comme
une fleur fanée. Souvent il sortait seul, sans dire à Nathalie de
quel côté se dirigeait sa promenade ; il parcourait d'un pas rapide
cette vallée, ces collines, ces gorges silencieuses et profondes,
peuplées pour lui d'enivrants souvenirs et d'images adorées. Cette
calme et belle nature n'avait rien perdu de sa fraîcheur sereine,
de ses rustiques harmonies : c'était toujours, à l'horizon, les
mêmes brumes lumineuses, se suspendant, comme un voile d'or,
aux ravins et aux rochers : c'était toujours les mêmes parfums
circulant dans l'air comme le souffle invisible des arbres et des
plantes ; les mêmes perles de rosée, scintillant à la pointe des
herbes ou satinant la mate verdure des feuilles ; les mêmes si-
lences, berçant la rêverie et l'amour dans le sentiment de l'infini.
Ulric seul était changé. Ces spectacles d'une nature agreste et
paisible, que, pendant deux ans, il avait associés aux joies de son
âme, l'irritaient maintenant comme des complices de cette inaction
qu'il maudissait ; il leur reprochait de l'avoir endormi et énervé
de leurs molles influences ; et lorsqu'il rentrait, après ses promenades, sont front pâli, son œil morne ou fébrile ne révélait
que trop ses préoccupations et ses tristesses.

Nathalie s'en aperçut vite. Elle crut que Ulric s'ennuyait ; qu'il cédait tout simplement à cette loi triste et banale des affections humaines, qui les condamne, hélas ! à passer, par gradations insensibles, de l'ardeur à l'indifférence et de l'extase à l'ennui. Ce moment-là fut affreux pour elle. Le plus cruel supplice des femmes telles que Nathalie n'est pas d'être trompées, trahies, brisées, déchirées, mais de se trouver en face de cette heure fatale où elles sont forcées de reconnaître que l'homme qu'elles aiment, qu'elles ont cru supérieur à la condition commune, y rentre et les y fait rentrer avec lui. Madame de Braines s'interrogea avec la sévérité d'un juge ; elle repassa, jour par jour, les derniers temps qui venaient de s'écouler ; elle se demanda si quelque chose, dans l'expression de sa tendresse, dans l'ensemble de sa conduite, avait pu attrister son mari et justifier cet air d'inquiétude qu'elle voyait peint sur son visage. Ne trouvant rien, il lui fallut revenir à sa première idée : que ce qui avait charmé Ulric ne le charmait plus ; que son amour ne suffisait plus à sa vie. Les femmes spirituelles sont souvent les plus sujettes à se méfier d'elles-mêmes. Nathalie, d'ailleurs, avait trop lu, trop réfléchi pour s'étonner de cette déception qui lui torturait le cœur ; elle se souvint que M. de Braines avait passé à Paris les plus belles années de sa jeunesse ; elle pensa que cette existence brillante, animée, remplie de piquant et d'imprévu, l'avait d'avance blasé sur les monotones douceurs du ménage et de la campagne. Elle s'accusa d'aveuglement et d'imprévoyance ; faisant un retour mélancolique sur ces deux radieuses années, elle s'humilia et se condamna devant Dieu, pour s'être laissé absorber par un sentiment terrestre, y avoir mis trop de confiance et n'avoir pas pressenti qu'un jour arriverait où elle aurait à expier, par des déchirements et des mécomptes, sa présomption et sa folie. Généreuse et forte, portant dans son amour ce besoin d'immolation qui est la fierté des âmes aimantes, elle en vint bientôt à excuser, chez Ulric, ces tristesses et ces lassitudes, à s'en attribuer la faute, à s'en adresser le reproche. — Comment avait-elle pu croire que cette vie uniforme pourrait durer toujours? N'y avait-il pas un égoïsme coupable à vouloir y retenir M. de Braines, l'y garder pour elle seule, le détourner de tout le bien qu'il pouvait faire, de tout l'honneur qu'il pouvait recueillir dans le légitime emploi de ses facultés inactives? N'y avait-il pas des époques de trouble et de danger public, où la femme assez heureuse pour partager la destinée d'un homme tel qu'Ulric, en devait compte à son pays et ne pouvait mériter son bonheur que par des sacrifices? — C'est ainsi que Nathalie, à son insu, répondait à la secrète pensée de M. de Braines; mais elle ne la devinait pas, et l'idée que son mari s'ennuyait auprès d'elle dominait tout le reste. Parfois aussi ses perplexités et ses craintes changeaient d'objet, et se laissaient entraîner sur une pente plus dangereuse. Que savait-elle de la vie d'Ulric pendant ces dix années passées à Paris? N'y avait-il pas laissé quelque affection trop tendre pour être oubliée, quelque souvenir trop vif pour être effacé? Pouvait-elle, pauvre et humble provinciale, balancer cette romanesque image? Dans ces moments, la jalousie venait joindre ses âpres tortures aux souffrances de madame de Braines. Malgré ses efforts héroïques pour les renfermer dans les plus intimes replis de son cœur, il était impossible qu'en perdant la confiance, elle ne perdît pas vis-à-vis d'Ulric cet abandon caressant, ces effusions soudaines, qui sont la parure et la grâce des jeunes amours. La campagne, merveilleusement favorable à la libre expansion de ces tendresses, quand rien ne les altère encore, devient très-redoutable dès qu'arrivent ou approchent les nuages. On n'y a pas, pour se déguiser ou se distraire, ces mille détails de la vie mondaine, toujours prêts à dérober de longues heures au tête-à-tête qui commence à s'alourdir. Sans cesse en présence, se surprenant à tout instant dans le déshabillé de leur ennui, n'ayant point d'intermédiaire pour détourner les regards qui s'interrogent, tarir les larmes qui se trahissent, interrompre les voix qui s'accusent, ceux qui sont venus chercher dans la solitude l'oubli de tout ce qui n'est pas eux, finissent souvent par la fuir pour aller chercher l'oubli d'eux-mêmes; car, du moment que tout n'y est pas délices, tout y devient contrainte.

Ulric ne tarda pas à s'apercevoir que Nathalie n'était plus la même auprès de lui; à son tour, il se crut moins aimé; il se figura que madame de Braines en était déjà à regretter d'avoir lié son sort à celui d'un homme désœuvré et inutile; que, dans ses rêves de jeune fille, son imagination l'avait doué de qualités qu'il n'avait pas, d'aptitudes qu'il n'aurait jamais, et qu'après les sacramentelles ivresses de la lune de miel, reconnaissant qu'elle s'était trompée, elle commençait à se désabuser de lui. Comme tous les rêveurs tourmentés d'un idéal qu'ils désespèrent de réaliser, Ulric avait une espèce d'orgueil *en dedans* qui rendait sa susceptibilité plus vive, sa sensibilité plus délicate; il était de ceux qui regardent comme probable ce qui les attriste et comme certain ce qui les froisse. Il crut son bonheur perdu alors qu'il était à peine effleuré; il ne douta plus qu'un changement profond ne se fût accompli dans l'âme de Nathalie. Ses tristesses et ses agitations s'en accrurent. Ainsi ces deux êtres dont chacun eût donné sa vie pour épargner à l'autre un moment de chagrin, étaient entraînés par une sorte de fatalité mystérieuse à faire de leur amour l'instrument de leur supplice.

M. d'Epseuil remarqua bien qu'il se passait quelque chose d'étrange entre son gendre et sa fille : son intervention affectueuse et spirituelle aurait pu leur être utile et aider à dissiper ces malentendus ; mais son genre d'esprit, un peu frivole et rattaché par tradition et par goût à un temps où l'amour se traitait d'une façon plus légère, n'était pas ce qu'il fallait pour cette situation critique. Le marquis eût été excellent s'il se fût agi de raccommoder quelque *brouille* vulgaire, de prémunir sa fille contre les prétentions galantes de quelques hommes à bonnes fortunes ou d'arrêter M. de Braines sur le penchant d'une de ces intrigues faciles que certains maris croient compatibles avec l'orthodoxie conjugale. Mais il était incapable d'atteindre les profondeurs où il eût fallu descendre pour trouver la plaie secrète qui rongeait à la fois Ulric et Nathalie. Quelques tentatives, qu'il fit à tout hasard et qui n'aboutirent à rien, l'engagèrent à se taire et à attendre. Assez délicat et assez fin pour comprendre tout ce qu'il y aurait d'imprudent à vouloir toucher à des blessures dont il ne connaissait ni la cause, ni l'étendue, il se dit, non sans raison, que le premier incident qui viendrait rompre l'uniformité de cette vie amènerait peut-être une explication, et qu'il saurait alors si ces inquiétants symptômes présageaient un malheur véritable, ou n'étaient qu'un tribut passager payé à l'imperfection des joies humaines.

V

Au mois de mai, par une de ces journées si fréquentes dans le Midi, où le printemps prélude à l'été en lui ressemblant, madame de Braines s'était mise à son piano. Elle avait un talent de premier ordre, qui s'était développé presque par instinct, et dont, faute de points de comparaison, elle ne soupçonnait pas elle-même la perfection et le charme. Tout ce qu'elle savait, c'est que son mari aimait à l'entendre, et que, dans leurs jours de soleil, il lui suffisait de jouer un quart d'heure pour que Ulric vînt se jeter à ses pieds, avec un redoublement de passion et de poésie. Ce jour-là Nathalie, se sentant plus triste que d'habitude, voulut essayer de la balsamique influence que la musique exerce sur les cœurs malades. Elle choisit dans ses cahiers l'*Adieu* de Schubert, et se mit à improviser sur ce thème d'une mélancolie si douce et si pénétrante. Elle en était à peine à la vingtième mesure, lorsque levant par hasard les yeux sur une glace, elle vit que M. de Braines était là et qu'il l'écoutait.

En d'autres temps, sa présence l'eût animée, et la joie de son âme passant dans ses doigts agiles, aurait fait ruisseler sur les touches d'ivoire un hymne de bonheur et de remercîment. Au souvenir de ces moments qui lui semblaient perdus à jamais, Nathalie sentit des larmes se glisser au bord de ses paupières, et ses mains tremblèrent sur le clavier. Mais elle surmonta ce trouble, reprit courage, et, comme un cygne blessé qui se jette dans une eau vive pour étancher sa blessure, elle se plongea dans le mélodieux océan qui l'appelait de ses voix magiques. Ce trésor de douleur amassé depuis quelque temps et condamné à se cacher, s'épancha tout à coup dans cette langue divine qui le traduisait et ne le trahissait pas. On eût dit que le génie de Schubert s'était emparé d'elle tout entier, et lui révélait, une à une, les gradations plaintives de ce chant d'amour qui commence par les délicates demi-teintes de l'aveu, arrive à l'explosion du bonheur, et se perd, à l'horizon, avec les soupirs lointains de l'adieu. En retrouvant dans ces trois phases musicales, si simples et si vraies, l'histoire fugitive de ses espérances, de ses félicités et de ses angoisses, madame de Braines éprouva une de ces émotions profondes, souveraines, qui décuplent les forces de l'artiste sauf à l'abattre plus tard, et que les poëtes ont comparées au luthier brisant son instrument en mille pièces pour en rendre le son plus large et plus beau. Nathalie fut sublime! Emportée elle-même par ce flot d'harmonie, déchirée et consolée à la fois par ces mystérieux sanglots, elle crut que cette puissance magnétique allait lui ramener et lui rendre son mari, frémissant et subjugué comme elle. Il n'en fut rien; un nouveau regard jeté dans la glace lui montra Ulric morne et sombre : bientôt il se leva, et elle le vit, par une fenêtre, sortir à grands pas, se dirigeant vers la campagne.

C'en était trop pour Nathalie : exaltée par la musique, se débattant avec une sorte de douloureuse ivresse contre cette déception nouvelle, elle touchait à un de ces instants où les natures les plus droites et les plus pures perdent la faculté de réfléchir et de se dominer. Elle se souvint que, le matin même, passant devant la porte entr'ouverte de M. de Braines, elle l'avait vu à son bureau, rassemblant à la hâte des papiers, les jetant dans un tiroir, et qu'Ulric s'étant retourné dans ce moment-là et leurs yeux s'étant rencontrés, il n'avait pu dissimuler son embarras et son trouble. La veille encore madame de Braines se fût regardée comme impardonnable de chercher à pénétrer le secret de son mari, si toutefois il y en avait un. Le soupçonner était un malheur, l'espionner une honte, et Nathalie était de celles qui aiment mieux souffrir que rougir. Mais il y a, dans la vie d'une femme, des heures où elle sent confusément que sa destinée est en jeu, et qu'une force invincible jette dans ses mains fiévreuses la clef de ses désespoirs ou de ses joies. Un instant après, madame de Braines était devant le bureau d'Ulric. Qui l'y avait conduite? Comment y était-elle arrivée? Son hésitation avait-elle duré un siècle ou une seconde? Quelle était son espérance ou sa crainte, sa faute ou son excuse? Elle ne le savait pas. Pâle et tremblante, les bras étendus vers le bureau, elle se demandait encore si tout cela était un rêve ou un réveil, que déjà le tiroir était ouvert, et que son regard dévorait les papiers épars devant elle.

Il lui suffit d'en parcourir une page pour reconnaître combien ses soupçons étaient injustes. Alors une réaction s'opéra dans ce noble cœur. Maîtresse de ce vertige qui l'avait égarée, reprenant possession d'elle-même, Nathalie se reprocha sa jalousie comme indigne d'Ulric et son indiscrétion comme indigne d'elle; elle s'arrêta dans cette lecture qu'elle ne se croyait plus le droit de poursuivre. Mais bientôt un sentiment délicieux, succédant à ses angoisses, ramena ses yeux vers ces pauvres feuilles qu'elle avait maudites, et qui lui expliquaient tout. C'était le journal d'Ulric. A chacune de ces lignes écrites pour lui seul, il avait confié les douloureuses pensées qui passaient sur son bonheur comme des nuages : le sentiment de son inaction, le vague désir de devenir illustre pour que Nathalie l'aimât davantage, la crainte que son inutilité en ce monde ne le rendît trop inférieur à la femme que Dieu lui avait donnée pour compagne, et ne finît par détacher de lui ce cœur qui était son orgueil et son bien. Puis, à mesure qu'il avançait dans cette phase d'agitation et de doute, le journal s'assombrissait. La tristesse de Nathalie, ses alternatives de vivacité factice et de morne abattement, ses yeux voilés de larmes et se détournant pour les cacher, son air de contrainte et d'inquiétude dès qu'elle se trouvait seule avec Ulric, tout cela était retracé, commenté, analysé avec une délicatesse presque féminine : chaque trait de ce procès-verbal, dressé avec la minutie douloureuse d'un esprit ingénieux à se torturer, venait à l'appui des craintes de M. de Braines ; il y trouvait une preuve que sa femme, déchue de ses premières illusions, l'aimait moins ou ne l'aimait plus. Pas un incident, pas un détail de ces journées, qui, en apparence, se ressemblaient toutes, n'avait été négligé ni oublié, et madame de Braines reconnut en frémissant de joie et de remords, qu'au moment où elle croyait Ulric ennuyé de sa vie monotone et distrait par de dangereux souvenirs ou d'inquiètes rêveries, il la suivait du regard, pas à pas, heure par heure, ne laissant échapper aucun des indices qui devaient le rassurer ou le désoler.

Rien ne pourrait peindre l'ivresse d'un pareil moment. Nathalie portait à ses lèvres la page qu'elle venait de lire, la couvrait de baisers et de caresses, essayait de s'en détacher, puis saisissait la page suivante, la lisait d'un trait, revenait à celle

qu'elle avait quittée, et les pressait toutes sur son cœur avec
un transport indicible. A la fin elle songea à Ulric, qui était
sorti si triste et si découragé ; elle se précipita hors de la
chambre, et descendit l'escalier avec l'agilité d'une gazelle. Au
bas, elle rencontra M. d'Epseuil, qui la regarda d'un air
effrayé, la croyant à demi folle :

— Mon père ! mon père ! dit-elle en l'embrassant, je m'étais
trompée ! Ce n'était pas vrai !

— Quoi donc ? dit le marquis en ouvrant de grands yeux.

— Qu'Ulric ne m'aimait plus ! qu'il s'ennuyait ! que nous
ne suffisions plus à sa vie ? C'est moi qui suis la plus coupable,
la plus insensée, la plus injuste, la plus heureuse des femmes !

M. d'Epseuil sourit, de ce sourire mélancolique que le langage de la passion arrache d'ordinaire aux hommes âgés et un
peu sceptiques. Il se dit tout bas que les joies et les tourments
de l'amour n'avaient pas tout à fait les mêmes allures dans le
salon de madame Suard. Pendant ce temps, Nathalie courait
déjà dans la plaine.

Ulric avait dépassé le rideau d'arbres qui sépare la vallée du
Bout-du-Monde de son amphithéâtre de collines. Le soleil commençait à pencher à l'horizon, et l'ombre des tilleuls et des
peupliers s'allongeait sur l'herbe lisse des prés. La chaleur du jour
s'amollissait peu à peu dans les premières brumes de cette heure
qui n'est pas encore le crépuscule. Toutes les floraisons de mai,
s'ouvrant à ces fraîcheurs printanières, préparaient à la nuit ses
souffles embaumés. Tout était fête, rayon, paix, enchantement,
dans cette nature aussi douce à la joie qu'à la douleur. Ulric
cependant ne s'était pas arrêté à cette zone riante et fleurie qui
ne s'accordait plus avec l'état de son âme. Il avait continué sa

route jusqu'à un de ces grands ravins qui s'ouvraient comme des
plaies béantes sur le flanc nu de la montagne. Là, tout changeait
d'aspect : devant soi, une montée âpre et roide qui s'enfonçait
dans les Alpines; tout autour, des rochers gris, tachetés de
brun, formant un large entonnoir au fond duquel la nuit s'a-
moncelait, bien avant le coucher du soleil. Pas un arbre, pas
une plante; à peine quelques brins de lavande et de thym,
perçant çà et là les pierres. Ce site sauvage et désolé plaisait à
M. de Braines, qui y revenait presque tous les soirs. Il s'était
adossé aux parois d'un de ces rochers, le front appuyé sur ses
mains, dans une attitude de douloureuse rêverie. Tout à coup il
entendit le frôlement d'une robe, et, avant qu'il eût eu le temps
de lever les yeux, Nathalie était dans ses bras. Son regard brillait
d'un feu surnaturel; la rapidité de sa course avait précipité les
battements de son sein; ses beaux cheveux étaient à demi dénoués.

— Punis-moi ! lui dit-elle d'une voix entrecoupée; Ulric,
punis-moi, je suis une folle, une méchante femme ! Je t'ai soup-
çonné, je t'ai accusé, je t'ai calomnié !.... Tu me pardonnes,
n'est-ce pas !.... Moi, je t'aime !

Ulric ne comprenait pas.

— Oui, poursuivit-elle, parce que je te voyais triste, j'ai cru
que tu ne m'aimais plus.... Oh! ce n'était pas vrai, je le sais
maintenant; mais si tu savais, toi, combien j'ai souffert! Avoir
mis sur toi toute mon espérance, t'avoir élevé dans mon cœur
au-dessus des autres hommes, et songer que tu pouvais, comme
eux, cesser d'aimer après avoir aimé! que tes belles tendresses
avaient pu aboutir à la lassitude et à l'ennui! Ah! l'on souffre
bien, dis!.... l'on souffre tant, que l'on doit tout se pardonner!....

— Mais qu'ai-je donc à te pardonner?

— De t'avoir épié comme la plus vulgaire des femmes ja-
louses; de n'avoir pas respecté les secrets; de m'être glissée
dans ta chambre comme eût fait un voleur; d'avoir ouvert,
fouillé tes tiroirs, et d'y avoir pris.... Tiens! reconnais-tu cette
écriture? dit-elle en lui montrant une de ces pages qu'elle avait
gardée sur son cœur.

Une vive rougeur monta au front de M. de Braines.

— Quelle folie! murmura-t-il en pressant la main que lui
abandonnait Nathalie.

— Une folie! Oui, tu dis vrai, nous étions fous! Moi, de
douter de ton cœur, et vous, monsieur, de penser qu'il fallait
être un grand homme pour mériter mon amour! Pauvre ami!
quelle bizarre idée tu avais là! Vouloir être illustre pour plaire
à sa femme! Ah, je t'aime bien mieux comme tu es! Ta gloire,
c'est de me rendre heureuse! Ton esprit, ton imagination, ta
rêverie sont à moi, à moi seule; crois-tu donc que ma part ne
soit pas la plus belle?

Ulric se sentait si heureux qu'il ne trouvait rien à répondre;
chaque mot de Nathalie le délivrait de ce fardeau qui pesait si
cruellement sur sa vie : il renaissait au bonheur, à l'amour, en
écoutant cette voix adorée, interprète de ces deux âmes qu'un
même malentendu avait déchirées, qu'un même aveu consolait.
Il buvait à longs traits à ces sources vives qu'il avait cru taries
pour toujours; il passait la main sur son cœur comme pour y
chercher une blessure qui venait de se guérir.

— Parle! parle encore! disait-il à madame de Braines; car
moi aussi j'ai bien souffert, et ce n'est pas trop de tes douces
paroles pour me faire tout oublier!

Lorsqu'ils furent un peu calmés, M. de Braines acheva d'expliquer à sa femme ce qui l'avait tourmenté dans ces derniers temps.

— Accuse-moi d'être romanesque ! lui dit-il en souriant ; c'est possible ; c'est probable même :

> La faute en est aux dieux qui te firent si belle !

En ce moment où mes angoisses sont dissipées, où je suis sûr de ta tendresse comme de la mienne, où notre bonheur nous est rendu dans toute sa plénitude, eh bien ! je te l'avoue encore : je donne mes rêveries pour cortège à notre amour ; je crée, dans ma pensée, des situations, un cadre, un roman dont tu es l'héroïne. Tantôt c'est une mansarde au cinquième étage ; nous sommes là tous deux, aussi pauvres qu'amoureux et aussi amoureux que pauvres : je travaille pour te faire vivre : à la clarté d'une petite lampe, tu suis sur le papier l'œuvre que j'écris, que tu inspires, et qui doit amener un peu d'aisance dans notre modeste ménage. Puis minuit sonne, ma tâche est finie ; nos mains se rapprochent ; nos regards se confondent : au dehors, la pluie bat contre nos vitres ; au dedans, l'amour sourit dans nos âmes, couronné de pauvreté et de travail. D'autres fois, c'est un salon, rempli de tout ce que Paris compte d'hommes distingués. Ce salon est le nôtre, et toutes ces célébrités diverses, art, science, politique, littérature, viennent s'incliner devant toi comme devant leur souveraine. Moi-même j'ai obtenu, la veille, un de ces grands succès qui font d'un nom l'étoile d'un siècle. On m'entoure, on me félicite ; tu entends ce nom qui est le tien, passer de bouche en bouche ; tu le vois rayonner comme un diamant sous ces fines et délicates louanges. Les heures s'é-

coulent; on nous dit adieu; notre salon est désert; alors je
m'approche de toi, et agenouillé à tes pieds, comme en ce moment, je te dis bien bas : Nathalie! es-tu contente?

— Poëte! murmura madame de Braines.

— Oui, poëte, dont tu es la muse! répondit-il du même ton.

Pendant qu'il parlait, le visage de Nathalie, illuminé d'abord
d'une douce ivresse, avait peu à peu repris une expression plus
sérieuse. La crise violente par où elle venait de passer lui avait
ôté cette puissance de réflexion, qui était un des traits de son
caractère. A mesure que son émotion s'apaisait et qu'elle s'ac-
coutumait de nouveau à son bonheur, ses idées s'éclairaient, et
elle devina Ulric mieux qu'il ne se devinait lui-même. Elle comprit qu'il était de bonne foi, que c'était bien pour elle seule que
tous ces rêves de gloire romanesque l'avaient agité et tourmenté;
mais que dans cette âme de poëte la rêverie n'abdiquerait jamais,
qu'il ne renoncerait pas à ces horizons vagues, flottants, secrètement caressés, qui l'attiraient d'autant plus qu'il n'y avait pas
touché et qu'il y retrouvait Nathalie ; que leur vie de campagne,
si charmante, mais si inoccupée, favoriserait ce penchant qui
avait failli leur coûter si cher, et que peut-être il serait plus sûr
de chercher un moyen d'assouvir ces mystérieuses chimères, ne
fût-ce que pour en reconnaître le vide et revenir ensuite avec
plus d'amour au bonheur paisible et raisonnable.

Madame de Braines regarda son mari avec une expression de
tendresse presque maternelle, et lui dit en accompagnant ses
paroles d'un sourire qui n'était pas sans tristesse :

— Allons! je vois que notre pauvre *Bout-du-Monde* a fait son
temps!

— Que dis-tu? reprit Ulric tout troublé.

— Je dis que tu as raison, et que ce que je pensais ces jours-ci avec amertume, je dois le penser encore dans toute la confiance de ce bonheur que tu m'as rendu. Ce serait mal, vois-tu ! qu'un homme tel que toi restât éternellement enseveli dans cette solitude, sans autre société que celle d'un vieillard et d'une femme, sans faire usage de ces richesses d'imagination et d'intelligence que le ciel t'a prodiguées ! Tu m'as trop bien observée, Ulric, pour t'étonner que j'aie voulu aussi t'étudier et te connaître. Eh bien ! tu es de ton temps, d'un temps où les supériorités sociales ne doivent pas rester inactives, si elles ne veulent être effacées et écrasées par d'autres supériorités plus ardentes et plus avides. Cette vérité, tu l'as entrevue, tu l'as ressentie, et la distinction même de ton esprit te la rendait plus frappante. Tu t'es dit que le désœuvrement avait été la plaie et la déchéance de ces anciennes races qui s'en vont, de ces anciens noms qui s'éteignent, et qu'il y avait honte et faute à rester oisif quand la société, pour ne pas périr, a besoin de tous les cœurs et de tous les bras. Voilà ce que tu t'es dit, mon Ulric ; mais comme tu avais vécu à Paris, dans un milieu d'inutilité brillante, d'élégance factice et frivole, n'y trouvant pas l'emploi de tes vraies facultés, tu t'es dégoûté, et tu as bien fait ; tu es revenu, tu as bien fait ; tu m'as aimée, et tu es le meilleur et le plus adoré des hommes !

— Nathalie ! Nathalie ! s'écria M. de Braines ; tu m'as dit tout à l'heure que j'étais un poëte. Qu'es-tu donc, toi qui devines ce qui se cache au fond des âmes, toi qui lis au dedans de moi, comme dans un livre ouvert ?

— Rien ; je suis une femme qui aime. Maintenant, écoute-moi : ce que tu caressais en rêveur, il faut le réaliser en homme.

Il faut que ta volonté achève ce que ton imagination a commencé.
Puisque cette heureuse crise a remis ta main dans ma main,
mon cœur dans ton cœur, rentrons ensemble dans le vrai de ta
destinée, non pas avec la sombre ardeur d'un bonheur qui s'é-
croule, mais avec la sérénité radieuse d'un bonheur qui se renouvelle. Nous n'abandonnerons pas tout à fait notre cher
Bout-du-Monde. Nous y reviendrons de temps à autre, à ce nid
charmant, à cette retraite bénie. Dans l'intervalle, tu travailleras
à saisir cet idéal contre lequel tu luttes comme Jacob contre
l'Ange, et qui est la vocation et le tourment, le péril et l'attrait
des hommes tels que toi! Moi, je serai là, à tes côtés, t'encou-
rageant de mon regard, te soutenant dans le combat, t'applau-
dissant dans le succès, perdue dans l'éclat de ton nom; ta compagne, ta servante, ta femme!...

Ulric la contemplait avec ravissement : mais bientôt un peu
d'inquiétude se mêla à son extase, et il dit à madame de Braines :

— Nathalie, tu vaux mieux que moi; tu m'es supérieure en
tout, et tu fais, hélas! trop d'honneur à mes chimères! Travail,
succès, services rendus au pays, célébrité, gloire, tout cela est
fort beau, surtout dans ta bouche, chère bien-aimée! Mais comment? Mais que faire? Je vais avoir trente ans : puis-je m'engager dans les spahis?

— Oh! j'aurais trop peur! s'écria madame de Braines en se
serrant contre lui.

— Puis-je faire de la politique?

Un suprême dédain se peignit à la fois sur son visage et sur
celui de Nathalie.

— Mais alors, encore une fois, que faire? demanda-t-il d'un
ton de douce raillerie.

— Viens, nous chercherons ensemble, dit Nathalie en se levant et en reprenant avec lui le chemin de la maison.

La nuit approchait, une nuit de mai, en Provence, pure et sereine, parsemée de clartés et d'étoiles. Madame de Braines s'appuyait sur le bras d'Ulric. Ils respiraient avec délices cet air tiède et parfumé; de temps à autre ils s'arrêtaient, succombant sous le poids d'émotions profondes.

— N'est-ce pas là tout le bonheur, toute la vie, tout mon but en ce monde? mieux et plus que toutes les gloires? murmurait Ulric enivré.

— Ah! si je pouvais le croire! répondait Nathalie à demi-voix.

Ils n'étaient plus qu'à une petite distance de la maison, lorsqu'ils virent arriver à eux le vieil Hubert, qu'ils avaient laissé à Aix, doucement assoupi dans ses fonctions de majordome sinécuriste. Il accourait à eux de toute la vitesse de ses jambes septuagénaires, aussi blême et aussi effaré que le jour où l'on avait proclamé la République.

— Monsieur le vicomte! madame la vicomtesse! s'écria-t-il d'une voix entrecoupée par l'essoufflement, l'indignation et la douleur : qui m'eût dit que je vivrais assez pour voir une pareille chose! L'hôtel, notre bel hôtel, envahi, pillé, saccagé!

— Les socialistes! Grand Dieu, qu'est-il donc arrivé? dit Ulric, qui, resté depuis quelques jours sans nouvelles, crut à une victoire du *parti rouge.*

— Non, monsieur le vicomte! Non! pire que cela!

— Mais quoi donc, alors? demanda M. de Braines avec anxiété. De grâce, mon bon Hubert, calme-toi, et explique-toi; des voleurs? un incendie?

— Non, des Bohémiens! bégaya Hubert en regardant autour de lui d'un air d'épouvante.

— Des Bohémiens! des Bohémiens en plein xixe siècle? Me diras-tu ce que cela signifie?

— Oui, monsieur le vicomte, des Bohémiens! deux hommes barbus et chevelus, que c'est à peine si on leur voit les yeux et le bout du nez! Noirs et basanés, comme si le feu de l'enfer les avait rôtis! et habillés! deux grands bérets rouges, comme des républicains qu'ils sont! deux vestes de velours dont je ne voudrais pas pour faire des housses à nos fauteuils! et de grosses pipes à la boutonnière! et une odeur de tabac, que le salon vert en est déjà tout infecté!

— Mais, enfin, que font-ils chez moi, ces mécréants? demanda Ulric qui commençait à se rassurer.

— Tout, monsieur le vicomte, tout! ils boivent, ils mangent, ils fument, ils crient, ils chantent, ils dorment, ils allongent leurs gros souliers à clous sur nos canapés! il y en a un qui est mu... mu... musicien, et qui a osé jouer sur le piano de madame la vicomtesse; même qu'on s'est attroupé sous les fenêtres : quelle honte pour la maison! l'autre est po... po... poëte, du moins c'est ainsi qu'il s'appelle. Il parle seul toute la journée en faisant des gestes de possédé. Il a fallu que Benoît leur montât le vin de Bordeaux de la cave! Il a fallu qu'Ursule leur fît la cuisine. Les scélérats! ils n'ont rien respecté, pas même l'écurie; ils y sont entrés, monsieur le vicomte, et alors, ç'a été des éclats de rire de sauvages! Vous savez, ce pauvre *Soliman!* Le plus grand est monté dessus, et lui a fait faire le tour de la cour, en disant qu'il l'emmènerait à Paris, pour concourir pour le bœuf gras! un cheval qui n'était pas sorti depuis un an!

— Mais, mon brave Hubert, on ne s'établit pas ainsi chez les gens sans un droit quelconque.

— Ah ! voilà ! reprit le majordome avec un sourd gémissement ; quand j'ai voulu m'interposer et fermer la porte au nez de ces impertinents, le plus petit, celui qui parle seul avec des gestes, m'a dit en ricanant : « Esclave, va dire à ton maître... » J'ai oublié le reste de la phrase !...

— Je le sais, moi, reprit M. de Braines en riant.

— Et il m'a remis cette lettre pour monsieur le vicomte.

— Ah ! voilà par où il eût fallu commencer ! dit gaiement Ulric en prenant la lettre qu'Hubert lui présentait d'une main tremblante, comme si elle lui eût brûlé les doigts.

VI

Ulric lut rapidement la lettre que lui présentait le vieil Hubert, et courut à la signature :

— Tiens ! dit-il, j'aurais dû m'en douter ; c'est de mon vieux camarade, mon *Copin*, comme nous disions à Sainte-Barbe, Max Elmer !

— L'auteur de ce roman que nous lisions l'an dernier, et qui nous a tant fait pleurer ? demanda Nathalie.

— Lui-même ! Voici ce qu'il m'écrit : — « Pardonne-moi, mon cher Ulric, d'avoir envahi ton hôtel, avec Fabrice Ormont, l'immense pianiste dont le nom est sans doute arrivé jusqu'à toi.

Pardonne-moi surtout les charges que nous nous sommes permises vis-à-vis de ton Caleb et de ses dignes lieutenants. Je te l'avoue, leurs *boules* vénérables nous ont mis en verve ; celle de ton majordome serait digne de figurer dans le *Cabinet des antiques* de notre illustre Balzac ! Mais crois bien que nous ne sommes ni aussi noirs, ni aussi diables qu'il te le dira sans doute : jusqu'à nouvel ordre, nos razzias ressembleront à ces orgies de théâtre qui se déchaînent entre une bouteille d'eau de seltz et un pâté de carton. Ton vin ne sera pas bu, ta cuisine sera respectée. Quant à ton brave Soliman, nous l'avons pieusement reconduit à son râtelier, où rien n'altérera plus son repos ni son embonpoint.

» Maintenant, mon cher ami, voici la chose : Fabrice et moi, nous revenons d'un grand voyage en Orient. Hier, en flânant sur le port de Marseille, je me suis souvenu que tu habitais dans les environs ; et, quoique nous ayons suivi deux routes bien différentes depuis notre sortie de rhétorique, quoique vous soyez devenu, monsieur le vicomte, un personnage bien imposant pour un pauvre fabricant de drames et de romans, il m'a semblé qu'il y avait toujours dans le cœur un petit coin pour les amitiés de collège, et je n'ai pu me faire à l'idée que je passerais si près de toi sans te serrer la main. De Marseille à Aix, il n'y a qu'une enjambée ; nous n'osons pas aller plus loin : car, si comme me l'assure le gros Richard, un de nos anciens camarades, que je viens de rencontrer sur le Cours, tu as quitté la ville pour mieux cacher à tous les regards une longue et charmante lune de miel, madame la vicomtesse aurait le droit de nous regarder comme des trouble-fêtes. Donc, mon cher Ulric, c'est à toi de décider. Si tu ne te soucies pas de nous voir, tu n'as qu'à nous dire : à bon entendeur, bonsoir ! ou plutôt à ne nous rien dire : nous décamperons, demain matin, à la grande joie de tes esclaves, que je soupçonne être d'anciens pères nobles du Théâtre-Français, réduits par le malheur des temps à se faire domestiques. Si tu nous veux là-bas, un mot, et nous accourons. Enfin, si tu aimes mieux nous recevoir ici, viens consacrer de ta présence l'hospitalité écossaise que ton majordome refuse à notre bonne mine, et lui prouver, par ton accueil, que nous ne sommes pas même des brigands d'opéra-comique.

» A toi de cœur,

» MAX ELMER. »

— Que faisons-nous ? dit M. de Braines à Nathalie après avoir lu cette lettre.

— Mon ami, je te dirai comme M. Max : c'est à toi de décider.

— Eh bien ! les laisser partir serait très-peu poli et très-peu spirituel ; car [Max, après tout, est un bon garçon et un garçon plein de talent. Les recevoir ici... oh ! non ! Le *Bout-du-Monde* est à nous, à nous seuls ; c'est le nid de nos amours, le sanctuaire de notre bonheur : ne le laissons pas profaner par des figures étrangères. Aller à Aix, et faire de notre mieux les honneurs de notre vieille cité à la littérature et à la musique, voilà, ce me semble, le meilleur parti : qu'en penses-tu ?

— Oh ! merci, Ulric ! Tout est sauvé, puisque nous recommençons à si bien nous comprendre ! murmura Nathalie avec une vive expression de tendresse et de joie.

Le temps était si beau, la soirée si sereine, qu'ils résolurent de partir à l'instant même, et firent la route au clair de lune,

15

moitié à pied, moitié sur ces petits chevaux de Camargue qui rivalisent de douceur et de sûreté avec les mulets de l'Oberland et de Chamouny. Cette promenade nocturne fut charmante. Ulric riait de l'air de consternation et de stupeur du vieil Hubert, qui les suivait la tête basse, se demandant si son maître avait bien réellement l'intention d'accueillir avec honneur ces deux étranges hôtes qui l'avaient si fort scandalisé. Tout animait d'ailleurs et exaltait M. de Braines : les vagues frissons de la nuit, la beauté de ce ciel, la présence de Nathalie, le sentiment de son bonheur reconquis, les souvenirs d'enfance, les poétiques images de l'Orient, évoquées par la lettre de Max Elmer. On eût dit qu'il cherchait d'avance à se mettre à l'unisson de ces deux artistes que le hasard jetait sur ses pas. En effet, qui eût entendu Ulric, dans ce sentier pittoresque, à la clarté de ces étoiles, laissant déborder le trop plein de son imagination et de son cœur, puis se rapprochant de madame de Braines et murmurant à son oreille des paroles de remerciement et d'amour, l'eût pris pour un poète courant les champs avec sa Béatrix, bien plutôt que pour un gentilhomme de province, retournant à la ville avec sa femme.

Ils arrivèrent à Aix vers minuit. Max et Fabrice étaient encore debout ; ils avaient mis à profit ces heures d'attente pour opérer dans leur tenue et dans leur costume les modifications que leur paraissaient réclamer les habitudes aristocratiques de ceux dont ils étaient les hôtes. Sans se dépouiller tout à fait de leur physionomie originale, ils avaient réduit de moitié les crocs menaçants de leurs moustaches, la longueur fluviale de leurs barbes et le luxe de leurs chevelures. Le béret écarlate, le justaucorps de velours avaient été relégués dans les bagages pour faire place à une redingote et à une casquette d'allure plus rassurante. On voyait que les deux artistes, sur le point de passer sous l'inspection de gens du monde, avaient compris la nécessité de faire des concessions. Ce n'étaient pas encore des propriétaires; ce n'étaient plus des Bohémiens ni des bandits; Hubert lui-même ne les reconnaissait plus, et attribuait ce changement à quelque sorcellerie.

Si Ulric et Nathalie éprouvèrent une surprise agréable en les trouvant si différents de l'effrayante peinture de leur majordome, l'étonnement de Max et de Fabrice ne fut pas moins vif lorsqu'ils eurent passé quelques heures avec les maîtres de ce vieil hôtel, où tout leur avait semblé d'abord en arrière d'un grand siècle. L'accueil de M. et de madame de Braines ne fut pas seulement cordial et empressé, mais intelligent, et nuancé de manière à laisser croire aux deux artistes qu'ils étaient reçus et appréciés par leurs pairs. Les personnes du monde ne savent pas assez tout ce que ces organisations nerveuses, fébriles, surexcitées, souffrent, quand elles s'aperçoivent qu'on maintient à leur égard l'invisible ligne de démarcation qui les sépare de la société des oisifs et des heureux. Peut-être est-ce là la cause lointaine et secrète de ces rancunes passionnées, de ces récriminations amères dont on retrouve plus tard la violente empreinte dans des œuvres où les mœurs et les caractères de la société polie sont si étrangement défigurés. Au reste, Ulric et Nathalie, en recevant leurs hôtes sur le pied d'une égalité parfaite, n'avaient pas eu besoin de raisonner leur accueil : ils tenaient eux-mêmes, à leur insu et par une sorte de parenté intellectuelle, à ces natures dont je parle, que l'on classe, un peu au hasard, sous la dénomination générale d'artistes, et qui, odieuses ou risibles lors-

qu'elles se pavanent, s'exagèrent ou s'imposent, sont pleines
d'attrait et de grâce lorsqu'elles semblent s'ignorer.

Nathalie avait en outre un motif pour déployer vis-à-vis de Max
et de Fabrice ses innocentes coquetteries. Pour elle leur présence
à Aix était plus qu'une distraction ou un incident; c'était une
épreuve. Elle ne pouvait oublier ni ses émotions de la veille, ni
sa conversation avec Ulric, ni ces vagues aspirations vers une
destinée de travail et de gloire que M. de Braines avait mêlées au
délicieux réveil de sa confiance et de son amour. En songeant que
son mari allait se trouver, pendant quelques jours, en contact
avec un écrivain et un compositeur célèbres, qu'il respirerait près
d'eux cette chaude atmosphère d'art et de succès dans laquelle
ils vivaient depuis des années et qui ressemblait si peu aux
fraîches brises du *Bout-du-Monde*, Nathalie pensa qu'elle aurait
là une occasion décisive pour achever de s'éclairer sur ce qui se
passait dans l'âme d'Ulric. S'il se bornait à être aimable et poli
avec ses hôtes, à applaudir à leurs saillies, à se faire dire de la
musique par Fabrice ou des vers par Max, sans dépasser, dans
tout cela, l'empressement d'un dilettante et le savoir-vivre d'un
maître de maison, Nathalie saurait que l'état moral de M. de
Braines n'avait encore rien d'inquiétant, et qu'elle pouvait le ramener sans crainte à la campagne. S'il paraissait, au contraire,
trop vivement attiré vers les perspectives nouvelles que ces deux
pèlerins de l'art allaient ouvrir devant lui, si, en les entendant
parler de leurs projets, de leurs travaux, de leurs joies, de leurs
rêves, elle le voyait gagné par la contagion et trahissant auprès
d'eux un mouvement involontaire d'émulation, de regret ou d'envie, alors tout malentendu nouveau serait impossible. Elle saurait
ce qu'elle avait à craindre, à éviter et à faire.

Maintenant, on peut aisément se figurer l'agrément des deux ou trois premières journées que Fabrice et Max passèrent à l'hôtel de Braines. Le marquis d'Epseuil, qui s'ennuyait seul au *Bout-du-Monde* et qui ne pouvait plus vivre sans son gendre et sa fille, était venu les rejoindre le lendemain. Il apportait à la communauté les grâces de son esprit toujours jeune, ses anecdotes piquantes, son humeur facile et cette urbanité parfaite qui adoucit et émousse les inégalités du monde et les aspérités de la vie. Max et Fabrice, qui venaient de passer une année en Orient, exposés à toutes les misères de ces excursions lointaines à travers le sable, les ruines et le désert, ne mettaient pas de bornes à leur ravissement en se voyant, sous ce toit hospitalier, comblés de toutes les douceurs de ce confort de province, si solide dans sa modestie apparente, et choyés à l'envi par cet homme si distingué, par ce vieillard si spirituel, par cette femme si intelligente et si belle. Généreux et prodigues comme presque tous les artistes, ils finirent même par se faire des amis intimes de ces vieux domestiques qu'ils avaient d'abord si cruellement ébouriffés, et dont la bonhomie narquoise s'accoutuma très-vite à leurs *charges* inoffensives, assaisonnées de pièces de cent sols. Tout se réunissait donc pour qu'ils fussent à la fois charmés et charmants. On leur fit raconter leur voyage, et Max déploya dans ce récit cette verve pittoresque de Bohême et d'atelier, si amusante et si neuve pour ceux qui vivent dans d'autres milieux. Tout ce bagage intellectuel de l'artiste contemporain, tous ces pétillements d'idées et de mots étaient presque nouveaux pour Ulric, tout à fait inconnus à Nathalie, et aussi étrangers au marquis d'Epseuil qu'une variété du chinois ou de l'in-

doustan. Il en résultait les quiproquos les plus gais, les malentendus les plus drôles, les étonnements les plus plaisants,
comme entre gens d'esprit qui s'enseignent une langue. On
s'abandonnait, des deux parts, à ces impressions franches et
sympathiques, sans arrière-pensée, sans embarras, sans méfiance, Max, enchanté de l'effet qu'il produisait, Nathalie, heureuse de la gaieté de son mari, Ulric, joyeux de voir Nathalie
contente.

Après ces causeries, que l'invisible ascendant de madame de
Braines maintenait toujours dans les plus strictes limites du bon
goût, Fabrice se mettait au piano, et leur jouait la partition
inédite d'un opéra qu'il rapportait d'Orient. Puis Nathalie le
remplaçait, et, sans se faire prier, loyalement, simplement, im-
provisait des choses exquises qui jetaient l'artiste dans une véritable extase, et lui faisaient dire la phrase consacrée : « Quel
dommage, madame, que vous ayez cent mille livres de rente et
que vous soyez vicomtesse! » D'autres fois, Max leur déroulait
le plan d'une pièce qu'il comptait achever en arrivant à Paris,
leur demandait des conseils, retouchait son manuscrit sous
leurs yeux; ou bien il leur lisait des vers. Comme plusieurs
poëtes de ce temps-ci, qui ont cédé à l'entraînement de nos
nouvelles mœurs littéraires et se sont mis à travailler en vue
du succès d'argent, Max Elmer gardait pour lui et pour
des amis dignes de le comprendre, quelques pages intimes
où il revenait pieusement au culte de la Muse et de l'Idéal.
C'est là ce qu'il leur lisait de préférence, et pas une de ces
beautés délicates n'était perdue pour cet auditoire d'élite. Pendant ces lectures, madame de Braines en suivait l'effet sur le
visage d'Ulric; elle le voyait ému, agité, parfois même mélan-

colique et rêveur, comme s'il avait eu, lui aussi, envie de s'écrier : *Anch' io son pittore !* et de faire sa partie dans ce poétique concert. Chacune de ces impressions fugitives était saisie au passage par Nathalie, et, se reflétant à son tour dans ses regards, leur donnait un tel éclat, que Max, en relevant la tête, en était ébloui et troublé.

Si madame de Braines avait été moins absorbée par cet examen attentif et passionné qui concentrait sur son mari toutes les forces de son intelligence, elle eût facilement remarqué les notables différences qui existaient entre Max Elmer et Fabrice Ormont. Dans toute association, de talent ou de voyage, d'intérêt ou de sentiment, il faut que l'un des deux exerce la domination, et que l'autre la subisse. Ici, le dominateur, c'était Max. A part la musique où il excellait et ses petites vanités de compositeur et de pianiste, qui faisaient presque partie de son costume, Fabrice était ce qu'on appelle indifféremment un bon diable ou un petit génie. De nos jours, Rossini, Meyerbeer, Auber, Berlioz, ont vaincu, Dieu merci ! le préjugé défavorable qui s'attachait autrefois à l'*esprit* des musiciens et qui faisait dire de Philidor : — « Il est très-bête ; c'est tout génie ! » — Fabrice était de l'espèce des Philidor : sa bonne nature pouvait lui permettre des travers, mais point de vices. Max, au contraire, spirituel, ambitieux et souple, appartenait à cette race dangereuse d'artistes en qui germent vite l'égoïsme et l'orgueil, et qui, une fois maîtres de leur célébrité, ne laissent à la société d'autre alternative que de les traiter en idoles ou d'être traitée par eux en ennemie. Ils n'ont pas les misanthropiques amertumes d'un Jean-Jacques ; ils ne s'enfuient pas dans la solitude pour dénigrer à leur aise le monde et les hommes ;

ils ne s'enferment pas dans une mansarde, un morceau de pain
noir à la main, pour médire des heureux et des riches; ils ne
déclarent pas la guerre aux distinctions sociales; non, mais ils
voudraient les conquérir toutes; ils sont, au besoin, obséquieux
et câlins pour se faire accepter après s'être fait applaudir, pour
s'introduire après s'être illustrés, pour que le monde, après les
avoir salués de loin, les adopte de près. Les *patriciens et patriciennes*, comme ils les appellent, les salons aristocratiques, les
sommités officielles, ne leur inspirent pas ces haines sauvages
qui ont au moins le mérite de ne savoir pas feindre. Ils s'en
approchent, ils les guettent du coin de l'œil, ils les flattent du
geste et du regard, et, si la place fait mine de s'ouvrir, ils y
sont établis avant qu'on sache comment ils y sont entrés. Puis,
une fois dans cette place convoitée, malheur à ceux ou à celles
qui, par bonté ou étourderie, curiosité ou imprudence, leur auront donné droit ou prétexte de se croire leurs familiers ou de
se dire leurs amis ! Malheur à cette société, si elle s'aperçoit un
peu tard de tout ce que comportent d'inconvénients et de périls
ces compromettantes privautés ! Chaque pas qu'ils y auront fait,
chaque seuil qu'ils y auront franchi, deviendra matière à une
indiscrétion, à une confidence, à une légende, qui dédommagera
par un succès de leur vanité littéraire l'échec de leur vanité
mondaine. Max Elmer était trop jeune pour que ce caractère eût
pu se développer et se préciser en lui : mais peut-être n'atten-
dait-il qu'une occasion pour arriver à ses conséquences naturelles.
Pour le moment, il n'en était encore qu'à ressentir vivement
l'esprit et la beauté de Nathalie.

Le retour de M. et madame de Braines à Aix, après deux ans
de solitude sentimentale et champêtre, n'avait pas tardé à être

la nouvelle de toute la ville. On le sait, le monde, justement sévère contre les affections coupables qui le bravent, n'est pas toujours très-indulgent pour les bonheurs légitimes qui ont l'air de vouloir se passer de lui. Ulric d'ailleurs, nous l'avons dit, avait été, pendant les quelques mois passés à Aix avant son mariage, ouvertement recherché et secrètement désiré par plusieurs mères de famille, qui, plus tard, eurent peine à lui pardonner leur désappointement maternel et le triomphe de Nathalie. Celle-ci, enviée pour sa fortune, sa distinction, sa beauté, un peu enveloppée dans la disgrâce mondaine qui avait longtemps pesé sur son père et qu'elle subissait sans la comprendre, avait fini, à son insu, par se faire à Aix une de ces positions qu'on appelle en langage de province, *position à part*, et qui impliquent, sinon un blâme déclaré et une malveillance formelle, au moins un grain de curiosité jalouse, aisément portée au dénigrement et à l'épigramme. Ses goûts de retraite et d'étude, ses longues séances dans la bibliothèque de M. d'Epseuil, avaient été souvent commentés : on l'accusait de savoir le latin, de lire dans les gros livres, de faire les discours de son père; malices très-légères au fond, mais qui accoutumaient de plus en plus à la traiter comme une exception. Son mariage, la forme romanesque que M. de Braines avait donnée à sa demande, leur empressement à se dérober à tous les regards pour s'ensevelir dans une maison de campagne qui n'avait pas même la dignité d'un château, tout cela servait de texte à des paraphrases où *les gens qui ne font rien comme les autres* étaient discrètement immolés, au nom des convenances et du bon sens. Aussi, lorsqu'on apprit que les deux *tourtereaux* étaient revenus, chacun fut empressé de savoir ce que signifiait ce retour; s'ils rappor-

taient ce leur solitude leur bonheur intact; ou si c'était une
façon de déclarer au monde que la lune de miel était finie. Les
visites se succédèrent donc à l'hôtel de Braines, dès qu'Ulric et
Nathalie eurent entr'ouvert leur porte, et cette affluence dérangea
fort le petit groupe artistique qui venait d'y passer de si douces
heures. D'autre part, jugez quelle fut la surprise de ces nombreux visiteurs lorsqu'ils trouvèrent M. et madame de Braines
en compagnie d'un musicien et d'un poëte, qui semblaient aussi
familiers dans la maison que des amis intimes ! Quel texte
inattendu, quelle source inespérée d'exclamations, de questions,
d'observations et de commérages ! On fit parler les domestiques ;
on se communiqua, en les grossissant, les détails de l'arrivée de
Max et de Fabrice ; on prit la mesure de leurs barbes et de leurs
moustaches ; on se demanda, d'un air d'affectueux intérêt, *à
quoi pensaient* le vicomte et la vicomtesse de Braines de recruter
leurs amis parmi les artistes. *Artistes* était le mot poli : les plus
indignés disaient *saltimbanques.* — « Avez-vous vu ces deux
Messieurs ? disait ironiquement la baronne de Vandeil, une de
ces mères qui avaient un moment espéré faire d'Ulric leur gendre ; Nathalie fait de la musique avec l'un et des vers avec
l'autre. » — La phrase eut un succès fou, et fut répétée, en un
quart d'heure, dans toute la ville.

M. et madame de Braines ne pouvaient longtemps ignorer ce
qui se disait, soit à leur sujet, soit à propos de leurs hôtes. Ils
étaient fiers. Leur amour reconquis, leur bonheur retrouvé
avaient ranimé leur confiance en eux-mêmes. Doués de ces facultés brillantes et délicates qui rendent particulièrement sensible aux jouissances de l'art, artistes aussi, non pas de pro-
fession et d'habitude, mais d'organisation et d'instinct, ne

connaissant encore que par leur côté poétique et attrayant les horizons que leur révélaient Max et Fabrice, dépourvus de cette expérience qui leur eût appris qu'il y avait, en définitive, quelque chose de raisonnable et de sensé sous l'étroit rigorisme et les allures dénigrantes de ce monde de province, ils résolurent de ne pas céder à ce courant d'opinion sur lequel ils ne pouvaient se méprendre. Ils retinrent leurs hôtes qui voulaient partir; et, pour mieux protester contre un blâme qui leur paraissait injuste, pour qu'on sût bien qu'ils n'avaient rien à cacher et ne se repentaient de rien, ils se décidèrent à donner une fête, sous prétexte de faire apprécier en public le beau talent de Fabrice Ormont.

VII

Ainsi l'art parisien et l'aristocratie de province allaient se trouver en présence.

Nathalie, voyant que l'amour-propre de son mari était en jeu, voulut que sa fête fût belle. Elle comprit qu'une nuit de mai, en Provence, lui offrait des ressources que n'avaient pas les nuits d'hiver à Paris, et elle eut assez de goût pour en profiter. Nous avons dit que l'hôtel de Braines et l'hôtel d'Epseuil étaient mitoyens. Elle fit démolir le mur qui séparait les deux jardins, et construire une galerie qui les traversa dans toute leur largeur en communiquant d'un hôtel à l'autre. De distance en distance, cette longue galerie s'ouvrait sur les massifs, dont les arbustes

en fleurs lui envoyaient leurs parfums; les invités n'avaient que
quelques marches à franchir pour échapper à la chaleur et à la
foule, et respirer le grand air, avec un tapis de gazon sous leurs
pieds, une pièce d'eau devant leurs yeux, et un ciel étoilé sur
leurs têtes. Aux troncs séculaires des marronniers et des syco-
mores on avait suspendu des milliers de verres de couleur dont
les lumières teignaient de reflets bleus, jaunes et roses les vagues silhouettes d'arbres et de plantes, estompées dans le lointain et dans l'ombre. Un excellent orchestre, venu de Marseille, et grossi de la musique du régiment, avait été dédoublé
comme dans le finale de *Don Juan*. Les cuivres et les instruments à vent, cachés au fond du jardin, derrière une épaisse
charmille, faisaient entendre, de temps à autre, des symphonies
guerrières dont les notes sonores ou voilées ressemblaient à la
voix nocturne de cette nature embaumée. Les instruments à
cordes, groupés autour du piano dans le grand salon de l'hôtel
de Braines, préludaient par de gais quadrilles au concert dont
Fabrice Ormont devait être le héros. C'est dans ce salon que
Nathalie avait réuni les femmes, les jeunes filles, les jeunes
gens, toute la partie active et militante de la soirée. Dans les
appartements de l'hôtel d'Epseuil, plus tranquilles et plus discrètement éclairés, le marquis avait convoqué les causeurs, les
hommes âgés, les douairières, les joueurs de whist : la galerie
du jardin servait de trait d'union à ces deux mondes séparés par
leurs goûts et par leurs âges, de façon à ce que chacun, en prenant dans la fête la part qui lui convenait le mieux, pût profiter
de tout le reste. Nathalie n'avait pas voulu qu'on touchât à une
seule fleur des deux jardins; mais cette heureuse saison en est
si prodigue dans ce climat aimé du soleil, qu'il lui avait été fa-

cile d'en faire venir du dehors de quoi festonner tous les rideaux, garnir toutes les consoles, joncher tous les escaliers et
transformer chaque appartement en parterre ou en corbeille.

Tout alla bien d'abord : il y a dans l'influence qu'exerce autour
d'elle une femme supérieure, quelque chose de si irrésistible,
que les invités les plus revêches, les moins bienveillants, la res-
sentirent et la subirent à leur insu. De leur côté, Max et Fabrice,
sans que Nathalie eût eu besoin de le leur dire, avaient compris
qu'ils devaient s'observer beaucoup devant cette société où ils
rencontreraient probablement bien des regards dédaigneux et
quelques regards hostiles. Aussi, ce soir-là, les dernières traces
des façons et des coutumes excentriques du premier jour avaient
complétement disparu ; de classiques habits noirs, d'irréprocha-
bles cravates blanches, d'immaculés gants jaunes auraient pu,
au premier coup d'œil, faire prendre nos artistes pour des sous-
préfets en grande tenue ou de jeunes substituts en quête d'une
dot. L'ascendant de Max sur le bon Fabrice avait décidé ces ré-
formes qui devaient avoir, il en était sûr, l'approbation de madame de Braines. Le premier effet fut donc excellent : et puis
la fête était si ravissante ! l'orchestre si parfait ! les rafraîchisse-
ments si exquis ! les buffets si appétissants ! Le ciel même, par
sa pureté, semblait si bien d'accord avec toutes ces harmonies
mondaines ! Il eût fallu être en garde contre ses plaisirs pour ne
pas se sentir content ! La baronne de Vandeil, cette mère dont
l'humeur était aigrie par quatre filles majeures d'un débit difficile, essaya bien de s'écrier : « C'est charmant ! on voit qu'une
femme *artiste* a passé par là ! » — Cet éloge épigrammatique
se perdit dans la satisfaction générale.

A onze heures, au moment où la réunion était au complet, il

se fit un grand silence, et Fabrice Ormont se plaça au piano.
Nathalie se tint debout, à quelques pas de lui, se disposant à
conjurer, d'un geste ou d'un regard suppliants, ces derniers
chuchotements qui troublent les virtuoses et font le supplice des
maîtresses de maison. Madame de Braines jouissait d'avance du
succès qu'allait obtenir Fabrice. Malgré toutes ses perfections,
elle ressentait un certain orgueil de la beauté et du succès de sa
fête, pensant qu'Ulric lui en saurait gré. Dans cette attitude
simple et fière, son front haut et pâle se dessinant sous les ban-
deaux de ses cheveux noirs, son corsage à demi soulevé par la
douce émotion qui animait ses yeux et son teint, son bras sculp-
tural étendu vers le piano comme pour donner le signal à ces
touches mélodieuses, Nathalie était si belle, qu'un premier murmure d'admiration s'éleva de toutes parts : — « C'est Corinne
au cap Misène ! » grommela la baronne de Vandeil. Pendant ce
temps, Nathalie ne s'apercevait pas que Max Elmer, immobile
dans l'embrasure d'une porte, fixait sur elle d'ardents regards,
et que peut-être quelques-uns de ces regards étaient inter-
ceptés au passage.

Fabrice joua d'abord un morceau de sa composition, et fut
chaleureusement applaudi. Après le morceau, quelques voix s'é-
levèrent, — Dieu sait à quelle intention ! — pour prier madame
de Braines de se faire entendre, et Fabrice joignit ses instances
à celles du salon. Elle regarda Ulric, et lut dans ses yeux son
consentement. Elle pensait d'ailleurs que, jouant après un artiste aussi habile, nul ne pourrait l'accuser de viser pour son
compte aux applaudissements, et qu'on ne verrait là que l'intention gracieuse de maintenir dans cette soirée ces conditions d'égalité parfaite auxquelles ses deux hôtes parais-

saient attacher tant de prix. Elle remplaça donc Fabrice au piano, et si quelqu'un des assistants s'était secrètement flatté que l'exécution éblouissante et l'écrasant voisinage d'un musicien célèbre préparaient à Nathalie un *fiasco* de bonne compagnie, nous devons dire que son attente fut complétement trompée. Madame de Braines avait trop de tact et de goût pour vouloir lutter, même de loin, avec les prodigieuses fusées musicales qu'avait lancées le clavier sous les doigts agiles de Fabrice. Elle choisit un thème très-simple, d'un sentiment doux et tendre, et le rendit avec de telles nuances, de telles délicatesses d'expression, que son succès fut égal à celui de l'artiste sans pouvoir lui porter ombrage. Celui-ci se piqua d'honneur, et, électrisé par cette rivalité charmante, mit à son tour, dans son jeu, une âme, un accent large et pathétique qu'il ne rencontrait pas toujours, et qui, cette fois, débordant à travers les merveilles du doigté, en rendit l'effet irrésistible. Cette harmonieuse joute, qui fit taire un moment les petites passions blotties çà et là aux angles de ce salon, se termina par le duo de *Guillaume Tell*, joué à quatre mains : Fabrice et Nathalie s'y surpassèrent, et il y eut quelques minutes d'un véritable enthousiasme.

Ulric sentait la musique avec d'autant plus de vivacité et de profondeur qu'il ne la savait pas, et que, grâce à cette ignorance qu'il avait souvent maudite, elle possédait pour lui les lointains de l'idéal et de l'infini. Nul n'avait savouré plus délicieusement que lui cette lutte de deux talents dont l'un le touchait de si près. Jamais il n'avait écouté Nathalie avec plus d'ivresse : jamais elle ne lui avait paru si belle; jamais il ne l'avait tant aimée. Pour retrouver un peu de calme ou peut-être pour prolonger cette sensation enchanteresse, il sortit du salon au milieu

de la dernière explosion de bravos, descendit l'escalier, traversa
la galerie et gagna le jardin. Il aspira à pleins poumons cet
air frais et pur qui lui arrivait avec tous les aromes de la nuit,
puis se dirigea vers un banc à demi caché dans un des massifs,
pour s'y reposer et s'y recueillir un instant. En s'approchant, il
vit, à la clarté des étoiles, que le banc était occupé : deux hommes
âgés y étaient assis. Ulric les reconnut à leur voix grave et pénétrante : c'étaient le chevalier de Trémon et le comte d'Érouville,
deux anciens amis de son père. M. de Braines les entendit prononcer son nom ; involontairement il écouta :

— Eh bien ! d'Érouville, disait le chevalier, que penses-tu de
cette fête ?

— Ma foi ! je serais bien difficile si je ne m'en déclarais ravi.
La fête est superbe, et la vicomtesse adorable !

— Oui, d'accord : on n'a pas plus de grâce et de distinction
que madame de Braines, plus d'amabilité que son mari et son
père ; tout ceci est arrangé à merveille, et je la comparerais à
une fée, si cette comparaison n'était encore plus vieille que moi.
Mais, d'Érouville, si notre cher et vénéré général de Braines
revenait au monde, crois-tu qu'il approuverait ce qui se passe
chez lui ce soir ? Son fils faisant sa société intime de deux
hommes venus on ne sait d'où, qui ont, pour toute position
sociale, l'un de taper sur un clavecin, l'autre d'extravaguer en
prose et en vers ! sa belle-fille partageant avec ces messieurs les
applaudissements du public, et ayant l'air de les traiter comme
ses égaux ! Ulric est un excellent garçon, plein de cœur et d'esprit ; mais en ceci il n'a pas le sens commun, et je souhaite qu'il
n'ait pas à s'en repentir. La vie de Paris lui a rempli la tête de
billevesées, et ce n'est pas la belle et savante Nathalie qui l'en

corrigera. Que diable ! lorsqu'on est riche et qu'on aime la musique, s'il prend envie de donner un concert, rien de mieux : on fait venir des artistes pour deux ou trois heures; ils jouent de leurs instruments ou chantent leurs airs ; après quoi, on les paye, et tout est dit. Chacun est resté à sa place, et les choses n'en vont pas plus mal. Ah ! d'Érouville ! d'Érouville ! nous vivons dans un singulier temps ! Tous les esprits sont à l'envers, et l'on s'étonne, après cela, qu'il y ait des révolutions !

— Bah ! répondit le comte, tu vois tout en noir parce que tu viens de perdre trente fiches ; moi, je ne suis pas si pessimiste. Nous avons une soirée délicieuse, et comme il n'y en a pas eu, à Aix, depuis le passage de monseigneur le comte d'Artois. Nous venons d'entendre de l'excellente musique ; le souper fait mine d'être à l'avenant ; les glaces sont divines ; ce diable d'Epseuil a plus d'esprit que jamais : qu'y a-t-il donc là de si tragique ? Ulric a été au collége avec un de ces olibrius : il le traite familièrement et sans conséquence, ce qui, après tout, vaut mieux que d'être rogue et hautain. Sa femme a un talent admirable ; on la prie de jouer, elle cède : voudrais-tu donc qu'elle s'enfermât sous clef, pour faire de la musique à huis clos ? Demain ou après-demain, ces messieurs partiront ; Ulric n'en entendra plus parler, et il ne restera de tout ceci que le souvenir de quelques heures charmantes, qui, en dépit de mes septante-six ans, m'ont réchauffé et ragaillardi.

— Moi aussi ! reprit le chevalier d'un ton d'affectueuse tristesse ; mais ce que j'en dis, c'est par intérêt pour Ulric que j'ai vu naître et que j'aime comme mon enfant. Je crains pour lui les mauvaises langues ; les pies-grièches, comme cette baronne de Vandeil par exemple, qui enrage de ne pouvoir marier ses filles, et qui ne pardonnera jamais à madame de Braines sa beauté, ses succès et son mariage. Celles-là, je le parierais, ne tarissent pas sur l'originalité de cette fête, sur ces airs de féerie, sur la présence de ces artistes, leur intimité avec les maîtres de la maison, la joute musicale de Nathalie avec ce Fabrice... Que sais-je ? de l'humeur dont je les connais, il n'en faut pas tant pour défrayer trois mois de commérages et pour cacher sous chacune de leurs exclamations admiratives une bonne petite méchanceté !—Vois-tu, d'Erouville, je suis vieux, je connais à fond notre bonne et honnête vie de province : pour y être heureux et tranquille, il ne faut pas sortir des sentiers battus, dépasser le cadre ordinaire, heurter les idées reçues ! Quand on se sent ces dispositions-là, ce qu'on a de mieux à faire, c'est de déplier ses ailes et d'aller à Paris. Là, j'en suis sûr, Ulric trouverait des ducs qui fréquentent des poëtes, et Nathalie des marquises qui fraternisent avec des pianistes... Mais rentrons : voici l'heure du souper qui approche, et toutes mes doléances ne m'empêcheront pas d'y faire honneur.

Les deux vieillards se levèrent, et reprirent le chemin de l'hôtel. Un instant après, Ulric était assis sur le banc qu'ils venaient de quitter, et à son ivresse de tout à l'heure succédaient des réflexions plus sérieuses.

Être blâmé par le chevalier de Trémon lui donnait beaucoup à penser, car le chevalier, entouré à Aix d'une considération méritée, y était accepté comme un oracle : Ulric savait en outre que nul n'avait été plus avant dans l'amitié du général de Braines. C'était donc, pour ainsi dire, un écho de la voix de son père qu'il venait d'entendre : et pourtant, qu'y avait-il de répréhensible dans sa conduite, dans celle de sa femme ? qu'y avait-il de mal à s'abandonner aux jouissances de l'imagination et de l'art ? Les ressentir vivement, accueillir en amis ceux qui les donnent ou les partagent, était-ce donc ternir son écusson ? Quoi ! ce livre nous fait pleurer, cette mélodie nous fait battre le cœur, et l'auteur de cette mélodie ou de ce livre, il faudrait le repousser comme un paria ou l'humilier comme un baladin ! Était-ce donc là décidément l'opinion de la société de province ? Et que valait-il mieux ? s'y soumettre, la braver, ou la fuir ? « Paris ! » avait dit le chevalier de Trémon. Oui, Paris peut-être concilierait tout ! A Paris, les horizons s'agrandissent, les idées s'élèvent ; des organisations comme la sienne, comme celle de Nathalie, peuvent y satisfaire leurs goûts, y trouver leur emploi, y recueillir le succès et l'hommage sans avoir à craindre des épigrammes comme celles de la baronne ou des sermons comme ceux du chevalier ! Une fois sur cette pente, les pensées d'Ulric firent beaucoup de chemin en quelques minutes : n'ayant plus affaire à des commérages de vieille femme, qu'il s'était promis de dédaigner, mais à l'avis raisonné et raisonnable d'un ami de son père, Ulric était, pour la première fois, frappé de ce côté étroit et rigoureux de la vie de province, qui jusqu'alors lui avait échappé : par une réaction naturelle, Paris, qu'il ne connaissait et ne jugeait d'abord que par la vie futile qu'il y avait menée, lui apparut comme un asile offert aux imaginations brillantes, désireuses d'accorder les supériorités intellectuelles avec les supériorités sociales.

M. de Braines, craignant qu'une plus longue absence ne fût remarquée, interrompit sa rêverie pour retourner à la fête. Quand il rentra dans le grand salon, il venait d'être décidé, à la demande générale des jeunes femmes et des jeunes filles, qu'on danserait avant le souper. On était en train d'organiser les qua-

drilles, et déjà les danseuses commençaient à inscrire sur leurs
élégants calepins de nacre, des colonnes de noms inquiétantes
pour les derniers venus. Notre conscience d'historien nous force
à ajouter qu'au milieu de cet empressement traditionnel, les
quatre grandes filles de la baronne de Vandeil, alignées sur une
banquette, étaient un peu négligées.

Pendant ces préparatifs, Max Elmer s'était approché de Nathalie, et après quelques mots échangés, il lui avait dit, avec un
sourire qui semblait cacher de sourds orages et une blessure toujours prête à se rouvrir :

— Je vais savoir, madame la vicomtesse, si décidément vos
invités me regardent comme un homme ou comme une bête curieuse.

— Que voulez-vous dire, monsieur? murmura Nathalie qui
d'abord ne s'expliqua pas le sens de ces paroles.

Sans lui répondre, Max fit quelques pas du côté du groupe où
se trouvaient la baronne et ses filles. Soit hasard, soit que l'imagination occupée de madame de Braines, il crût sentimental et
de bon goût de n'inviter, en sa présence, que des danseuses laides,
il s'avança vers Mélanie, l'aînée des quatre sœurs, et s'inclinant
devant elle, murmura fort convenablement la formule obligée.

Mélanie allait accepter, lorsque sa mère intervint :

— Monsieur, dit-elle d'un ton sec, ma fille est un peu souffrante ce soir; elle ne dansera pas.

La pauvre Mélanie, dont les couleurs écarlates protestaient
contre cette prohibition médicale, rajusta tristement son écharpe,
pinça les lèvres, baissa les yeux et ne souffla mot.

Madame de Braines n'avait rien perdu de cette petite scène.
Prompte comme l'éclair, avant que Max eût pu calculer la portée

de ce refus, avant que personne, dans le salon, eût eu le temps
de le remarquer, elle courut à lui et lui dit en riant :

— On n'a donc pas tort, monsieur Elmer, d'accuser les poëtes
de distraction ? Vous avez oublié que vous m'aviez engagée pour
cette première contredanse ?

Et elle lui tendit la main.

Max Elmer la regarda avec une expression où elle ne vit que
le remerciement d'un homme placé dans une situation fausse et
tiré de ce mauvais pas par un secours inespéré. Le quadrille
commença.

Naturellement, Nathalie, pour faire oublier au poëte ce léger
affront, redoubla envers lui d'empressement et de prévenances.
Max avait trop d'esprit pour exhaler son ressentiment en plaintes
déclamatoires. Il se contenta de montrer d'un geste à madame de
Braines, Mélanie de Vandeil qui avait enfin accroché un de ces
danseurs adolescents prédestinés aux corvées, et qui figurait à
l'autre bout du salon.

— Il paraît, dit-il froidement, que les indispositions de cette
demoiselle ont le mérite de ne pas durer longtemps.

— Monsieur, lui répondit tout bas Nathalie avec une gaieté
affectueuse, ce n'est pas vous que madame de Vandeil a voulu
offenser, c'est moi seule. J'ai le malheur de la compter parmi mes
ennemies intimes. Il paraît qu'elle avait un moment espéré que
M. de Braines épouserait sa fille, et vous savez tout ce que, dans
nos petites villes, ces rivalités comportent de ressentiments et
d'antipathies !...

— Vous, madame, rivale de cette espèce de pivoine montée
sur tige ! La beauté, la bonté, la grâce, la supériorité de l'esprit
et du talent, rivales de cette taille épaisse, de ces coudes angu-

leux, de ces yeux de carlin et de ces joues enluminées ! La sainte
Cécile de Raphaël rivale d'une caricature de Daumier! Qu'avait
donc fait Ulric à cette aimable baronne pour qu'elle lui réservât
un pareil cadeau ?

Puis Max reprit d'un ton sérieux, mais en tempérant par une
nuance de respect ce que ces paroles auraient eu de trop ex-
pressif :

— Je voudrais pouvoir vous croire, madame, ou plutôt je vous
crois. Il y aurait quelque chose de si doux à être de moitié avec
vous dans une offense reçue, que l'idée seule de ce partage me
ferait tressaillir de joie et d'orgueil ! Oui, je voudrais que ce salon tout entier m'écrasât de ses dédains ; je voudrais que tous ceux
qui nous entourent me traitassent en aventurier, en ilote, en bohême, en histrion, indigne d'être pour les gens comme il faut
autre chose que la curiosité d'un moment, l'amusement d'une
heure ; je voudrais cela, madame, et une parole de vous pour me
consoler !... Ah ! je vous bénirais ; mais il me resterait encore
un sujet d'étonnement et de regret...

— Et lequel ? murmura Nathalie, un peu embarrassée du tour
que prenait l'entretien.

— C'est que vous et Ulric restiez ici, ici où personne ne peut
vous comprendre, où vous aurez sans cesse à vous défendre
contre la méchanceté, la routine et l'envie ; que vous ne veniez
pas là où vous seriez reine, là où sa supériorité et la vôtre se
déploieraient dans tout leur éclat, là où, au lieu de Béotiens qui
vous jalousent, vous contrôlent et vous dénigrent, vous auriez
des Athéniens pour vous fêter et vous aimer !

Le quadrille finissait, et la conversation en resta là ; la fête
s'acheva sans autre incident ; le souper fut magnifique, et

chacun, en se retirant, adressa à M. et madame de Braines des félicitations plus ou moins sincères, mais parfaitement méritées.

Lorsqu'il n'y eut plus dans le salon qu'Ulric, Nathalie et leurs deux hôtes, Max Elmer dit à Ulric, en lui pressant la main :

— Mon ami, ta fête a été splendide, et je t'en remercie. Mais pour résumer l'impression définitive qu'elle me laisse, permets-moi de te dire avec Triboulet :

Toi seul as de l'esprit parmi ces gentilshommes !

VIII

Ainsi tout s'accordait pour appeler à Paris M. et madame de Braines : l'imagination, par la voix de Max Elmer; la sagesse, par la voix du chevalier de Trémon; leurs propres réflexions, à mesure qu'ils étaient plus frappés du contraste de l'opinion, de la vie et de la société de province avec leurs penchants et leurs goûts.

Le départ de Max et de Fabrice avait été fixé au surlendemain de la fête donnée à l'hôtel de Braines. Dans la matinée du jour où ils devaient partir, quiconque aurait vu Max, dans sa chambre, se promenant à grands pas, murmurant à demi-voix quelques paroles entrecoupées, entr'ouvrant sa fenêtre comme pour rafraîchir l'ardeur de son front à la brise du matin, jetant un regard furtif sur une autre croisée de la façade, dont les rideaux étaient encore fermés, puis reprenant sa promenade et son monologue, — celui-là aurait pensé que Max composait un drame ou un roman, ou bien qu'il était amoureux.

Il y avait un peu de tout cela dans le sentiment confus qui l'agitait en ce moment. Nathalie avait fait sur lui une vive impression; mais lui-même n'aurait peut-être pas su dire si cette impression était de l'amour, ou si ce n'était que la vibration soudaine d'une âme de poëte devant une figure assez grande et assez belle pour prendre place dans l'idéale galerie des Laure et des Béatrix. Max n'était encore ni blasé, ni corrompu : seulement il possédait, au plus haut degré, cette faculté de l'artiste de tous les temps, et surtout de l'artiste contemporain, qui, à force de mettre en regard, dans son imagination et dans sa vie, les émotions vraies et les émotions factices, celles qu'il éprouve lui-même et celles qu'il décrit au public, à force de les attiser, de les commenter, de les compléter les unes par les autres, finit par les confondre si bien, que ni le public, ni lui, ne peuvent plus les distinguer. Cicéron se consolant de la mort de sa fille en songeant aux belles phrases qu'il allait écrire sur ce malheur, Talma passant devant une glace dans un transport de jalousie furieuse et s'arrêtant tout à coup pour fixer dans sa mémoire cette personnification d'Othello qu'il avait vainement cherchée, seront éternellement les types de ces natures étranges en qui le don de sentir et de souffrir semble à la fois s'agrandir et se soulager en s'exprimant. S'il y a là un puissant auxiliaire ou peut-être même une condition essentielle du talent, si cette perpétuelle alliance du *dedans* et du *dehors* de chaque sentiment fait passer dans les œuvres d'art un souffle de vérité et de vie, elle a aussi ses inconvénients et ses périls. Elle accoutume l'artiste à jouer avec ses amours et ses joies, ses attachements et ses douleurs, comme avec des instruments toujours prêts à vibrer sous sa main. Elle ôte aux affections de son âme, légitimes ou passagères, ce je ne sais quoi de mystérieux et de sacré qui est l'excuse des unes, l'honneur des autres, le charme et la sécurité de toutes. Elle finit par lui faire croire que tout ce qui entre dans le cercle de son existence, dans le rayon de son génie, doit immédiatement participer à ce que ce génie et cette existence ont de retentissant et de sonore. Comme toutes ces délicatesses qu'il oublie ou qu'il froisse ressemblent à ces étoffes précieuses et impalpables que la moindre déchirure fait tomber en lambeaux, comme il en est de ce qui se cache dans l'ombre du foyer ou dans les replis de la conscience, comme de ces secrets qu'on divulgue à tous dès qu'on les a laissé surprendre par quelqu'un, il vient un moment où l'artiste dont je parle n'est plus un homme, mais un rôle, où son cœur n'est plus un sanctuaire, mais un théâtre.

Ce n'est pas tout : dans ce sentiment confus que madame de Braines inspirait à Max Elmer, un observateur pénétrant et sévère eût aisément découvert un autre alliage. Pour lui, Nathalie n'était pas seulement une femme d'un esprit supérieur et d'une poétique beauté : avant tout, elle était une *grande dame !* mot magique pour cette classe d'artistes et de poëtes à laquelle Max se rattachait; qualification remplie de secrètes amorces, qui, dans ces âmes curieuses et avides, caresse toutes les fibres de la vanité et devient pour elles synonyme d'auréole romanesque, de succès mondains, d'avénement définitif sur ces cimes sociales où ils cherchent la consécration suprême de leur

gloire et de leur talent! La société, comme le cœur humain, vit
de contrastes non moins que d'analogies. Le poëte, l'auteur
dramatique, enfant gâté de ces zones torrides où fleurissent les
célébrités féminines du théâtre et du boudoir, rêve la femme du
monde, de même que l'homme du monde, retenu par le réseau
des convenances sociales, ennuyé d'air pur et d'horizons régu-
liers, aspire parfois à descendre vers ces amours éclatantes et faciles qui rompent violemment la monotonie de ses relations et
de ses plaisirs. Cet idéal longtemps caressé par Max au milieu
des engagements passagers de sa vie littéraire, cette chimère
qu'invoquaient avec une ardeur égale sa curiosité, son ambition
et son orgueil, Nathalie la réalisait dans toute sa plénitude, et
avec un ensemble de séductions qu'il n'aurait pas cru possible
avant de l'avoir rencontrée. Plus spirituelle et plus belle que
toutes ces femmes qui ne vivent que par la beauté et l'esprit,
portant un grand nom, possédant une grande fortune, mariée à
un homme qui serait célèbre quand il le voudrait, ayant vécu
jusque-là dans ces sphères immaculées au seuil desquelles s'ar-
rêtent les imaginations les plus hardies, que madame de Braines
vînt à Paris, qu'elle y eût un salon, que Max fût l'*étoile* de ce
salon : à quelle suprématie mondaine, à quelle jouissance d'a-
mour-propre, à quelle souveraineté parisienne n'aurait pas
droit de prétendre l'homme qu'elle aurait distingué?

Max Elmer en était là de ses rêveries, où — chose moins rare
qu'on ne croit chez les esprits de cette trempe! — le positif se
mêlait au poétique, lorsqu'Ulric entra dans sa chambre. Il y a
toujours quelque chose d'un peu embarrassant dans la brusque
arrivée d'un ami, au moment même où l'on médite un plan qui
lui réserve un rôle sacrifié. Aussi Max ne put-il s'empêcher

de rougir; mais Ulric n'eut garde de s'en apercevoir; il était lui-même assez embarrassé de quelques rouleaux de papier qu'il tenait sous son bras.

— Max, dit-il en riant, tu as cru que mon hospitalité ressemblait à celle de la *Dame blanche;* détrompe-toi : je ne la donne pas, je la vends, et voici la carte à payer, ajouta-t-il en déroulant les papiers qu'il apportait.

— Elle est volumineuse, répliqua Max sur le même ton.

— Effrayante ! et tu seras bien plus épouvanté quand tu sauras de quoi il est question. Max, tu t'imagines peut-être n'avoir devant tes yeux qu'un vicomte : erreur ! tu as devant toi un confrère, et de la pire espèce : un confrère-*amateur.*

— Vrai! je l'aurais parié ! s'écria Max d'un air de triomphe. Que diable, mon cher ami ! tu nous faisais voir, au collége, de quoi tu serais capable un jour. Tu as bien pu, par position et par caprice, vivre à Paris avec des sportsmen et des jockeys, comme tu voulais vivre ici, par position et par vertu, avec des douairières et des chevaliers de Malte : mais ton cœur n'est pas là, comme dit Lamartine. Il faut que chacun obéisse à sa destinée : la tienne est d'écouter et de suivre ces voix mystérieuses qui font les rêveurs et les poëtes !

— Trêve de compliments, mon cher Max, ou tu vas me forcer de battre en retraite avec armes et bagage. Voici le fait dans toute sa simplicité : Il est très-vrai qu'au sortir de Sainte-Barbe, le front encore chaud de mes couronnes universitaires, je me laissai gagner par la contagion du moment. Tu le sais, c'était l'époque où le chemin qui menait de la Sorbonne chez Eugène Renduel était pavé de lauréats de concours, qui se traitaient réciproquement de lord Byron et de Dante. Je n'étais ni Dante, ni

Byron, et pourtant je fis comme les autres; j'écrivis des fragments de poëmes, des ébauches de romans, des esquisses de drames. Il y a de cela dix ans, et je croyais bien sincèrement avoir tout brûlé; mais il en est des flammes vengeresses qui consument les manuscrits, comme de ces feux de Bengale qui terminent les pièces du boulevard : on en réchappe toujours, et le château brûlé la veille n'en est que plus frais le lendemain. Ç'a été le sort de mes chefs-d'œuvre. Ces jours-ci, remis en humeur de littérature par ta présence et nos causeries, j'ai fouillé dans mes vieux tiroirs; j'ai secoué la poussière décennale qui couvrait ces pages jaunies, et j'ai essayé de me relire comme j'aurais lu un étranger : nul n'est bon juge dans sa propre cause; pouvais-je d'ailleurs me défendre contre le charme mélancolique de mes jeunes années que je retrouvais au fond de ces pauvres cahiers, premiers confidents de mes enthousiasmes et de mes songes d'autrefois? A travers ces feuilles plus mortes et plus desséchées que la dépouille de nos futaies sous le vent d'automne, pouvais-je méconnaître les fraîches mélodies de mon printemps qui se réveillaient pour m'appeler? Tu vois, Max, que je manquais des deux qualités essentielles du juge : le sang-froid et l'impartialité. Je viens donc te prier de me suppléer; je te lirai quelques-unes de ces pages : tu me diras, non pas si c'est bon, — je sais que c'est mauvais, vieilli, informe, — mais *s'il y a quelque chose là-dedans*. Nous voilà en plein premier acte du *Misanthrope* : sois Alceste : je tâcherai de ne pas être Oronte. Je te demande la vérité comme nous nous la disions au collége; toute la vérité, rien que la vérité!

— Je t'écoute, dit Max en se recueillant.

Ulric commença sa lecture, d'une voix d'abord un peu trem-

blante, mais qui finit par se rassurer. Son choix tomba sur un
poëme imité d'Alfred de Musset qui, moins populaire alors auprès
du public, n'en était que plus admiré par les esprits finement et
délicatement poétiques. Cet essai reflétait les libres allures du
maître ; il était dépourvu de plan et de méthode, mais il y avait
çà et là, dans ces pages juvéniles, de chaudes bouffées d'une
verve généreuse et sincère qui rappelaient, sans trop de dés-
avantage, la muse à la fois passionnée et cavalière de *Rolla* et
de *Namouna*. M. de Braines n'était pas encore au quarantième
vers, que Max, d'un mouvement irrésistible, le souleva sur sa
chaise, le saisit par le bras et l'entraînant bon gré mal gré dans
le salon, où les attendait Nathalie :

-— Madame la vicomtesse ! s'écria-t-il avec un accent de con-
viction profonde, je vous dénonce un grand poëte !

Il fallut qu'Ulric, confus et charmé, acceptât ce surcroît
d'auditoire et continuât sa lecture devant sa femme. Madame
de Braines éprouvait une sensation nouvelle de bonheur en entendant cette voix si chère réciter une poésie qui, sans être ir-
réprochable, avait au moins le mérite de n'être pas vulgaire, et
dont les ardeurs matinales lui semblaient parfois recéler son
nom. Elle en était heureuse plutôt que surprise, car, depuis
quelques jours, l'idée qu'elle avait de la riche imagination de
M. de Braines s'était encore agrandie. Chaque matin, elle re-
lisait ce journal d'Ulric, qu'elle avait rapporté du *Bout-du-Monde*,
en le cachant sur son cœur, comme le garant et le gage de ses
joies retrouvées. Elle n'avait été frappée d'abord que du sentiment qui s'exhalait de ces pages et des secrets qu'elles lui
révélaient. Mais à force de les relire, et lorsqu'elles n'eurent
plus rien à lui apprendre, Nathalie avait fini par les considérer

16*

sous un nouvel aspect : dans ces épanchements familiers d'une
âme troublée, elle avait remarqué une beauté de forme, une
élévation de style qui, sans exclure le naturel, les faisait ressembler à des chapitres de roman intime, écrits en dehors de
toute préoccupation littéraire, par une plume bien douée. Cette
qualité si peu cherchée, et qui, pour elle, n'ajoutait rien au
mérite de ce précieux journal, lui revenait en mémoire pendant
qu'elle écoutait Ulric déclamant sans emphase, mais avec un
sentiment profond, ses strophes harmonieuses et colorées. Lorsqu'il eut fini, les félicitations de Nathalie furent aussi vives que
celles de Max ; M. de Braines comprit que son succès était réel,
et il n'y fut pas insensible.

Il y eut un moment de silence ; puis, Max Elmer reprit de ce
ton impérieux et brusque qui ne messied pas à la louange :

— Maintenant, Ulric, laisse-moi te parler avec toute la ru-
desse de l'amitié ; tu m'as demandé la vérité tout à l'heure ; je
vais te la dire : Lorsque l'on a écrit, à vingt ans, de pareilles
choses et que l'on n'en a pas encore trente, on n'a pas le droit
d'enfouir les dons que l'on a reçus du ciel : on en doit compte
à son pays, à son temps, à soi-même : et je te le dis sans dé-
tour, au risque de te déplaire, si tu restes ici, dans ce milieu
fort respectable d'ailleurs, mais où rien ne t'inspire ni ne t'en-
courage, où tout émousse et endort l'imagination, où ton talent,
si on le connaissait, serait regardé comme un luxe inutile, un
danger, un malheur, — Ulric, c'en est fait, cette corde brillante qui vibre encore en toi commencera par se taire et finira par
se rompre ; cette faculté merveilleuse que tu viens de nous ré-
véler, commencera par s'assoupir et finira par s'éteindre. Veux-
tu, au contraire, que cette corde résonne, que cette faculté se

ravive, que tout ce qui dort ou languit en toi se réveille comme un essaim d'abeilles dans un rayon du matin? prononçons ensemble les syllabes magiques : Paris!..

— Paris! dit M. de Braines dont le regard s'animait de plus en plus. Paris! voilà le mot que tout murmure, depuis quelques jours, à mon cœur et à mon oreille, en moi et autour de moi!

— Viens-y, Ulric! c'est là ta patrie, ta place, poursuivit Max Elmer. Viens-y, et, avant trois ans, une auréole nouvelle rayonnera autour de ton nom; avant trois ans, tu auras grossi le nombre des vicomtes illustrés par les lettres; et il me semble, ajouta-t-il en montrant un volume des *Martyrs* qui se trouvait par hasard sur la table, que ce titre ne porte pas malheur dans la littérature de notre siècle!

— Mais, mon ami!... voyons, tu ne te fâcheras pas de ce que je vais te dire? Tu sais que nous nous disons tout, comme au collége... N'y a-t-il pas, dans les mœurs littéraires de ce temps-ci...

— Je te devine et je t'arrête, interrompit vivement Max Elmer : un homme comme il faut, — c'est bien cela, n'est-ce pas? — peut craindre de se compromettre et de déroger en devenant notre confrère, en embrassant notre métier, en demandant à sa plume une gloire que ses ancêtres demandaient à leur épée, en mettant son nom en tête d'un livre ou au bas d'un journal... Et puis, il y a des écrivains qui avilissent et dégradent en leur personne la dignité des lettres, qui se font bateleurs et acrobates, qui trafiquent de leur art comme les vendeurs du temple, ou en jouent comme l'escamoteur du carrefour! Voilà toute ta pensée, Ulric, et si tu es trop poli pour la dire, je suis trop franc pour la déguiser : maintenant, voyons!.. il y a eu, il

y a encore des avocats sans conscience, des médecins charla-
tans, des généraux pillards, des ministres prévaricateurs, des
banquiers fripons... En honores-tu moins Berryer, Chomel,
Changarnier, Falloux, Odier?...

— Assurément non! s'écria M. de Braines.

— J'en appelle, non pas à ta partialité d'auteur en expecta-
tive, mais à ta justice d'honnête homme, à ton discernement
d'homme d'esprit : l'exercice de la pensée, l'art de revêtir d'un
langage persuasif et sympathique des idées justes, brillantes,
utiles, n'est-il pas, après tout, dans notre pacifique époque, un
des plus nobles emplois de l'intelligence, un des plus honorables moyens d'occuper sa vie? Crois-tu que le jeune homme
d'un grand nom qui s'immobilise dans les cercles et dans les
cafés, crois-tu que le dandy armorié qui donne sa matinée aux
maquignons et sa nuit au lansquenet, crois-tu que le père de
famille qui vend ses terres pour jouer à la Bourse ou se lancer
dans des spéculations douteuses, soient plus fidèles à leur nobiliaire, plus soigneux de leur écusson que celui qui, s'efforçant
de mettre sous son titre autre chose qu'un privilége d'oisiveté,
persuadé que le travail consacre tout et que le désœuvrement
n'ennoblit rien, prend la plume et se fait auteur, comme l'ont
été la Rochefoucauld, Vauvenargues, Chateaubriand, assez bons
gentilshommes, ce me semble?

— Ah! tu as bien raison! dit Ulric.

— Vois-tu! reprit Max Elmer, dont la plaie secrète se trahissait et se soulageait par cet ardent plaidoyer; je suis las, à
la fin, d'entendre dire qu'il peut y avoir, pour qui que ce soit
au monde, une condition d'abaissement dans le métier des
lettres! Ce n'est pas vrai! ce n'est pas vrai! Ce qui grandit un

nom, ne peut pas le ternir : ce qui réunit sur le même front une double couronne, ne peut pas l'humilier... La gloire des lettres! Mais c'est la première de toutes! Et elle ravirait d'une main ce qu'elle prodigue de l'autre! Et l'on serait moins honoré parce que l'on devient plus illustre! Allons donc! — Dis-moi, Ulric, il y a eu, dans l'Italie du quatorzième siècle, des généraux, des politiques, des ambassadeurs, des seigneurs, des dignitaires, de grands personnages qui regardaient de bien haut le pauvre poëte passant sur le chemin : sais-tu leur nom? Et le nom de Dante Alighieri, qui l'ignore?... Madame la vicomtesse, vous aimez Walter Scott?

— Oh! passionnément! répondit Nathalie.

— Eh bien! il y a dans Walter Scott un passage que nous autres, artistes et poëtes, devons prendre éternellement pour formule de nos parchemins, pour titre de notre noblesse. Le conteur nous introduit à la cour d'Élisabeth : les plus fiers courtisans sont là, se cambrant dans leur orgueil et leur velours; un homme passe et les salue : c'est William Shakspeare! et Walter Scott ajoute ceci : « L'immortel s'inclinait devant les mortels! »

— Et il a bien raison, Walter Scott! s'écria madame de Braines, entraînée par les chaleureux accents du poëte.

— Ah! madame, venez à mon aide! reprit Max; plaidez auprès d'Ulric pour moi, pour lui, pour vous-même; car cette gloire qui l'attend, ces fêtes de la pensée où sa place est marquée d'avance, qui est plus digne que vous d'en prendre sa part? On dit du mal de nous, et l'on n'a pas toujours tort; mais l'on n'en dirait plus, on n'aurait plus le droit d'en dire, si entre la littérature et le monde il y avait quelques médiateurs comme

Ulric, quelques médiatrices comme la vicomtesse de Braines!

— Qu'en penses-tu, Nathalie? dit Ulric.

C'était le mot qu'elle attendait : à ses yeux l'épreuve était finie, et ce dernier entretien achevait de la rendre décisive.

— Mon ami, partons pour Paris! répondit-elle sans hésiter.

Une fois d'accord sur le point principal, il n'y eut plus qu'à s'entendre sur les détails : il fut convenu que Max ne changerait rien à ses projets; qu'il partirait avec Fabrice, le jour même, et qu'arrivé à Paris, il se chargerait de tous les préparatifs nécessaires pour l'installation de M. et madame de Braines : ceux-ci resteraient encore quinze jours : Max n'en demandait pas davantage pour qu'ils trouvassent, au débotté, un appartement convenable, une maison montée, des relations toutes prêtes et un chemin frayé vers ces régions nouvelles où Ulric allait mettre le pied.

Max et Fabrice partirent, en disant *au revoir!* au lieu d'adieu. Les quinze jours que M. et madame de Braines passèrent encore en Provence, furent doux et rapides, mais mêlés de quelque tristesse, pour Nathalie surtout. Ils voulurent retourner au *Bout-du-Monde* et parcourir ensemble cette riante solitude. On était à la fin de mai : la campagne avait revêtu sa plus opulente parure : les rosiers étaient en fleurs; les rossignols chantaient dans les haies vives. Les acacias avaient toutes leurs grappes, les marronniers toutes leurs girandoles, la rosée toutes ses perles, le ciel toutes ses étoiles. Cette belle et riche nature semblait retenir et rappeler les deux fugitifs de ses voix mystérieuses, de ses invisibles caresses.

Ces quinze jours s'envolèrent; Max avait écrit de Paris que tout était prêt. M. et madame de Braines auraient désiré que le marquis d'Epseuil fût de ce voyage : — Non, mes enfants, je suis trop vieux; je vous attendrai ici, leur dit-il avec son sourire mélancolique.

Le jour du départ, Hubert, Benoît, et tous les vieux serviteurs, étaient rangés autour de la voiture : ils pleuraient. Ulric et Nathalie leur serraient les mains.

Il fallut partir : le postillon était en selle. M. et madame de Braines se jetèrent dans les bras de M. d'Epseuil qui les pressa tendrement sur son cœur : des larmes coulèrent de tous les yeux; puis l'attelage s'ébranla, et, au bout d'un moment, le marquis ne vit plus que le mouchoir de Nathalie, qu'elle agitait à la portière.

A la sortie de la ville, la route formait un coude, et, pendant quelques minutes, l'œil apercevait au loin, à l'extrémité de l'horizon, les collines qui dominent de leur gracieux amphithéâtre l'humble vallée du *Bout-du-Monde*.

— Ne les regretterons-nous pas? dit madame de Braines en les montrant à son mari.

— Nous y reviendrons! dit Ulric.

IX

Au moment où nous reprenons notre récit, M. et madame de Braines habitaient Paris depuis sept ou huit mois. On était à la fin de décembre.

Pendant les premiers temps, les choses s'étaient exactement

passées comme Max Elmer les avait prédites. Toutes les difficultés s'aplanissent pour qui arrive avec cent mille livres de rente. Au bout de quelques semaines, Ulric et Nathalie étaient parfaitement installés, rue Neuve-des-Mathurins, dans un charmant petit hôtel, retenu pour eux par Max, et qu'ils avaient meublé avec un goût exquis. Parmi ses anciennes connaissances, Ulric en retrouva quelques-unes fort disposées à se prêter de bonne grâce à cette alliance entre la littérature et le monde, à laquelle son salon devait servir de terrain. Il y a, en permanence, à Paris, quelques hommes de grande naissance, plus ou moins écrivains, et dont le rêve est d'être un jour membres de l'Académie française. Ceux-là sont d'excellents auxiliaires pour les maîtres de maison qui veulent faire des avances aux gens de lettres. De son côté, Max amena chez son ami la *fleur du panier*, en fait d'auteurs et d'artistes; et ceux-ci, accueillis avec une grâce spirituelle et empressée, ne se crurent pas obligés de se poser en génies incompris ou en héros mélodramatiques. Bientôt l'on commença à parler des dîners de madame de Braines, qui étaient excellents, et de ses soirées où l'on avait toujours chance de trouver de la musique parfaite, du thé délicieux, trois ou quatre causeurs de premier ordre, et une maîtresse de maison incomparable. Les divers éléments de société qui se rencontraient chez Nathalie, s'y combinaient avec tant de facilité et de complaisance que chacun semblait s'y trouver dans sa sphère naturelle et n'avoir besoin de nul effort pour y concourir à l'harmonie de l'ensemble. En quelques mois, M. et madame de Braines avaient réalisé ce que prise si haut la civilisation parisienne, et ce que tant de gens riches, spirituels, influents, passent leur vie à poursuivre sans pouvoir y parvenir : ils avaient un salon.

En comparant à une partie de jeu l'épreuve qu'ils faisaient en ce moment, on pouvait donc dire qu'ils avaient gagné *la première manche*. La seconde devait rencontrer plus d'obstacles et amener plus de mécomptes.

Ulric fut d'abord enchanté de se sentir dans un cadre plus approprié à ses goûts, et où disparaissait complétement cet antagonisme qu'il avait remarqué en province entre les tyrannies de l'opinion et les rêves de son imagination brillante. Lorsqu'il voyait chez lui, réunis autour de la même table, ou côte à côte devant la cheminée, un membre de l'Institut et un ancien pair de France, un sculpteur et un duc, un marquis du faubourg Saint-Germain et la femme d'un compositeur célèbre, il songeait avec bonheur qu'il n'avait besoin d'aucun artifice mondain, d'aucune préparation diplomatique pour ménager les susceptibilités et sauvegarder les amours-propres. Il avait, par conséquent, sujet de s'applaudir dans son rôle de dilettante, d'amphitryon ou de Mécène littéraire. Mais lorsqu'il voulut dépasser cette limite, prendre pied lui-même dans la littérature, faire, de sa personne, acte de travailleur et d'écrivain, les difficultés commencèrent. Doué, nous l'avons déjà vu, de ce genre de tact qui consiste à deviner à demi-mot ce qui froisse ou contrarie, M. de Braines ne tarda pas à s'apercevoir des inconvénients attachés à sa position d'homme riche, de grand seigneur tenant la plume. Là où un pauvre diable aurait été rudement éconduit et aurait eu à subir ces luttes ardentes du noviciat où se retrempe et se fortifie le talent véritable, il avait, lui, à souffrir de l'excès contraire. Il trouvait toutes les portes ouvertes ; tout le monde l'accueillait chapeau bas, et, en dépit de l'abolition des titres, il n'y avait pas d'éditeur, de directeur ou d'employé de Revue ou de

17

journal qui ne l'appelât *Monsieur le vicomte*, avec une ferveur aristocratique digne des temps chevaleresques. Quoique fort édifié de ce regain d'ancien régime, Ulric n'en était pas dupe, et s'impatientait de cette persistance à ne voir en lui que le gentilhomme, et, sous un air de déférence et d'hommage, à le reléguer au rang d'écrivain-amateur, de citoyen sans conséquence dans la république des lettres. Il éprouvait une impression analogue à celle que ressentent les fils de famille qui fréquentent l'atelier d'un peintre, qui y arrivent avec une élégante boîte à couleurs et un paletot présentable, et qui voient leurs camarades en blouse sordide et huileuse faire de la vraie peinture, tandis qu'ils font de la peinture propre. Quand on est doué d'un sincère sentiment d'artiste, — et Ulric était de ceux-là, — cette situation bizarre comporte un genre de supplice qui sera facilement reconnu par tous ceux qui ont subi quelque chose d'analogue. Cette invisible ligne de démarcation dont se plaignait Max Elmer et qui le séparait des gens du monde et des femmes comme il faut, Ulric s'en serait volontiers plaint en sens contraire. Il y avait des moments où il aurait voulu habiter une mansarde, porter une vareuse avec des trous au coude, dîner à crédit, éviter la rencontre de son tailleur ou de son bottier, passer en un mot par tous les épisodes, gais ou tristes, de cet apprentissage qui est, pour le talent pauvre et jeune, « la préface de l'Institut ou de l'hôpital. » Aucune de ces misères ne l'eût effrayé s'il eût été sûr, à ce prix, de faire tomber cette idéale barrière, et d'être admis dans cette *franc-maçonnerie* littéraire dont il se sentait exclu.

Dès lors il arriva ce qu'on pouvait aisément prévoir : une première phase de découragement et de doute commença pour M. de

Braines: il mesura par la pensée l'immense distance qu'il aurait à parcourir avant d'arriver à compter sérieusement parmi les écrivains de son temps. Quelques essais qu'il publia réussirent, mais comme réussissent, chaque matin, à Paris, ces centaines de pages que l'on oublie le soir. Il en était complimenté par les gens qui venaient dîner ou passer la soirée chez lui: ces compliments étaient-ils sincères? Et, en supposant qu'ils le fussent, qu'il y avait loin de là à un de ces succès décisifs qui tracent un sillon ou creusent une empreinte dans la littérature d'une époque! Les caractères comme Ulric sont aussi susceptibles de lassitude que d'enthousiasme, aussi faciles à abattre qu'à exalter. Si la rêverie est à bon droit considérée comme une dangereuse ennemie de la volonté, c'est que, de loin, elle agrandit et embellit outre mesure le but que le rêveur se propose, et que, de près, elle le laisse aux prises avec les défauts et les petitesses de la réalité. Ce qu'on appelle irrésolution, faiblesse, manque de persévérance et de courage, n'est peut-être que le sentiment de ce douloureux contraste entre ce que nos songes caressaient et ce que touche notre main. *N'est-ce que cela? et à quoi bon?* deux mots terribles qui expliqueraient bien des défaillances et que M. de Braines commençait à se répéter tout bas à lui-même. Pour lui la question changeait de face; ce n'étaient déjà plus ces vagues désirs de célébrité qui avaient agité et troublé, au *Bout-du-Monde*, les douces ivresses de son amour, ni ce hardi mot d'ordre que Max avait murmuré à son oreille, et qui lui avait fait quitter la Provence: *Venir à Paris, et y être illustre!* C'était tout simplement échanger une grande position de province, une de ces existences solides, incontestées, considérables, entourées de la triple estime qui s'attache à la fortune, à la naissance et à d'immémoriales traditions d'honneur et de vertu, contre une situation mixte, sujette peut-être à tous les caprices de la société parisienne, escomptant en menue monnaie ses espérances de gloire, et touchant à toutes les distinctions sans en réaliser aucune. Encore une fois, était-ce s'élever? était-ce descendre?

Plusieurs fois, pendant cette période de désenchantement, M. de Braines fut sur le point de proposer à Nathalie de retourner à Aix. Un sentiment d'amour-propre le retint : il lui sembla que quitter ainsi la partie sans plus de tentatives et d'efforts, rebrousser chemin dès le premier pas et s'avouer vaincu avant même d'avoir lutté, c'était s'amoindrir aux yeux de la femme qu'il aimait. Nathalie, d'ailleurs, n'était-elle pas de moitié dans la pensée qui avait déterminé ce voyage? Repartirait-elle sans regret? Retrouverait-elle le même charme dans la paisible vie de province et de campagne? Ulric, comme tous les hommes distingués, mariés à des femmes supérieures, s'exagérait encore cette supériorité à force de la reconnaître. Si chaque jour diminuait sa confiance en lui-même et dans ses succès à venir, il était heureux des succès de sa femme, et se fût reproché, comme un tort, de l'arracher à cette nouvelle existence où elle avait si vite conquis la première place. On eût dit qu'il était dans la destinée de ces âmes aimantes et délicates, de trouver dans les délicatesses mêmes de leur amour des sources de malentendus qu'eussent évités des cœurs vulgaires. Ulric, nous l'avons vu, s'était imaginé d'abord que Nathalie l'aimerait davantage s'il sortait de son inaction et de son obscurité; Nathalie, pendant ce temps, s'était figuré qu'il s'ennuyait auprès d'elle. Plus tard, lorsqu'une heureuse circonstance eut dissipé cette

double méprise, elle se renouvela sous une autre forme. Dans ces
élans romanesques que lui avait dépeints son mari et qui tous se
rapportaient à elle, madame de Braines avait cru démêler un secret instinct qui le poussait, à son insu, vers une vie plus brillante, plus en rapport avec ses talents et ses goûts. De son côté,
Ulric, lorsque la visite de Max et de Fabrice, en donnant un
sens aux idées qui l'agitaient, lui eut fourni l'occasion d'apprécier à la fois sous un nouveau jour l'esprit étroit des sociétés de
province et les perfections enchanteresses de Nathalie, s'était
demandé si une femme comme celle-là était faite pour rester
à la campagne ou dans une petite ville, et si tout en se rési-
gnant, elle ne dirait pas tout bas : *C'est dommage !* Aussi, dans
leur dernier entretien avec Max, quand celui-ci, sous l'empire d'une émotion communicative, leur avait montré Paris
comme la seule patrie digne d'eux, Ulric avait surtout songé
à Nathalie, et Nathalie à Ulric : chacun des deux, en disant
oui, avait cru répondre à la pensée de l'autre.

M. de Braines était donc persuadé que la vie de Paris plaisait
à sa femme, et il n'en fallait pas davantage pour qu'il lui cachât
ce commencement de fatigue et de doute qui avait succédé pour
lui aux illusions du départ. Nathalie ne le soupçonnait pas, mais,
le voyant un peu triste, elle en conclut qu'il ressentait vivement
les obstacles placés au seuil de la carrière et qu'il était con-
trarié de ne pas avancer assez vite.

On a remarqué bien souvent que les femmes, lorsqu'elles
prennent en main l'intérêt, l'ambition ou la gloire de l'homme
qu'elles aiment, déploient mille fois plus d'activité et de persévérance que lui. Ulric était un de ces hommes qu'une locution triviale caractérise assez bien, en disant qu'*ils ne savent*

pas se retourner. N'ayant jamais senti l'aiguillon de la nécessité,
il ignorait ces ardeurs d'idée fixe, ces volontés tenaces, ces obs-
tinations invincibles, qui renferment le secret de tant de fortunes
éclatantes et d'avancements rapides. Ce qu'il ne faisait pas par
besoin, il eût pu le faire par amour-propre; mais la distinction
même de son esprit, en le plaçant sans cesse en présence d'un
idéal qu'il désespérait d'atteindre, condamnait cet amour-propre
à n'être qu'un tourment au lieu d'être un mobile. Nathalie, qui
avait pénétré toutes ces nuances, comprit à l'instant son rôle;
elle se dit que c'était à elle d'encourager son mari, de le suppléer, de le faire valoir, et de mettre au service de ses succès
l'habileté et l'énergie qu'il n'y mettait pas lui-même. N'était-ce
pas donner à son amour un nouvel aliment, une nouvelle tâche,
et n'y a-t-il pas des hommes qui savent plus de gré de ce qu'on
fait pour leur orgueil que de ce qu'on fait pour leur bonheur ?
Nathalie d'ailleurs n'avait pas les mêmes sujets d'hésitation que
M. de Braines. Elle l'avait élevé si haut dans les chastes enthousiasmes de son cœur, qu'il lui semblait impossible qu'on ne pen-
sât pas de lui ce qu'elle en pensait, et qu'en le voyant douter de
ses forces, elle ne s'en croyait que plus sûre. Enfin, elle était
trop pure, sa naissance, son éducation, ses habitudes, son amour
pour Ulric l'avaient maintenue jusque-là dans un milieu trop
inaccessible aux miasmes des civilisations corrompues, pour que
certains côtés de la vie de Paris, qui avaient tout d'abord frappé
et dégoûté son mari, puissent lui inspirer les mêmes méfiances.
Elle marchait donc résolûment dans cette voie, coudoyant à son
insu bien des misères sociales qui s'écartaient d'elle avec respect ou se déguisaient sous ses yeux, entourée d'hommages,
secrètement aimée peut-être par quelques-uns des hommes dis-

tingués qui venaient chez elle, ne songeant à leur plaire que pour faire servir leurs empressements aux succès d'Ulric; pareille, en un mot, à ces organisations robustes et saines qui ont le privilége de respirer longtemps un air vicié sans en être ni incommodées, ni même averties.

Max Elmer, on devait s'y attendre, figurait au premier rang parmi ces courtisans que Nathalie croyait désintéressés et qui n'étaient accueillis par la femme que dans l'intérêt du mari. Max occupait même auprès d'elle une position exceptionnelle dont il profitait en attendant qu'il en abusât. Dès le premier jour, il s'était naturellement trouvé en mesure de rendre à M. et à madame de Braines des services de tout genre, en commençant par meubler leur salon et en finissant par le peupler. Il avait eu l'art de se rendre utile, agréable et nécessaire. Vivant de plain-pied avec le monde où Ulric se proposait d'entrer, en connaissant tous les détours, en ayant sondé, pour son propre compte, les récifs et les écueils, il devait être, et il fut en effet, pour M. de Braines un initiateur et un guide. Il en était résulté une intimité de tous les instants, dont Max resserrait chaque jour la trame avec assez d'adresse pour ne paraître ni indiscret, ni importun, et qui lui servit d'abord à prendre ses degrés d'homme du monde, pendant qu'il aidait son noble ami à prendre ses passe-ports d'homme de lettres. Lorsque la bonne compagnie, admirablement représentée chez madame de Braines, se fut habituée pendant quelques mois à y voir Max Elmer traité en ami de la maison, elle finit par le regarder comme un des siens. La vanité du poëte aurait dû se contenter de ce premier bénéfice; mais l'esprit de conquête a eu, de tout temps, le défaut de ne pas savoir s'arrêter, et l'ardente imagi-

nation de Max était d'ailleurs trop vivement engagée. L'impression d'enthousiasme presque passionné que Nathalie avait faite
sur lui dès le premier jour de leur rencontre, n'avait pu que
s'accroître dans cette vie nouvelle où ils se rencontraient tous
les jours et où il la voyait devenue, en si peu de temps, une
des souveraines de Paris. Il se crut donc, un beau matin,
sincèrement et profondément amoureux de madame de Braines.
Ce fut aussi vers cette époque qu'Ulric commença à se décou-
rager : au lieu de s'effrayer de ce symptôme, Max eut l'idée
d'en tirer parti : il vit Nathalie, lui parla de ces indices de lassitude qu'elle-même avait remarqués ; il lui dit que son mari était
de ces hommes qu'il fallait faire réussir malgré eux, et qu'il se
chargeait de ce soin. Dès lors il se forma entre la vicomtesse et
lui une espèce de complot fort innocent, mais qui donnait parfois à leurs relations un petit air de mystère, et qui devait rendre plus fréquentes les occasions de tête-à-tête.

Il était impossible que le monde où Max Elmer avait vécu
jusque-là ne s'aperçût pas d'un changement dans ses habitudes.
Pour qu'on l'ignorât, il eût fallu que Max mît tous ses soins à le
cacher, et ce n'était pas là précisément l'idée qui le dominait.
Un jour, il déjeunait chez un confrère, qui venait d'obtenir
un brillant succès dramatique et qui le *baptisait* au vin de
Champagne, en compagnie de quelques auteurs et de deux ou
trois des plus jolies actrices de Paris. Max, ce jour-là, se trouvait dans cette situation perplexe de l'homme amoureux d'une
femme très-belle, mais très-imposante, et qui ne sait pas s'il
doit continuer à se taire ou s'exposer à tout perdre en se décla-
rant. Soit que cette préoccupation l'absorbât, soit que la société
de Nathalie lui eût réellement fait perdre le goût de ces plaisirs

bruyants et faciles, sa maussaderie et sa tristesse firent tache dans la gaieté générale : on l'en plaisanta ; il s'en défendit mal, et une de ces femmes finit par s'écrier, le verre à la main :

— Ne vous étonnez pas, mes très-chers, que Max ait ce matin une figure de carême : nous ne sommes plus rien pour lui ; il vise au grand, il fait la cour aux femmes du monde !

— Ah ! bah ! exclamèrent les convives.

— Oui, messieurs, une marquise, une duchesse, une vicomtesse, je ne sais pas bien, ajouta l'actrice, qui frappait un peu au hasard et d'après quelques renseignements assez vagues.

— Et la grande dame a-t-elle couronné sa flamme? demanda un vaudevilliste.

— On l'ignore ; mais tout me porte à croire, ou que Max est le plus dissimulé des dramaturges, ou que sa duchesse le fait poser de la façon la plus inhumaine.

— Eh bien, au succès de Max! cria le vaudevilliste en vidant son verre.

— Et à l'extinction des grandes dames ! dit l'actrice en brisant le sien.

On peut aisément s'imaginer tout ce qui s'échangea de quolibets sur ce sujet scabreux, entre femmes de cette espèce, animées par un bon déjeuner, et dont les dents blanches et les ongles roses ne perdent jamais une occasion de déchirer les femmes de bonne compagnie. Max commença par ressentir une vive souffrance en voyant ces créatures se divertir ainsi aux dépens de ses élégantes et poétiques amours. Un moment, il éprouva cette angoisse et ce remords qui s'emparent des âmes délicates lorsque des indifférents ou des railleurs touchent devant elles, à l'image sacrée, au pur objet de leurs tendresses.

17*

Mais ce bon sentiment dura peu, et la vanité du poëte ne tarda
pas à prendre le dessus. Depuis six mois qu'il s'était attaché au
char de Nathalie et dévoué aux succès de M. de Braines, qu'y
avait-il gagné? Quelques remercîments, quelques doux sourires,
ses entrées grandes et petites dans une maison aristocratique,
et, de là, dans quelques autres salons; pas autre chose. Max se
demanda s'il ne faisait pas un métier de dupe : en un instant, se
réveillèrent en lui ces mauvais instincts dont le germe, déposé
dans son cœur par son éducation et sa vie passée, avaient été
un moment étouffés par la bienfaisante influence de Nathalie. Ce
cerveau surexcité par le travail, par l'orgueil, par les fiévreuses
émotions de la vie littéraire, fit affluer à lui toutes les forces vi-
tales : il ne resta plus rien à la conscience et à l'âme. Les mots
méchamment murmurés à son oreille : *La grande dame te fait
poser !* dominaient pour lui tout le reste de cette folle causerie :
son amour-propre blessé leur donnait un corps, une forme, un
visage; il croyait les voir danser comme des sylphes moqueurs
autour de cette table où pétillait l'ivresse. Justement, Max
Elmer se souvint que madame de Braines l'attendait ce jour-là,
à quatre heures, et qu'elle serait seule. Il s'agissait d'organiser
un complot dont le but était de faire lire par le directeur d'un
de nos principaux théâtres un drame écrit par Ulric, et pour
lequel il refusait de faire aucune espèce de démarche. Max but,
coup sur coup, pour s'aguerrir, trois ou quatre verres de vin de
Champagne, prit son chapeau au milieu d'une nouvelle grêle de
de sarcasmes, et se dirigea vers la rue Neuve-des-Mathurins.

Madame de Braines était seule, au coin du feu, attendant pai-
siblement Max Elmer qu'elle n'avait jamais songé à considérer
autrement que comme un ancien camarade d'Ulric, dévoué à

ses intérêts et heureux de mettre à ses ordres son expérience et son crédit littéraires en échange d'un gracieux accueil et d'une bonne position dans un salon agréable. Sa pensée était à mille lieues des sentiments orageux et coupables qui fermentaient dans le cerveau du poëte. Aussi n'y eut-il pas entre eux une de ces scènes filées avec plus ou moins d'adresse, et où la déclaration arrive après des gradations insensibles. Elle tendit la main à Max avec cette expression noble et douce qui ne l'abandonnait jamais. Celui-ci, déconcerté d'abord par cette atmosphère d'ineffable pureté qu'il respirait malgré lui auprès de madame de Braines, essaya de réagir violemment contre cette première impression dont il connaissait la mystérieuse puissance. Il fut sombre, brusque, amer; il ne répondit que par monosyllabes et d'une voix saccadée aux questions que lui adressait Nathalie, et, quand celle-ci, remarquant son irritation et son trouble, lui demanda avec un intérêt presque fraternel, s'il avait des peines, et s'il ne voulait pas se consoler en les lui confiant, Max, abusé par cette douceur affectueuse, égaré par la beauté de madame de Braines, emporté par cette exaltation de tête et de vanité que tout surexcitait en lui depuis quelques heures, lui fit la déclaration la plus mal amenée, la plus brutale et la plus bête qu'ait jamais risquée commis-voyageur auprès d'une fille de magasin.

Nathalie resta quelques minutes sans le comprendre : à la fin, elle se leva; nulle colère ne se lisait dans ses traits, mais un étonnement profond, une tristesse indicible :

— Monsieur! dit-elle à Max avec un calme que démentait sa pâleur, vous ne vous étiez donc jamais rencontré avec une honnête femme?

Rien de plus. Un silence de mort succéda à ces paroles. Max, effrayé déjà de son audace, fut foudroyé par l'arrêt suprême que lui signifiait l'attitude de madame de Braines. Il a dit depuis, que, dans ce moment, elle lui avait paru grande de dix coudées.

Il devint à son tour d'une pâleur de spectre, salua, et sortit.

X

Cette scène, sur laquelle, par respect pour notre héroïne, nous avons glissé avec un douloureux laconisme, produisit sur elle une impression profonde et décisive. Les femmes très-intelligentes peuvent s'abuser longtemps sur ce qu'il leur importe de savoir; mais il leur suffit d'un premier indice pour deviner tout le reste. C'est ce qui arriva à madame de Braines. En démasquant l'arrière-pensée de Max Elmer, elle pénétra tout son caractère, et l'ensemble de ce caractère, qui tenait par tant d'affinités au monde où il s'était développé, lui révéla tout ce qui se cachait de dangers et de désordres sous ces brillantes surfaces. Alors cette âme pure et chaste, qui n'avait été un moment ambitieuse que par amour pour Ulric, cruellement froissée dans ses saintes pudeurs, se replia sur elle-même et s'y enferma avec les douces images du passé, sa tranquille vie de province, son père, l'amour de M. de Braines et le bonheur silencieusement savouré dans la fraîche solitude du *Bout-du-Monde*. A dater de ce moment, les découragements d'Ulric et ses retours en arrière, au lieu d'avoir à lutter contre Nathalie, l'eurent pour auxiliaire et pour complice.

Tout contribua à raviver en eux ces réflexions et ces souvenirs qui devaient les ramener à leur nid. Les lettres de M. d'Epseuil, sous une apparence de légèreté spirituelle et de résignation philosophique, laissaient parfois percer la tristesse que lui causait son isolement, et Nathalie ne pouvait s'y méprendre. Ulric, après avoir surmonté les premiers obstacles et obtenu quelques succès préliminaires, se sentait arrivé à ce point qui forme, pour ainsi dire, la première étape dans la notoriété littéraire, et qu'on ne dépasse que difficilement et lentement. Pour triompher de ces difficultés, pour accélérer ces lenteurs, il lui eût fallu une confiance, une force de volonté qu'il n'avait jamais trouvées en lui-même et qu'il ne trouvait plus chez Nathalie. Enfin, chose significative! Max Elmer qui jusque-là s'était dit certain de l'avenir d'Ulric, Max Elmer qui, après l'avoir annoncé avec enthousiasme, avait paru le préparer avec dévouement, se montra, vers ce même temps, froid et embarrassé vis-à-vis de M. de Braines. Ses visites chez Nathalie devinrent de plus en plus rares; Ulric, toujours modeste, attribua ce changement dont il ignorait la cause véritable, au regret que commençait sans doute à éprouver le poëte de l'avoir lancé sur une route où il s'arrêtait dès le premier pas, et de lui avoir prédit une destinée qu'il ne réaliserait jamais.

Ainsi le charme était rompu pour ces deux âmes qui s'étaient un moment abandonnées à des illusions séduisantes, et qui en reconnaissaient le péril et le vide. Il ne fallait plus qu'une occasion pour qu'elles s'avouassent l'une à l'autre ce qui se passait en elles; cette occasion se présenta bientôt, et telle que Nathalie, dans ses plus beaux rêves de fiancée et d'épouse, n'avait pu en imaginer de plus douce. Un jour, elle vint, avec des larmes de bonheur dans les yeux et une rougeur céleste sur le front, annoncer tout bas à M. de Braines que ce qui avait manqué jusque-là aux félicités de leur amour et de leur foyer, ne leur manquerait plus, et Ulric, ému, transporté, cueillit sur ses lèvres tremblantes le reste de la confidence.

Ce ne fut pas seulement pour lui une immense joie, mais comme la révélation d'un nouvel avenir et d'une vocation nouvelle. Cette paternité, que la Providence lui avait refusée pendant les deux premières années et dont il saluait l'espérance dans le doux aveu de Nathalie, allait donner à sa vie ce but dont l'absence l'avait un moment tourmenté. C'en était fait, plus de désœuvrement, plus d'ennui possible, plus de cet humiliant et douloureux sentiment de son inutilité en ce monde ! Qu'avait-il besoin de poursuivre une carrière décevante, une gloire problématique, une tâche imaginaire ? Quelques mois encore, et il allait avoir la tâche la plus noble et la plus sainte que Dieu ait déléguée à l'homme ici-bas ! L'imagination vive et mobile d'Ulric s'empara de cette pensée avec une ardeur passionnée, et il pressa Nathalie sur son cœur en murmurant à son oreille des paroles de remercîment et de tendresse. Cet ineffable instant de bonheur acheva d'effacer entre eux les derniers restes de réticence et de contrainte ; leur confiance se rétablit dans toute sa plénitude, et ils furent heureux d'apprendre, dans un de ces épanchements qui réparent tout et où rien ne se calcule ni ne se déguise, — Ulric, que sa femme n'avait désiré venir à Paris que pour lui, — Nathalie, que son mari n'y était venu que par amour pour elle.

On comprend aisément quelle dut être la détermination de M. et de madame de Braines après cette grande nouvelle. Paris et ses vanités furent condamnés sans appel. Retourner à Aix, annoncer leur bonheur au marquis d'Epseuil qui serait parrain, puis s'envoler au *Bout-du-Monde*, tel fut le parti auquel ils s'arrêtèrent sans hésitation et sans discussion. Seulement, pour sauver les apparences, pour que ce départ ne ressemblât pas tout à fait à une déroute, il fut décidé qu'ils attendraient les premières feuilles, afin de laisser l'hiver à Paris et de trouver le printemps en Provence.

Ces derniers mois furent pleins de charme pour tous deux. Sûrs de leur mystérieux trésor, dégagés de toute préoccupation de succès ou d'amour-propre, ne demandant plus à Paris que ces jouissances qu'il tient toujours prêtes pour les esprits distingués, ils les goûtaient d'autant mieux qu'ils n'y mêlaient plus d'arrière-pensée personnelle. La joie d'Ulric ressemblait à ces sources vives où l'on puise sans les tarir, et dont le limpide miroir laisse voir à la fois l'azur du ciel qu'elles reflètent et les floraisons charmantes qu'elles cachent sous leurs eaux. Parfois, il contemplait Nathalie avec une expression qu'elle ne lui connaissait pas encore. — « Oh! que je suis heureux et que je t'aime! » lui disait-il avec une brusquerie délicieuse. Et cette émotion enchanteresse qui débordait de son cœur, Nathalie la sentait passer dans le sien.

Au milieu de ce nouveau courant de sensations et de pensées, ils songeaient peu à Max Elmer. Cependant M. de Braines s'étonnait de sa froideur, de la rareté de ses visites :

— Qu'avons-nous donc fait à ce pauvre Max? disait-il à sa femme.

— Que veux-tu! répondait Nathalie en rougissant malgré elle; M. Elmer est plein d'esprit; il aura deviné que nous n'avions plus besoin de lui.

Bientôt cette espèce de disparition leur fut à peu près expli-
quée. Max, qu'Ulric rencontra et à qui il fit d'affectueux reproches, allégua comme excuse une grande pièce en cinq actes
qu'il venait d'écrire, qui allait être jouée dans quelques semaines et dont il dirigeait les répétitions.

Ces semaines passèrent; avril commençait. Déjà M. et madame de Braines, lorsqu'ils parcouraient ensemble les allées du
bois de Boulogne ou quelque aimable site des environs de Paris,
apercevaient çà et là le *vere rubenti* de Virgile; un rayon de
soleil perçait à travers les brumes et jetait languissamment des
tons d'opale et d'or sur la verdure naissante des bois et des collines. Un air tiède et balsamique gonflait les bourgeons des tilleuls et des marronniers et faisait courir le long des sentiers les
vagues frissons du printemps. Chaque détail de ce frais *renou-
veau* allait au cœur d'Ulric et de Nathalie, et les transportait en
idée dans leur chère solitude, où, sans doute, le ciel était bien
plus bleu, l'air plus chaud, la végétation plus riche, le printemps
plus rapide et plus riant! C'était l'époque qu'ils avaient fixée
pour leur départ, et rien ne les retenait plus. Leurs préparatifs
furent bientôt faits, leurs arrangements pris, et une lettre de
l'heureuse Nathalie annonça au marquis d'Epseuil qu'ils arrive-
raient à Aix la semaine suivante.

L'avant-veille de ce départ, on devait jouer la nouvelle pièce
de Max Elmer; c'était un drame en cinq actes, intitulé *Clotilde
d'Arcenay*. Une vive curiosité s'attachait à cet ouvrage dans
ce monde composé de cinq ou six cents personnes, qui s'appelle
modestement *tout Paris*. Max n'avait rien donné au théâtre depuis son voyage en Orient. Les chroniqueurs littéraires racon-
taient qu'il avait rapporté de son voyage une autre pièce, que

cette pièce avait été reçue froidement par le comité de lecture, et qu'alors, renonçant à la faire jouer, il avait, en quelques nuits de fièvre et d'insomnie, écrit cette *Clotilde d'Arcenay*, à laquelle on prédisait un succès de cent représentations. Ulric, qui ignorait ces détails, voulut, avant son départ, donnner à Nathalie le plaisir de cette soirée, annoncée par tous les journaux, à grand renfort de réclames et de fanfares. Mais son étonnement fut au comble lorsque Max, à qui il avait écrit pour lui demander une loge, lui répondit qu'il était au désespoir ; que, ne sachant pas si M. et madame de Braines seraient encore, ce soir-là, à Paris, il avait disposé de tous ses billets d'auteur. Ulric ne se tint pas pour battu, et songeant qu'il aurait le temps de faire des économies au *Bout-du-Monde*, il fit ce qu'aurait fait à sa place un prince russe ou une lorette ; il alla trouver un marchand de billets, et lui paya, vingt fois sa valeur, une loge de rez-de-chaussée.

M. et madame de Braines arrivèrent au théâtre quelques minutes avant le lever du rideau. Les réclames avaient tenu parole : tout Paris y était. En contemplant cette salle ruisselante de lumières, étincelantes de parures, où les célébrités de tout genre se comptaient par centaines, Ulric et Nathalie n'éprouvèrent pas un moment de regret : — « Allons ! dit Ulric en souriant, Paris s'est piqué d'honneur ; il se fait beau pour recevoir nos adieux. » — Et, en même temps, leurs mains enlacées dans une douce étreinte leur rappelaient à tous deux que cet éclat, ce bruit, ces coquetteries de vanité ou de gloire, n'étaient plus rien auprès de ce bonheur intime, de ce bonheur immense et profond qu'ils allaient emporter avec eux.

Le rideau se leva ; les acteurs entrèrent en scène ; mais ils

n'étaient pas encore à la fin du premier acte, qu'un vague senti-
ment d'anxiété et d'effroi s'était emparé de M. et de madame de
Braines. Au second acte, il n'y avait plus de doute possible :
Clotilde d'Arcenay, l'héroïne de la pièce nouvelle, c'était Nathalie !

Oui, Nathalie, la vicomtesse de Braines, la chaste et noble
femme ! il leur était impossible de ne pas s'y reconnaître. La
première partie de la pièce se passait dans une ville de province.
L'auteur en avait peint, avec une verve railleuse, les mœurs
austères, les idées étroites, la vie plate et monotone : il avait
livré à la risée du parterre ces antiques et vénérables figures qui,
sous la livrée du vieux serviteur comme sous l'habit du vieux
gentilhomme, commandent la déférence et le respect. Dans ce
milieu glacial et sévère, il avait placé une femme belle, spirituelle, romanesque, secrètement entraînée vers des destinées
plus brillantes ; et, en face de cette femme, il s'était placé, lui,
l'artiste, le héros, l'être poétique, passionné, supérieur, chargé
de livrer à cette noble fille d'Ève la clef d'or qui ouvre le mystérieux Éden de l'imagination et de l'art. Puis le drame se déroulait entre ces deux personnages. Clotilde d'Arcenay venait à
Paris ; elle y retrouvait le poëte ; il s'engageait entre eux une de
ces luttes où une femme, même lorsqu'elle en sort intacte, laisse
toujours un peu de son honneur et de son repos. Ces alternatives
de passion et de résistance, d'entraînement romanesque et de
vertu aristocratique, le double tableau de cette femme appartenant aux plus hautes cimes du grand monde et de cet artiste
sorti des vagues régions de la Bohême, fascinés tous deux, l'une
par les secrètes amorces de la vie libre, du talent et de la gloire,
l'autre par le mystérieux attrait du monde des patriciennes, tout
cela était décrit avec une verve ardente et communicative qui

remuait profondément les spectateurs et soulevait des tempêtes de bravos. Il faut rendre cette justice à Max Elmer : il avait également évité de faire le mari de Clotilde ridicule et Clotilde tout à fait coupable. Au dénoûment, la voix du devoir retentissait au cœur de l'héroïne ; elle priait son mari de l'emmener. L'artiste, trouvant dans son amour même une force d'immolation et de sacrifice, disait à Clotilde un éternel adieu, et, resté seul, invoquait le travail et la gloire, pour remplir le vide de son âme et cicatriser sa plaie.

La pièce eut un grand succès : dans les couloirs, de jolies femmes s'abordaient en essuyant une larme du coin de leur mouchoir brodé, et elles disaient toutes : « Que c'est beau ! que c'est touchant ! Quelle passion ! quel feu ! quel cœur que ce brave Max ! Qu'une femme serait heureuse d'être aimée ainsi ! »

D'autres murmuraient à demi-voix : — Vous ne savez pas? Le fond de la pièce est vrai; c'est une aventure arrivée à Max lui-même, avec une grande dame. — Comment donc s'appelle-t-elle ? — Les mieux informés chuchotaient le nom de Nathalie.

— Et, sans doute, ajoutaient les mauvaises langues, Max a gazé le dénoûment?

— Ou bien, reprenait un bel esprit démocrate, la censure a exigé cette gaze au nom de la morale, de la propriété et de la famille.

Les deux actrices que nous avons vues déjeunant avec Max et le plaisantant sur ses amours avec les femmes du monde, n'avaient eu garde de manquer cette représentation. Leur fastueuse toilette attirait sur elles tous les regards. « Ma foi ! disaient-elles d'une voix éclatante, Max n'a pas été fat : à sa place, cette pimbêche de grande dame, qui l'a fait aller comme un mouton, n'en eût pas été quitte à si bon marché! »

Chercherons-nous à donner une idée de ce que souffrirent M. et madame de Braines pendant cette fatale soirée? Deux sensitives, foulées aux pieds, pendant cinq heures, par des danseurs avinés, ne souffriraient pas davantage. Ulric n'eut pas un moment la pensée d'accuser Nathalie, non-seulement d'une faute, mais d'une imprudence : il l'interrogea simplement, comme il eût questionné un ami, et elle lui raconta ce qui s'était passé. Plus tard, lorsqu'en avançant dans le drame qui se jouait devant eux, elle vit une rougeur de colère monter au front pâle de son mari, Nathalie l'attira vers elle, passa son bras sous le sien, et lui montrant sa taille qui commençait à trahir les indices de sa grossesse, elle lui dit avec ce calme plus navrant que toutes les certitudes :

— Ulric, si vous vous battez contre cet homme, vous tuez votre femme et votre enfant.

Ils rentrèrent, le désespoir dans l'âme, dans cet appartement qu'ils avaient quitté quelques heures auparavant, si paisibles et si heureux. Il était tard. Ulric annonça à sa femme qu'ils avanceraient leur départ d'un jour, et qu'ils partiraient le lendemain matin. — J'allais vous le demander! dit Nathalie. Il leur semblait à tous deux que passer à Paris cette journée de plus, serait un affreux supplice.

Il ne leur restait plus que cette nuit pour achever leurs préparatifs. Ulric la passa seul dans sa chambre, travaillant lui-même à ses paquets, essayant de conjurer, par cette occupation matérielle, les pensées qui le dévoraient. De temps à autre, il paraissait saisi d'un sentiment plus puissant que sa volonté. Son visage s'animait, un éclat fébrile enflammait son regard : il courait à son bureau, écrivait quelques lignes à la hâte ; puis il s'arrêtait, et déchirait ce qu'il venait d'écrire, en murmurant d'une voix étouffée :

— Non ! ce n'est pas possible... ce serait insensé... Le sens moral manque à cet homme, ainsi qu'à tous ses pareils... Peut-être ne croit-il pas m'avoir offensé... peut-être me répondrait-il naïvement que Nathalie et moi devons être fort honorés du rôle qu'il nous fait jouer dans sa pièce... Et puis, le provoquer, ce serait avouer à tous que nous nous sommes reconnus dans ce drame... Ce serait rendre publics notre ridicule et notre honte... donner au monde le droit de crier tout haut ce qu'il va chuchoter tout bas... Oh ! non, jamais ! D'ailleurs Nathalie a dit vrai... Ce serait la tuer, elle et mon enfant !

Et, jetant loin de lui son papier et ses plumes, il revenait à ses paquets épars sur le tapis et s'y absorbait avec une activité nerveuse... « Oui, disait-il de temps à autre, partons, partons vite ! Allons-nous-en ! loin, bien loin d'ici ! au *bout du monde !* ajoutait-il avec un douloureux sourire. Oui, le mot est bien trouvé ; c'est bien là le refuge qui nous convient désormais ! Ah ! qu'il soit béni, pourvu qu'il nous arrache aux miasmes que l'on respire ici, pourvu qu'on y échappe à tous les yeux, pourvu que vous ne veniez pas nous y poursuivre, art, poésie, talent, éclat, folles chimères qui m'avez un moment séduit, et qui, pour moi, n'avez plus qu'un nom : *Clotilde d'Arcenay !*

Le lendemain, il trouva Nathalie prête au départ. Ses traits fatigués, sa pâleur, ses yeux rougis par les larmes, ne disaient que trop de quelle façon s'était passée pour elle cette triste nuit. Ils se tendirent la main en silence.

Quelques heures après, leur voiture les conduisait à l'embarcadère du chemin de fer : ils avaient à parcourir toute la ligne du boulevard.

Pas un mot ne s'échangeait entre eux; ils se regardaient à la dérobée avec une égale tristesse. On eût dit que tous deux luttaient contre une puissance invisible qui retenait les paroles sur leurs lèvres et les pensées au fond de leur âme.

Tout à coup, cédant à un irrésistible mouvement de douleur et de tendresse, Nathalie se serra contre Ulric, et lui dit d'une voix entrecoupée par les larmes :

— Ton cœur me reste, n'est-ce pas, mon Ulric?

M. de Braines allait répondre, mais au même instant la voiture passa devant le péristyle d'un théâtre. L'affiche annonçait, pour le soir, en lettres gigantesques, la seconde représentation de *Clotilde d'Arcenay*.

— L'affiche! l'affiche! murmura-t-il d'un air sombre, en se détournant; et la pauvre Nathalie retomba dans le coin de la voiture.

XI

En arrivant à Aix, M. et madame de Braines, par un accord tacite, se composèrent un visage joyeux, afin que M. d'Epseuil, qui les attendait les bras ouverts, ne se doutât de rien. Ils trouvèrent le marquis bien changé, bien vieilli, et le bonheur qui rayonna sur sa figure lorsqu'il revit Ulric et Nathalie, ne put leur cacher les ravages qu'avait faits dans cette âme tendre et faible cette année d'isolement. Les regrets de sa fille en devinrent plus amers, sa douleur plus profonde.

Quelques jours après, ils partirent tous trois pour le *Bout-du-Monde*. Nathalie espérait beaucoup de la mystérieuse influence des champs et de la solitude, pour rendre à son mari et à elle-même cette paix du cœur qui semblait perdue. En effet, pendant les premiers temps, Ulric sembla se plonger avec une sorte d'ivresse dans les fraîches harmonies de cette nature dont avril renouvelait la parure immortelle. Il s'imprégnait avec délices de ces brises attiédies, de ces rayons baignés dans l'azur, de ces vagues parfums d'arbustes et de fleurs, de ces ombres flottantes au sein des massifs et des sentiers, de tout ce qui, par un précieux contraste, emportait sa pensée loin de cette atmosphère chaude et bruyante qui avait fini pour lui par un coup de foudre. Souvent il emmenait Nathalie dans ces promenades, et la jeune femme, qui ne vivait plus que par lui, se sentait raffermie et consolée quand elle voyait la sérénité reparaître sur son front, lorsque, la pressant sur sa poitrine, il s'écriait : — « Oh ! je t'aime ! il n'y a que cela de vrai ! Le reste est un mauvais rêve ! » — Hélas ! un instant après, une parole brève, un mouvement brusque, un geste de découragement et de tristesse, ne disaient que trop à Nathalie : — Ne t'y trompe pas, ce n'est plus la même chose ! »

Trois mois se passèrent ainsi : Ulric et Nathalie faisaient des efforts inouïs pour cacher à M. d'Epseuil le souvenir fatal qui les consumait, et cette lutte intérieure ajoutait encore aux souffrances de madame de Braines, dont la grossesse approchait de son terme. Un jour, en la voyant pâle, amaigrie, essayant un mélan-

colique sourire qui expirait sur ses lèvres, Ulric mesura avec
épouvante ce qui se passait en elle, et sa nature droite reprenant
le dessus, il comprit ses devoirs dans toute leur plénitude ; il se
dit que sa femme était, après tout, pure comme les anges,
qu'elle souffrait d'un mal qu'elle n'avait pas mérité, d'une faute
qui n'était pas la sienne, et que, s'il ne voulait pas qu'elle suc-
combât à cette lente douleur, c'était à lui de relever ce cœur aimant et brisé, de réussir à lui faire croire que son amour et l'espoir de sa paternité prochaine effaçaient peu à peu de son âme
toute trace de ressentiment et d'amertume. Cette tâche était difficile, mais il s'en acquitta avec une perfection qui abusa presque Nathalie. Dieu a permis, on le sait, que l'accomplissement
d'un devoir pénible apportât avec lui je ne sais quelle indemnité
bienfaisante qui le rend chaque jour plus facile et plus doux. Ulric
ne tarda pas à ressentir les effets de cette récompense accordée
aux nobles cœurs. Au bout de quelques jours, il s'étonna de ne
plus trouver en lui cette irritation, cette sourde colère qui jetait
comme un voile sur tous les détails de sa vie ; il se reprit,
comme autrefois, au charme de cette existence recueillie dont
le silence et le calme le reposaient d'un moment d'orage. La
campagne qu'il aimait et qui n'avait pas eu d'abord assez de
puissance pour cicatriser sa blessure, ressaisissait son empire.
En face de ces paysages, entre Nathalie et M. d'Epseuil, l'image
importune, sans s'effacer encore tout à fait, commençait à s'a-
moindrir, à se perdre dans l'éloignement : on eût dit qu'elle ne
pouvait plus l'atteindre, à travers cette barrière de verdure, ce
rempart de bonheur et de paix domestiques, qui le séparaient
pour toujours du monde où il avait souffert. Grâce à une illusion
familières aux imaginations vives et poétiques, il lui semblait que

cet Ulric de Braines qui avait eu à subir à Paris quelques heures
d'un supplice si étrange et si imprévu, n'était pas le même que
celui qui était revenu s'abriter dans cette calme retraite, donnant d'une main aux pauvres, soutenant de l'autre la chaste compagne de sa vie. Nathalie, qui devinait tout, comprit ce travail
intérieur qui s'accomplissait dans le cœur de son mari, et qui
allait le lui rendre tout entier, purifié et ennobli par le devoir
et le sacrifice. La reconnaissance qu'elle en éprouva fut si vive,
que son amour s'en accrut encore, et qu'une joie nouvelle, inconnue, la joie de trouver Ulric encore plus digne d'être aimé,
de l'aimer encore davantage, et d'avoir devant soi tout un avenir
pour le lui prouver, adoucit peu à peu chez madame de Braines
ce souvenir qui la torturait et qu'elle avait cru irréparable. Maintenant, pour quiconque eût pénétré les lentes gradations de
douleur, de tristesse et d'allégement par où venaient de passer
ces deux âmes, il était clair que le premier cri de l'enfant de
Nathalie, la première émotion de paternité qui ferait battre le
cœur d'Ulric, achèveraient d'emporter les derniers vestiges de
leurs souffrances, comme la brise de printemps emporte les
feuilles desséchées.

Ulric, depuis son retour de Paris, avait mis un soin religieux
à se rattacher à tout ce qu'avait aimé et honoré son père. Il
avait revu souvent le chevalier de Trémon; et le vieux gentilhomme, enchanté de ses prévenances, ravi de le voir renoncer
à ses chimères et rentrer franchement dans la bonne et droite
vie de province, lui avait rendu toute son amitié. Ulric, vers
cette époque, appelé un jour à Aix pour une affaire, alla visiter
le chevalier de Trémon; il le trouva soucieux, et la visite de
M. de Braines, au lieu de le rasséréner, parut ajouter à son

18

embarras et à son trouble. M. de Braines s'en aperçut, le pressa de questions, et le chevalier, persuadé sans doute que le véritable intérêt d'Ulric ne lui permettait pas de se taire, finit par lui raconter ce qui le préoccupait.

La baronne de Vandeil avait enfin marié sa fille Mélanie, vers la fin de l'hiver. Par une coïncidence assez commune en province, il se trouvait que son gendre, M. de Mintis, avait, quelques années auparavant, élevé ses vues jusqu'à Nathalie, et que sa réputation de joueur l'avait fait rigoureusement refuser. Plus léger que méchant, la rancune qu'il en gardait se contentait de quelques épigrammes, qui auraient même cessé tout à fait, s'il n'eût reconnu que médire de madame de Braines, c'était prendre la baronne par son faible. Or M. de Mintis, comme tous les joueurs, était constamment grevé d'un arriéré pour lequel les économies de sa belle-mère lui semblaient un argent prédestiné. Le lendemain de son mariage, il avait, suivant l'usage de quelques provinciaux imprudents, conduit sa femme à Paris pour y passer la lune de miel et y compléter la corbeille. M. de Braines s'y trouvait encore ; M. de Mintis était allé le voir ; Ulric l'avait présenté à quelques personnes de sa connaissance ; ces relations avaient duré une quinzaine de jours ; après quoi M. et madame de Braines étaient partis, laissant à Paris M. et madame de Mintis. Ceux-ci y étaient restés encore trois mois, y avaient dépensé huit ou dix mille francs en sus de leur budget officiel, et étaient revenus à Aix depuis quelques jours. Naturellement, la curieuse baronne leur avait demandé des nouvelles. Son gendre soutint assez bien les premiers interrogatoires ; mais, par malheur, fidèle à ses anciennes habitudes, il avait fréquenté, à l'insu de Mélanie, quelques tables de lansquenet ; ses fonds secrets s'en étaient ressentis, et il prévoyait la nécessité très-prochaine d'un appel passionné à l'affection et à la cassette de sa belle-mère. Il lui avoua donc, sous le sceau du secret, tout ce qu'il avait appris dans cette société de viveurs et de tapis vert, sur l'amour de Max Elmer pour une grande dame qui n'était autre que Nathalie, sur le dénouement plus ou moins contesté de ce roman aristocratique, et sur tous les bruits qui avaient circulé dans le monde artiste, à propos de la pièce de *Clotilde d'Arcenay*.

Le mineur californien ne se jette pas sur la veine aurifère que sa pioche vient de découvrir avec plus d'avidité que la baronne de Vandeil sur cette opulente mine de commérages. M. de Mintis fut sommé de vider son sac, et peu s'en fallut que sa charitable belle-mère ne fît venir par la poste la pièce imprimée. Elle n'en parla d'abord qu'à ses amies intimes ; mais que d'amies elle eut ce jour-là ! On réveilla le souvenir du passage de Max Elmer à Aix, de la fête que lui avait donnée madame de Braines. — Ç'avait été là, disait-on, le premier acte ; le dernier avait eu lieu à Paris, dans un monde plus favorable aux passions romanesques et aux héroïnes excentriques. Si la médisance n'allait pas jusqu'à représenter Nathalie comme tout à fait coupable, il fut du moins avéré pour cette coterie hostile, qu'elle avait été bien imprudente, que M. de Braines avait porté la peine de son dédain pour la vie commune, et qu'il s'était vu forcé, pour sauver les restes de son honneur et de son repos, de ramener brusquement Nathalie à la campagne.

Voilà ce qui était arrivé jusqu'aux oreilles du chevalier de Trémon. Ami intime du général de Braines, s'étant pénétré de ses sentiments et de ses idées, M. de Trémon s'était demandé ce que le général eût conseillé à son fils dans un cas aussi grave, et il n'avait pas cru devoir taire à Ulric ce qu'on disait de sa femme et de lui. Ulric, de nouveau frappé au cœur, raconta à son vieil ami ce qui s'était passé, et il le fit si noblement, qu'avant la fin de son récit, le chevalier lui pressait la main avec des larmes dans les yeux. M. de Trémon était de la vieille école; on l'acceptait à Aix comme un souverain arbitre dans toutes les questions d'honneur et de loyauté. Il décida qu'Ulric avait très-bien fait de ne pas provoquer Max Elmer, mais qu'il devait se battre avec M. de Mintis. C'était aussi l'avis d'Ulric. M. de Trémon ajouta que, pour donner à ce duel un caractère plus solennel et plus grave, ce seraient lui et le comte d'Érouville qui, malgré leur soixante-quinze ans, serviraient detémo ins à M. de Braines.

Le lendemain matin, les deux vieillards, en grand habit, la tête découverte et leur croix de Saint-Louis à la boutonnière, s'acheminèrent lentement vers l'hôtel qu'habitaient la baronne de Vandeil et son gendre. M. de Mintis était brave; il n'y avait pas, pour le moment, d'autre réparation possible aux suites de ses bavardages. Il accepta donc la rencontre, tout en exprimant des regrets sincères, et souscrivit à toutes les conditions que posèrent le chevalier de Trémon et le comte d'Érouville. Il fut convenu que l'on se battrait le même soir, à l'épée, dans un petit bois qui avoisinait le *Bout-du-Monde*, et qui appartenait à M. de Trémon.

Ulric était retourné auprès de sa femme, après son entrevue avec le chevalier. Son duel ne le préoccupait que par la certitude que ce nouvel épisode porterait un coup cruel à Nathalie. Il réussit pourtant à lui cacher, pendant cette soirée, les angoisses qui le déchiraient.

La rencontre eut lieu le lendemain, ainsi que l'avaient réglé les témoins : Ulric avait trouvé moyen de s'esquiver dans la matinée, sous prétexte de terminer son affaire de la veille. Il avait embrassé sa femme sans paraître plus ému, plus agité que d'habitude : M. d'Epseuil ne se doutait de rien.

Une fois sur le terrain, le sang-froid d'Ulric fut assez remarquable pour que le chevalier de Trémon, bon juge en fait de bravoure, crût voir revivre en lui toute l'âme du général de Braines. M. de Mintis était triste, mais résolu.

Le duel fut court : au bout de cinq minutes, M. de Mintis, en se fendant sur son adversaire, reçut un coup de pointe dans la poitrine ; mais la botte était trop vive pour pouvoir être complétement parée : Ulric fut atteint à l'épaule droite, et son sang coula en abondance.

Le chirurgien amené par les témoins, déclara que la blessure de M. de Mintis était grave, mais sans danger, et que celle de M. de Braines serait guérie en quinze jours.

Pour le moment, il était couvert de sang et d'une pâleur mortelle. Le chevalier de Trémon et le comte d'Érouville qui avaient assisté au combat avec un calme stoïque, étaient aussi pâles que lui, et il y avait quelque chose d'imposant et de pathétique à voir ces deux têtes blanchies par l'âge se pencher sur le blessé, comme pour lui transmettre un écho de la voix paternelle. Une voiture emmena à Aix M. de Mintis, qui, à travers les souffrances d'un premier pansement, conjurait M. de Braines de lui pardonner. Ulric accentua ce pardon d'une voix grave et douce. Ses témoins voulaient aussi le faire reconduire à Aix, afin d'avoir le temps d'avertir et de préparer Nathalie : « Non, non ! s'écria-t-il avec un transport fébrile, pas dans une ville! pas à portée des regards qui observent, des bouches qui déchirent! Au *Bout-du-Monde!* dans un asile où rien ne puisse m'atteindre, pas plus le bruit de ce théâtre qui m'étouffe, que la voix de ces calomnies qui me tuent! »

Les deux vieux gentilshommes firent donc transporter Ulric au *Bout-du-Monde.* Malgré toutes leurs précautions, Nathalie était sur la terrasse quand ils arrivèrent. M. de Braines avait rassemblé toutes ses forces pour ce moment : — « Ce n'est rien! lui dit-il en souriant, absolument rien qu'une égratignure attrapée à la suite d'une querelle politique! » — Mais, en même temps, brisé par cet effort violent qu'il faisait sur lui-même, il devint livide et s'évanouit.

Madame de Braines se jeta sur ce corps inanimé, couvrant de ses baisers et de ses larmes ce visage décoloré comme le marbre. Soit divination de l'amour, soit maladresse des deux témoins que leur émotion désarmait contre ses questions ardentes, elle comprit une partie de la vérité. Nathalie était grosse de sept mois; elle sentit que le coup qui la frappait était décisif et qu'elle ne s'en relèverait plus.

A son tour, elle refoula dans son cœur l'horrible douleur qui l'oppressait; elle se fit un visage calme et riant pour soigner son mari, dont les mains cherchaient constamment les siennes. De temps à autre, elle emmenait M. d'Epseuil pour pleurer un moment avec lui; puis elle essuyait ses larmes et revenait auprès d'Ulric. MM. de Trémon et d'Érouville partageaient ses soins et admiraient son courage. Si, dans le fond de son âme, le chevalier l'avait un moment accusée d'un peu d'imprudence, il lui rendit, pendant ces tristes jours, tout un arriéré d'estime et de tendresse.

Ainsi que l'avait promis le chirurgien, la blessure de M. de

Mintis n'eut pas de suites funestes, et celle de M. de Braines fut
guérie au bout de quinze jours. Dans cet intervalle, le chevalier
de Trémon et le comte d'Érouville avaient employé tout le temps
qu'ils ne passaient pas auprès d'Ulric, à parcourir les salons de
la ville, où leur voix était toujours écoutée. Ils parlèrent avec un
tel respect de M. et de madame de Braines, et la considération qui
les entourait eux-mêmes était si universelle, qu'à l'instant les
méchants propos cessèrent. La baronne de Vandeil se tint pour
avertie par le danger qu'elle avait fait courir à son gendre : elle
paya ses dettes en grommelant et partit pour la campagne. Une
réaction s'opéra en faveur d'Ulric et de Nathalie avec toute la
mobile vivacité des imaginations méridionales ; on les plaignit, on
les honora et on les aima.

Il était trop tard. Le jour où M. de Braines se releva, raf-
fermi et guéri par les bonnes paroles que lui apportaient chaque
matin ses deux vieux amis, la force factice qui avait jusque-là
soutenu Nathalie, l'abandonna tout à coup, et ce fut à son tour
de se mettre au lit. Pendant six semaines, elle alla s'affaiblissant
chaque jour ; à mesure que sa faiblesse augmentait, son front
s'illuminait d'une expression si sereine, que son mari et son père
y furent trompés, et ne crurent pas à un danger possible. Elle
demanda le curé de sa paroisse ; mais elle était si pieuse que sa
demande n'effraya personne, et ne parut que l'ordinaire précau-
tion d'une femme chrétienne à l'approche de ses couches. Le
prêtre arriva ; il la connaissait depuis l'enfance et avait acquis,
depuis cinquante ans, la triste expérience des maux du corps et
de ceux de l'âme. Après son premier entretien avec Nathalie, il
prit à part le chevalier de Trémon, et lui dit en étouffant ses
sanglots : « Monsieur le chevalier, notre chère dame est perdue ! »

Le reste ne se raconte pas : la réalité terrible arriva, par degrés, à la pensée de M. d'Epseuil, puis à celle d'Ulric. Le curé et les deux vieux gentilshommes ne les quittaient plus ; Nathalie leur parlait à tous avec une douceur angélique ; elle ne paraissait pas souffrir ; par moments, elle s'interrompait pour prier. D'autres fois, elle causait à voix basse avec le curé, mais les rôles étaient intervertis. C'était le vétéran du sanctuaire qui avait besoin d'être encouragé par la jeune malade, et quand il la quittait, de grosses larmes sillonnaient ses joues ridées : — « C'est une sainte ; elle n'appartient plus à la terre ! » disait-il.

Hubert et les autres domestiques avaient demandé à venir auprès de leur maîtresse ; ils se tenaient presque tout le jour dans le salon qui précédait sa chambre ; ils se taisaient et pleuraient.

Lorsqu'elle sentit approcher la terrible épreuve, Nathalie attira à elle M. de Braines par un mouvement dont la force le surprit : « Tu m'aimes toujours ? lui dit-elle ; ton cœur est tout à moi ? cette affiche est oubliée ? » Pour toute réponse, il colla ses lèvres à son front humide de fièvre, et y resta jusqu'à ce que M. d'Epseuil et le curé vinssent l'en arracher.

Ce fut le dernier sentiment terrestre de Nathalie ; son visage se transfigurait dans une espérance divine ; une prière suprême agitait ses lèvres ; son regard, envahi déjà par les ombres de la mort, allait de son mari à son père, et de là aux vieillards agenouillés, qu'elle semblait remercier.

Le soir, elle accoucha d'un fils qui ne vécut que deux heures, et elle expira dans la nuit : le curé eut le temps de baptiser l'enfant avant de fermer les yeux à la mère.

FIN.

CLICHY. — Imbr. de Maurice LOIGNON et Cie, rue du Bac-d'Asnières, 12.

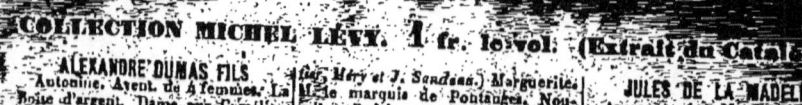

www.ingramcontent.com/pod-product-compliance
Lightning Source LLC
Chambersburg PA
CBHW070205030726
47505CB00006B/1579